U1076852

云南人口较少民族
民间故事的生态文化研究

Study on the Ecological Culture In Folk Tales of Yunnan Minorities

于敏 著

人民出版社

国家社科基金后期资助项目

出版说明

后期资助项目是国家社科基金项目主要类别之一，旨在鼓励广大人文社会科学工作者潜心治学，扎实研究，多出优秀成果，进一步发挥国家社科基金在繁荣发展哲学社会科学中的示范引导作用。后期资助项目主要资助已基本完成且尚未出版的人文社会科学基础研究的优秀学术成果，以资助学术专著为主，也资助少量学术价值较高的资料汇编和学术含量较高的工具书。为扩大后期资助项目的学术影响，促进成果转化，全国哲学社会科学规划办公室按照“统一设计、统一标识、统一版式、形成系列”的总体要求，组织出版国家社科基金后期资助项目成果。

全国哲学社会科学规划办公室

2014 年 7 月

目　录

绪　论

中国是多民族国家，自古居于中原的华夏族与周边的少数民族长期互动共存，经过多次的民族融合、迁徙，形成了今之中国境内的56个民族，即中华民族。在中华民族这个大家庭中，汉族人口最多，占人口总数的91%，构成了中华民族的主体。其余的55个民族中，人口10万左右及低于10万的少数民族约有21个，他们是少数民族中的极少数。这21个人口较少民族中，有七个来自云南，是云南特有的、人口较少的世居少数民族。根据2010年第六次全国人口普查统计数据，这七个少小民族的人口分别为：普米族42861人、阿昌族39555人、怒族37523人、基诺族23143人、德昂族20556人、独龙族6930人、布朗族119639人。其中布朗族在第五次人口普查时是9万多人，到2010年增长为11万多人，人口增长幅度较大，是七个人口较少民族中人口最多的。七个人口较少民族与汉族及其他民族一道，共同创造了绚丽多姿的中华文化，是多元一体的中华民族的重要组成部分。

这七个人口较少民族均处西南边陲的云南，地缘关系的接近，使他们在文化上表现出诸多相似性。这些民族都只有语言没有本民族文字，因而他们对本民族文化的记忆与追述只能依靠口耳相传的口头文学、民间故事等口传文学就成了这些民族传承文化的重要载体，是研究人口较少民族文化的活化石。诸人口较少民族的民间故事不仅形象生动地展示了各民族从古至今的社会生活画卷，反映了各民族的历史文化、宗教信仰、民族心理、风土人情、价值观念等，而且包含着很多对宇宙和天人关系的富有创造性的认识与思考，体现了人口较少民族朴素而深刻的生态意识、生态伦理和生态智慧，极富生态文化内涵。

本书以云南七个人口较少民族的民间故事为研究对象，探索其中蕴含的生态文化意蕴，旨在挖掘这些少小民族的传统文化中对现代社会极富启示性的方面。力图使更多的人了解这些因人口较少且没有文字而在文化上几乎处于“失语”状态的民族，感悟这些被边缘化的少小民族的文化中所具有的深厚的底蕴和独特的魅力，为民间文学和生态文化研究提供参考。而所有的研究设想，都必须立足于对研究内容的意义和价值、研究思路、研究对象的概念及范围有清晰和准确的理解基础之上。所谓“名不正则言不顺，言不顺则事不成”,反之则名正言顺事成,故“正名”是首要的工作。明确研究“云南人口较少民族民间故事中的生态文化”的意义和价值,继而对“云南人口较少民族”、“民间故事”、“生态文化”三个关键词语的概念、研究范围、研究现状等进行界定和梳理,是使所有的研究落到实处的先决条件。

一、研究“云南人口较少民族民间故事中的生态文化”的意义

云南人口较少民族的聚居地是地理位置偏僻的西南边疆地区,经济上欠发达,生产力水平普遍不高,对大自然的依赖与经济发达的汉文化地区相比要大得多。他们所处的自然环境大都依山傍水,“靠山吃山、靠水吃水”,是其千百年来主要的生产生活方式,自然界可以说是这些民族的衣食父母,为他们提供物质资料和经济来源。在与大自然的密切接触、长期共存的过程中,人口较少民族逐渐形成了人与自然和谐相处、协同发展的朴素的生态文化,而这种生态文化也借由生动形象的民间故事得到更好传播。民间故事是重要的非物质文化遗产,生态问题是当今时代全世界共同关注并致力于解决的关系国计民生的重大问题。因而在全球化的生态危机和保护非物质文化遗产的语境之下,研究和挖掘人口较少民族民间故事中的生态文化因素,意义深远。

第一,对促进人口较少民族口传非物质文化遗产的保护和传承,具有实际意义。民间故事是口传非物质文化遗产的重要组成部分,联合国教科文组织在《非物质文化遗产公约》中指出非物质文化遗产包括以下几方面内容:1. 口头传统和表述,包括作为非物质文化遗产媒介的语言;2. 表演艺术;3. 社会风俗、礼仪、节庆;4. 有关自然界和宇宙的知识和实践;5. 传统手工艺技能。民间故事就是第一类“口头传统和表述”中需要重点保护的项目。人口较少民族由于只有语言没有本民族文字,因而其口耳相授、世代相传的民间故事具有极为突出的历史、文化和科学价值。而和其他的非物质文化遗产面临的困境一样,人口较少民族的民间故事有很多濒临失传,尽管国家和各级部门已经做了抢救性的搜集和整理,将很多民间故事编辑整理成书,但现在的人口较少民族群众,尤其是年轻人对本民族的民间故事越来越陌生,或知之甚少。本书冀望通过对乏人问津又有突出价值的人口较少民族民间故事进行研究,能使一部分人关心了解民间故事、体会民间故事深厚的文化意蕴,为口传非物质文化遗产的传承和普及尽绵薄之力。

第二,深入研究人口较少民族民间故事中的生态文化内涵,从中汲取可供借鉴的生态思想,对于保护民族地区的生态环境、促进生态文明建设和实现可持续发展,具有重要的现实意义。

生态文化是在不和谐的发展中应运而生的，随着工业文明所带来的全球性生态危机的加剧，大自然一次次地给人类敲响了警钟。气候异常、水旱地质灾害频发、水土流失、沙尘肆虐、雾霾蔽日等生态问题频发，促使政府和民众思考、反思人与自然的关系。针对日益突出的生态问题，党的十八大明确提出“大力推进生态文明建设”、“必须树立尊重自然、顺应自然、保护自然的生态文明理念，把生态文明建设放在突出地位”、“努力建设美丽中国，实现中华民族永续发展”等执政目标。在共建生态文明社会的背景下，挖掘人口较少民族民间故事中蕴含的丰富的生态文化因子，汲取可供现代社会借鉴的生态智慧和生态思想，对于保护生态环境、促进民族地区的可持续发展，具有一定的现实意义。

此外，将生态、文化、民族、口传文学融为一体的跨学科交叉研究，赋予生态文化和少数民族民间故事研究以更开阔的研究视野，扩展了少数民族民间故事的研究领域，具有一定的学术价值。

从生态文化视角研究云南人口较少民族的民间故事，不仅为人口较少民族的民间故事研究提供了新的视角，而且也有助于推动各人口较少民族的优秀传统文化更快地融入现代化的进程之中，具有重要的现实意义和学术价值。习近平总书记在十九大报告中明确指出：“建设生态文明是中华民族永续发展的千年大计。必须树立和践行绿水青山就是金山银山的理念，坚持节约资源和保护环境的基本国策，像对待生命一样对待生态环境，统筹山水林田湖草系统治理，实行最严格的生态环境保护制度，形成绿色发展方式和生活方式，坚定走生产发展、生活富裕、生态良好的文明发展道路，建设美丽中国，为人民创造良好生产生活环境，为全球生态安全作出贡献。”报告确立了生态文明乃千年大计的历史地位，并将保护环境提升到基本国策的层面，体现了党和政府对生态和环境问题的高度重视以及建设生态文明的坚定决心。在这样的语境下，挖掘云南人口较少民族民间故事与生态文化的深层意蕴，使潜藏其中的思想精华绽放出耀眼的光芒，为应对现代社会的生态问题提供借鉴与参考，助力少数民族地区的生态文明建设，正是本书研究的出发点和现实指向。在对研究的意义和价值有总体性的把握之后，对研究对象的概念、范围进行明确的界定，再进行学术史的梳理成为必要且首要的工作。

二、“云南人口较少民族”的研究对象及概况

中国人口较少民族通常是指中国境内人口不足10万的少数民族，“较少”是指这些民族在人口数量上，即使是与其他少数民族相比也是数量极

少的，是少数民族中的“极少数”。“人口较少民族”这一概念较早的官方提法是在由国家民委、国家发展改革委、国家扶贫办等编制的《扶持人口较少民族发展规划（2005—2010年）》的文件中，该文件明确指出：“在我国55个少数民族中，有22个少数民族的人口在10万以下，总人口63万（2000年第五次全国人口普查数），统称人口较少民族。”之后，云南省落实国家《扶持人口较少民族发展规划（2005—2010年）》的精神，按照云南省政府的批示，省民委、省发改委、省财政厅、省扶贫办和中国人民银行昆明中心支行等部门编制了《云南省扶持人口较少民族发展规划（2006—2010年）》，依据国家对人口较少民族的界定，该规划明确云南省人口较少民族是指总人口在10万以下的云南的七个民族。此后，“云南人口较少民族”这一提法在官方文件、新闻媒体、民族研究等领域被广泛使用。2011年以后，国家将人口较少民族的范围扩大为人口在30万以下的民族，云南人口较少民族也相应增加到了八个。本书的“云南人口较少民族”的研究对象，是指以最早公布的人口10万以下为划分标准的云南的七个少小民族。即普米族、阿昌族、怒族、独龙族、基诺族、德昂族、布朗族，不包括后来增加的景颇族。这七个民族均为云南特有民族，有着悠久的历史和颇具特色的文化。其中族源、宗教信仰、民风习俗、民间文学等是其民族文化中极具代表性和民族特色的方面，故择取这些有代表性的文化来对各人口较少民族的概况做简要介绍，以期借一斑以窥全貌。

（一）普米族概况

普米族是一个历史悠久的民族，“普米”是普米族自称的音译，在不同地区的普米族中有语音上的差异，有的称“拍米”，有的称“平米”或“批米”。其含义都是指“白人”。1960年，根据本民族人民的意愿，将自称名“普米”定为族名。关于普米族的族源众说纷纭，一般认为普米族是古羌戎的一个分支，原居住于甘肃省南部和青海省东部，后来进入青藏高原的东部地区，其后逐渐向西南边疆移动。现主要分布在云南省兰坪县、宁蒗县、维西县、永胜县、丽江等地，据2010年人口普查统计，普米族共有42861人，是云南的七个人口较少民族之一。在语言文字方面，“普米族有独立的语言，但没有形成一套文字系统，只有一套古老而又简单的刻画符号和计数符号”①。

普米族主要聚居地是在云南的西北边疆地区，依山傍水，生态资源丰富，境内有“三江并流”的世界自然文化遗产和泸沽湖等优美的自然景观，

① 和向东：《中国普米族》，宁夏人民出版社2012年版，第13页。

而且还保留着兔峨土司衙署和永宁古镇等历史遗迹,有着深厚的物质文化基础。

在宗教信仰方面,普米族多教并存,既有藏传佛教、师毕教,也有原始宗教与藏传佛教杂糅的韩规教。其中最具特色且影响深远的是韩规教,“韩规”又译为“汗规”、“汉规”、“汗归”等。在古代,普米族几乎全民信仰韩规教,韩规教是普米族的本土宗教。它源于自发形成的原始“亚毕”教而延伸至今,一直没有发展到人为宗教的阶段,仍属于原始宗教的范畴,具有原始宗教的共性特征,其宗教活动主要由韩规(巫师)来主持。

在丧葬习俗方面,普米族比较有特色的是“给羊子”的丧葬习俗。“给羊子”是指选取一只活羊,杀了之后迅速取出羊心,供奉于逝者的灵前,并请韩规念指路经,将亡魂送回到祖先居住地的送魂仪式。在节庆习俗方面,普米族的节日主要有“吾昔节”、“七月半节”、“转山节”等,每个节日都有独特的习俗活动。

在民间文学方面,普米族流传着大量的神话传说、民间故事和史诗歌谣。《白狼歌》《直呆喃木》是普米族史诗歌谣的经典之作。普米族民间故事和神话传说类型多样,内容丰富,反映了普米族的历史与生活,也展示了普米族先民解释自然、以大无畏精神征服自然的历程。

(二)阿昌族概况

阿昌族是云南的特有民族,也是一个跨境而居的少数民族,主要分布在我国西南边境和缅甸东北边境——中缅交界地带。阿昌族自称“阿昌”、“莪昌”等,1953 年正式确定“阿昌”为民族名称。在族源上阿昌族源于甘肃、青海一带古羌人,阿昌族有本民族语言,但没有文字,普遍使用汉文和傣文。①

据第六次全国人口普查统计,2010 年,中国境内的阿昌族人口为 39555 人。其分布特点是大杂居、小聚居,主要聚居在云南德宏州的陇川县和梁河县,少部分分散在芒市、盈江和腾冲等地。由于阿昌族没有本民族文字,因而没有用本民族文字记录的文献资料,对于自己民族古老的历史和文化,主要依靠口碑传承。口耳相传的阿昌族民间文学也因此成为阿昌族民族精神的一面镜子,具有深厚的文化内涵和鲜明的民族特色。阿昌族的神话《遮帕麻和遮米麻》是已知的最完整的阿昌族创世神话史诗,《遮帕麻和遮米麻》既有诗歌体的史诗形式,也有散文体的故事形式,本书部分章节中所引用的《遮帕麻和遮米麻》是其散文体的神话故事形式。阿昌族的民间故事

① 参见熊顺清:《中国阿昌族》,宁夏人民出版社 2012 年版,第 3 页。

形象生动、种类多样，以浅显的语言和形式传承着本民族的文化。

在宗教信仰方面，多元宗教并存是阿昌族宗教信仰的突出特点。在阿昌族聚居地户撒和拉撒地区，受傣族的影响，普遍信仰南传佛教，同时也信仰原始宗教；梁河、腾冲等地的阿昌族主要信仰原始宗教和汉传佛教，其中原始宗教占主导地位；阿昌族的仙岛支系一部分信仰基督教，一部分信仰南传佛教，也保留着原始宗教的信仰。

在节庆习俗方面，阿昌族最具民族特色的节日是“阿露窝罗节”，是将梁河地区阿昌族的传统节日“窝罗节”和陇川户撒地区阿昌族的南传上座部佛教节日“会街节”结合起来的节日。1993 年 5 月 20 日，德宏州第九届人民代表大会第三十次会议通过了《关于统一阿昌族节日名称和时间的决定》，正式将阿昌族的“会街节”和“窝罗节”统一为“阿露窝罗节”，于每年公历 3 月 20 日举行。节日时间为两天，节日标志为青龙、白象和弓箭。“阿露窝罗节”由此成为阿昌族的法定节日。①

在丧葬习俗方面，最具特色的是阿昌族对女性逝者的“背切”习俗，即妇女死后，接其灵魂回娘家祭奠的习俗。这种习俗很奇特，出嫁的女性逝者出殡后，娘家由其兄或同辈亲属去接妹妹的灵。到娘家后每天饭前祭祀，祭供七日后，男方的家属又用背篓将死者的灵魂接回。阿昌族的民间故事《亲妹子和晚妹子》《接灵的习俗》等解释了这一奇特的习俗。

阿昌族在漫长的发展过程中，形成了悠久的历史和独特的文化，阿昌族文化是中华文化不可缺少的一部分。

（三）怒族、独龙族概况

怒族和独龙族是兄弟民族，两个民族均主要聚居于云南怒江州的贡山独龙族怒族自治县，毗邻而居，关系十分密切。在两个民族的思想意识中，认为他们源于同一个祖先，他们的语言也相同。“他们不但在语言、传说故事、迁徙历史诸方面有惊人的相似之处，就连生产方式和生活习惯等方面也是别无二致的。”②两个民族的族源考证和民间传说，也印证了两个民族的兄弟关系。

从族源上看，两个民族都属于古代的羌氐族群。在神话传说中，有两个民族源自同一祖先的相关内容。在独龙族的“兄妹传人种”的神话传说中讲道：“洪水泛滥后大地上只剩下兄妹两人，兄妹两人成婚后生了九男九女，便配成九对夫妻。其中老二夫妇来到怒江流域居住，成了怒族，老三夫

① 参见曹先强：《阿昌族文化论集》，云南民族出版社 2011 年版，第 13 页。
② 李绍恩：《中国怒族》，宁夏人民出版社 2012 年版，第 230 页。

妇留在独龙江河谷，成为独龙族。”①神话传说印证了独龙族和怒族的密切渊源，即在先民心目中两个民族是亲兄弟的关系。既然两个民族同根共祖，所以在文化上难免会相互影响，表现出诸多共性。

在信仰文化方面，怒族和独龙族都以原始宗教为主，相信鬼神的存在，对于鬼都称“卜郎”，对巫师都称“纳木萨”。除原始宗教外，两个民族也都有基督教的信众。在习俗文化方面，两族妇女都曾有纹面习俗，贡山怒族妇女在民国初年仍有纹面习惯，但至新中国成立时已不见此习俗。独龙族妇女的纹面在新中国成立前是普遍的，新中国成立后出生的仍然有少数人纹面。

在民间文学方面，怒族的民间文学主要由诗歌和故事两大类构成，诗歌包括神歌、民间诗歌和儿歌三种，其中神歌是最古老最原始的歌，是怒族民间文学之母。怒族的民间故事主要是在神歌《瘟神歌》的基础上发展起来的，有神话传说、龙女故事、生活故事、动物故事等多种类型。独龙族的民间文学主要由史诗歌谣和民间故事构成，《创世纪》是独龙族保存下来的比较完整的史诗。独龙族的民间故事有起源故事、动植物故事、生活故事等，想象丰富、构思奇特。

怒族和独龙族是交往频繁、关系密切的两个兄弟民族，在语言、历史、文化等方面有诸多相似之处，是毗邻而居的两个人口较少民族，在文化上均具有鲜明的民族特色。

（四）基诺族概况

基诺族是国务院于1979年6月正式确认的一个单一少数民族，主要聚居于云南西双版纳傣族自治州景洪市基诺山基诺族乡，全乡面积622.9平方千米，是典型的纯山区民族乡。基诺语称基诺山乡辖区为基诺洛克，即基诺族居住的全部山区，简称基诺山。基诺山的汉文曾根据基诺语译写为“攸乐山”，基诺族人民长久以来就定居于此。基诺族只有语言，没有文字，更没有成文史，对其历史文化的追溯大都通过史诗歌谣、民间传说、故事等口碑资料来获得。

根据口碑传说，基诺族的发祥地是司杰卓米，它是基诺山东部边缘的一座海拔近1900米的山峰，现在称为孔明山。“基诺”一词源于基诺的自称，“基”是舅舅，“诺”即后边，连起来的意思就是舅舅的后代，或是尊敬舅舅的民族。基诺族对舅舅非常尊敬，舅舅对外甥的关怀和亲密程度与父亲没有两样。

2010年第六次全国人口普查统计，基诺族共有23143人，是云南七个

---

① 《独龙族百年实录》，中国文史出版社2010年版，第7页。

人口较少民族之一。基诺族普遍信仰原始宗教,以自然崇拜和祖先崇拜为主。其崇拜祭祀的对象有祖先神阿嫫腰白、生育女神丕嫫、自然神“伊曳内”(贝神)、谷神等。沟通人间与神鬼的使者是巫师,有两种:嫫丕和白腊婆。嫫丕是男性巫师,负责和阴阳两界的沟通;白腊婆也是男性巫师,只负责和阴间打交道。

基诺族的民族习俗中,比较有特色的是节日习俗。基诺族主要有特懋克节、吃新米节、叫谷魂节等传统节日。其中“特懋克是基诺族一年中最为盛大的节日,‘特懋克’按基诺语意为盛大的打铁节”①。而吃新米节和叫谷魂节,则显示了基诺族进入农耕社会后对谷物的重视和崇敬。

基诺族的民间文学和基诺族人民的生活息息相关,忠实记录了基诺族的原始哲学、原始宗教、民族心理、生产生活等民族文化,是基诺族无文字时代的“百科全书”。基诺族的民间文学包括民间故事和民歌两大部分,其民间故事分为神话传说、幻想故事、动植物故事、风俗传说等多个类型,主要收录在《基诺族民间文学集成》《基诺族民间故事》两部书中。基诺族的民间文学类型多样,想象丰富,和人民的生活密切相关。

(五) 德昂族概况

德昂族,原称崩龙族,新中国成立后民族识别时沿用“崩龙”这个名称,后来根据本民族意愿,并报国务院批准,自 1985 年 9 月 21 日起正式称为“德昂族”。“德昂”是本民族自称,“昂”在德昂族语言中的含义是“山崖”或“崖洞”,“德”为尊称的附加语,自称“德昂”包含着德昂族对其祖先曾经居住在崖洞的历史纪念,表明自己是从崖洞里走出来的民族。德昂族源于古代的百濮族群,是濮人后裔的一部分。

据第六次人口普查统计,2010 年,中国境内的德昂族人口为 20566 人,主要居住于云南的德宏、临沧地区的镇康、耿马、双江等县,在保山地区的澜沧县也有分布,居住比较分散,是典型的小聚居大分散的民族。德昂族有自己的语言,但没有代表本民族的通行文字,常用的文字是傣文字,也有使用汉文的。

德昂族的宗教信仰特征是原始宗教和小乘佛教共存互渗。德昂人相信万物有灵,崇奉太阳神和龙神,以及自然界的各种神灵。自元代中期以后,小乘佛教开始在德昂族中传播,小乘佛教是植入德昂族最深最广最久远的外来宗教信仰,对德昂族的社会生活产生了广泛的影响,比如德昂族的各种节日活动——浇花节、开门节、关门节等都带有浓厚的小乘佛教的色彩。小

① 张云:《中国基诺族》,宁夏人民出版社 2012 年版,第 130—131 页。

乘佛教和原始宗教在德昂族中经历了由冲突对立到相互融合的过程,佛门弟子对原始神也很敬重。

德昂族的传统节日很多,比较有代表性的是浇花节、龙阳节。浇花节是德昂族最具标志性的节日,于每年农历清明节后第七天进行,节日的内容丰富多彩,有浇佛、供品品尝比赛、祭拜天地、送花篮等节庆活动,与小乘佛教关系密切。龙阳节是德昂族另一个重要的传统节日,体现了中华民族的龙文化和德昂族的茶文化的融合,表现了德昂族对太阳神和龙神的崇拜,与原始宗教关系密切。

德昂族的民间文学中,神话史诗是比较古老的部分,其中最有名的《达古达楞格莱标》,是一部记录德昂族起源的史诗。民间故事的类型丰富,有神话传说故事、生活故事、动物故事等,反映了民族的起源和发展过程、生活习俗,揭露了统治者的凶残,歌颂了德昂族民众的勇敢和智慧等多方面的内容。

德昂族是一个比较小众但民族文化璀璨夺目的民族,其文化值得深入挖掘。

（六）布朗族概况

布朗族是七个人口较少民族中人数最多的,也是人口增长较快的一个。2000 年第五次人口普查时,布朗族是 9 万多人,2010 年人口普查时人数增长到 11 万多。据考证,布朗族源于古代“百濮”族群,现主要分布在澜沧江和怒江流域,主要包括云南保山市、怒江州、德宏州、临沧市、普洱市等地。布朗族有自己的民族语言,但没有自己的文字,借用傣文或汉文记述历史文化。

大部分布朗族人都信仰原始宗教和小乘佛教,也有少部分布朗人信仰基督教。布朗族原始宗教的活动内容包括自然崇拜、图腾崇拜、祖先崇拜等,其中自然崇拜的对象非常广泛,举凡土地日月、水火山树等都是布朗族崇拜祭祀的对象。而图腾崇拜相比自然崇拜范围要缩小很多,竹鼠和蛙、蜜蜂和马因为与布朗人有密切的亲缘关系,而成为图腾崇拜的对象。布朗族的祖先崇拜表现在他们崇拜祭祀寨神——他们的祖先代袜么和代袜那,每当生老病死或节庆等重要事件,布朗人都要向祖先神祭祀祷告。小乘佛教在布朗族是全民性的宗教信仰,几乎每一个村寨都有佛寺(缅寺),宗教活动频繁,小乘佛教对布朗族的日常生活、风俗习惯等都产生了广泛而深刻的影响。

布朗族重大的节日活动几乎都和小乘佛教有关。“跳会”是贺“观音老母”的盛大节日,“奥瓦沙”(关门节)属于小乘佛教的节日,每年傣历九月十五举行，全寨赕佛，到缅寺听经滴水。三天后缅寺大门将关闭三个月。“考瓦洲”（开门节），每年傣历十二月十五举行，全村信徒到缅寺做功德，三天后缅寺大门打开。①

布朗族的民间文学有民间歌谣、神话传说、民间故事等，歌谣有情歌、颂歌、仪式歌等多种类型，神话中最完整最生动的是《顾米亚》，反映了布朗族先民对宇宙和人类起源的认识，塑造了顾米亚这一具有超凡智慧和力量的英雄形象。布朗族民间故事中，比较典型的是孤儿故事、机智人物故事和动植物故事。还有极富地方特色和民族特色的传说故事，包括地方传说故事、风俗传说故事、事物起源传说故事、人物传说故事等。民间文学是了解布朗族地方风物、民间习俗、民族精神的巨大宝库。

七个人口较少民族在漫长的历史发展过程中，形成了独具特色的民族文化，创造了丰富绚烂的民间文学，为后世留下了宝贵的文化遗产。通过民间故事这种常见的民间文学形式，我们可以比较深入地了解这些人口较少民族的文化特质，感悟其文化魅力。

三、“民间故事”的研究范围及国内外研究现状

民间故事是民间文学的重要分支，有狭义和广义之分。民间文学研究界的泰斗钟敬文先生对民间故事的概念界定，历来为学界所推崇。即“从广义上讲，民间故事就是人民群众创作并传播的、具有假想（或虚构）的内容和散文形式的口头文学作品。狭义的，指神话、传说以外的那些富有幻想色彩或现实性较强的口头创作故事”②。当代著名的民间故事研究学者刘守华也将民间故事分为广义和狭义两种：“广义的民间故事是指包括神话、传说在内的一切散文形式的口头文学作品。狭义的民间故事则指除神话、传说之外的一切散文形式的口头文学作品，包括幻想故事、生活故事、民间笑话、民间寓言等。”③其他学者的关于广义和狭义的民间故事的界定，基本上和钟敬文、刘守华的定义一致。所以，一般来说，狭义的民间故事即指除民间神话、传说、寓言之外的那些具有幻想性或现实性较强的散文类民间文学作品；广义的民间故事是泛指人民群众所创作和传播的所有散文类民间文学作品，包括神话故事、传说故事和寓言故事。本书所研究的民间故事为广义的民间故事，包含神话、传说以及现实性较强的狭义的民间故事。中华

① 参见陶玉明：《中国布朗族》，宁夏人民出版社 2012 年版，第 137—138 页。
② 钟敬文：《民间文学概论》，高等教育出版社 2010 年版，第 149 页。
③ 刘守华、陈建宪：《民间文学教程》，华中师范大学出版社 2011 年版，第 67 页。

各民族在悠久的历史发展过程中创造了多姿多彩、类型多样的民间故事,民间故事承载着各民族的历史记忆,是了解中国各民族文化的珍贵资料,其研究受到了海内外学术批评界的广泛重视,取得了丰硕的成果。

（一）国外的中国民间故事研究

在国外,从事中国民间故事研究的主要是一些旅居海外的华人学者和其他国家的汉学家。其中,致力于中国民间文学研究且成就显著的,有美国的华人学者丁乃通、俄罗斯汉学家李福清、日本学者伊藤青司和谷野典之、德国的傅马瑞等。

丁乃通教授是曾在美国西伊利诺大学任教的华人学者,1989 年 4 月在西伊利诺大学病逝。他对中国的民间故事有着浓厚的兴趣,并在民间故事的类型学研究方面取得了卓越的成就,其论著《中国民间故事类型索引》英文版于 1978 年由芬兰国家科学院出版,中文版于 1986 年由中国民间文艺出版社出版,是中国民间故事类型研究的重要文献。《中国民间故事类型索引》采用国际通用的 AT 分类法,将中国的民间故事划分为五大类,即动物故事、一般的民间故事、笑话、程式故事和难以分类的故事,并标明每个故事的出处,分类较为科学严谨,目前的中国民间故事研究在分类上大多采用丁乃通的分类标准。

李福清,本名鲍里斯·利沃维奇·里弗京(1932—2012),俄罗斯科学院世界文学研究所首席研究员,俄罗斯科学院通讯院士和文学院士。主要从事中国民间文学、俗文学、民间艺术及中国台湾地区原住民文化研究,为国际知名的汉学家、语言学家和翻译家。在中国民间故事研究方面,学术成果丰硕,代表性著作有《万里长城的传说与中国民间文学的体裁问题》《中国神话故事论集》《神话与鬼话——台湾原住民神话故事比较研究》《中国诸族民间故事选》(编译)等。李福清先生在研究民间文学时注重第一手资料的调查研究,资料翔实,论据确凿,尽量穷尽在俄罗斯的、中国的和西方的资料,既注意研究对象的原始材料,又注意吸取和搜集有关学者发现的新材料新著作,力求从整体上而不是根据局部的材料来得出有价值的结论。在副博士论文《万里长城的传说与中国民间文学的体裁问题》中,李福清先生通过对有关孟姜女材料的大量搜集、整理、对比、研究,发现了一个很重要的现象:中国汉族的民间文学有一个特点即同一个情节往往会在各种体裁中反复出现,如反映孟姜女故事的体裁就有民歌、鼓词、宝卷和大量的地方戏等多种形式。他将研究重点放在孟姜女故事在各种体裁中是如何变化的,认为宝卷中的孟姜女故事有很强的佛教色彩,传说中孟姜女到长城的行程叙说很简略,而在戏曲里则很详尽，因为在戏曲里，可以用各种唱腔来表达人物在去长城中的思绪和情感，见解极为独到。而其专著《从神话到鬼话——台湾原住民神话故事比较研究》则把台湾地区原住民神话和民间故事与中国大陆各族及菲律宾、大洋洲民族神话做比较，角度独特，分析精当。

日本学者伊藤青司、谷野典之等对云南少数民族民间文学进行了深入的田野调查和细致研究，在云南少数民族民间故事的研究方面卓有建树。伊藤青司是庆应义塾大学名誉教授，主要研究神话、民间故事，曾任日本"中国民话之会"会长，代表作有《日本神话与中国神话》《中国、日本民间文学比较研究（在华学术报告集）》《中国民话之旅》《中国的神兽恶鬼》《故事、传说的谱系》《中国的神话传说》等。在《中国西南地区火把节起源的传说》中他把火把节起源传说分为祭祀型、反抗型、征服型三类，把怨灵作祟故事和中国其他地区的刘猛将军故事与日本的斋藤实盛传说作比较研究，指出两者在横死者的怨灵故事和武人遗恨这点上具有共性。伊藤青司的《实盛起源考》从中日两国的驱虫习俗、驱蝗神传说等方面研究了送虫习俗的起源，进一步深化了火把节的研究。在《故事、传说的谱系》中从农耕文化与民间故事、金属文化与民间故事、外来传说和故事等三个方面论述了中国、朝鲜与日本相类似的民间故事，其中研究了云南的"除夕之客"型故事、尸体化生型神话、桃太郎故事。此外，在其代表作《日本神话与中国神话》中，研究了云南少数民族神话故事，包括彝族的《阿细的先基》《梅葛》，布朗族的《顾米亚》，纳西族的《人类迁徙记》等，并将云南的神话故事与日本神话进行了比较研究。其研究特点是："1）并不单纯研究云南的少数民族文化，往往是设定一个题目，然后从世界范围内来收集、整理、比较同类资料，这种比较研究视野开阔、材料丰富、论证严密；2）引用古典文献，尽可能地作田野调查，注重实证，旁征博引；3）随时与日本的同类现象作比较研究，利用外国资料多半是为了研究日本本国的文化现象，一贯主张日本文化受中国文化的强烈影响。"①

谷野典之的《云南少数民族的创世神话》以母题来分析说明不同地区不同民族的宇宙起源的创世神话，并把云南少数民族的创世神话与云南周边省区的少数民族的创世神话作了比较研究，指出了各民族神话的特征，并提炼出了创世神话的基本类型，认为"尸体化生与天柱的组合神话，即以尸体化生为基础的建筑式的宇宙起源神话是极有代表性的云南创世神话，主

① 张正军：《论日本学者对云南少数民族民间文学的研究》，《云南民族大学学报》2006 年第 1 期。

要存在于彝语支民族中。动物化生神话多见于藏、珞巴、普米、怒、哈尼、布朗族及楚雄的彝族中。巨人神化生神话多见于白、阿昌、拉祜族及贵州省和广西壮族自治区"①。伊藤青司和谷野典之等日本学者的研究给中国的民间故事研究带来很多启示:少数民族民间文学与民俗文化事象是一个有机体,许多民间文学因失去了传承场和传承者而趋于消失,因而研究民族民间文学时要关注与之相关的民俗文化等文化生态系统。

德国的傅马瑞女士长期致力于中国民俗学和民间文学的研究,曾在明斯特、巴黎和柏林学习汉学和民族学,后在辽宁大学师从乌丙安教授学习中国民俗学和民间文学。她对中国的人参故事有浓厚的兴趣,积数年研究所得,用德文出版了专著《吉林长白山地区汉族人参故事的整体研究》。该书是关于人参习俗、人参故事和人参故事研究的研究。研究对象具有多层次性,作者不仅跳出了人参故事的圈子之外,而且跳出了人参习俗和人参故事研究的圈子之外,俯瞰全局,视野开阔,为西方读者了解中国人参文化提供了重要的史料。

综上,国外学者对中国民间故事的研究取得了一系列重要成果,但主要还局限于故事类型研究和比较研究,尚未有从生态文化角度去研究中国民间故事的成果出现。

（二）国内的民间故事研究

国内的民间故事研究较早开始于周作人的童话研究,经过近百年的发展,涌现出一批有影响力的学者和学术成果,尤其近30年的中国民族民间故事研究更是成就显著。从研究队伍来看,人员涵盖了老中青三代,核心作者中既有钟敬文、刘守华、刘魁立、金荣华(中国台湾)、顾希佳等老将,也有江帆、万建中、林继富、施爱东、户晓辉等年富力强、成果丰富的中年主力,还有周福岩、祝秀丽、康丽、孙正国等崭露头角的学术青年。在研究成果方面,顾颉刚的孟姜女故事研究、钟敬文的民间故事型式研究、刘魁立的民间故事结构形态研究、刘守华的民间故事史研究等获得学术界的广泛认可。在期刊论文方面,近三十年来研究民间故事的论文数量之大、研究范围之广、挖掘之精深都是前所未有的。概言之,国内的民间故事研究主要涉及以下诸方面:

1. 民间故事的类型研究。类型研究一直是民间故事研究的传统领域,成果丰硕。有影响力的专著有祁连休的《中国古代民间故事类型研究》、刘

① 张正军:《论日本学者对云南少数民族民间文学的研究》,《云南民族大学学报》2006年第1期。

守华主编的《中国民间故事类型研究》、万建中的《解读禁忌——中国神话、传说和故事中的禁忌主题》等。祁连休先生在梳理和论析中国古代民间故事类型时，没有采用“AT 分类法”，该书所列的 500 余个故事类型，都是以中国古代民间故事类型自身的特点为依据的，其命名也是按照中国人的思维方式确定的。这种分类不但可以关注到“AT 分类法”没有涉及的传说类型，而且可以充分关注中国特有的故事类型，以更好地展示中国古代民间故事类型的全貌。刘守华的《中国民间故事类型研究》运用现代民间文艺学中的母题、类型研究法，精选 60 个中国各民族常见故事类型，就其口头与书面形态、文化内涵和审美情趣、民族地域特色，以及源流探寻、跨国跨民族比较等，分别进行个案剖析，并评介了海内外学界运用比较方法，从母题、类型入手，开拓故事研究新局面的学术进展。其论析深入浅出，兼具学术上的原创性与雅俗共赏的可读性。

除上述专著外，对故事类型进行研究的期刊论文有 200 多篇，讨论的故事类型有两兄弟型、孤儿故事、机智人物故事、动物报恩故事等数十种。

2. 民间故事的文化研究。以文化研究为分析视角的论文通常运用文化人类学、宗教学等学科的理论，讨论故事文本中所隐含的文化因子。其中民间故事与民俗文化研究，民间故事与宗教文化研究是热点，有 200 多篇相关论文。代表性的论文有刘守华的《道教与中国民间故事研究》，该论文对具有道教色彩的山川风物传说、道教人物传说、吸取道家神奇幻想的幻想故事进行分析，阐述宗教与民间故事相互渗透的关系。陈平的《论民俗与民间故事的关系》一文，论述了民俗与民间故事既交叉又独立的关系，认为：“民俗和民间故事是两个有亲缘关系的相邻学科，故事里有民俗资料，民俗又往往是一些故事的内容。两者是你中有我，我中有你，相互交叉，相互印证。它们同属上层建筑领域，反映着人们的思想、感情和愿望。但民俗又是社会生活的一个组成部分，是包容着物质生活与精神生活，传统与现实生活的混合体”。杨太的《论我国民间故事中的民族文化意蕴》采取辩证分析的方法，既指出民间故事的精华部分对民族文化的积极影响，也指出民间故事中的迷信、低级庸俗的糟粕部分所带来的破坏力。刘锡诚的《民间故事的文化人类学考察》一文，对民间故事中的生活故事、动物故事、神奇故事进行了文化人类学的考察，并对民间故事的传播问题进行了深入探索。其余的从文化角度研究民间故事的论文，大都对某一地区或某一民族的民间故事进行某一种文化的分析，切口小，但挖掘深，丰富和深化了民间故事的研究领域。

3. 民间故事的比较研究。这类研究主要是对不同国家、不同地区、不同民族、不同时期的民间故事进行比较，既有平行研究也有影响研究。如钟敬文的《中日民间故事比较泛说》、刘守华的《民间故事的比较研究》等，钟敬文的《中日民间故事比较泛说》论述了中日民间故事之间的“亲密关系”，两国间同类型的民间故事非常多，如日本民间故事《猿蟹合战》后半部分即中国的猪哥精型故事。猿的夜盗、蟹的报仇、马夫的报仇、雀的报仇都是它的同型异式。刘守华的《民间故事的比较研究》把民间文学和比较文学结合起来，不仅从故事情节比较着手，而且从思想内容、艺术特色、民俗事象方面开始把民间故事作为真正的文学（而又不是纯文学）加以比较，开创了民间文学研究的新天地。此外还有钟亚军的《回族民间故事与阿拉伯故事的比较研究》、白秀峰的《蒙古族、达斡尔族人与异类婚配型故事比较研究》、钟进文的《裕固族与匈牙利民间故事比较研究》、陈玥的《中国民间螺女型故事比较研究》等多篇论文，这些论文都是民间故事比较研究的优秀成果。

4. 民间故事的思想内容和艺术特征研究。对民间故事思想内容的研究主要集中于伦理道德观念、人生理想、人生智慧、价值观、宇宙观等方面；对民间故事艺术特征的研究主要集中在叙事艺术、审美特征、结构类型等方面。对民间故事的思想内容进行研究的代表性论文有《云南民族民间故事的“孝”伦理思想》《云南民族民间故事的“手足”伦理》《维吾尔民间故事中梦母题探究》等。从艺术方面对民间故事进行剖析的代表性论文有《关于幻想型民间故事的人物类型》《民间故事的审美特征》《民间故事的叙事方式与语言策略》《蒙古族民间故事叙事学研究》等。

5. 民间故事传承人研究。研究民间故事家的相关论文几十篇，有对故事家刘德培、金德顺等的专门研究，也有对传承人保护模式等方面的研究。江帆、林继富、祝秀丽等故事学人吸收国外的最新故事学理论，对故事传承人、村落的故事讲述活动进行长期跟踪调查，发表了一批有影响力的研究成果。有影响力的论文论著有《中国现代民间故事讲述人研究史略》《中国民间故事讲述活动研究史略》《20 世纪民间故事家研究叙论》等。

综上，中国的民间故事研究在国内外均取得了丰硕的成果，但仍有很大的开掘空间。目前学术界对民间故事的研究，还主要集中在类型研究、对比研究、思想研究、艺术研究等传统领域，对民间故事的文化研究虽然已有多篇论文，但主要集中在民俗文化和宗教文化方面，从生态文化角度研究民族民间故事尚缺乏深入系统的专门论述，而在民间故事中蕴含的生态文化资源是丰富的、富有前瞻性的，值得对其进行深入开掘。

四、"生态文化"的内涵与研究范围

生态文化是个涵盖广泛且内涵丰富、复杂的概念，关于它的定义学术界有多种不同的界定，且大都将其作广义和狭义之分。余谋昌认为："狭义的理解是，以自然价值论为指导的社会意识形态、人类精神和社会制度；广义的理解是，以自然价值论为指导的人类新的生存方式，即人与自然和谐发展的生产方式和生活方式。"①这个定义中的自然价值论，余谋昌解释为："不仅人具有价值，生命和自然界也具有价值；生命和自然界不仅对人有价值，而且它本身具有内在价值；自然价值是人类发展文化的自然基础和前提。"②陈幼君在《生态文化的内涵与构建》一文中指出："广义的生态文化是一种生态价值观，或者说是一种生态文明观，它反映了人类新的生存方式，即人与自然和谐的生存方式。这种定义下的生态文化，大致包括三个层次，即物质层次、精神层次和制度（政治）层次。狭义的生态文化是一种文化现象，即以生态价值观为指导的社会意识形式。"③卢风也将生态文化分为广义和狭义两种，认为"生态文明就是广义的生态文化"。"狭义的生态文化是以生态价值观为核心的宗教、哲学、科学与艺术。"④而江泽慧认为"广义的生态文化是指人类历史实践中所创造的与自然相关的物质财富和精神财富的总和；狭义的生态文化是指人与自然的和谐发展、共存共荣的意识形态、价值取向、制度适应和行为方式"。⑤

除了将生态文化作了广义和狭义具体区分的学者外，有一些学者未作广狭之分，而是宏观地把握生态文化的概念。郭家骥的《生态文化论》认为："文化是一个民族对所处的自然环境和社会环境的适应性体系，生态文化就是一个民族对生活于其中的自然环境的适应性体系。"⑥陈璐的《试析生态文化的内涵与创建》认为："与生态文明相适应的文化名之为生态文化。""生态文化就是基于对人与自然界关系的正确认识、以人与自然和谐发展为价值取向、以人类的生死存亡及人生意义为终极关怀、与当前生态文明建设相适应的一种文化形态。"并且强调生态文化是与人类中心主义文

① 余谋昌：《生态文化是一种新文化》，《长白学刊》2005年第1期。
② 余谋昌：《生态文化是一种新文化》，《长白学刊》2005年第1期。
③ 陈幼君：《生态文化的内涵与构建》，《求索》2007年第9期。
④ 卢风：《论生态文化与生态价值观》，《清华大学学报》2008年第1期。
⑤ 江泽慧：《大力弘扬生态文化　携手共建生态文明——在全国政协十一届二次会议上的发言》。
⑥ 郭家骥：《生态文化论》，《云南社会科学》2005年第6期。

化和生态中心主义文化相独立的文化。[①] 雷毅认为:“生态文化是以整体论思想为基础,以生态价值观为取向,以谋求人与自然协同发展为宗旨的文化。”[②]余达忠认为:“生态文化是以生态价值观为理念的人类的一种全新的生存发展方式,这是生态文化最根本的特征,是生态文化作为一种文化形态与此前所有文化形态的本质区别。”[③]学者们除了对生态文化的概念、内涵等作了界定外,也对生态文化的结构、内容、特征等进行了论述。关于生态文化的结构,陈寿朋认为,广义的生态文化大致包括三个层次,即物质层次、精神层次和制度(政治)层次。其他的学者也基本上根据文化的四层次分法,将生态文化大体分为生态物质文化、生态精神(观念)文化、生态制度文化及生态行为文化等。关于生态文化的内容,陈幼君认为“从内容来看,生态文化主要包括生态哲学、生态伦理、生态科技、生态教育、生态传媒、生态文艺、生态美学、生态宗教文化等要素”。关于生态文化的特征,江泽慧认为“从研究对象而言,生态文化是一种有关人与自然关系的文化。从价值功能而言,生态文化的价值功能主要表现在:能正确指导人们处理好个人与自然之间的个体利益关系;能科学地协调好人类社会与生态环境系统之间的整体平衡关系。从时空跨度而言,生态文化既具有历史传承性,又具有跨国界的地域性”。

综合学术界已有的关于生态文化定义、结构、内容、特征等的论述,提取各家观点中的共识之处,本书对生态文化的内涵、结构、研究范围等做如下界定:

(一)生态文化的内涵

生态文化是一种研究人与自然关系的文化;生态文化是一种提倡人与自然和谐发展、共存共荣的文化;生态文化是与人类中心主义和生态中心主义相对立的文化,它追求人与自然的平等、均衡发展;生态文化是与生态文明相适应的文化形态;生态文化具有历史传承性,它与中国传统的“天人合一”自然观一脉相承,是古往今来人类在认识和改造自然的过程中逐步形成的文化,同时它又具有鲜明的时代特色,是生态文明时代的产物。

(二)生态文化的结构层次

文化学者们将文化分为两个基本层次,即物质文化(或曰器物文化)、

---

① 参见陈璐:《试析生态文化的内涵与创建》,《广西社会科学》2011 年第 4 期。

② 雷毅:《生态文化的深层建构》,《深圳大学学报》2007 年第 3 期。

③ 余达忠:《生态文化的形成、价值观及其体系架构》,《三明学院学报》2010 年第 1 期。

精神文化（或曰观念文化），介于两者之间的还有制度文化和行为文化。“制度文化是指人类在社会实践中建构的各种社会规范、典章制度，行为文化是指人类在社会交往中约定俗成的风习、礼俗等行为模式”①。这就是目前学术界通用的关于文化的四层次分法，即将文化分为物质、精神、制度、行为四层面的文化。基于文化的四层次分法以及生态文化学者们对生态文化的分类，本书将生态文化在结构上分为生态物质文化、生态观念文化、生态制度文化和生态行为文化，在具体论述时偏重于生态观念文化和生态行为文化。

（三）生态文化的研究范围

生态文化的研究范围广泛，有学者认为生态文化主要包括生态哲学、生态伦理、生态科技、生态教育、生态传媒、生态文艺、生态美学、生态宗教文化等要素，也有研究者认为生态文化包括生态哲学文化、生态伦理文化、生态科技文化、生态文艺文化、生态宗教文化等。鉴于本书是以民间故事为研究对象的，为使研究更加集中和有针对性，且更能体现各人口较少民族文化的民族性和地域性，故将生态文化的研究范围限定为生态自然观、生态伦理观、生态美学观、生态宗教文化和生态习俗文化等主要方面。其中生态宗教文化主要是指宗教信仰中所具有的生态文化内涵，生态习俗文化主要是指习俗中所蕴含的生态文化意蕴。②

---

① 冯天瑜：《中国文化史》，高等教育出版社 2005 年版，第 13 页。

② 本章中关于“人口较少民族概况”的内容，是笔者根据如下资料概括总结而来：陶玉明：《中国布朗族》，宁夏人民出版社 2012 年版；李绍恩：《中国怒族》，宁夏人民出版社 2012 年版；张云：《中国基诺族》，宁夏人民出版社 2012 年版；和向东：《中国普米族》，宁夏人民出版社 2012 年版；熊顺清：《中国阿昌族》，宁夏人民出版社 2012 年版；杨将领：《中国独龙族》，宁夏人民出版社 2012 年版；唐洁：《中国德昂族》，宁夏人民出版社 2012 年版；云南特有民族百年实录丛书：《德昂族百年实录》《阿昌族百年实录》《独龙族百年实录》《怒族百年实录》《基诺族百年实录》《布朗族百年实录》《普米族百年实录》，中国文史出版社 2010 年版。

第一章　云南人口较少民族民间故事中的生态自然观

云南人口较少民族民间故事中的生态文化，最为直观的表现就是民间故事中蕴含着朴素的生态自然观，生态自然观是生态文化的核心要素之一。生态自然观认为生态系统是一个共同体，人与自然是这个共同体的平等公民，人类应该尊重自然、爱护自然，人与自然相互依存、相克相生，最终达到和谐统一，成为一个均衡发展、和谐共处的有机整体。生态自然观反映了一个民族对人与自然关系的根本认知，是自然观发展的高级阶段。云南的七个人口较少民族——德昂族、独龙族、阿昌族、普米族、怒族、布朗族、基诺族，由于生活的自然条件比较恶劣，又因生产力不发达，不得不依附自然才能生存，因而与其他经济较发达的民族相比，与自然的关系更为密切。他们在长期与自然打交道的过程中，既依赖自然、利用自然，又不断地努力与强大的自然力抗争，形成了极具智慧的自然观。尽管人口较少民族的自然观尚没有达到现代生态自然观的高度，但其自然观中包含的敬畏自然、亲近自然、人与自然和谐共处等观念，是与生态自然观的根本思想相一致的，是一种朴素的生态自然观。这种朴素的生态自然观通过各人口较少民族的民间故事得以生动的传达。

第一节　敬畏自然、亲近自然的生态自然观

云南人口较少民族关于人类起源的神话传说故事中，蕴含着人类源出自然，因而人类应该敬畏自然、亲近自然的生态自然观。人类起源故事是各民族民间故事的重要组成部分，正如茅盾先生所指出的："原始人的思想虽然简单，却喜欢攻击那些巨大的问题，例如天地缘何而始，人类从何而来，天地之外有何物等等。他们对于这些问题的答案便是开天辟地的神话，便是他们的原始的哲学，他们的宇宙观。"①在生产力低下的原始社会，先民的生产生活受着变幻莫测的自然界极大的影响。面对不测的自然界，他们产生了解释自然的迫切愿望，创造了大量极富想象力的神话传说故事。人口较

① 茅盾：《茅盾评论文集》（下），文化艺术出版社 1981 年版，第 274—275 页。

少民族的民间故事中同样也有许多关于人类起源的故事，但与汉族广为流传的盘古开天辟地等起源故事不同，汉族的此类故事中更多凸显的是人或神创万物、人是万物灵长的自然观，隐含着“人类中心主义”的倾向，而人口较少民族民间故事中呈现的则是“自然化育万物”、人类源于自然的生态观，对待自然的态度较为谦卑。最能体现这种“人类源出自然”理念的起源故事当属各人口较少民族中大同小异的“葫芦传人种”类的故事。

一、“葫芦传人种”故事的生态内涵

在阿昌、基诺等七个少小民族的人类起源故事中，葫芦的作用无外乎两种情况：一种是葫芦孕育人类或其他物种，以阿昌族、基诺族的故事最具代表性。在阿昌族的开天辟地故事中遮帕麻和遮米麻结婚九年之后，遮米麻才怀孕，“怀胎九年才临产，生下一颗葫芦籽，把它种在大门旁。九年葫芦才发芽，发芽九年才开花，开花九年才结果，结了一个葫芦有磨盘大。遮帕麻走到葫芦下，葫芦里面闹喳喳。剖开葫芦看一看，跳出九个小娃娃。以陶为姓是汉族，以刀为姓是傣族，以李为姓是白族，以和为姓是纳西，以牛为姓是哈尼，以罗为姓是彝族，以石为姓是景颇，以杨为姓是德昂，以‘早’为姓是阿昌。”①

基诺族的起源故事《祭祖的由来》讲述了兄妹麻黑和麻妞藏在木鼓里躲过了洪水，兄妹成婚，栽种了从木鼓里捡来的葫芦种子，从葫芦里挤出人类的故事。麻黑在葫芦的肚脐上烙了个洞，只见葫芦刚一烙通，就从洞口连续跳出几个人来。最先出来的叫“阿颇”，就是现在云南小勐养地方的空格人；第二个出来的是傣族，最后出来的是基诺，基是挤的意思，诺是后的意思，就是最后从洞里挤出的人。② 这两个故事均讲述了葫芦孕育人类的过程，不仅彰显了自然和人类的亲缘关系、人类是自然之子的自然生态理念，更进一步指出各民族之间同根同源原本是一家的民族团结的人文生态观念。

葫芦在起源故事中发挥的另一种作用就是人类借助葫芦躲过洪水，葫芦保全了人种。这种情况以德昂族的起源故事最为典型：“远古时，螃蟹是水的娘，螃蟹到哪里，水就发到哪里，人和动物差点淹死完了。剩下少数的人和动物，就躲到葫芦里去。螃蟹发了洪水也躲到葫芦里面来，人就把螃蟹的头砍掉了。葫芦漂在洪水里，人就没有死完。因为葫芦救了人，所以德昂

---

① 梁河县政协编：《梁河阿昌族今昔》，云南民族出版社2003年版，第347页。

② 《基诺族民间故事》，云南人民出版社1990年版，第4—5页。

人拜佛时离不开葫芦，用葫芦来装水。”[①]这类故事中，葫芦救助了人类，保全了人种，是人类的恩人，成为人类崇拜和敬仰的对象，展现了人类以崇敬的态度对待自然的生态观念。

二、“葫芦传人种”故事的文化意蕴

人口较少民族中流传甚广的葫芦传人种的故事，隐含着丰富的文化内涵。首先葫芦在传统文化观念中是多子的象征，以葫芦为始祖，也寄托了各少数民族希望族群不断繁衍壮大的意愿。正如闻一多先生所说，以始祖为葫芦化身的原因是“因为瓜类子多，是子孙繁衍的最妙的象征，故取以相比拟”[②]；此外葫芦传人种也体现了各少数民族的母体崇拜、生殖崇拜观念，刘尧汉认为“葫芦象征母体，葫芦崇拜就是母体崇拜”[③]；李子贤认为“我国各民族的葫芦神话，正是在人从葫芦出，葫芦是各族先民共同的母体这一生殖崇拜、母体崇拜、祖先崇拜的基本观念的基础上逐步演化发展起来的”。[④]

人口较少民族民间故事中的“葫芦传人种”故事，形象地传达了各人口较少民族的自然化育人类、人类源出自然的观念，他们以葫芦（自然物）为始祖，以民族为自然之子，因而对自然更多的是作为子民的谦卑姿态。这种自然观与民族的生殖崇拜、母体崇拜等文化观念相结合，被赋予了更为丰富的文化内涵。

第二节　取用有度、征服恶性自然的生态自然观

自然界与人类社会的关系是既相互冲突又相互依存的，自然界有利生的一面，同时不可回避的是也有其恶生的破坏性的一面。对于恶的阻碍人类生存与发展的自然力量，人类不能一味地畏惧，而是要不断地利用勇敢和智慧与大自然进行抗争，从而征服自然、利用自然。但是这种征服和利用并不是所谓的“人类中心主义”，而是在尊重自然规律的基础上，更好地利用自然为人类服务，正如荀子所说“大天而思之，不如制天命而用之”。在人口较少民族的民间故事中都或隐或显地蕴含着这样的生态自然观。

① 李子贤：《云南少数民族神话选》，云南人民出版社 1990 年版，第 474—475 页。
② 闻一多：《神话与诗》，上海人民出版社 2006 年版，第 61 页。
③ 李子贤：《傣族葫芦神话溯源》，《民间文艺集刊》，第三辑。
④ 李子贤：《傣族葫芦神话溯源》，《民间文艺集刊》，第三辑。

一、取用有度、人与自然相克相生的理念

基诺族民间故事《阿嫫腰白》讲述了动物和人之间互相制约、相克相生，获得生态平衡的故事。对于自然界中动物的恶意伤害和攻击，人类用智慧进行征服，如对付大象用诱使大象进油炸的办法，迫使大象不敢再吃人，对付吸血的蚂子，人类用蔑编成了一种工具，放在水里发出响声，蚂子听见吓得不敢再来吸人的血。同时人还学会用网捕鱼，用弓箭火炮射野兽。这些都在一定程度上体现了原始先民对自然的征服与利用。但当人类过度杀害动物时，基诺族的始祖阿嫫腰白也出来干预："动物不服气，也来告状，说人把它们杀得太惨了，吃它们吃得太厉害。阿嫫腰白也看出，人走路走得太快了，轻松容易就能捉住飞禽走兽，日子一久，禽兽就被捕光，应该让人走慢点，阿嫫腰白就在人腿上加了块膝盖骨，好叫他们走慢点，不要把动物杀得太多。"①这则神话故事生动地昭示了基诺人的适度利用自然、征服自然，保持生态平衡的理念。类似的故事在独龙族的神话故事中也有生动的体现："远古时人的腿是直的，在悬崖峭壁上行走如飞，跑得比野兽还快，眼看野兽就要被人打绝种了，'格蒙'担心将来人没有吃的，于是将人的腿分成两段，在小腿肚上放了块石头，人从此再没有野兽跑得快了，野兽也得到了生息繁衍，独龙族也能依靠雪山和森林的养育而得以生存"②。这则故事表现了独龙族先民对人与自然关系的感悟。在他们的观念意识中人与自然是相克相生、互相制约的，这种自然观是一种朴素的生态自然观。

基诺族《献树神的传说》讲述了人对森林植被等适度开发利用的故事。自从造物主阿嫫腰白造出人类后，基诺人就世世代代在基诺山上砍树开荒，靠刀耕火种过日子，总是东搬西迁。一次，基诺人又搬到一个新的地方建寨。人们照例上山挥刀，砍树开荒。一天工夫，各种树被砍倒一大片。但第二天，所有被砍倒的大树全都站立起来，像从未被砍过。后来才知道是树神让这些树重新站起来的。人们质问树神："你为什么要把我们砍倒的树叫起来？"树神生气地说："因为它们都是我的子孙。""尊敬的老公公，我们砍倒树是为了要种粮食，你不让我们砍树种谷，是不是想让我们饿死？"人们又问道。"不是的。我既不想叫你们饿死，也不想叫我们树木断子绝孙。"树神心平气和地解释说："你们想想，照你们这样砍伐，砍一片，烧一片，天长日久，不是要我们树木断子绝孙吗？得有砍有留有种呀！"人们听后，顿

① 刘怡、陈平：《基诺族民间文学集成》，云南人民出版社1989年版，第25页。

② 转引自王明东：《独龙族的生态文化与可持续发展》，《云南民族学院学报》2001年第3期。

时醒悟，向树神保证："我们听你的，以后不乱砍伐了。"[①]这则故事以幻想的形式告诫人们对于自然的开发利用不能滥用无度，乱砍滥伐的结果就是树木断子绝孙，人类也会失去赖以生存的家园。

人口较少民族在与大自然长期共存的过程中，形成了对人与自然关系的深刻认知，即人与自然相互依存、相互制衡，人要遵循自然规律，取用有度，才能维系生态平衡，促进人与自然的和谐发展。这种生态自然观在阿昌族、德昂族、怒族等人口较少民族的民间故事中也都有所呈现。

二、发挥主观能动性，征服恶性自然的生态思想

自然是人类赖以生存的家园，利生性无疑是自然力和自然物的恒常属性，但自然也是一柄双刃剑，自然力和自然物也会偶发性地呈现出恶的有害于人类的一面，比如水旱灾害、猛兽伤人等。对于自然中极具危害性和破坏性的恶性力量，如果人类只是一味地顺从和畏惧，就会既不利于人类社会的进步，也不利于自然的和谐发展。充分发挥人的主观能动性，征服和改造自然界中恶的因子，维护生态系统的平衡，亦是生态自然观的重要内容。这种生态自然观在人口较少民族的民间故事中得到了很好的体现和传达。

阿昌族创世故事《遮帕麻和遮米麻》中，先民们把恶的自然力幻化为一个专门与人类做对的乱世魔王——腊訇。这个腊訇心狠手辣，他说："我要造一个不会落的太阳，让世界只有白天没有夜晚，让人们不分昼夜做活路，让我的名声永远传扬。"这个只升不落的太阳把"水塘烤干了，树林晒枯了，土地开裂了"，人们苦不堪言，阿昌族的创世始祖遮帕麻为了使人们摆脱水深火热的生活，与腊訇斗智斗勇，在斗法和斗梦的过程中，战胜了腊訇，重整天地。"遮帕麻拉开黄栗硬弓，搭上弩箭，一箭射下假太阳，天空不再喷毒焰。天上出现了遮帕麻造的太阳，天上出现了遮帕麻造的月亮，太阳会出也会落，月亮会升也会降。"故事中，腊訇是有害于人类的自然力的化身，阿昌族始祖遮帕麻战胜了腊訇，寓示着人类战胜自然力、支配自然力的胜利。

普米族的神话故事《尖若线鲁造万物》讲述了尖若线鲁带着神弓宝箭和六只猎狗，征服雾海、火海，平息洪水，历尽艰辛，开辟大地的故事。这则征服性神话反映出原始人类征服自然的努力，尖若线鲁征服自然的英雄气概，展现了普米族先民与恶的自然力斗争、不屈不挠勇往直前的精神。

怒族的英雄故事《大力士阿烘》写了阿烘的很多壮举，其中一件就是阿

① 《基诺族民间故事》，云南人民出版社 1990 年版，第 31—32 页。

烘战胜旱灾,帮助怒族人摆脱苦难的事迹。怒江沟连续三年大旱,庄稼种下去长不出,果树也光开花不结果,怒江也变细了,怒族人不知死了多少,人们盼望着阿烘来解救他们的苦难。阿烘也不负众望,在碧罗雪山和高黎贡山顶上,将大大小小的龙潭都深深地扒开一个大洞,泉水哗啦哗啦不断地流下山来,同时龙王也在阿烘的警告怒斥下赶忙下了几场大雨,万物才得以回春。水旱灾害是自然界带给人类的灾难,是自然界中邪恶势力的代表,阿烘战胜了旱灾,使包括人类在内的万物起死回生,重现生态和谐的图景。这表明人类征服自然的渴望和努力,是获得生态系统平衡发展的重要原动力。在独龙、德昂、基诺等人口较少民族的神话故事和英雄故事中也都有类似的人类征服自然、战胜自然的故事。

各人口较少民族民间故事中的征服性故事和汉族以及其他民族的故事,如"后羿射日"等有异曲同工之处,几乎都与农耕经济有关,水旱灾害对农耕经济的破坏性巨大。因此,在生产力低下的原始社会,面对强大的自然力,先民们用幻想和想象编织出人类战胜自然的神话和英雄故事,尽管缺乏科学依据,但却生动表现了原始先民征服自然、改造自然的热望。

第三节 天人"整生"共存的生态自然观

人口较少民族民间故事中蕴含的生态自然观,常见的是上文所述的敬畏崇仰自然和遵循自然规律、征服自然的理念,但这两种自然观念并不是彼此孤立,而是常常相互交融的,体现的是人与自然相互依存、相互制约的生态自然观。这种人与自然和谐共存、平等共处的理念才是人口较少民族生态自然观的核心与深层意蕴。这与现代西方的生态学思想和中国传统的天人观不谋而合。

一、与现代生态学相契合的人与自然"整生"共存观念

在生态学理论中,人与自然的关系主要有依生、共生、整生三种形态,人与自然的依生关系表现为人类依附依赖自然而生存,人与自然的关系不对等,人的主观能动性弱化;共生关系表现为人与天地万物的相容,但人与自然万物各自独立,缺乏整体性;整生关系是指人与自然作为有机整体和谐共处,是亲密的伙伴关系。在人口较少民族的民间故事中,这三种生态关系都有所呈现,表现得较为突出的是人与自然的依生关系和整生关系:在生产力不发达的时期,人口较少民族的先民生产生活都高度地依附自然,风调雨顺则能衣食无忧,遭遇水旱灾害则民不聊生,因而对自然力极为敬畏,人与自

然表现为依生关系。在民间故事中，大自然被赋予神性和灵性，各人口较少民族都有本民族的自然崇拜，如树神崇拜、山神崇拜、石神崇拜、谷神崇拜等，关于各种自然崇拜的来源也形成了很多生动的故事和传说。依生关系固然有利于保护自然，但人的主体性未发挥，完全被动地依附自然，是不利于人类和自然向更高阶段发展的，因此依生关系只是人与自然关系中的初级阶段。而人与自然的整生关系则是生态自然观发展的高级阶段，即人与自然相互依存，成为一个有机的整体，这种生态自然观有利于人和自然的和谐发展。在人口较少民族的人兽联姻和人与动物互有恩惠主题的故事中，这种整体论的生态自然观表现得尤为明显。

怒族的人兽联姻的异类婚故事经历了从人兽结合到人与神化的动物结合的过程。早期的《人猴成亲》讲述两兄弟中的哥哥和一个母猴子日久生情并成婚的故事，到后来，怒族人觉得人兽结合有失体面，有违人伦，便把与人结合的动物神化，这样既合情理又顺人伦。《那麻与亚尼公主》写的是打猎的小伙子那麻与四角蛇幻化的美丽姑娘亚尼相爱成亲的故事，《猎人与女猎神》则讲述了怒族青年猎人与女猎神（羚牛变化而来）之间感人的爱情故事。无论是人兽结合还是人与神化物的结合，都间接反映了与自然亲密无间、相互依存的关系。此类故事在其他人口较少民族中也普遍存在。基诺族民间故事《三姑娘与蛇郎》叙述了美丽善良的三姑娘与蛇化作的英俊小伙成亲，经历一番坎坷，终究过上幸福生活的故事；普米族故事《白鸽和金树的主人》描写了富翁的儿子老三和白鸽仙女成亲终获美好结局的故事；独龙族故事《孤儿与鱼姑娘》《蛤蟆娶媳妇》也是写人兽联姻的故事。

人兽联姻故事表现了人与自然夫妻般的亲密关系，二者相互依存，是一个有机的整体，是整生性天人关系在人与动物之间关系上的特异表现。

展现人与动物互有恩惠主题的故事则体现了人与物、人与自然之间亲人般的关系。怒族故事《甜甜的鹿乳》叙写的是动物对人的恩惠。孤儿七若左饥寒交迫，饿昏在一个岩洞，好心的马鹿用甜甜的鹿乳给他充饥，救活了他，并把它当成自己的孩子一样养育，无微不至地照顾和疼爱着七若左，尽管七若左一度为了自己能活下来，险些害死马鹿，但最终还是幡然悔悟，感念马鹿的恩德。人和动物如同母子一样相依为命的感情十分真挚动人。基诺族故事《宝葫芦》是一则动物报恩主题的故事，善良的老阿嬷救了一只被老鼠咬伤翅膀的小燕子，精心照顾它，帮它养好伤，并让它和妈妈一家子团聚，小燕子为了报恩，送给老阿嬷宝葫芦，并几次在老阿嬷危机时救了她。这两则故事都体现了人与动物之间亲密友善的关系。

人口较少民族的民间故事中,有多种类型的故事展现了人与自然相互依存,如夫妻、如兄妹、如母子般的亲密关系,尽管各类故事表现的主旨各有侧重,但都暗含着人与自然是和谐共存的整体的生态自然观。

二、与中国传统"天人合一"观相契合的生态自然观

人口较少民族民间故事中的生态自然观,不仅与西方的现代生态学观念不谋而合,而且与中国传统的"天人合一"观相契合。人与自然的关系即天人关系是中国古代哲学体系的重要组成部分,诸子先哲们都曾对此作出深刻阐释,"天人合一"思想主要蕴含在儒家和道家的哲学思想中。儒家创始人孔子认为"万物并齐而不相害,道并齐而不相悖",汉代大儒董仲舒认为"天、地、人,万物之本也。天生之,地养之,人成之"。儒家的天人观强调天地人三者之间和谐共生、相辅相成的关系。在儒家看来"天地之间,非独人为至灵,自家心便是草木鸟兽之心也,但人受天地之中以生尔。人在天地之间,与万物同流,天人无间断",认为不仅人有灵性,草木鸟兽皆有灵性,人是天地万物生态系统的一部分。同时人不是游离于自然之外的,更不是凌驾于自然之上的,人就生活在自然之中,正如程颐所说:"人之在天地,如鱼在水,不知有水,只待出水,方知动不得。"儒家先贤们对天人合一的人与自然的关系作出了非常明确具体的表述。

道家老子强调"道大,天大,地大,人亦大。域中有四大,而人居其一焉",肯定了人是自然界的有机部分。庄子进一步提出了人和自然一体的思想"天地与我并生,而万物与我为一"。中国的"天人合一"观追求的终极目标就是实现人与自然的和谐交融。老子说"人法地,地法天,天法道,道法自然"强调了人作为自然界的一部分,与自然相互依存,顺应自然才是人类的生存之道。

人口较少民族民间故事中所蕴含的敬畏自然、顺应自然、人与自然是相互依存的伙伴关系的生态观念,无疑是对传统"天人合一"观的生动诠释。

人口较少民族对于如何处理人与自然关系问题,有自己独特的生态自然观。这种生态自然观不是建立在"科学"的、"现代"的生态学的基础上,而是建立在一种具有独特生态智慧的,具有本土性和民族性的生态知识基础上。这种"本土生态知识"是"指特定民族或特定地域社群对所处自然与生态系统作出文化适应的知识总汇,是相关民族或社群在世代的经验积累中健全起来的知识体系。这样的知识体系总是直接或间接地与该民族所处的自然与生态环境相关联,担负着引导该民族成员生态行为的重任,使他们

在正确利用自然与生物资源的同时,又能精心维护所处生态系统的安全”①。这种独具智慧的本土生态观,以形象直观的方式反映在民间故事等口传文学里。那些经由民间故事传达出的生态自然观,虽未经提炼而较为质朴,但却不乏哲理性和前瞻性,与西方现代生态观和中国传统的自然观遥相呼应。

① 庭硕、田红:《本土生态知识引论》,民族出版社2010年版。

第二章　云南人口较少民族民间故事中的生态伦理观

生态伦理观属于生态文化的精神层次，是生态文化在道德伦理层面的表现。全球性的生态危机和频发的生态灾难，使人们意识到生态问题关乎人类的前途和命运，严酷的生态现实要求人类的道德进化，生态伦理学应运而生。生态伦理学是“关于人们对待地球上的动物、植物、微生物、生态系统和自然界的其他事物的行为的道德研究。它的主要特点是把道德对象的范围从人与人关系的领域，扩展到人与自然关系的领域”①。西方的生态伦理学思想产生于20世纪二三十年代，代表作是史怀泽的《文明的哲学：文化与伦理学》（1923年）和利奥波德的《保护伦理学》（1933年）。尽管现代的生态伦理学迟至20世纪上半叶才正式出现，但其思想来源却古已有之，源远流长，“正如社会伦理思想是与人类认识和改造社会活动相伴生一样，生态伦理思想也是随着人类对自然的认识和改造而逐渐发展起来的。生态伦理学就是这一思想认识过程发展的产物。”②生态伦理学不仅在西方哲学和中国古代哲学中可以探寻其思想来源，在人口较少民族的民间故事中也孕育着宝贵的生态伦理思想的胚芽。

人口较少民族的生态伦理观与现代的生态伦理观有诸多相似之处，如没有“人类中心主义”的高高在上的姿态，承认万物平等，人类不是自然界的主宰；承认自然的存在价值；承认人类有关爱和保护自然界的义务；承认维护生态平衡和可持续发展的重要性；等等。这些生态伦理在人口较少民族的民间故事中以直观生动的形式呈现出来，有助于引导人们遵循生态伦理道德原则和生态伦理道德规范，树立生态责任意识和生态道德意识，促进人口较少民族生态伦理道德的进化。

人口较少民族的民间故事类型多样，主要有创世神话故事、洪水神话故事、英雄故事、幻想故事、动植物故事、生活故事等，在各类型的民间故事中，或多或少都和生态伦理有一定的关联，表达了人口较少民族朴素的生态伦理观。

---

① 余谋昌：《生态文化是一种新文化》，《长白学刊》2005年第1期。

② 叶平：《生态伦理学》，东北林业大学出版社2000年版。

第一节　“天人一体”的非人类中心主义生态伦理

生态伦理学包含着很多分支，如动物解放/权利论、生物中心主义、生态整体主义、深层生态学等，它们都有一个共性的特征，就是反对狭隘的人类中心主义，反对“人是万物之尺度”、“人是自然的立法者”的观念。生态伦理学强调人是生态共同体的一员，和自然界其他生命体在价值和权利上是平等的，自然物和人类一样是道德的对象。万物平等的“非人类中心主义”是生态伦理观的核心。

云南人口较少民族的民间故事中蕴含着“天人一体”的万物平等的非人类中心主义生态伦理。“天人一体”的生态伦理观把人与自然的关系视为息息相关、相互依存、密不可分的整体，强调对自然的尊重与依存。它的意义在于认识到人与自然的一体性，否定把人凌驾于自然之上的人类中心主义。人口较少民族中流传着的很多创世神话故事和洪水故事，都讲述了天地人同根共源的故事，以此隐喻天人一体的生态伦理。

阿昌族的创世神话故事《遮帕麻和遮米麻》是一则典型的神创万物的故事。讲述阿昌族的始祖遮帕麻和遮米麻造天织地、创造人类的经历。《遮帕麻和遮米麻》是阿昌族最古老、流传最广的神话故事，故事首先讲道：“在远古的时候，既没有天也没有地，只有混沌一片……记不得哪年哪月，混沌中出现了一道白光。有了白光，就有了黑暗；有了黑暗也就有了阴阳。阴阳相生诞生了天公遮帕麻和地母遮米麻”①。在讲到天公地母诞生之后，神话又用大量生动的情节讲述了天公地母造天织地，开创万物的神奇故事。“遮帕麻用雨水拌金沙造了一个太阳，用雨水拌银沙造了一个月亮……他跨出一步就留下一道彩虹，他走过的地方被踩出一条银河，他喷出的气体变成了满天的白云，他流下的汗水化成无边的暴雨……在天公造天的同时，地母也开始织地。地母遮米麻刚诞生的时候，裸露着身体，头发和脸毛有八尺长，长长的脖子上长着一个比芒果还要大的喉头，遮米麻摘下喉头当梭子，拔下脸毛织大地。从此以后女人没有了喉头，也没有了胡须。遮米麻拔下了右边脸上的毛，织出东边的大地；拔下左边脸上的毛，织出了西边的大地；拔下下颏的毛，织出南边的大地；拔下额头的毛，织出了北边的大地。”②接

---

① 姚宝瑄：《中国各民族神话　佤族　阿昌族　纳西族　普米族　德昂族》，书海出版社2014年版，第74页。

② 姚宝瑄：《中国各民族神话　佤族　阿昌族　纳西族　普米族　德昂族》，书海出版社2014年版，第75页。

着神话又讲述了天公地母造人的经历："遮帕麻和遮米麻结合了，他们安身在大地的中央。过了九年，遮帕麻生下了一颗葫芦子，遮帕麻把这颗葫芦子埋在土里。又过了九年，葫芦子发出芽，葫芦藤长得有九十九尺长。可是，整根藤上只开了一朵花，只结了一个葫芦。葫芦越长越大，遮帕麻怕它撑破了大地，就用大木棒打开了一个洞。葫芦里立即跳出九个小娃娃。最初的人类就这样被创造了。"①

阿昌族的这则神话故事反映了他们从宇宙、人类的起源和对自然环境要素的认识和领悟中获得的生态伦理思想，即"天地人同根共祖，是一个统一的整体"。阴阳相生诞生了天公地母，天公地母又造天织地，创造了日月星辰、河流山川等自然元素，在此基础上又创造了人类。天地人有共同的始祖，同根共源，并且天地等自然界先于人类而生，人并不是万物的主宰。这则神话生动地体现了阿昌族"天人一体"的生态伦理思想。

独龙族的《卡窝卡蒲分万物》也是一则讲述万物同源一体的故事。故事讲道："相传，远古之时，日月交配以后，乃有万物。但万物都是无边无角的圆块，混沌无别。后来，雪山之神卡窝卡蒲将雪化为清水，用清水洗濯万物，将其赘瘤除去，才把万物区分开来。最先，从那雪水化出的清水里显现出两个人，一男一女。两人成亲，繁衍子孙，遂有了人类。然后才显现出鸟、兽、虫、鱼等万物。"②在这则独龙族的创世故事中，日月交配之后，才有万物，万物最初混沌一体，是雪山之神用雪水洗濯才分出万物和人类。这寓示着独龙族先民在自然万物与人类的生态伦理关系认识上，亦是认同"天人一体"生态伦理观。即人与万物是同源一体的，同源于雪山之神，原本就是混沌无别难分彼此的一体。

与阿昌族、独龙族创世神话以神创万物来体现"天人一体"的生态伦理观不同，怒族的洪水神话故事在反映"天人一体"的生态伦理观时，带有鲜明的氏族文化特点。怒族的洪水神话故事《腊普和亚妞》讲述了洪水过后为保全人种，腊普和亚妞兄妹成婚的故事。兄妹婚的故事在少数民族神话故事中很常见，这则故事比较有趣的地方是，兄妹成婚后，他们的儿女与动物结合繁衍后代。故事讲道："几年过去了，腊普和亚妞生育了七个子女，这些孩子长大后，有的兄妹结为夫妻，有的跟会生活的蛇、蜂、鱼、虎繁育下一代。后来人类逐步发展起来，就以一个始祖所传的后裔称为一个氏族，与

① 姚宝瑄：《中国各民族神话 佤族 阿昌族 纳西族 普米族 德昂族》，书海出版社2014年版，第78页。
② 姚宝瑄：《中国各民族神话 水族 布朗族 独龙族 基诺族 傈僳族》，书海出版社2014年版，第113页。

蛇所生的为蛇氏族，与蜂所生的为蜂氏族，与鱼所生的为鱼氏族，与虎所生的为虎氏族。”[①]在这则故事中人与动物是平等的，他们结合成为氏族人类的始祖，这样的情节包含着人兽同祖、天人一体、万物平等的非人类中心生态伦理，同时也显示了独具特色的怒族氏族文化。

普米族的《石头阿祖和石头子孙》是一则具有泛神论色彩的创世故事。它讲述了山神纳可穆马和雨神吉西尼相爱，遭到天神的惩罚，吉西尼被囚禁，纳可穆马怀孕后生下十个儿女，这些儿女都本领高强，最后他们合力救出了吉西尼，全家团聚，纳可穆马和吉西尼的子孙后代不断繁衍人类的故事。在这则神话故事中，自然物被广泛赋予了神性和灵性，如山神、雨神、长江、云神、风神、雷神等，他们有情感，有善恶之分，有人类的七情六欲。故事详细讲述了纳可穆马和吉西尼造人的过程：“纳可穆马和吉西尼的子孙们各自回到学艺的地方定居下来，建房盖屋，栽花种树，纺线织布……慢慢地成了一个个斯日（即血缘家族）。后代子孙们长大了，又生下了许多儿孙，九千年后，大地上就有了九万九千座大山。有一次，当所有的子孙回到纳可穆马身边团聚时，昆仑山容不下这样众多的后代，纳可穆马便想出了个好办法，她教儿孙们生孩子时，要从腋窝下生，娃娃快爬出来时，要用手臂夹一夹。她的儿孙们都是照着这办法做，生出来的娃娃不再那么大了，高不过七尺，粗只有一尺半，这就是人”。[②] 根据这则故事的描述，山神和雨神成了普米人的阿公阿祖，人类是山神和雨神的后代，和山神雨神的儿孙们化作的大山同根共祖。这里蕴含着人并不是自然的灵长，而是自然的子孙，人与自然是血脉相连的生命共同体的生态伦理观。

此外，基诺族、德昂族、布朗族的民间故事也有类似的创世故事，传达着他们谦卑地、平等地看待自然万物的生态伦理。人口较少民族这种非人类中心主义的生态伦理是和现代的生态伦理学息息相通的，二者都充分认识到自然与人类是密不可分的整体，主张放弃傲慢的人类中心主义的姿态，平等地对待自然，尊重自然。正如恩格斯所说“我们必须时时记住：我们统治自然界，决不像征服者统治异民族一样——相反地，我们连我们的肉、血和头脑都是属于自然界，存在于自然界的”[③]，云南人口较少民族的民间故事生动地告诉子孙后代，人类的血肉、头脑都是属于自然界的，人是自然的产

① 姚宝瑄：《中国各民族神话　门巴族　珞巴族　怒族　藏族》，书海出版社 2014 年版，第 58 页。

② 姚宝瑄：《中国各民族神话　佤族　阿昌族　纳西族　普米族　德昂族》，书海出版社 2014 年版，第 301 页。

③ 《马克思恩格斯全集》第 20 卷，人民出版社 1972 年版，第 519—520 页。

物。这种认为人是自然的产物并存在于自然之中的观念,即“天人一体”的自然生态伦理思想,“天人一体”的本质就是人与大自然的一致性,强调大自然是人类的生存根基和最终归宿,人与自然万物相互依存、共生共荣。“天人一体”是人口较少民族生态伦理的重要内容,虽然是以神话故事的形式表现出来,但包含着人与自然关系中的深刻伦理观念。

第二节 “以类度类、仁爱万物”的大地生态伦理思想

荀子在《非相》中说过:“圣人者以己度者也,故以人度人、以情度情、以类度类”,“以类度类”就是行为活动要顾及动物、植物等“他类”,仁爱万物。汉代大儒董仲舒提出:“质于爱民,以下之于鸟兽昆虫莫不爱。不爱,奚足为仁?”也具有泛爱众的思想,主张把“爱人”扩展到“爱物”。儒家倡导的这种“以类度类、仁爱万物”思想和现代西方的“大地伦理学”思想不谋而合。利奥波德的《大地伦理学》认为“大地伦理学扩大了社区的边界,包括土壤、水域、动物和植物或它们的集合:大地”①。人类只是这社区的成员之一,有义务尊重共同体的其他成员和共同体本身。由是观之,中国传统的儒家思想和现代生态伦理学思想具有相通之处,即二者都认为应该把道德伦理的对象由人类拓展到自然万物,人类对自然界有伦理责任,应该尊重、仁爱自然万物。

云南人口较少民族民间故事以直观生动的形式和表现内容,形象传达了这种“以类度类、仁爱万物”的生态伦理观念。在人口较少民族民间故事中,表现人类对自然的尊重、友爱、和谐相处的故事占很大比重,这些故事反映了人口较少民族先民的生态伦理观念,并以善恶二元对立的两极化形式表现出来:一方面热情讴歌和赞美人类对自然界“他类”生命的尊重爱护,让善待自然的人类获得美好结局;另一方面对破坏自然界、敌视或残害自然界他类生命的人类恶行予以无情鞭挞,通常让这类恶人恶有恶报,受到应有的惩罚。而这种对比鲜明的生态伦理观和利奥波德的“大地伦理学”的核心观念——“任何一件事情,当它有利于保护生态系统之完整、稳定和美丽时才是正确的,反之就是错的”是相通的。

普米族神话故事《洪水滔天》讲述了三兄弟对待动物截然相反的态度,以及由此带来的“善有善报,恶有恶报”的故事。故事的起因是:“很古以前,有三个普米族弟兄,他们分别到森林里去开荒。第一天,老大拿着木锄

---

① 利奥波德:《大地伦理学》,《自然信息》1990 年第 4 期。

去挖地，挖着挖着，突然有只乌鸦飞到他旁边的一棵树上叫唤‘哇呀！哇呀！你若把午饭给我吃，我就告诉你一件很要紧的事情。’老大听了很生气，骂道‘你这死乌鸦，别想骗我的午饭吃了，快滚！’接着，他随手捡了块石头打过去，把乌鸦撵跑了。第二天，老二去挖荒，乌鸦照样飞到树上向他要午饭吃，也被老二打骂走了。第三天，老三去挖荒，乌鸦又飞来向他要午饭吃，老三就把自己的午饭给乌鸦吃了。乌鸦吃完饭，对老三说‘今天下午要发洪水了，你赶快逃命吧！’”①。三兄弟对待乌鸦不同的态度构成了故事的起因，在此后的故事中，老三在乌鸦和青蛙的帮助下，在洪水中幸存下来，而他的两个哥哥则被洪水淹死了。这则故事虽然以歌颂普米族先祖老三的事迹为主，但也形象地传达了普米族的生态伦理观念，即善待他类，善待自然，就是善待自己，否则就会受到自然的惩罚。

布朗族幻想故事《岩腊桑比与岩腊桑亚》也是一则善恶到头终有报的类型故事。“从前，在一座大山里住着老猎人和他的两个儿子。老猎人临终时拿出仅有的财产——弩和箭，让两个儿子挑选。质量稍好的大弩和长箭被大儿子岩腊桑比取走，弟弟岩腊桑亚只得到了小弩和短箭。一天，弟弟射中一只白兔，善良的他把小白兔带回家疗伤，并认作干弟弟。岩腊桑比却趁弟弟外出把白兔吃了。岩腊桑亚把白兔的骨头安葬在父亲墓旁。后来弟兄两个分别成了家，哥哥垂涎弟媳的美貌，几次想谋害弟弟。因由白兔生前的好友们的暗中相助，岩腊桑亚每次都逢凶化吉。一次，岩腊桑比把弟弟推进山洞里。虽然岩腊桑亚得到老虎相救，但已摔成重伤。老虎把他留下来疗伤，不久岩腊桑比命丧虎口”。②

这是一则带有幻想色彩的伦理故事，这类两兄弟型的故事在其他民族的民间故事中也很常见，但布朗族这则故事的独特之处在于它不仅反映了人与人之间的道德伦理，也反映了人与动物之间的生态伦理。故事让善良的弟弟好人有好报，让作恶多端的哥哥恶有恶报，宣扬了惩恶扬善的人间社会伦理。同时在故事的细节上，又贯穿着“以类度类、仁爱万物”的生态伦理。弟弟之“仁”，表现在他在射中白兔之后带它回家疗伤，而且还认作干弟弟，这说明弟弟的善良、仁爱，不仅是对人友爱，而且还推广到动物身上。而哥哥的恶不仅表现在他对弟弟的狠毒陷害，而且表现在他对动物的冷漠无情，正是他将弟弟视如兄弟的白兔吃了。而最终仁爱万物的弟弟得到白兔的好朋友们和老

① 姚宝瑄：《中国各民族神话 佤族 阿昌族 纳西族 普米族 德昂族》，书海出版社 2014 年版，第 308 页。

② 普学旺：《云南民族口传非物质文化遗产总目提要 · 民间故事卷》（下卷），云南教育出版社 2008 年版，第 239 页。

虎的帮助,躲过哥哥的陷害,而哥哥则被老虎吃了,受到应有的惩罚。对自然的“仁”与“虐”使兄弟俩的结局天壤之别,形象地传达了布朗族淳朴的生态伦理观,即爱万物者,万物爱之,恶万物者,万物恶之。

怒族的民间故事《腊迪与野兔》讲述了人与动物之间亲如兄弟的深情。腊迪是一个孤儿,有一次他救了一只被胶黏住的小兔,从此与它相依为命。兔子借妖怪的财产帮腊迪哥哥娶了妻后,就辞别远行了。两年后,兔子来看望哥嫂,见到二人和睦相处,还生了个儿子,很高兴。同时,它也担心腊迪哥哥忘了自己,就装病。腊迪信以为真,非常难过,急忙到庙里祷告。兔子知道后,便提前跑到庙里,躲在菩萨背后。当腊迪祷告时,兔子装成菩萨说,只有吃他的孩子,兔子的病才会好。腊迪回到家后,几次想杀儿子给兔子弟弟吃,但始终不忍下手。最后他横下一条心,拉起儿子要砍,这时兔子急忙蹦到他面前,拉着他的手,说自己的病全好了。不久岩羊、鹿子、马鹿又来邀兔子远行,兔子便辞别了腊迪哥哥,跟同伴们走了。① 在这则故事中,人和动物之间的深情毫不逊色于人与人之间的感情。孤儿腊迪救了兔子的性命,与兔子相依为命,情同兄弟,兔子也真诚回报腊迪,用妖怪的财产帮腊迪娶妻。而腊迪也对兔子弟弟情深义重,为了治好兔子的病,甚至想要牺牲自己的儿子。兔子在腊迪眼中,已经不是与自己异类的动物,而是情同手足的兄弟,为了治好兔子的病,不惜牺牲自己的亲骨肉,这种真情已经完全超越了物种差别的兄弟间的伦理亲情,体现了较高级的生态伦理道德,即人与动物间以诚相待,亲如兄弟,和谐共处。

阿昌族的民间故事《牛娃》讲述的是:“有个孤儿帮财主家放牛,人们叫他牛娃。有一天,牛厩里爬进了一条蛇,牛娃把它丢出去,它又爬回来。如此几次后,牛娃才明白蛇可能饿了,便用香菜喂它,还让它在自己的箩里睡觉。第二天,箩里的蛇不见了,留下一堆雪白的银子。牛娃有钱了,让财主非常羡慕。财主也仿效他,结果被蛇咬死了。”②这则故事中,善良的牛娃真诚善待“他类”,获得了好的回报;而贪心的财主则自食恶果,落得被蛇咬死的下场。故事中表现的人类对待“他类”善恶两种不同的态度,以及由此带来的不同后果,形象地传达了阿昌族的生态伦理道德,即人类应该善待动物,善待自然万物,否则就会受到自然的惩罚。

“以类度类、仁爱万物”的生态伦理思想,在德昂族的《弟兄俩》、独龙族

① 普学旺:《云南民族口传非物质文化遗产总目提要·民间故事卷》(下卷),云南教育出版社2008年版,第348页。

② 普学旺:《云南民族口传非物质文化遗产总目提要·民间故事卷》(下卷),云南教育出版社2008年版,第277页。

的《孤儿和鱼姑娘》、基诺族的《宝葫芦》等民间故事中也得到生动的体现。人口较少民族的这些民间故事在情节上大同小异，但传达的生态道德和生态伦理是基本一致的，即人类应该善待“他类”自然物，遵循博爱万物之德，施仁爱万物之举；人与其他的自然物一样是“大地”这一共同体的一员，理应与其他成员相互尊重，平等相待。

第三节 “天道生生、道法自然”的可持续发展生态伦理

所谓“天道”是指自然界的变化过程和规律；“生生”是指产生、助生，一切事物生生不已。周易中的“生生之为易”、“天地之大德为生”，就是“天道生生”生态伦理的集中体现，即“自然界一切事物的产生和发展都具有一定的规律性，生命的产生和生生不息，既是自然之道又是自然之德”①。道家的思想“道法自然”也包含着相似的生态伦理，即人类要了解自然规律、遵循自然规律、顺应自然规律。儒家的“天道生生”和道家的“道法自然”均强调在人与自然的生态关系中，人类要顺应自然规律，才能使包括人类在内的自然界生生不息，获得可持续发展，而可持续发展也正是现代生态伦理学的基本观念之一，可持续发展是中国传统哲学中的生态伦理与现代生态伦理学的相通之处。云南人口较少民族的民间故事，以双重视角体现了中外古今相通的可持续发展的生态伦理：一是通过适度索取，合理开发自然的故事反映可持续发展理念；二是通过重农耕兴养殖的故事体现可持续发展的生态伦理思想。

基诺族的风俗传说故事《树神的传说》，反映了人类应适度、节制地索取自然的生态伦理观。阿嫫腰白造出人类后，基诺族就在山上砍树烧草，他们把一片森林砍光后，就搬家。有一年，他们砍倒了一大片森林，其中有一棵千年古树。可第二天所有被砍倒的树都站了起来。人们觉得很奇怪，但未停止砍树。第三天，被砍倒的树再次站立起来。基诺人决定当天守候在山里，弄清到底是怎么回事。夜晚，人们发现千年古树变成一位白发老人，是他将人们砍倒的树全都吆喝起来。人们便责问老人。老人反问：“我叫自己的儿孙起来有什么错?”基诺人知道他是树神，就恳求他同意大家砍树种粮食。树神提出要求，砍树必须有节制，砍树前必须祭献一条狗。此后，基诺族砍树均要杀狗祭祀树神。② 这则故事体现了基诺族朴实的可持续发

① 章海荣:《生态伦理与生态美学》，复旦大学出版社 2006 年版，第 138 页。

② 普学旺:《云南民族口传非物质文化遗产总目提要·神话传说卷》(下卷)，云南教育出版社 2008 年版，第 274 页。

展的生态伦理,砍树要有节制,对待自然的索取要适度,否则就会受到自然的警告和惩罚。孔子曾说过:“钓而不纲、弋不射宿”,就是说钓鱼而不用网具断流捕鱼,射鸟而不猎击归巢之鸟,即是强调不涸泽而渔,不焚林而猎的可持续发展理念。尽管基诺族的先民可能并不知道孔子的这种生态思想,但《树神的传说》和孔子的生态伦理思想是不谋而合的。

重农耕兴养殖的思想观念在人口较少民族民间故事中的渗透,说明人口较少民族先民已经意识到农业与养殖业比起简单的采集、渔猎更具有可持续性,更能保证子孙后代的生生不息。怒族的民间故事《教子务农传说》显示了怒族先民对农业生产的重视。故事讲道:从前,怒族男子不耕作,长年累月上山打猎和捕蜂。有个老汉带领全家人耕耘自家的土地,家里有了粮食吃。儿子见别家男人都去打猎,也想去。老汉对他说:“野味就在你的锄棒下,埋头干你的活吧!”这天傍晚时分,一个猎人扛着一块鹿腿来老汉家换粮,老汉问儿子:“你瞧,野味不就在锄棒下吗?”儿子悟出了父亲的话,一心务农。这个家族的日子一直过得很红火。后来怒族人对长年累月上山打猎和捕蜂的人很鄙视,称之为“苏鲁”(即流浪汉)。①

这则故事反映了怒族人民的价值观念,在他们的心目中从事农耕生产创造的价值要比打猎捕蜂大得多,显示了怒族的生产方式由渔猎采集走向农业种植的发展历程。从生态保护的角度来说,农业生产无疑比渔猎采集节约自然资源,且具有可持续性。怒族的这则故事直观地表现了人们在观念上对农耕的重视,而各人口较少民族的谷种来源故事则是侧面反映了他们对农业的依赖,对可持续发展的模糊认识。

谷种故事是各人口较少民族民间故事中普遍存在的故事类型,具有南方少数民族民间故事的地域性特征。谷种故事的大量存在既体现了人口较少民族“民以食为天”的观念——对维持和延续生命的粮食谷物的重要性的认识,同时也从一个侧面反映了他们因地制宜从事稻作生产,实现可持续发展的生态伦理思想。

普米族民间故事《狗找来谷种》,反映了普米族先民从西北南迁后,进入农耕社会生活的历史印记。故事中说:洪水滔天后,始祖老三没有办法在天上要到谷种,只得在地上寻找。他听说大海对岸有神仙种谷子,和狗来到东方的汪洋大海边。他过不去,叫狗去找。狗游过大海,上了岸后,在神仙的谷堆上打了几个滚,毛里粘了谷子,游过海来。始祖老三一看,之前狗身

① 普学旺:《云南民族口传非物质文化遗产总目提要·民间故事卷》(下卷),云南教育出版社2008年版,第357页。

上的谷子被海水冲掉了，只有脊背的毛里还有一些。他把这些谷子拿到家，赶快撒了下去，终于有了收获。后来，普米人民为了报答狗的恩情，每年吃新米饭时，首先要给狗吃，这个习俗一直传到今天。① 这则故事反映了普米族先民对谷种的重视，正因为谷种是衣食父母，是普米族生生不息的物质基础，所以他们才会对带来谷种的狗充满感激和崇拜。

布朗族的谷种故事《稻谷是怎么来的》讲述了在白鼠的帮助下，布朗人获得谷种的艰辛历程：很久以前，人生活在森林里，靠野果野菜充饥。后来找不到东西吃了，他们只有忍受饥饿的煎熬。有一个叫勐木里木劳的地方，有三座很高的山。山里有一个白鼠国，白鼠们吃的是山上长出的稻谷。有一天，白鼠王的两个儿子发现了因饥饿而奄奄一息的人群，就决定把仓库里储存的稻谷送给他们。它们的想法得到了父王的支持。白鼠王用两个大冬瓜壳装满稻谷，让兄弟俩去送给人群。兄弟俩途经龙国、蛇国、牛国、羊国、猴国、鸡国、狗国和猪国，听说是给饥饿的人们送谷种，各国国王都派兵加入运送的队伍。浩浩荡荡的队伍来到人类居住的地方，把谷种献给他们，并教会他们如何种稻谷。从此，人类告别了饥饿的日子。② 布朗族的这则故事讲述了人类在动物的帮助下获得谷种的过程，其中比较有趣的细节之一是讲到人类没有得到谷种之前，靠野果野菜充饥，饿得奄奄一息的场景，这一细节通过对比，揭示谷物对人类生命生存发展的重要性。另外一个细节是白鼠、龙、蛇、牛、羊、猴、鸡、狗、猪等动物王国对人类的友善，在它们的通力合作下，人类得到了谷种，展示了人与动物其乐融融的和谐生态图景。

阿昌族的习俗传说《八月十五先喂狗》也是一则谷种故事。很早以前，稻谷到处都能生长，粮食根本吃不完。观音娘娘看见人们经常糟蹋粮食，就一阵风把所有的粮食刮走了。人们没有粮食，哭得震天动地，饿得腿软眼花，狗也饿得奄奄一息。观音娘娘寻思，是人不爱惜粮食，何必连累狗哪？她从天上撒了一些谷子在狗身旁，想救快要饿死的狗。狗见身边有谷子，赶忙告诉人。人们把谷种撒进田里，种出更多的谷子。为了感激狗送来谷种，每逢八月十五收获的季节，人们要先喂狗。③ 阿昌族的这则谷种故事，和其他民族谷种故事的差别之处在于，除了具有“谷种来之不易”的故事类型所共通的可持续发展的生态伦理之外，这则故事还蕴含着珍惜粮食等自然资

---

① 云南省政协文史委员会：《普米族百年实录》，中国文史出版社 2010 年版，第 171 页。

② 普学旺：《云南民族口传非物质文化遗产总目提要 · 神话传说卷》（下卷），云南教育出版社 2008 年版，第 181 页。

③ 普学旺：《云南民族口传非物质文化遗产总目提要 · 神话传说卷》（下卷），云南教育出版社 2008 年版，第 210 页。

源,提倡节俭朴素的符合生态规律的生活方式的警示意味。故事提到:人们最初不珍惜粮食、浪费粮食而受到观音娘娘的惩罚,将所有粮食一阵风刮走了。这一情节反映了人类应珍惜节制使用自然资源的生态伦理和可持续发展的生态思想是相适应的。

德昂族的谷种故事《谷子的传说》讲述的是:古代有一位德昂族老人,一天看见雀屎上长出谷子,受此启发,他开始在地上种谷子。后来,他的儿子在拖树木的大象走过的地方,发现树木的枝丫把地划出一道道小沟,便琢磨出用木头做成犁、用动物来拉犁的耕作方法。① 这则谷种故事反映了德昂族受自然界启发学会种植谷物、从事农耕生产的过程,注重表现人类学习谷种种植的智慧经验。

可见,人口较少民族民间故事中蕴含的可持续发展的生态伦理,或通过故事内容直接反映适度、节制开发自然资源的可持续发展生态伦理;或通过大量存在的谷种类型故事间接反映其生态伦理。从中我们可以感受到人口较少民族生态伦理中的现代性因子,以及他们对人与自然之间生态关系的深刻认知和领悟。

第四节 人口较少民族民间故事中的西方生态伦理学思想渊源

云南人口较少民族民间故事中蕴含的生态伦理思想,大多是不成体系地散落在民间故事的一隅,需研究者仔细琢磨,捡拾具有蛛丝马迹的碎片,拼接起来才能较为系统地展现其生态伦理思想的光华。其生态伦理思想并非建立在"科学"的、"现代"的生态学的基础上,而是奠基于一种蕴含独特智慧的本土化的生态知识基础之上。这种本土化的生态知识与经验是来源于本民族在长期的历史发展中自然形成的生态智慧和经验,并未吸收外来的生态观念。而建立在本土生态知识体系基础上的人口较少民族的生态伦理思想,却和现代西方兴起的生态伦理学思想不谋而合,呈现出诸多共通之处。

西方生态伦理学的基本原则是"一、爱护从而尊重生命和自然界,这是生态伦理学的命令性原则,是它的最高行为原则;二、不允许伤害生命和自然界,这是生态伦理学的禁止性原则,也可表述为禁止伤害生命和自然界的

① 普学旺:《云南民族口传非物质文化遗产总目提要·神话传说卷》(下卷),云南教育出版社 2008 年版,第 291 页。

行为;三、应当保护和促进生命与自然界的发展,这是生态伦理学的选择性原则"①。这三条基本原则和人口较少民族民间故事蕴含的生态伦理思想具有明显的相似性和互通性:在表现天地人万物一体的民间故事中,蕴含着爱护从而尊重自然界的非人类中心主义生态伦理;在表现人类对自然界亲善、友爱并得到善报的民间故事中,爱护从而尊重自然界这一生态伦理学的最高原则是显而易见地存在着的;破坏敌视自然界恶有恶报的故事,则印证了生态伦理学的禁止性原则,即不允许伤害生命和自然界,否则将会受到自然界的惩罚;反映可持续发展观念的民间故事,则对应了生态伦理学的选择性原则——应当保护和促进生命与自然界的发展。可见,人口较少民族民间故事中蕴含着与现代西方生态伦理学相呼应的思想渊源。

纵观之,云南人口较少民族民间故事中的生态伦理思想,既体现了中国古代传统哲学中的生态伦理观,又和现代西方的生态伦理学原则遥相呼应。中国传统哲学中儒家的"天人一体"、"民胞物与"、"仁民爱物"的生态伦理,以及道家的"道法自然",《周易》的"生生为易"的生态伦理观,都在人口较少民族民间故事中得到生动呈现。生态伦理是生态文化的重要构成部分,人口较少民族民间故事中蕴含着中西交融的生态伦理思想,是阐明人口较少民族民间故事中蕴含着丰富的生态文化的重要依据。

① 刘超先:《深层生态学与生态伦理学》,《伦理学研究》2004年第6期。

第三章　云南人口较少民族民间故事中的生态美学观

云南人口较少民族民间故事中的生态文化，在美学层面表现为民间故事中蕴含着未经提炼的生态美。生态美学是生态学和美学相交叉而形成的学科，它产生于后现代语境下，“以崭新的生态世界观为指导，以探索人与自然的审美关系为出发点，涉及人与社会、人与宇宙以及人与自身等多重审美关系，后落脚到改善人类当下的非美状态，建立起一种符合生态规律的审美存在状态”①。生态美学反映了生态环境日益恶化、生态危机不断加剧的情况下人类对人与自然关系的重新审视与思考，以及对“诗意的栖居”的良好生态环境的期盼。生态美是生态美学的主要研究对象和追求目标，在审美范式上包括依生之美、竞生之美、共生之美等。生态美是自然、人、社会之间和谐相处共同发展的景象，是整个生态系统平衡与和谐的理想状态。人口较少民族的民间故事中，蕴含着未受现代工具理性影响的人与自然和谐发展的生态美，现代的生态美学观在人口较少民族民间故事中得到遥远的共鸣。

第一节　依生之美——人口较少民族创世故事中的生态美

所谓依生之美，是指“审美的主客体关系表现为：客体占据着本体、本源、主导的地位”②。即主体依存、依从、依同客体。在人类社会早期，人与自然的主客体关系表现为人类高度依附自然，自然在整个生态系统中占据着主导地位，人类敬畏自然、尊重自然、依赖自然而生存。因而人与自然的关系主要表现为依生关系。这种敬畏自然、依附自然的依生之美在人口较少民族的创世故事中表现得尤为突出。

布朗族创世神话故事《顾米亚》中讲道：“据说，很多年以前，没有天，也没有地，更没有草木和人类，到处是一团团黑沉沉的、飘来飘去的云雾……

---

① 曾繁仁：《生态美学：后现代语境下崭新的生态存在论美学观》，《陕西师范大学学报》2002年第2期。

② 袁鼎生：《生态审美学》，中国大百科全书出版社2001年版，第131页。

那时候，有一只巨大的犀牛，它与云为友，和雾做伴，在广阔的天空中，自由自在地漫游着。顾米亚发现了这只犀牛，剥下它的皮来造天，又用美丽的云彩给天做衣裳。挖下它的两只眼睛，做成星星，让它们在天上闪闪发光。又把犀牛肉变成大地，把犀牛骨变成石头，把犀牛血变成水，把犀牛毛变成各种花草树木，最后把犀牛的脑浆变成人，又把犀牛的骨髓变成谷种、鸟、兽、虫、鱼。"①在这则故事中，天神把犀牛的身体变成了自然界万物，把犀牛的脑浆变成了人，虽然故事的主人公是具有超能力的天神，但他是借助已有的自然物（犀牛）的身体，才创造了世间万物和人类。这样的故事设计寓示着一种生态观：人类由自然所生，依附自然而存在，在生命的属性上，人类与其他的自然万物是一样的，都是由更高层的自然（这里指犀牛）所生，只是各自产生的部位不同而已，如花草树木是由犀牛的毛变成的，而人是由犀牛的脑浆变成而已。

独龙族创世故事《嘎美、嘎沙造人》中讲述了天上的大神嘎美和嘎沙抟土造人的故事。"嘎美和嘎沙用双手在岩石上搓出了泥土，用泥土揉成了泥巴团，又用泥巴团来捏人。不一会儿，人的头捏出来了，身子捏出来了，手捏出来了，脚捏出来了。人捏成功了，嘎美、嘎沙想有男有女才能相配，有男有女才能传后代。于是，两个大神捏出了一男一女……人死了以后都举行葬礼仪式。因为人是用泥巴捏成的，所以人死了以后也要用土埋"。② 独龙族的这则创世故事，初看起来和汉族广为流传的女娲抟土造人的故事很相似，但是在细节上却有些不同，独龙族的抟土造人故事结尾还讲到人死了以后也要用土埋的事。在解释人类起源的问题上，独龙族更具特色，其中所蕴含的生态观念也更耐人琢磨：人由泥土中来，最后又归于泥土。从生到死，人一直都在依附着自然。

基诺族的创世故事《水里浮起的尧白阿嫫》也讲述了人类的始祖尧白用泥土造人的故事。"她一个人在地上，觉得很寂寞，孤零零一个人，日子过得很难过，她便决定造人。于是，她走到一个水塘边，伸手抠起塘里的一些泥巴，用水塘里的水做镜子，照着自己的模样捏出了人，这就是我们基诺族的祖先。"③在这则故事里，基诺族始祖尧白用泥土造出了人，同样具有人

① 姚宝瑄：《中国各民族神话　水族　布朗族　独龙族　基诺族　傈僳族》，书海出版社2014年版，第90页。

② 姚宝瑄：《中国各民族神话　水族　布朗族　独龙族　基诺族　傈僳族》，书海出版社2014年版，第114—115页。

③ 姚宝瑄：《中国各民族神话　水族　布朗族　独龙族　基诺族　傈僳族》，书海出版社2014年版，第155页。

类源出自然的生态寓意。

普米族的创世神话故事《杀鹿人》和布朗族的《顾米亚》类似，也是通过动物的躯体来解释万物的起源。《杀鹿人》的故事说："他（杀鹿人）抽刀砍下鹿头时，鹿头变成了蓝天，鹿牙变成了星辰，鹿眼变成了日月。他砍开鹿体，鹿体变成了大地，鹿的心、肝、肺变成了丛谷群山，鹿肠变成了江河道路，鹿骨架变成了地脉，鹿胆变成了彩虹，鹿胃变成了皮囊，鹿血变成了龙潭湖海，鹿毛变成了万木千草，鹿皮变成了草坝大川，皮上的斑点变成了畜群，鹿肋变成了仓房，鹿脚变成了房屋支柱，鹿蹄变成了皮靴，鹿尾巴变成了祭天神的青松树，从此有了天地和万物"①。这则故事反映了普米族先民的原始仿生意识，现代的仿生学是模仿生物系统的功能和行为，来建造技术系统的一种科学方法。普米族先民的仿生意识虽然还远不到模仿生物系统制造生产生活工具的程度，但能模仿马鹿身体器官与自然万物的形态功能上的相似点，来解释万物起源，也是体现了先民们朴素的原始仿生意识。这则故事虽然没提到人是由马鹿所变成的，但是它所体现的仿生意识，同样反映了普米族人对生物系统的依赖，在他们心目中大自然是具有主体性和能动性的。

在德昂、阿昌等民族的创世神话故事中，也有类似的人类由某一种自然物变化而来的表述。无论布朗族创世故事中的犀牛，还是独龙、基诺族创世故事中的泥土，其实都可看作是自然界的化身，人类依附它们而出生，人类本身就是自然界的一分子，普米族的创世故事虽然没有讲人由马鹿所变成，但它同样体现了自然界天地万物所具有的能动性。人口较少民族的创世故事，体现了自然在人与自然的关系中，所占据的主体、主导地位，以及由人类是自然之子而衍生的对自然的依存、依赖之情。此类故事与自然崇拜、生殖崇拜、祖先崇拜相结合，更进一步增进了人口较少民族对自然的依赖、敬畏、崇拜之情，形成了主体依从、依存、依同客体的生态和谐的依生之美。

第二节　竞生之美——人口较少民族英雄故事中的生态美

所谓竞生之美，是指"在审美的主客体关系中，主体占据着矛盾结构的主导的、中心的地位，主体的潜能得到自由实现，而客体则处于从属的地位，客体的潜能在一定程度上受到压制，成为主体本质力量移注、投射的对象，

① 杨照辉：《普米族文学简史》，云南民族出版社1996年版，第6页。

是主体本质力量的一种确证”①。这种竞生之美表现在人与自然的主客体关系上，就是人类不再一味地匍匐在自然的脚下，而是发挥主观能动性，利用自然、征服恶性自然，与自然形成一种竞生关系。竞生之美在人口较少民族的英雄故事中表现得较为明显。

普米族的英雄故事《土箭射日》讲述第一次洪水过后，天空出现了九个月亮、九个太阳，三个智慧出众的英雄用强弩射日的故事。“他们三个分别用竹箭、铜箭、铁箭，首先射落了八个月亮，留下一个为人类照明。白天，他们用同样的箭射太阳，可是，竹箭飞出几丈，被太阳的烈焰烧焦。铜箭、铁箭飞到半空中，就被太阳烤得熔化了。三个好汉又商量，改用土箭。土箭越飞越高，越高越热，越热越硬。终于一个接一个地射落了八个太阳。”②这则故事看似与汉族的“后羿射日”的故事大体相似，但在细节上却有很大的不同：后羿射日的故事更多地强调英雄的奉献牺牲精神，“土箭射日”则更多地体现了先民们的智慧。这类故事尽管缺乏科学依据，但却生动地展现了原始先民征服自然、改造自然的热望。

怒族的英雄故事《搓海玩海》讲述了英雄搓海玩海与强大的自然抗衡，以无畏的精神与代表自然界的天王斗争的故事。故事先讲述了搓海玩海用石柱撞天的英雄事迹：“相传在开天辟地的时候，天与地只有一人之隔。巨人搓海玩海不满这种状况，要把妨碍人活动的天地进行改造。他天天试着用木头撞天，想把天撞得高些，可一根根木头都被撞得折断，仍毫无效果。一天他上山去选择最坚硬的木头，偶然在一片古老森林里发现了一根石柱，这石柱坚硬而结实，发出一种霓虹般的诱人的光泽……搓海玩海心想：有了这根石柱，哪怕天再高再硬，也要撞他个窟窿。……他望望天幕，又望望石柱，使出平生力气，猛力把石柱向天一投，只听轰隆隆一声巨响，天幕显出五光十色，在激烈的摇晃中渐渐上升。”③在这段叙述中，搓海玩海不满于自然界的状况，勇敢地用石柱撞天，终于使天幕上升，显示了原始社会的英雄们已经不甘心于永远做自然的奴隶，开始了征服自然的路程。《搓海玩海》的故事虽然最终以搓海玩海被天王报复迫害致死而告终，但他与大自然抗争的无畏精神，使他虽死犹荣，成为怒族人们心中顶天立地的英雄。

独龙族的英雄故事《坛嘎朋》中，天神对坛嘎朋进行勇敢和智慧的考

---

① 黄秉生、袁鼎生：《民族生态审美学》，民族出版社 2004 年版，第 28 页。

② 王震亚：《普米族民间故事》，云南人民出版社 1990 年版，第 29 页。

③ 姚宝瑄：《中国各民族神话　门巴族　珞巴族　怒族　藏族》，书海出版社 2014 年版，第 67 页。

验，经过爬树上天、勇抓蝮蛇、智赶毒蜂和巧避虎害等斗争之后，终于把最聪明的四姑娘嫁给了坛嘎朋。这则故事生动地讲述了坛嘎朋用聪明才智战胜强大的自然物的经过，其中抓蝮蛇、赶毒蜂的情节就很有趣："猛朋天神又抓来一条又粗又长的大蝮蛇，把它放了，并对坛嘎朋说：你能把这条蛇捉住吗？坛嘎朋猛扑过去，按住蛇的七寸，伸手捉了起来。猛朋天神笑眯眯地说：我的侄姑爷，你真了不起。第三次，猛朋天神又拿来一窝老土蜂，连蜂包一起挂在树上。土蜂像发了疯似的，乱飞乱蜇，猛朋天神说：你能把土蜂窝拿下来吗？坛嘎朋这时正抽着一袋老烟草，吐出的烟雾像一堆一堆的黑云，老土蜂全被熏跑了。"①在故事中，蝮蛇、毒蜂、猛虎等无疑是自然界强力的化身，英雄坛嘎朋战胜了强大的自然力量，寄托了独龙族祖先征服自然的意愿。

基诺族的英雄故事《米里几得》中讲道："米里几得是基诺族最早的巫师，她神通广大，能使大地下陷，能使白天变成黑夜。她是最先来到基诺山前半山司土寨定居的女始祖，人们尊她为女始祖几得。在一次外族入侵的战争中，人们从杰卓山仓促来到司土寨，忘了带走祖先留下的神器——做饭用的三块锅庄石。基诺族认为如果失去这个神物，人们就会多灾多难。米里几得奋不顾身地返回杰卓山，取回锅庄石。米里几得是司土寨能干的女管理者，是她最先使用磨刀石磨石头刀，又发明用竹子做笕槽把山泉水引到寨子里。"②在这则故事中，基诺族的女英雄米里几得不仅帮助基诺人夺回了神物锅庄石，更初步认识到人类应如何利用自然、改造自然来为己所用，她使用磨刀石磨石头刀和用竹子引水的发明，标志着基诺族先民思维方式中已经出现了利用自然、征服自然的意识。

在德昂、阿昌等人口较少民族英雄故事中也都有类似的人类征服自然、战胜自然的故事，人口较少民族民间故事中的英雄故事较大程度地体现了各人口较少民族祖先发挥勇敢和智慧等主观能动性，征服自然、利用自然、战胜自然的竞生之美。在英雄故事中，人与自然的关系表现为：人的能动性和主体性得到了一定程度的发挥，人类不再完全依附自然，而是用智慧开始探索自然的奥秘，利用自然为人类服务，并努力战胜自然中的恶性力量，体现了人与自然关系中的竞生之美。

① 姚宝瑄：《中国各民族神话　水族　布朗族　独龙族　基诺族　傈僳族》，书海出版社2014年版，第138页。

② 姚宝瑄：《中国各民族神话　水族　布朗族　独龙族　基诺族　傈僳族》，书海出版社2014年版，第172页。

第三节　共生之美——人口较少民族幻想型动物故事中的生态美

所谓共生之美，是指“既不是客体占据着矛盾的主导地位，主体依从依生于客体；也不是主体占据着矛盾的主导地位，主体征服客体，形成主体化的客体。而是主客体相适相宜，协同共生，形成一种和谐的、高级形态的美”①。共生之美是生态美的高级阶段，它体现了人与自然主客体之间和谐共生的关系。在依生、竞生阶段，人与自然的主客体关系是不平衡的：在依生阶段，人类依附于自然，客体占据了主导地位；在竞生阶段，人类征服自然，主体处于统治地位。而无论主体支配客体，还是客体支配主体，二者之间的关系都是不均衡的，都只是处于生态和谐的初级阶段。

共生之美是对依生之美、竞生之美中人与自然不平衡关系的调整，“共生阶段，在个人与自然的生态关系中，人认识到竞争所产生的负面影响，即人的本质力量的过分对象化不仅破坏了自然环境，而且危及自身的生存。因此，在实践活动过程中，人不仅根据自身的尺度，而且也按照自然规律进行生产活动，从而使主客体双方的潜能既在各自自身范围内得到了充分实现，又得到了对应性的自由实现。”②共生之美是人与自然和谐发展、主客体潜能均得到充分实现所产生的审美创造价值。

人与自然和谐共生、相互依存的共生之美在人口较少民族的幻想型的动物故事中得到了生动呈现。幻想型动物故事不同于一般的动物故事，它不以解释动物习性或描写动物之间的生活为主，而是侧重于以幻想的形式将动物神化，描写动物与人类之间的故事。幻想型动物故事中的人兽联姻故事和动物报恩或施恩于人类的故事最能体现人与自然的共生之美。

布朗族的人兽联姻故事《玉朵和蛇郎》讲述的是：“十一岁的孤儿玉朵到召曼家做家奴，被当牛马使。一天，她饿着肚子上山砍柴，累不动了就到芒果树下休息。一条大蟒蛇帮他摇下芒果。玉朵见它会说人话而无半点恶意，就答应嫁给它。召曼的老婆与女儿看见蟒蛇非常害怕，立即把玉朵赶走了。一天晚上，蟒蛇告诉玉朵，自己是神蛇的王子，名叫蛇郎，因中了妖婆的圈套才变成蟒蛇离开王宫。后来玉朵陪同丈夫来到一条河边。蟒蛇在河的上游洗完澡后，变成一个英俊的小伙子；玉朵在河的下游沐浴后变得漂亮无

① 黄秉生、袁鼎生：《民族生态审美学》，民族出版社 2004 年版，第 36—37 页。
② 黄秉生、袁鼎生：《民族生态审美学》，民族出版社 2004 年版，第 281 页。

比。夫妻俩回到家后，原来的草棚已变成金楼房，从此他们过着比天堂还好的生活。"①这则幻想故事中，蟒蛇被神化和人化，他具有蛇的外形、人的品性和神的超能力，他与善良的姑娘玉朵成婚，超越了人与兽、人与神的界限，故事既歌咏了他们超越世俗的爱情，也寓示着人与动物之间可能具有的亲密关系。

阿昌族的幻想故事《龙女》讲的是人和小花鱼变成的漂亮姑娘龙女结婚的故事。鱼郎曹扎抓到一条小花鱼，将它养在水缸中。后来小花鱼变成一位漂亮的姑娘，和他成了亲，二人的日子过得很甜蜜。龙王得知三女儿变成小花鱼来到人间，并与人成了家，不禁大怒。它要曹扎一夜砍完九山十八凹的树木，不然就杀死他。在三龙女的帮助下，曹扎做到了。他和龙女重返人间，过着幸福的生活。这则故事中，鱼郎和化身小花鱼的龙女相爱成亲，虽然受到龙王的重重阻挠，但他们最终克服了障碍，幸福地生活在一起。人与动物间的感情也如人与人之间那么真挚动人。

怒族的人兽联姻的异类婚故事《那麻与亚尼公主》写打猎的小伙子那麻与四角蛇幻化的美丽姑娘亚尼相爱成亲的故事，《猎人与女猎神》则讲述了怒族青年猎人与女猎神之间感人的爱情故事，间接反映了人与自然亲密无间、相互依存的关系。此类故事在其他人口较少民族中也普遍存在。基诺族民间故事《三姑娘与蛇郎》叙述了美丽善良的三姑娘与蛇化作的英俊小伙成亲，经历一番坎坷，最终过上幸福生活的故事；普米族故事《白鸽和金树的主人》描写富翁的儿子老三和白鸽仙女成亲终获美好结局的故事；独龙族故事《孤儿与鱼姑娘》《蛤蟆娶媳妇》也是写人兽联姻的故事。

人兽联姻故事表现了人与自然夫妻般的亲密关系，二者相互依存，是一个有机的整体，体现了人与动物之间的共生之美。而动物施恩或报恩主题的故事则表现了人与动物、人与自然之间亲人般的关系。

布朗族、普米族、基诺族等人口较少民族流传的动物施恩于人类的故事，情节很相似，都是讲动物给人类带来谷种的恩情。布朗族民间流传着一则白鼠王子给人类带来谷种的故事：大山里有一个白鼠王国，白鼠们吃一种叫"贺克"的东西，就是现在的稻谷。白鼠王有两个儿子，每人长着九条尾巴。一天它们到山上玩，看见了人们饥饿倒毙的情景。两个白鼠王子同情人们，向父亲请求给世间谷种，父亲答应了。把谷种装进冬瓜里，叫白鼠王子送去。白鼠王子用长尾巴拖着冬瓜，把谷种送给人们。白鼠王子还教人

① 普学旺：《云南民族口传非物质文化遗产总目提要 · 民间故事卷》（下卷），云南教育出版社 2008 年版，第 235 页。

们种稻,人们学会了种稻,从此便不再挨饿。布朗人认为老鼠是有功劳的,所以老鼠吃稻谷布朗人不打它。

普米族《狗找来了谷种》和基诺族《稻种的来历》的故事都讲述了狗为人类找来了谷种以及传承到现在的习俗。

动物施恩于人类的故事,表现了动物与人类之间的友好关系,动物对人类有恩,人类也对动物有情。与之相适应的还有人类善待动物,动物报恩于人类的故事。

基诺族故事《宝葫芦》是一则动物报恩主题的故事,善良的老阿嬷救了一只被老鼠咬伤翅膀的小燕子,精心照顾它,帮它养好伤,并让它和妈妈一家子团聚,小燕子为了报恩,送给老阿嬷宝葫芦,并几次在老阿嬷危机时救了她。

布朗族故事《神蟹的宝珠》也是一则动物报恩主题的故事。孤儿岩香为生计到蟹主家放牛。一天他在河边救起了一只螃蟹。螃蟹说自己是河神,因遭蛟龙袭击受了伤,要岩香把它送回河里去。临别时,它交给岩香一个宝珠,告诉他有事相求时带上宝珠到河边叫一声。之后,岩香几次遇难,都是神蟹相救,帮他解决难题,以此回报岩香的救命之恩。

类似的动物报恩主题的幻想型故事还有普米族的《黑猫姑娘》《白鸽姑娘》、怒族的《腊迪与野兔》、德昂族的《老妈妈和豹子》、阿昌族的《懒伙子救青蛙》等,这些故事有很多相似性,都是讲述人类善待动物、救助动物,动物用宝物或法力回报恩人的故事,体现了人与动物亲密互助的友爱关系。

云南人口较少民族幻想型的动物故事,无论是人兽联姻故事,还是动物报恩主题的故事,都展现了人与自然相互依存,如夫妻如亲人般的亲密关系。在这类故事中,人与动物(自然)主客体的关系是和谐的、对等的,主客体的主观能动性均得到实现,相适相宜,协同共生,形成一种和谐、高级形态的共生之美。

需要特别指出的是,生态美在云南人口较少民族不同类型民间故事中的呈现,并不是彼此孤立、互不相干的,而是相互关联、互相渗透的。如依生之美不仅体现在人类起源故事中,也体现在某些传说故事中;竞生之美不仅体现在英雄故事中,在创世故事甚至是人类起源故事中也可觅到其踪迹;共生之美不只体现在幻想型的动物故事中,在其他类型的民间故事中也有所呈现。之所以将三种形态的生态美与几种不同类型的民间故事相对应进行研究,主要是因为这些类型的民间故事的生态美表现得较为突出和典型而已。

人口较少民族没有本民族文字的历史形塑了丰富发达的民间故事等口

传文学,正如乌热尔图所说:“以‘听觉文化’为特征的民族,无不以口述的部族神话、故事、传说,同步入发达社会的以大众传播媒体为交流工具的现代文化相区别。对于一个原始部族来说,没有属于自己的神话、故事、传说,简直是不可思议的。那些为整个部族所共有的、涉及部族起源、创世神话、英雄传说、动物故事,大多指向一个目标——部族对世间万物(包括部族自身)的理解、阐释或探寻其源头。”①在同样以听觉文化为特征的人口较少民族的民间故事中,其创世神话故事、英雄故事、幻想型动植物故事中,都包含着其部族群体对世间万物的理解,也包含着对人与自然关系的审美理解。

在人口较少民族的各类型民间故事中,虽然没有形成现代生态美学那样系统深入的哲学体系,但其以群众喜闻乐见的方式表达了对生态美的朴素认知,和现代的生态美学的基本思想不谋而合。人口较少民族在长期与自然共存共荣的过程中,形成了朴素的审美观念:凡有利于生态系统之完整、稳定、均衡发展的,就是美的、对的;凡破坏了生态系统的完整、稳定、和谐的,就是不美的、错的。这种审美观念反映在民间故事中,依据人类适应、改造自然的能力的变化以及生态知识和生态智慧的不断发展,依次呈现为依生之美、竞生之美和共生之美。在人类社会的初期,人口较少民族的原始先民对自然的认识还处于较为初级的阶段,与自然形成一种依附关系,人类依赖自然而生存,自然是人类敬畏和膜拜的对象,呈现在民间故事中,形成了很多表现人与自然同根共祖、人类源出自然的充满想象力的创世故事。虽然在这一阶段,人的主体性未得到发挥,在与自然的关系中,处于依附地位,但在当时的生产力条件下,这种关系是有利于生态系统的稳定完整的,因而也是美的,是一种依生之美。当人口较少民族的先民对自然界的认知摆脱了蒙昧状态,开始有了利用自然和征服自然的智慧与能力后,先民们便不再甘心臣服于自然的脚下,用行动与强大的自然力抗争,试图去征服和改造自然。这种对自然的征服和人类中心主义的征服有着本质的差别,它是基于先民基本的生存需要,在人与自然的不平等的关系中获得的一种制衡。因而这种竞生关系,看似是对立的,但实质是要维持人与自然之间的均衡、稳定,因而也是美的。这种竞生之美反映在民间故事中,就是形成了很多征服自然的英雄故事。当人口较少民族的先民进入农耕社会以后,他们对人与自然的关系的认识达到一个较高的阶段,人类认识和掌握了自然规律,其中包括“美的规律”。认识到人与自然之间的共存共荣、相互依赖、和谐发展的关系是生态之美的高级表现形式。这种共生之美,在人口较少民族的

① 乌热尔图:《不可剥夺的自我阐释权》,《读书》1997年第2期。

幻想型民间故事中得到生动显现。生态美学思想作为广义的生态文化的一部分,渗透在中国人口较少民族不同类型的民间故事中,既具有生态寓意,又包含审美价值。

第四章　云南人口较少民族民间故事中的宗教信仰与生态文化

第一节　人口较少民族民间故事、生态文化与宗教信仰三者之关系

民间故事中含藏着丰富的民族文化因子，是研究人口较少民族文化的“活化石”。各人口较少民族的传统宗教信仰渗透在民间故事中，现代的生态文化理念同样可以在民间故事中找到踪迹。人口较少民族的民间故事、宗教信仰等观念文化中都有现代生态文化的投影，宗教信仰又同时反映在民间故事中，三者之间相互渗透。立足于人口较少民族民间故事的文本研究，分析民间故事中蕴含的生态文化及其与宗教信仰之间的关系，不仅有助于我们深入了解人口较少民族的生态文化特征，也让我们感受到人口较少民族的观念形态文化之间相互关联、相互影响和相互渗透的关系。

一、人口较少民族宗教信仰中蕴含着生态文化

云南的七个人口较少民族的宗教信仰体系中既包含自然崇拜、图腾崇拜、祖先崇拜等原始多神宗教信仰，也包括南传上座部佛教等外来一神宗教信仰。在云南的人口较少民族族群中，宗教氛围浓郁，信仰虔诚，宗教信仰具有普遍性甚至全民性的特点，因而宗教信仰对人口较少民族的社会生活、文化心理、价值观念等都产生了深远的影响。透过人口较少民族的宗教信仰体系，我们能够领略到其中所蕴含的认识和处理人与自然关系的生态文化的某些特征。

（一）自然崇拜中的生态文化内涵

费尔巴哈在《宗教的本质》一文中指出：“人的依赖感是宗教的基础，而这种依赖感的对象，这个为人所依赖、并且人也感觉到自己依赖的东西，本来无非就是自然。这一点是一切宗教、一切民族的历史充分证明了的”①，

---

① ［德］路德维希·费尔巴哈：《费尔巴哈哲学著作选集》下卷，荣振华译，商务印书馆 1984 年版，第 436—437 页。

对自然的崇拜是各民族最早、最原始的崇拜形式之一。自然崇拜也是人口较少民族的原始宗教信仰中最古老的内容。

人口较少民族的自然崇拜是建立在“万物有灵”的观念基础之上的，他们认为自然万物都有神性和灵性，自然界的一草一木、一山一石、风雨雷电等都有其神灵，能够对人类施加影响，因而对其充满敬畏崇拜之情。云南各人口较少民族除了普遍性地信仰山神、林神、水神、天神等自然神祇外，每个民族又都有比较个性化、独具特色的自然神崇拜，在颇具共性的自然神崇拜中又有各自的个性。

阿昌族和普米族比较具有典型性的自然崇拜是石神崇拜，在阿昌族先民的社会意识中，对石神的崇拜甚至是高于天神的。每逢祭祀寨神时，都要竖起石柱，对石柱焚香顶礼，置贡品于石板之上。与之相似的还有普米族的白石崇拜，普米族传统村寨中每户都有火塘，火塘都一定要供奉白石，火塘、白石是普米族家庭生活的重要组成部分。此外在山神祭祀时，普米族每户会在住家附近山冈的树下设立祭台，供立一块条形白石代表山神。尽管阿昌族和普米族都信奉石神，但他们信奉石神的因由却不尽相同：阿昌族的石神崇拜大体源于其先祖以两个石头占卜最后结为夫妻繁衍人类的故事，石神崇拜因和元祖母崇拜相结合，其神格自然高于一般的自然神；而普米族的白石崇拜则和“白石生火”的神话有密切的渊源，白石承担了重要的作用，“将‘神圣’之火带入‘世俗’，使普米族拥有使用火的能力”。①

德昂和基诺族比较有民族特色的自然崇拜是茶崇拜，德昂族种茶有着悠久的历史，他们种植茶的技术很高，种茶在古代被德昂族列为民族第一的技术，德昂族以善种茶和好饮茶而闻名，被誉为“古老的茶农”。茶叶不仅是德昂族重要的经济作物，也是必备的饮品，和日常生活息息相关，因而德昂人对茶有很深厚的感情，甚至把自己说成是茶树叶子变成的族群，可见德昂族对茶的喜爱和尊重。而基诺族也同样对茶很重视和依赖，基诺族主要聚居于云南西双版纳的基诺区，习称基诺山（或译成攸乐山上），属于热带山区，适合茶叶、棉花的生长，基诺山是中外驰名的普洱茶六大茶山之一，基诺族植茶、种茶都有悠久的历史，茶叶和基诺族人民的生活密切相关，他们对茶充满感情。

怒族和独龙族的自然崇拜中比较有趣的现象，是对自然界各种鬼魂的恐惧和敬畏。在他们的社会意识中，自然界的鬼魂无处不在，而且和其他很多民族鬼神界限分明——鬼常常是恶的化身，神则是善、法力无边的代表的

① 奔厦·泽米：《普米族白石崇拜的文化解读》，《云南民族大学学报》2011年第3期。

观念有很大的不同,他们常常是鬼神不分的,只是把鬼分出善恶、好坏、能力强弱等不同的属性。在以往的岁月中,怒族和独龙族信奉的鬼灵多得不可胜数。其中岩鬼和崖鬼是他们非常畏惧的,这种鬼如果被触犯,就会使人患病、神志不清,所以当人患病时,就要由巫师来祭鬼。祭祀需在空旷的野外进行,祭词大意是:"我砍了大树、动了巨石、得罪了岩鬼,故我得了重病,受到惩罚……求岩鬼减轻我的病痛,免去我的灾难。"在他们的观念中,这些自然界的鬼灵不能被冒犯,一旦被冒犯就会疾病缠身,只有杀牲祭祀、顶礼膜拜,才能求得安宁。

人口较少民族的自然崇拜既有对自然万物的普遍性的敬畏,也有对本民族格外重视的某种自然物的特殊尊崇。在这种寓个性于共性之中的自然崇拜中包含着朴素的生态文化:人口较少民族先民对自然极为依赖,充满敬畏甚至恐惧,在他们的观念中,自然万物充满神性和灵性,人类需要自然界神灵的护佑,只有尊重爱护自然才能与自然和谐相处,如果冒犯自然就会受到惩罚。这种朴素的生态文化对于保护生态环境、维护生态平衡无疑是有进步意义的。

(二) 图腾崇拜和祖先崇拜中的生态文化内涵

与自然崇拜相比,图腾崇拜是较为高级的原始宗教形式。对具体自然物的崇拜,后来抽象为图腾崇拜,即相信自己的氏族与某种动物、植物或无生物之间存在亲密联系,并以之作为氏族崇拜的对象。

人口较少民族的图腾崇拜包括植物图腾、动物图腾和无生物图腾崇拜。植物图腾崇拜中最明显的莫过于葫芦崇拜,各人口较少民族中广泛流传着"葫芦传人种"的故事,在阿昌、基诺等七个人口较少民族的人类起源故事中,葫芦的作用无外乎两种情况:一种是葫芦孕育人类或其他物种,以阿昌族、基诺族的故事最具代表性;另一种就是人类借助葫芦躲过洪水,葫芦保全了人种,以德昂族的起源故事最为典型。无论哪种情况都足以说明葫芦和各人口较少民族之间亲密的渊源关系,葫芦几乎是云南七个人口较少民族都尊崇的崇拜物。

人口较少民族的动物图腾崇拜体现在对某种动物的格外尊崇上,如布朗族对蛙和竹鼠的图腾崇拜。布朗人对竹鼠十分敬畏,认为它代表父母的魂魄,人看见了不吉利。所以它爬出洞时,人们要远远避开,不敢看,更不敢打,否则会冒犯祖先神灵,给自己和家人带来祸患。如果为了自身生存,不得不捕猎竹鼠时,也要在捕食之前举行一定的仪式,以求得神灵的谅解。怒族的图腾崇拜则较为典型和丰富,图腾物多达十余种,如蜂、虎、蛇、鹿、鸡、鼠、鹿、熊、鸟、猴等,它们分别成为怒族中各氏族的名称。其中蜂、蛇、虎是最主要和最古老的图腾，而其他的图腾则可能是次生的，怒族人对这些动物图腾非常敬畏。

人口较少民族的无生物图腾崇拜中比较具有普遍性的是龙崇拜，此外还有太阳崇拜、天地崇拜等。比较典型的当属德昂人的龙阳崇拜，龙是指青龙，阳是指太阳。在德昂族人心中，太阳象征父亲，是万物之源，代表着光明、希望和蓬勃的生命力，青龙母亲是圣母的化身，德昂族是太阳和龙女的后代。他们崇敬、爱戴、感恩、祭祀自己的父母，并于每年农历正月十九（阳历 3 月 8 日）举行龙阳节（又叫“龙阳祭拜盛会”“父母节”）纪念庆典活动。另外在基诺、阿昌、怒族等人口较少民族中也广泛存在着天神、地神崇拜，敬天畏地的思想深深扎根于人口较少民族的社会意识之中。

人口较少民族的图腾崇拜体现了人与动物、植物、无生物等自然物之间密切的亲缘关系，蕴含着人与自然同根同源、自然对人类有无上恩情、人类应对自然感恩崇敬并将之视为亲人的生态伦理观念，客观上对于保护环境、促进人与自然的和谐共荣起到了积极作用。

除了自然崇拜、图腾崇拜之外，祖先崇拜也是人口较少民族的重要原始宗教信仰。人口较少民族的祖先崇拜既包括本民族的始祖崇拜，也包括氏族家庭的先祖崇拜。在始祖崇拜中，与农耕社会的生产生活相关的祖先神受到格外的尊崇，如阿昌族的“盐婆神”崇拜、布朗德昂族的“谷神”崇拜等，对于传说中给本民族带来生活必不可少的“盐”、“谷物”等先祖，他们是极为感激和敬重的，并举行专门的祭祀仪式祭拜这些先祖。这些祖先崇拜反映出人口较少民族对谷物等农作物的重视，对自然为人类提供食物等生活资料的感激之情，蕴含着一定的生态理念。

（三）南传上座部佛教信仰中的生态文化内涵

在人口较少民族中盛行的宗教信仰不仅有自然崇拜、图腾崇拜、祖先崇拜等原始宗教，而且随着社会的发展，外来的宗教——南传上座部佛教也为人口较少民族所信奉。南传上座部佛教即小乘佛教，经缅甸、泰国传入我国云南地区。南传上座部佛教在云南有广大的信众，群众基础深厚。在云南信仰南传上座部佛教的民族，主要有傣族和人口较少民族中的布朗族、德昂族、阿昌族等。其中傣族和布朗族基本上是全民信仰，德昂族、阿昌族等人口较少民族也不同程度地受到上座部佛教的影响。

南传佛教文化的代表——奘房即佛寺，是南传佛教开展佛事活动的核心场所。“上奘”是“上奘房”的简称，是南传佛教最主要的宗教仪式，渗透着佛教信徒对释迦牟尼佛祖的崇敬之情。在布朗族、德昂族等人口较少民族中，“上奘”拜佛是每到节日或家庭中有重大事情发生时都会进行的宗教活动,南传佛教的影响渗透到布朗、德昂等人口较少民族的生产生活之中,对他们的文化心理、社会意识、行为方式等都产生了潜移默化的影响,其中也包括对他们生态观念的影响。

首先,南传佛教的戒律对人口较少民族的生态观念产生了积极的影响。南传佛教的"五戒"、"八戒"中首要的一条就是戒杀生,即见杀不吃,本人不亲自杀生,不指使别人、暗示别人去杀生。因为按照佛教中众生平等的理念,动物和人一样是有情生命,伤害有情生命是一种罪孽,只有放下屠刀方能立地成佛。这种佛教的戒律客观上有利于保护动物,促进生态环境的健康发展。

其次,南传佛教的宗教教义和仪式也有保护环境的生态文化内涵。佛教中提倡的慈悲心使信众对万物保持一种悲悯情怀,对自然的索取取之有道用之有度。而佛教仪式中的"放生"修功德也是对动物的一种保护。在佛教节日开门节和关门节三个月期间,信众们要做到不随意砍树、少杀生、不允许出家、七天赕佛一次诸事。其中,不乱砍滥伐是因为村民认为过节期间各方鬼神都返回村寨,而鬼神通常都住在树上,为了触犯鬼神才杜绝随意砍伐。南传佛教的戒律、教义、仪式活动在宣传佛法吸收信众的同时,客观上具有保护环境、尊重自然、促进人与自然协调发展的生态引导作用。

正如恩格斯在引用费尔巴哈的话时所说"宗教是在最原始的时代人们关于自己本身的自然和周围的外部自然的错误的、最原始的观念中产生的"、"一个部落或民族生活于其中的特定自然条件和自然产物,都被搬进了它的宗教里"①,宗教和自然仿佛有着某种天然的渊源关系,从云南人口较少民族的宗教信仰中,我们可以鲜明地感受到各人口较少民族对人与自然关系的理解,体会其中所蕴含的生态文化。而人口较少民族宗教信仰中的生态文化也以形象直观的方式在民间故事中呈现。

二、人口较少民族宗教信仰中的生态文化在民间故事中得到呈现

云南人口较少民族的宗教信仰及其中蕴含的生态文化,不仅对各人口较少民族的生产生活、价值观念、文化心理等产生影响,而且还反映在民间故事等口传文学中。这和人口较少民族只有语言没有文字,很多观念形态的文化都与通过口传文学代代相传有一定的关系。人口较少民族民间故事文本中有不同类型的故事和宗教信仰、生态文化之间,有着或隐或显的关联。

---

① 《马克思恩格斯选集》第4卷,人民出版社1995年版,第250页。

（一）自然崇拜与人口较少民族动植物故事

人口较少民族的民间故事中有大量的动植物故事，动植物故事是民间故事的重要类型之一。广义的动植物故事包括人格化的动植物故事和神化的动植物故事。以拟人化的手法写动植物习性，以动植物反衬人性和社会现实的故事，一般来说属于人格化的动植物故事；动物报恩主题和人兽联姻主题的动植物故事，常常将动植物神化，它们通常具有动植物的属性，同时又法力强大可以幻化为人形，具有神性的特征，一般来说这类动植物故事属于神化的动植物故事。无论是人格化的动植物故事还是神化的动植物故事，都有人口较少民族自然崇拜及其中蕴含的生态文化的印记和投影。

在人格化的动植物故事中，我们能够感受到人口较少民族在与自然打交道的过程中，对各种动植物习性的熟悉，并用生动的故事形式加以解释。如普米族故事《兔子耳朵为什么那样长》《老虎为什么不会爬树》《牵牛花的来历》和基诺族故事《豹子花纹的来历》《蜗牛爬田埂》等，这些故事形象生动且极富想象力地解释了动物的习性，从中可以体会到人口较少民族对这些动物的喜爱和了解，人口较少民族的动植物故事有的出于人对动植物的依赖，有的出于人对某些猛兽的畏惧，有的出于人对某些可爱动物的喜爱，这种对动植物的情感态度或多或少都受到人口较少民族自然崇拜及其生态观的影响。

在神化的动植物故事中，人和自然的关系更为密切。在动物报恩主题和人兽联姻主题的故事中，人和动物要么互有恩惠，要么结为夫妻，有着密切的亲缘关系。

如人口较少民族民间故事《三姑娘和蛇郎》《白鱼姑娘》《白鸽和金树的主人》等，讲述了人和蛇、白鱼等动物化身的神仙成婚的故事，《宝葫芦》《懒伙子救青蛙》等故事则讲述了人对动物有恩，帮助了动物，动物用神奇的宝物来回报的故事。这类故事虽然是想象和虚构的产物，却从一个侧面反映了人口较少民族对人与自然亲缘关系的认知，体现了人不是凌驾在自然之上的万物灵长，而是与自然是伙伴、亲人朋友、夫妻关系的自然观，这和人口较少民族自然崇拜中的生态观念异曲同工。

（二）图腾崇拜与人口较少民族人类起源故事

人口较少民族的图腾崇拜在民间故事中得到具体的反映，其中人类起源故事体现的图腾崇拜意识较为集中和典型。因为图腾崇拜即是指原始先民相信每个氏族起源于某种植物、动物或无生物，所以起源故事中的图腾崇拜意识最为明显。

在怒族的“别阿起”氏族起源故事中，交代了氏族图腾崇拜的由来。

“别阿起”是怒语，“别阿”意为“蜂”，“起”意为“氏族”，“别阿起”即是蜂氏族，起源故事讲道：“蜂与蛇交配，生下怒人的女始祖茂英充。茂英充长大后，又与虎、蛇、马鹿等交配，生下的孩子后来就分别成了蛇、虎、马鹿等氏族的祖先”①，蜂、蛇、虎、马鹿等是怒族的氏族名称，蜂、蛇、虎、马鹿等也因此成为怒族氏族的图腾。“拉起”氏族起源故事讲述了虎氏族的来历，“拉”即是“虎”，“拉起”即是虎氏族，“祖先是老虎，后来虎变为人，传下拉起一族。拉起人是老虎的后代，老虎是虎氏族的图腾，故有‘老虎不吃虎族人，虎族人不吃虎’”②的说法。在怒族的起源故事中，多种动物因和人类有着密切的亲缘关系，而成为氏族的图腾，为氏族人尊崇，禁止猎杀图腾动物，使一些动物得到有效的保护。

布朗族的神话故事《岩洛卜我》讲述了蛙图腾崇拜的由来。布朗族认为他们的祖先是一种半人半蛙的动物。神话说：“他们的祖先（一说人王）名叫‘岩洛卜我’，原是一只蛙，天神‘叭亚天’曾与它作对，使大地干旱了七年。‘岩洛卜我’上天讨伐‘叭亚天’，但打了败仗。回来后，又派白蚂蚁去，蛀空了‘叭亚天’的武器。‘岩洛卜我’第二次上天作战，才取得了胜利。它把天上的禽兽抱回来，分给了人类。男人得到大野兽，可不善管理，全都跑了，所以，现时只有拿着弩弓去山林中捕捉；女人分到小家禽，由于精心照料，大多数都留存下来了。‘岩洛卜我’上天时，把癞蛤蟆的皮脱在家里，被它的妻子烧掉了，因此永远成了人。布朗人的祖先就是由他俩繁衍下来的。”③这则神话故事体现了布朗族的蛙图腾崇拜意识，蛙是他们的祖先，成为布朗族的图腾，受到族人的尊崇。

人口较少民族中广为流传的大同小异的“葫芦传人种”起源故事，既包含着人口较少民族的图腾崇拜观念，也具有丰富的生态文化内涵。在这类故事中，葫芦和人类有着密切的关联，或者直接孕育了人类，或者在危难时刻保护了人种，使人类得以繁衍。前者如基诺族的起源故事《祭祖的由来》，讲述了兄妹麻黑和麻妞藏在木鼓里躲过了洪水，兄妹成婚，栽种了从木鼓里捡来的葫芦种子，从葫芦里挤出人类的故事。“麻黑在葫芦的肚脐上烙了个洞，只见葫芦刚一烙通，就从洞口连续跳出几个人来。最先出来的叫‘阿颇’，就是现在云南小勐养地方的空格人；第二个出来的是傣族，最后出来的是基诺，基是挤的意思，诺是后的意思，就是最后从洞里挤出的

① 攸延春：《怒族文学简史》，云南民族出版社2003年版，第30—31页。
② 攸延春：《怒族文学简史》，云南民族出版社2003年版，第30—31页。
③ 转引自颜思久：《布朗族宗教信仰》，《西南民族学院学报》1981年第3期。

人”①。后者如德昂族的起源故事,“远古时,螃蟹是水的娘,螃蟹到哪里,水就发到哪里,人和动物差点淹死完了。剩下少数的人和动物,就躲到葫芦里去。螃蟹发了洪水也躲到葫芦里面来,人就把螃蟹的头砍掉了。葫芦漂在洪水里,人就没有死完。因为葫芦救了人,所以德昂人拜佛时离不开葫芦,用葫芦来装水。”②无论哪种情况,都显示了葫芦对人类的大恩,是人类的亲人和恩人,葫芦成为人口较少民族崇拜和敬仰的对象。

在人口较少民族的起源故事中,留有图腾崇拜深深的印记,蕴含着人口较少民族对与本民族有着深厚渊源的动植物图腾的深切感情,体现了人与自然的血缘纽带关系以及人是自然之子的生态伦理观念。

（三）南传上座部佛教与人口较少民族风俗传说故事

南传上座部佛教是在七个人口较少民族中最为盛行的外来宗教,与之相关的佛教故事虽然数量不多,却很具代表性。较为集中地反映南传佛教的故事类型,主要是风俗传说故事。这些故事反映了南传佛教中佛祖的功德、法力或者宗教习俗等方面的内容,通过风俗传说故事,我们可以体会到南传佛教对人口较少民族文化心理、风俗习惯等方面的影响。

风俗故事中有一类写佛祖和自然神祇斗法的故事,旨在颂扬佛祖的法力无边、救世济人。比如布朗族的释迦牟尼和谷魂婆婆斗法的故事,“谷子被‘达了哼’‘雅拉哼’打飞后,人们 16 年没有饭吃。有一天,所有的天王都聚在缅寺开会,突然出现了一个老婆婆,她不但不向释迦牟尼下跪,还径直走到大殿中间的位置坐下。当大家都在猜测她是谁的时候,她说:‘不管是现在的释迦牟尼还是以前的释迦牟尼都离不开我,你们都应该崇拜我’,这时候释迦牟尼猜到了老婆婆的身份,她正是谷魂婆婆。说完,她就飞回龙王那里,那是一个没有白天也没有夜晚的地方。这时释迦牟尼使用法眼,一眨眼看到了她住的地方,然后用口功将她带回佛寺,让她坐在自己身边,谁料她趁大家吃饭的时候又跑了。这次释迦牟尼又使用法眼看到她正躲在一棵大树里面,随后亲自到大树面前用口功再次把她带回佛寺,并且和她商量起来,请她可怜没有粮食吃的人们,最终她同意留下来,随即变成了一颗谷子,释迦牟尼把这颗谷子交给人们,人们种下了谷子,从此人间才又有了粮食”。③ 这个故事中释迦牟尼战胜了谷魂婆婆,为人类留下了谷种,拯救了人类。类似的还有释迦牟尼和天王、地王斗法的故事,最终都以释迦牟尼的

---

① 《基诺族民间故事》,云南人民出版社 1990 年版,第 4—5 页。
② 李子贤:《云南少数民族神话选》,云南人民出版社 1990 年版,第 474—475 页。
③ 转引自安静:《布朗族民间信仰的功能研究——以西双版纳老曼娥村为例》,中央民族大学博士学位论文,2012 年。

胜利而告终。这类故事除了宣扬佛法无边外,也侧面展示了南传佛教和原始宗教的自然神祇相互争斗,最终获得了天、人、神、佛的和平共处的人文生态理想。

风俗故事中还有一些故事是反映南传佛教的宗教习俗的。如《不献坟的传说》讲道:很早的时候,一位财主的儿子死了。财主非常伤心,就在离家较远的地方盖了一座华丽的大房子,把儿子的尸体放进去,每天派长工送三次饭来献坟。三年后的一天晚上,长工在路上突遇大雨,山涧的水猛涨,无法渡过。他正为无法献坟而心焦时,看见五位老佛爷路过,便将饭虔诚地献给了他们。当天晚上,儿子托梦给财主,责怪自己离家三年,怎么直到今天才吃到家里送的饭。财主便对长工起了疑心。第二天他到大房子旁一看,却见三年来送给儿子的饭堆成了山。长工将昨晚的事如实说了,财主听后不禁感叹:“献坟不如献佛!”从此,德昂族便有了死后不认坟,也从来不献坟的习俗。①

这就是德昂族不献坟的传说,展现了德昂族独具南传佛教特色的祭祀亡灵的习俗,献类不献坟的宗教习俗客观上具有节约资源、减少坟地周边环境污染的作用,是一种生态环保的祭俗。此外,佛教的“放生”习俗、吃斋不杀生等宗教教规,都在人口较少民族的民间故事中有不同程度的呈现,蕴含着众生平等、尊重自然、爱护自然的生态文化意蕴。

三、以生态文化为纽带的人口较少民族民间故事与宗教信仰之关系

人口较少民族的民间故事中有丰富的生态文化因素,各人口较少民族的宗教信仰中也同样具有生态文化的理念蕴含其中。生态文化是连接人口较少民族民间故事与宗教信仰的一条重要纽带,民间故事与宗教信仰既各自独立,同时又相互影响,形成了“你中有我,我中有你”的关系。

(一)宗教信仰使人口较少民族民间故事中的生态文化更富神性色彩

人口较少民族的宗教信仰体系,无论是自然崇拜、图腾崇拜等原始宗教,还是南传佛教,在自然观上都有共同的特点,即在自然物、自然现象上贯注“神性”或“人性”。因而在人口较少民族的信仰体系中,有多到不可胜数的自然神祇,在人们的想象中,他们既有超自然的神力,又有人的喜怒哀乐等人格化的特点。宗教信仰作为观念文化的重要组成部分,对人口较少民

① 普学旺:《云南民族口传非物质文化遗产总目提要·神话传说卷》(下卷),云南教育出版社 2008 年版,第 290 页。

族的文化心理、社会意识等都产生了潜移默化的影响,宗教信仰中将自然神化的生态观反映在民间故事中,就使得人口较少民族民间故事中的生态文化更富神性,也更富想象力。

在人口较少民族的民间故事中,几乎各种类型的故事都弥漫着神性的、泛神泛灵的精神气息,充满着先民们丰富的想象,使人能够从中体悟到人口较少民族宗教信仰对民间故事的深层影响。在创世故事、始祖故事中,自然的神化表现得尤为突出。在这类故事中,天、地、日月星辰、动植物都是极富神性和灵性的,它们凭借自己的神力,或保佑人类,或降灾祸给人类,是人类敬畏和恐惧的对象,人口较少民族的始祖们常常需要借助自然的力量或凭借智慧勇敢战胜恶的自然力,才使族群生存繁衍下去。在风俗故事、动植物故事、孤儿故事中,出现的自然物或自然力通常也都具有神性。风俗故事中各种图腾的来历、动植物故事中的自然崇拜观念、孤儿故事中常见的得自然神帮助的奇遇等,都使自然物笼罩着神性的面纱,显示着人口较少民族的宗教信仰对民间故事的影响,宗教观念的渗透让民间故事中的自然生态描写染上了神性的气息。

(二)人口较少民族的民间故事使抽象的宗教思想得到具象化的表达

人口较少民族由于大都只有语言没有文字,所以本民族的习俗、哲学思想、宗教信仰等精神文化主要是通过民间故事等口耳相传的口头文学传承下来,民间故事是人口较少民族文化的宝库,蕴藏着丰富的民族文化资源。宗教信仰是人口较少民族重要的民族文化资源,自然也通过民间故事得以形象的传达。由于宗教信仰是一种指向心灵世界的哲学体系,其中所蕴含的关于人、自然、社会、世界、宇宙等的哲理思考,比较抽象和深奥,不利于传播和推广。而民间故事则为抽象的宗教思想提供了一个有效的传播方式,使深奥难懂的宗教理念通过生动形象、通俗易懂的故事形式,得到具象化的表达,促进了宗教信仰的传播。

人口较少民族的民间故事中,有大量的故事讲述了和宗教信仰有关的习俗、祭祀、崇拜、禁忌等方面的内容,渗透着人口较少民族对各种宗教信仰中的宇宙观、人生观等抽象哲理的形象理解。在创世故事、人类起源故事、洪水故事中,传递着人口较少民族对宗教信仰中的宇宙观的认知;在风俗故事、动植物故事中,宗教信仰中的自然崇拜、图腾崇拜、祖先崇拜的观念得到生动的呈现和解释;在生活故事和伦理故事中,各种宗教信仰的人生观、是非观、善恶观等得到形象的展示。而人口较少民族宗教信仰中对人与自然、社会关系进行阐释的生态文化观念,也通过民间故事得到形象的传达。

人口较少民族民间故事和宗教信仰都属于本民族的观念文化层面，二者既各自独立，又相互影响相互渗透，形成了“你中有我、我中有你”的密切关系，宗教信仰对民间故事的内容、艺术表达、文化内涵等产生影响，而民间故事也反作用于宗教信仰，使抽象的宗教理念以形象的方式得到解释和传播。民间故事与宗教信仰都蕴含着丰富的生态文化内涵，生态文化是连接人口较少民族民间故事与宗教信仰间的重要桥梁和纽带，以生态文化为视角，对二者的关系进行研究，拓展和加深了民间故事与宗教信仰研究的广度和深度。

第二节　布朗族民间故事中的宗教信仰及其生态寓意

布朗族是七彩云南“沧江怒水”生活着的一个历史悠久的民族，是云南七个人口较少民族之一。布朗族属于百濮族群，主要分布在滇西南澜沧江和怒江中下游两侧的半山区，具有得天独厚的自然条件，“冬无严寒，夏无酷暑，干湿分明，时空不均”的气候特点和依山傍水的地理位置为动植物提供了良好的生存环境，素有“动植物王国”的美誉；在民族信仰方面，布朗山是一片灵息吹拂的土地，布朗族人民几乎全民信仰原始宗教和南传上座部佛教，宗教信仰渗透和影响着社会生活的各个层面；在文学艺术方面，布朗族民间文学发达，史诗歌谣、民间故事等极富民族特色，形象地反映了布朗族的历史文化、民俗风情和社会心理，是了解布朗族文化的参考书。优美的自然风光、充满信仰的人民、丰富灿烂的民间文学共同构成了一个人与自然及社会和谐共生又相互影响的生态系统。布朗族的民间故事对民族信仰进行生动书写，信仰中包含的生态思想通过民间故事得以形象传达，二者相互作用潜移默化地影响了布朗族的自然观，使布朗族聚居地区的自然环境得到有效保护，从而令其在雾霾围城、沙尘肆虐的现代社会，拥有一片未受污染的碧水蓝天，成为富有生态多样性的动植物乐园和人类宜居之所。在生态危机加剧、生态问题引起全世界广泛关注的语境中，对布朗族民间故事中的信仰书写和其中蕴含的生态寓意进行研究，无疑是具有现实意义和文化价值的。

一、布朗族自然神祇故事中的原始多神信仰

布朗族原始宗教信仰的核心是“万物有灵”论。他们认为自然界的一切都是有灵性的，自然界的各种物质和各种现象既同人类一样是有思想和感情的，同时又拥有着人类不能掌握和驾驭的超自然能力，令人敬畏，因而

产生了自然崇拜。布朗族对大自然的崇拜范围十分广泛,天、地、山、石、水、火、草、木等,都是有灵的,因此这种自然崇拜又是多神崇拜。在布朗人眼中,山有山神,水有水神,神无处不在,无物不有。而这种多神崇拜的来源,大都可以在民间故事中找到缘由或蛛丝马迹。

（一）自然神祇故事中的山神崇拜

在布朗族民间流传着一则关于山神“雅”的传说故事,体现了布朗族对山神的崇拜与礼敬。

“雅”是一条龙,住在山上,掌管山林,吃野兽,也吃人。在“帕召过达马”神(释迦牟尼佛祖)降生后,它改名叫“帕牙底卡”。它住在竜朗山上时,有“叭牙解帕沙”、“帕牙桑堕”、“叭牙安戛”担任它的警卫。人们一年四季都要奉祀它。不然,它就变成老虎来吞食人畜,降灾祸于人,或使人生病难受。为了祈求山神的保佑,全寨每年傣历四月由巫师主祭,敬献肉、饭菜、鸡及数对腊条,并对它磕头跪拜。对“叭牙解帕沙”、“帕牙桑堕”、“叭牙安戛”等卫士,也要在每年傣历九月在村寨内祭献,以祈求安宁。①

另外一则名为“摩拉沙”(雷打梁)的地方传说故事,虽然是解释“摩拉沙”这一地名的由来,但实际上也是一则山神故事:墨江县洼墨寨依傍的一排岩崖雄峙一方,当地人叫排山岩子。传说排山岩子上住着排山神,排山神是洼墨寨的保护神。有一年,外族来偷袭洼墨寨,从排山岩子上突然冲下一条花水牛,用犄角把敌人抵下岩子,余下的敌人落荒而逃,逃到一个山梁时,遭到雷击。这山梁后来就叫“摩拉沙”。从此每隔三年,洼墨寨的布朗族就要杀一头花水牛,来到排山岩子下的一棵龙树下,祭祀排山神,叫作祭龙,祈求排山神永远护卫山寨。②

这些故事体现了布朗族山神崇拜的原始信仰,无论是出于对山神的畏惧还是对山神的感激而祭祀,都可见布朗族对大山的崇拜敬仰。布朗族世世代代居住在山区,大山是布朗族的衣食父母,受万物有灵论的影响,他们认为山是有灵性和神性的,对掌管山林的山神充满敬畏,并通过祭祀等活动来祈求山神的保佑。

（二）自然神祇故事中的水火崇拜

布朗族民间故事中,有两则流传比较广的关于“水”和“火”的传说故事,一则是水鬼“苦拉”的故事,另外一则是水火由相争到相安的故事。

苦拉是最大的“水鬼”,是一个人首蛇身的怪物,负责管水,每当下大

---

①《布朗族百年实录》,中国文史出版社2010年版,第92页。

② 陶玉明:《中国布朗族》,宁夏人民出版社2011年版,第71页。

雨,涨大水,或山崩地塌时它就出来,人见了立刻会死。传说后来举行的赕"乌帕苦",就是祭祀它。①

传说在荒远之世,混沌初开,地上只有水和火,它们时而相好,时而别扭,打得胜负难分。两个都打累了,在精疲力竭之后,才分离了,水往低洼潮湿的山谷中躲藏起来;火则钻进石头缝中憩息。后来,人们从地层中挖出石块来冶炼,得到水的帮助,溶解为金属铁片,铁片又和石头撞击,发生火花,引来火种。②

第一则故事和很多自然神祇故事内容相似,都是强调自然令人恐惧的力量,人们因为畏惧而崇拜祭祀,故事有很强的神化自然的色彩,突出了布朗族的水崇拜。第二则故事则相对平实,形象地解释了水火的特征,体现了布朗族先民对自然现象的体察和理解。水和火是布朗族比较普遍的崇拜对象,这两种自然对象和布朗族的生产生活密切相关。布朗族大都居住在沧江怒水之间,受自然条件和生产力条件的限制,对洪水、旱灾等水患极为恐惧,这是形成水崇拜的重要原因。而火崇拜的形成则和布朗族"刀耕火种"的农业生产方式有密切的联系。大片森林、灌木被砍伐后,要依靠火的威力,才能化为灰烬,变成天然肥料。布朗族赖以生存的农作物,都是在烧过的土地上播种收获的,所以布朗族对火很敬畏,每年烧地前都要祭祀火神。

(三)自然神祇故事中的谷神崇拜

布朗族的稻种神话故事大体上分为两类:一类是讲述人类如何获得稻种的;一类是讲述人类如何学会种植稻谷的。这两类故事都包含着布朗族"谷神崇拜"的原始信仰。

第一类稻种故事,主要是讲动物如何帮助人类得到稻种的。在临沧地区的双江县、永德县的布朗族中,流传的是白鼠王子帮助布朗人获得稻种的故事。流传在勐海县布朗族的稻种故事则说稻种是蚂蟥送来的,这则故事讲道:远古时候,布朗族居住在平坝里,栽种的稻谷已经成熟了,即将开割。就在这时,接连下了几天暴雨,把平坝淹成一片汪洋,布朗人被迫退居山上。这时一位老人说:"谷子拿不回来,可是不能连种子都断了呀,大家想想办法吧"。……大家试了几种办法,都没有把谷种取回来,这时,一条筷子般粗的蚂蟥游到岸边,对啼哭的人说:"田淹了,还有山,你们可以开荒种地吧。""可是连谷种都没有,种什么呢?"人们一起说。蚂蟥说:"我可以去取得谷种。但我有一个要求:日后我饿了,遇到你们,尽我吸你们的血。"大家

---

① 《布朗族百年实录》,中国文史出版社 2010 年版,第 93 页。

② 《布朗族百年实录》,中国文史出版社 2010 年版,第 94 页。

都同意了。蚂蟥翻身滚进水里，一伸一缩地卷动着，朝漂着谷穗的水中游去。它用吸盘吸着一粒谷子归来，这样来回几转，布朗人又有谷种种地了。从此，蚂蟥就要吸食人血。[①]

蚂蟥送稻种的故事既解释了蚂蟥为人类送来稻种作为回报要吸食人血的来历，也说明了布朗族进入农耕社会后对稻种的重视和依赖，包含着对谷物的崇敬和珍视之情。

第二类故事则很有趣地解释了稻谷的形状和怎样种植稻种。在勐海县布朗族的神话《稻谷为什么是细粒》中说：从前稻谷有南瓜大，它们会一个跟一个顺路滚进各家的谷仓里。到煮饭时，人们只管用力剖开，拿出大颗米团放进锅里煮，就有饭吃了。有一位叫牙枯索的寡妇，因为懒，到秋天了还没有盖起谷仓，而稻谷却已滚滚而来，堆满她的竹楼，连脚也迈不开，稻谷还在不断地滚来。牙枯索生气了，拿起棍子便乱打，稻谷被敲碎了，它们纷纷逃进山洞里躲起来，后来被老鼠衔出来，撒到地里，发芽出穗，从此人们才知道种植稻谷。[②] 这则故事说明了稻谷为什么是细粒，也形象地反映了布朗族先民从食用野生稻谷到人工种植稻谷的发展历程。

稻谷是布朗族的主要粮食作物和重要食物来源，在生产力低下的古代，人们“把自己的劳动创造和战胜自然的希冀、幻想融结成稻谷神话。这些组成了植稻民族的原始宗教的主要部分”。[③] 在布朗族的稻谷神话中，稻谷是有灵魂、有神性的，族人的生存离不开稻谷，因而产生了谷神崇拜。无论是害怕谷种灭绝想尽各种办法取得谷种的《蚂蟥送稻种》，还是讲述布朗人如何学会人工种植稻谷的《稻谷为什么是细粒》，都是布朗族谷神崇拜的曲折反映：因为敬畏、因为充分意识到稻谷的重要性，才会幻想出本族人如何获得谷种和种植稻谷的神话故事。

二、布朗族风物传说故事中的原始图腾信仰

布朗族在多神论的自然崇拜的基础上，慢慢发展为对某些特定自然物的崇拜——图腾崇拜。与自然崇拜相比，图腾崇拜是较为高级的宗教形式。原始先民相信自己与某种动物、植物或无生物有血缘关系、亲属关系或其他特殊关系，并对之崇拜，此物即成为该氏族的图腾——始祖或保护神的象征。布朗族的图腾崇拜有茶崇拜、葫芦崇拜和蛙崇拜等，这些图腾崇拜的来

① 《布朗族百年实录》，中国文史出版社 2010 年版，第 183 页。
② 穆文春：《布朗族文化大观》，云南民族出版社 1999 年版，第 177 页。
③ 王国祥：《论傣族和布朗族的稻作祭祀及稻谷神话》，《中央民族大学学报》2000 年第 6 期。

源都可以在布朗族的风物传说故事中得到展现。

（一）传说故事中的茶图腾崇拜

布朗族有很多关于茶的传说故事，其中传说之一《布朗族发现“茶叶”》主要流传在普洱市的芒景布朗族族群中，故事讲述：在漫长的迁徙过程中，布朗人不仅经受了战争的创伤，还常遇到自然灾难。有一次他们遇到一场大的疾病灾难，所有的族人都觉得头痛，眼睛发黑，四肢无力，无法行走，首领哎冷只好令大家在大森林里原地休整。这时一位族人疼痛难忍，不知怎么，不知不觉从一棵树上摘下一片叶子含在嘴里面，迷迷糊糊睡着了。待他醒来时，觉得一身轻松，头脑清醒，眼睛明亮，四肢有力。他马上把自己的感受告诉了首领哎冷。哎冷问他：“你怎么好起来的呢？”他说：“我也说不清，我只记得自己头痛得厉害时，含了一片叶子就迷迷糊糊睡着了，待我醒来时，就觉得身上的疾病消除了。”哎冷又问他：“那你含的那片叶子是哪棵树上的叶子？”他说：“不远，就是我靠睡的那棵树。”哎冷马上把在森林里睡倒的所有族人叫了起来，让大家都来摘这棵树的叶子吃。果然没几天，整个族群的疾病便慢慢好起来。以后，哎冷对族人说：“这棵树是我们的救命树，是老天赐给我们的，我们一定要记住它的树形、树叶形状，永远记在心上。”从此，这棵树就成为布朗人当时唯一的药用植物。为感谢老天爷的恩赐，布朗人离开这棵树时，所有人都向这棵树磕头，才迈出新的迁徙步伐。①

传说之二：“莽芝有茶王树，较五山茶树独大。相传为（诸葛）武侯遗种。今夷民犹祀之。”（光绪《普洱府志》卷四九《杂志一》）②

传说之三：“皎诺帕”（透明的宝石）的故事。布朗族首领艾棱率领群众迁徙至“格朗西贺”定居。逝世时为子孙留下一件吃穿不完的宝物——“皎诺帕”。新当选的“帕雅召”（佛教职位，该职位比佛爷大很多）勐良约看见“皎诺帕”里有一棵树。他描下形状，派百姓四处寻找，终于找到，移回栽种。从此“格朗西贺”遍山长满茶树，布朗族的家乡成为普洱茶的园地。③

这些关于茶的传说故事，和布朗族崇仰的英雄人物事迹相结合，讲述了茶和布朗族先民的某种亲密联系：传说之一中，茶和布朗人的渊源是茶叶治好了布朗人的疾病，布朗族祖先哎冷让族人记住茶的形状，后来开始大规模种茶；传说之二中，茶和布朗人的渊源是莽芝茶山的茶王树因是布朗族崇敬的诸葛亮遗种，而受到祭祀；传说之三中，茶和布朗族的亲密联系在于茶叶

① 苏国文：《芒景布朗族与茶》，云南民族出版社 2009 年版，第 181 页。
② 陶玉明：《中国布朗族》，宁夏人民出版社 2011 年版，第 75 页。
③ 陶玉明：《中国布朗族》，宁夏人民出版社 2011 年版，第 75 页。

是布朗族首领艾楱留给子孙的宝物。可见在这些关于茶的传说故事中，茶与布朗人有着密切的联系，茶也因此成为布朗族的图腾，受到布朗人的崇拜。

布朗族是较早种茶的民族，布朗人以茶为命，依茶而生。“布朗族看待茶的理念与其他民族看待茶的理念是截然不同的。其他民族只是把茶看成是一种饮料，而布朗族则把茶看成是生命的一部分来保护、崇拜、继承和发展。”①在芒景的布朗族中，至今仍有以茶叶为图腾的雕塑，有祭祀茶祖的“山康茶祖节”，每一块古茶园中都有一棵茶魂树，每到春茶开采前，布朗人都要先到茶魂树下祭拜。布朗族先民将对茶的深情和崇敬熔铸到那些口口相传的关于茶的传说故事之中，讲述着布朗人与茶的深切渊源，而传说故事也反过来强化了布朗人将茶视为图腾来崇拜的原始信仰。

（二）传说故事中的葫芦图腾崇拜

在西双版纳的布朗族聚居地区，流传着很多葫芦生人的故事，其中一则讲到：先前，大地经过一场大火，什么东西都烧光了，后来又经过一场大水，把什么都淹没了。有两兄妹蜷伏在一只大鼓中，任随洪水漂荡。七天七夜后，大鼓停顿下来，他们用针刺破鼓面，窥探外面的世界，确定洪水已退，兄妹两人才从鼓里爬出来。他们分别去寻找异性配偶，找了七天七夜也没找到，二人又碰在一起，一只长尾巴鸟飞过来，冲他们直叫：“多谷谷，相玛什勒尔各。”（意思是：兄妹可以拥抱）他俩听后交合，女的怀孕七年，生出一个葫芦。夫妻俩把葫芦丢在屋里，仍旧上山采集野菜，串山打猎。傍晚归来时听见屋里闹嚷嚷的，原来是从葫芦里传出来的声音。他俩用木棍钻葫芦，从葫芦里出来了汉族。又把木棍削成斧口形在葫芦上凿一个洞，从葫芦里出来了傣族。木棍使秃了，就放在火上烧尖再戳葫芦，出来的是佤族、布朗族等山区民族，由于木棍烧焦过，因而这些民族的肤色是黑色的。②

布朗族还有其他一些葫芦传人种的故事，情节大同小异。在这些葫芦生人的故事中，葫芦成为布朗族的始祖。葫芦里走出来了布朗族、汉族、傣族和佤族，这一情节寓示着这些民族是同根共祖的兄弟，而布朗族和佤族皮肤黝黑的特点，也在这些故事中得到了生动有趣的解释。图腾崇拜是指相信自己的氏族与某种动物、植物或无生物之间存在亲密联系，并以之作为氏族崇拜的对象，葫芦生人的故事表明葫芦是布朗族的始祖，与布朗族有密切的亲缘关系，自然而然地包含着图腾崇拜的原始信仰。

---

① 苏国文：《芒景布朗族与茶》，云南民族出版社 2009 年版，第 16 页。

② 《布朗族百年实录》，中国文史出版社 2010 年版，第 181 页。

（三）传说故事中的蛙图腾崇拜

在西双版纳的布朗族山区流传着一则《岩洛卜我》的传说故事，故事讲述布朗族人的祖先是一种半人半蛙的动物。根据传说，人之王“岩洛卜我”是一只癞蛤蟆。天神“叭亚天”同它作对，七年不下雨。“岩洛卜我”第一次上天讨伐“叭亚天”，结果被打输了。它心生一计，先派白蚂蚁去蛀空“叭亚天”的武器。这样，“岩洛卜我”第二次上天讨伐“叭亚天”便取得了胜利。它把天上的飞禽抱回来，将野禽分给男人，男人粗心大意，让野禽全跑光了，所以直到现在要吃野味只有上山去打。女人分得家禽，照料得很细心，所以现在家禽很多。最后，“岩洛卜我”演变成了人。①

在另外一则故事中，内容大致相同，只是癞蛤蟆也被当作帮助弱小、战胜强敌的英雄。布朗族的动物图腾崇拜反映了当时母系氏族时期的社会生活。在这些和蛙有关的传说故事中，蛙被认为是布朗族的祖先，和布朗族有着密切的联系，因而成为布朗人的图腾，反映了布朗人对蛙的图腾崇拜。

布朗族的民间故事中，既有多神论的自然崇拜的族群信仰的反映，也有特定的图腾崇拜的族群信仰的投影。除这些原始信仰之外，南传上座部佛教——小乘佛教的一神宗教信仰，也能在民间故事中找到踪迹。

三、布朗族节俗传说故事中的小乘佛教信仰

布朗族几乎全民信仰小乘佛教，小乘佛教的影响渗透在布朗族社会生活的诸多方面，也反映在民间故事中。布朗族民间故事中关于佛教信仰的故事主要是节俗传说故事和“斗法”故事。

（一）佛教“关门节”的传说故事

在傣族和布朗族流传着关门节的传说。相传，每年傣历9月，佛到西天去与其母讲经，三个月才能重返人间。有一次，正当佛到西天讲经期内，佛徒数千人到乡下去传教，踏坏了百姓的庄稼，耽误了他们的生产，百姓怨声载道，对佛徒十分不满。佛得知此事后，内心感到不安。从此以后，每遇佛到西天讲经时，便把佛徒都集中起来，规定在这三个月内不许到任何地方去，只能忏悔，以赎前罪。故人们称之为“关门节”。②

“关门节”是布朗族非常重要的宗教节日，每年傣历9月15日（农历七月中旬）开始举行，历时三个月。在关门节当天（傣历9月15日），全寨赕佛，到佛寺滴水听经，停止生产一天。关门节期间，和尚不得随便外出讲经，

① 陶玉明：《中国布朗族》，宁夏人民出版社2011年版，第157页。

② http://www.asean168.com/a/20141202/72116.html，关门节的传说，东盟网。

不得干扰农事,以便村民集中精力从事生产劳动。

这则节日传说故事体现了佛祖对众生的体恤,也反映了布朗族对佛祖的崇敬,体现了小乘佛教的宗教信仰。

(二) 佛教“桑刊节”的传说故事

“桑刊节”即新年节,是布朗族的传统节日。云南双江县的布朗族习惯地把“桑刊节”称作“堆沙节”。之所以要堆沙,来源于一个佛教的传说故事:以前布朗族和傣族敬佛,献的是糯米饭和猪肉,佛总是说吃不饱。而汉人献佛,在供饭中掺进沙子,佛却说吃饱了。以后,布朗族和傣族就在新年里堆沙,让佛吃饱。①

这则传说故事反映了布朗族在桑刊节堆沙的习俗,桑刊节既是布朗族的传统节日也是宗教节日,人们在节日期间要虔诚敬佛,堆沙的传说故事就是布朗族礼佛敬佛的小乘佛教信仰的生动写照。

布朗族的民间故事生动传达了其族群的信仰观念,自然崇拜、图腾崇拜等原始宗教信仰和小乘佛教几乎是布朗族的全民宗教信仰。小乘佛教的出现,虽然对原始宗教造成了一定的冲击,但原始宗教并未因此走向衰亡,而是在与佛教的矛盾冲突中进一步充实和完善,逐渐形成了布朗族地区原始宗教与佛教相安共存的局面。原始宗教与小乘佛教是布朗族最重要的两大宗教信仰体系,它们的宗教思想和理念渗透在民间故事中,民间故事成为传达宗教信仰的重要载体,而族群信仰中所蕴含的生态思想也通过民间故事得到广泛传播。

四、布朗族民间故事中的信仰书写所蕴含的生态文化

布朗族民间故事中的信仰书写,不仅直观反映了宗教的思想观念,而且在深层次上蕴含着与现代的生态文化相契合的生态寓意。

(一) 书写原始宗教信仰的民间故事中包含的生态文化

自然崇拜和图腾崇拜是布朗族原始宗教信仰的主要内容,这两种原始信仰均反映了布朗族先民对人与自然关系的认识和理解,体现了布朗族的生态观念。正如张桥贵所说,“自然崇拜主要是先民以神灵的名义进行积极主动的一项行之有效的生态保护方式,从这个角度来说,自然崇拜主要体现了先民早期的生态文明”,在反映布朗族自然崇拜的民间故事中我们可以探寻到其中蕴含的生态寓意。而图腾崇拜则体现了人与自然之间的亲缘关系,人们通过一系列仪式和宗教活动对本民族图腾加以保护,实质上是一

① 《布朗族百年实录》,中国文史出版社 2010 年版,第 185 页。

种早期的生态伦理实践,因而在体现图腾崇拜的民间故事中亦包含着丰富的生态寓意。

1. 以自然为“神圣”——膜拜自然、敬畏自然的生态文化。布朗族反映自然界多神崇拜的民间故事,是以“万物有灵论”为思想基础衍生出来的。在这些民间故事中,山、水、火、谷物等自然物都是有神性的,具有不可抗拒的巨大威力。人类在这些强大的自然物面前是渺小的,自然界的各路神灵主宰掌管着人类的命运和生死存亡,因而人类对自然是顶礼膜拜、充满敬畏的。在山神故事、水火故事、稻种故事中,山有山神、水有水神、火有火神、谷有谷神,布朗族以这些自然物为“神圣”,通过祭祀等宗教活动,祈求这些自然界神灵的保佑。由自然崇拜的原始信仰而形成的敬畏自然的思想,和现代生态学谋求的尊重自然、爱护自然的生态观念相契合,布朗族自然崇拜的原始宗教信仰对于生态保护有着积极的作用,出于对大自然充满宗教虔诚的敬畏,布朗人对山林、河流、动植物等自然资源极为珍视和爱护,并形成了一些习俗禁忌,这些都有效地保护了布朗族聚居地区的生态环境,而反映自然崇拜的民间故事也因此具有了极富现代意蕴的生态价值和意义。

2. 以自然为亲友——亲近自然、热爱自然的生态文化。在布朗族反映自然崇拜的民间故事中,人类以自然为高高在上的神,充满敬畏,而在展现图腾崇拜的民间故事中,布朗族与自然的关系则要亲近得多,他们以自然为图腾,将之视为本民族的祖先或恩人,展现了人与自然的亲人友人般的亲密关系。在茶图腾、葫芦图腾、蛙图腾的传说故事中,自然物与布朗族因为某种机缘而产生了密切的关联:茶是给布朗族治病的恩人,葫芦是布朗族的始祖,蛙是布朗人的祖先。它们也因此成为布朗族的图腾,显示了作为图腾的自然与布朗人之间的血缘关系、亲缘关系或其他特殊关系。在反映图腾崇拜的民间故事中,人类对自然既亲近又热爱。这种自然观念也渗透到布朗族的日常生活中,他们对被视为图腾的自然物有一种天然的亲切感,发自内心的保护,这也从客观上起到了爱护自然、保护生态环境的作用。

(二) 书写小乘佛教信仰的民间故事中蕴含的生态文化

小乘佛教是布朗族的全民性宗教,其宗教思想中蕴含着深刻的极富哲理性的生态观念,这从小乘佛教的相关故事中可见一斑。

1. 慈悲护生的生态寓意。尽管小乘佛教不像大乘佛教那样强调普度众生、自度度他,而是重在自我解脱,即自度,但小乘佛教和大乘佛教相通的是均强调慈悲心。“扫地怕伤蝼蚁命,爱惜飞蛾沙罩灯”,爱护有情生命是佛教自然观的重要特征,这无疑极富生态寓意。在佛教“关门节”的故事中,这种慈悲护生的生态意蕴就更为明显。佛祖因为僧徒在农忙期间到乡下传教，踏坏了庄稼，伤害了农作物的生命，影响了农民的生产而愧疚不已，就规定在他西天取经期间即农忙时节的三个月内为关门节，在此期间佛徒不得到任何地方去。佛祖爱护农作物的生命、爱惜农民的劳动成果，充分体现了佛教的慈悲护生的生态观念。对有情生命乃至庄稼等无情生命的爱护，使佛教慈悲爱护的对象扩展至包括动植物在内的整个自然界，这客观上起到了保护生态的积极作用。

2. 众生平等的生态寓意。小乘佛教强调众生平等，所有的生命体都是平等的，没有高低贵贱之分。受小乘佛教众生平等观念的影响，布朗族对自然没有人类中心主义的高高在上的心态，而是以平等尊重的态度对待大自然。这和现代生态学反对人类中心主义，倡导人与自然和谐共生的生态观念是不谋而合的，而在反映小乘佛教的民间故事中，这种众生平等的生态寓意也渗透其中。在佛祖与自然神祇斗法的故事中，尽管为了弘扬佛法，显示佛祖的法力无边，这类故事常常以佛祖的胜利而告终，但这种胜利并不是以佛祖消灭了自然神祇、形成你死我活的局面而收场，而是以佛祖和自然神祇达成和解、最终和谐共存为结局的。如佛祖和谷魂婆婆斗法的故事中，佛祖虽然战胜了谷魂婆婆，但仍然无法解决谷种的问题，就和谷魂婆婆商量起来，请她可怜没有粮食吃的人们，最终她同意留下来，随即变成了一颗谷子，释迦牟尼把这颗谷子交给人们，人们种下了谷子，从此人间才又有了粮食。在这则故事中，佛祖和谷魂婆婆是平等的，他们各有所长，各有所短，相互包容，和谐共存，共同造福于人类。最受佛教徒尊崇的佛祖和看起来微不足道的谷物神灵在有益于人类这个层面是平等的。众生平等的佛教观念的影响，使布朗族尊重生命、爱护自然，而建立在众生平等基础上的不杀生的戒律，也有效地保护了自然生态。

原始宗教和小乘佛教作为布朗族影响力最大的族群信仰，对布朗族的物质文化和精神文化生活产生了广泛而深远的影响。布朗族的民间故事是该民族宗教信仰的主要传播媒介，族群信仰经由民间故事这种喜闻乐见的形式传达给布朗族民众，信仰中蕴含的生态意识、生态伦理，也使得布朗族展现族群信仰的民间故事极富生态寓意。

生态问题如今已成为全世界共同关注的焦点问题。在生态危机加剧、生态环境恶化、自然灾害频发的现代社会，实现人与自然、社会的和谐发展，构建生态文明的和谐社会，已经成为全社会共同奋斗和追求的目标。在这样的语境中，布朗族拥有天人合一的宜居的生态环境显得尤为难能可贵。究其原因，布朗族的全民性的宗教信仰中所具有的生态保护意识潜移默化的影响，无疑是一个重要因素。布朗族的民间故事作为传播族群信仰的重要文化手段,因信仰本身所具有的生态意识而被赋予了丰富的生态寓意。

第三节 普米族民间故事中的韩规教信仰及其生态文化意蕴

云南七个人口较少民族之一的普米族,主要聚居在怒江兰坪、宁蒗、丽江、维西、永胜等地理位置偏远之地。虽然聚居地普遍经济欠发达,但宗教氛围却很浓郁,其宗教信仰形式多样、多教并存,主要的宗教信仰有藏传佛教、韩规教,也有少数人信仰道教。其中"体现普米族原始思维的韩规教,起源于苯教而融合于佛教,又结合当地原始祭师'释毕'教的口授经和民俗,形成普米族独特的地方宗教,亦最能体现该民族宗教的基本特征"。① 韩规教作为普米族最具民族特色的原始宗教,拥有雄厚的群众基础,是普米族大众的精神支柱,对普米族的生产生活、社会心理、文学艺术、民族文化等产生了广泛而深远的影响。就文学艺术而言,普米族因没有本民族的文字体系,故口耳相传的民间文学是其现存文学的主体。普米族文学的主体——民间故事与普米族最本土的宗教韩规教相互影响,交错相生:民间故事保存和传播了韩规教的宗教文化遗产,使韩规教宗教信仰的外在形式和精神内核渗透其中,并以喜闻乐见的故事形式得到广泛传播;反之,韩规教宗教文化的介入,也使得普米族的民间故事呈现出浓郁的神性气息和浪漫主义色彩,韩规教的自然观、生态观也赋予普米族的民间故事以深刻的生态文化意蕴。

韩规教在普米族民间故事中的渗透,呈显隐两个方面:显性层面是直接讲述韩规教来源的神话故事和描述韩规的法术仪式以及祭祀活动的取经传说故事;隐性层面则表现为对韩规教所崇奉的自然崇拜、图腾崇拜等原始宗教观念的形象展示。经由民间故事,韩规教宗教信仰中的生态文化因子得到或隐或显、或直观或曲折的展现。

一、与韩规教相关的起源故事和取经传说故事中的生态文化意蕴

韩规的名称众多,因地方差异,有韩规、汗归、汗规、南归、释毕、师毕、毕玛等本民族的称呼。关于"韩规"一词的由来和含义,一直众说纷纭。藏族学者杨学政先生将"韩规"解释为"像鹦鹉一样能说会道者",马红升先生则认为"韩规"一词的由来与做法术有关。他在《普米族"韩规"文化今昔谈》

---

① 熊永祥:《中国普米族宗教研究》,中国社会科学出版社 2015 年版,第 288 页。

一文中谈道："'韩规教'中的'韩'是指法术，摩梭语中的'哈'也是指此意；'规'是指震动（有雷鸣般震动之意），即法术震动了人心而得名。"①普米族学者熊永祥教授根据《韩规经》中的《韩规起源史》的记述，认为韩规应为外来词，韩规一词的本义应从藏文语义中寻找，将韩规一词理解为"持咒术以保佑众生者"。尽管学者们对韩规一词的含义莫衷一是，但对韩规的职责和地位却有比较一致的认识，即韩规是沟通神人之间的媒介，是普米族婚丧习俗、祭祀仪式、礼仪活动的主持者，更是普米族古典文化的创造者、传播者和传承者。

普米族的起源故事中对韩规来源和职能有大致的记述，万物起源故事《尖若线鲁造万物》中三次提到韩规教，第一次是在讲述了尖若线鲁分别用金狗、银狗、铁狗、铜狗的尸体变成四根柱子，把摇摇晃晃的天支撑住以后，提到了汗归："从此，天稳稳当当了。尖若线鲁还定了方向，把绿柱一边称作东方，红柱一边称作南方，金柱一边称作西方，银柱一边称作北方。传说'汗归'（巫师）把东南西北四个方向用木火金水来代替，就是这时兴起来的。"②

这是目前已知的较早的对韩规教的记述，这则反映普米族上古时期社会生活起源的故事，已经出现了对韩规教祭司"汗归"（即韩规的又译）的身份和职能的介绍：汗归是巫师，用木火金水代替四个方向进行宗教活动。故事中第二次出现韩规教，是在尖若线鲁埋葬六只神狗之后，故事讲道："为了表示对神狗的悼念，他取出六根狗尾巴，挖了一个坑，把六根狗尾埋了。埋狗尾的时候，他伤心地流了眼泪。眼泪淌到土堆上，土堆里冒出一棵花苗。花苗往上长，长到一人高，伸出了六个枝，长出了六片叶，六根枝尖上分别开出了红、黄、蓝、白、紫、黑六朵花。六色花是六只神狗的灵魂，它表明六只神狗喜欢这个地方，所以在这儿再生。尖若线鲁不愿和神狗分开，也就在这里定居下来了。后人把这个地方称作'西尼扎瓦崩木勒'（即祖先出生的地方，指今天的青藏高原），现今普米人死了，请'汗归'开路送魂，都要从死者落气处数念路线，一直念到西尼扎瓦崩木勒为止。"③这里提到韩规的重要职能，即是普米人丧葬仪式中指路送魂的祭师，引导亡魂回到祖先出生地方的导师。

起源故事《尖若线鲁造万物》在结尾部分第三次提到韩规，故事讲道：

① 《普米族百年实录》，中国文史出版社2010年版，第124页。

② 王震亚：《普米族民间故事》，云南人民出版社1990年版，第7页。

③ 王震亚：《普米族民间故事》，云南人民出版社1990年版，第8页。

“天神正居布绒经常来往天地之间，他看到大地上的人日子过得比天上好，就带了一些天神来到地上，分居在各个普米族部落间。因为正居布绒来往天界和大地之间，成为天神和人类的信使，后来正居布绒带来的人便成了普米人中的‘汗归’”。① 这段记述阐明了普米族韩规的起源和来历，为我们提供了关于“韩规”来历的重要文献，也充分印证了韩规的身份是沟通神人之间的中介。

普米族民间故事中的起源故事是在讲述神创万物的过程中，局部大略提及韩规的来历、身份和职能，而“取经传说”故事则是专门、详细地介绍了韩规的宗教活动、韩规教的特点。普米族的“取经传说”故事是对韩规教的较为全面的介绍，比较有代表性的故事是《赤旬汝和介巴群巨》和《给绵羊的来历》。

杨学政先生调查整理的取经传说故事《赤旬汝和介巴群巨》，流传于宁蒗县泸沽湖畔的普米族地区。故事说道：相传在很久以前，“木吾什斗”（即“江水源头的天山”）山上住着一位“汗归”，他的名字叫介巴群巨。他常在山里祭祀天、山、龙神，为普米人消灾除难，不停地在帮忙着。后来，他在一次行巫途中，遇到“公介哩”（指四川省甘孜藏族自治州境内的“贡嘎山”）山上狩猎的青年赤旬汝。赤旬汝问他是否是汗归，他说是了。赤旬汝对他说，他有个妹妖名叫喇木咪，久病不好，如果他前去治好了她的病，她就可以嫁给他。介巴群巨听了后同意了，跟着赤旬汝来到他家，几经行巫作法，祭神撵鬼，把喇木咪的病治好了，于是娶了喇木咪为妻。

有一天，喇木咪出去背水，介巴群巨在家闭眼静坐，口诵佛经，准备乘祥云上天。不料，恰好碰上背水回来的喇木咪，喇木咪看到此景，放下水桶，往他头上泼了瓢冷水，破坏了他的决策，升不了天了。从此，介巴群巨只好与喇木咪住在公介里山下，生儿育女。据说，后来介巴群巨和赤旬汝的子孙成为两个支系，现在的曹姓就是介巴群巨的后代，熊姓是赤旬汝的后代。②

从这则故事讲述的韩规教祭司“汗归”的日常活动——“他常在山里祭祀天、山、龙神，为普米人消灾除难”来看，韩规教是信奉天、山、龙等自然神祇的原始宗教。此外，还可以通过故事了解到韩规除了有祭司天神地祇，沟通神人的职能外，还是会治疗疑难杂症的巫医，汗归介巴群巨“几经行巫作法，祭神撵鬼，把喇木咪的病治好了”的细节，让人们认识到韩规教的神奇之处。而故事中巫师口诵佛经，想乘祥云上天，却被妻子泼冷水破坏了的情

---

① 王震亚：《普米族民间故事》，云南人民出版社 1990 年版，第 9 页。
② 杨照辉：《普米族文学简史》，云南民族出版社 1996 年版，第 90 页。

节，有学者认为是说明普米族先民南迁至川西南地区后，来自西边的藏族喇嘛教开始传入了普米族地区，却被本民族传统的原始宗教抵制住了，反映了普米族的原始宗教韩规教和藏族的喇嘛教最初的冲突斗争。

取经传说故事《"给羊子"的来历》讲述了韩规教祭司"师毕"为逝者做"给羊子"丧葬仪式的来历。故事开头讲道：普米族在丧葬时，要举行"给羊子"的隆重仪式，即师毕（巫师）向死者交代归宗路线，并给一只绵羊为他带路，让死者回到祖先的故地。在举行仪式时，死者家属让羊子喝酒，然后师毕把羊子杀死，将羊心取出放在灵桌上，接着给死人念引路经。在丧葬时为什么要举行这样的仪式呢？在普米人中流传着这样的传说：古时候，普米人派了白楚之和若咪之两兄弟去西天取经。他们历尽千辛万苦，终于到了西天，取回了经。①

之后故事描述了兄弟二人取经回来的经历，概要如下：两兄弟在山中过夜，弟弟怕被山中的蚊子、跳蚤咬伤，就躲进一棵裂开的竹子里，而哥哥不听劝阻，仗着有宝剑和弓箭不肯躲到竹子里，结果弟弟躲在晚上合拢的竹子里幸存下来，而哥哥却被巨大的食人的蚊子、跳蚤咬死了。弟弟悲痛不已，埋好了哥哥的骨头，继续赶路，但总是不知不觉回到原地方。弟弟觉得这一定是哥哥不愿留在这里，要随他回老家。于是把哥哥的骨头挖出来，一头挑着行李、经书，一头挑着哥哥的骨头往回走。路上，若咪之遇到一个放羊的老人，他将自己的遭遇告诉了老人，老人很同情他，就给了他一只羊用来驮骨头。

取经故事《"给羊子"的来历》的结尾说：这只羊子终于把他哥哥的骨头驮回到他们的家乡。从此以后，普米人死了要举行"给羊子"仪式，请羊子把死者"送回"到祖先的故乡。②

这则取经故事在情节上与杨照辉在《普米族文学简史》里记录的《给绵羊的来历》大同小异。略有不同的是《"给羊子"的来历》在故事的开头就交代了普米族由韩规教巫师做"给羊子"丧葬仪式的风俗，这也是带有韩规教原始宗教色彩的仪式。

普米族民间故事中的关于韩规教起源、职能、祭祀仪式、取经传说的故事，体现了韩规教对民间文学的影响，而民间故事作为传播普米族民族信仰的载体，也折射出韩规教所蕴含的生态文化意蕴。普米族关于韩规教起源的民间故事，反映了韩规教"万物有灵"的多神论信仰。在《尖若线鲁造万

① 王震亚：《普米族民间故事》，云南人民出版社1990年版，第126页。
② 王震亚：《普米族民间故事》，云南人民出版社1990年版，第127页。

物》的故事中，因为正居布绒来往天界和大地之间，成为天神和人类的信使，后来正居布绒带来的人便成了普米人中的“汗归”。这里的天神是自然界神祇的统称，因为相信自然界万物有灵，才有了沟通天神和人类的信使“韩规”。可以说韩规教的起源就是建立在万物有灵的生态观基础之上的，信奉自然界有神性和灵性，所以韩规教在对待自然的态度上，始终保持着尊重、敬畏的心态。而尊重敬畏自然正是生态文化的本质特征，生态文化高扬着“尊重自然、敬畏自然”的旗帜，对自然持平等爱护的姿态，这和韩规教“自然神圣”的观念是一致的。

在韩规教宗教色彩更加浓郁的“取经传说”故事中，生态文化观念的渗透也是不言而喻的。在《赤旬汝和介巴群巨》故事中，韩规介巴群巨“常在山里祭祀天、山、龙神，为普米人消灾除难”的情节表明，韩规教的重要宗教仪式活动就是祭祀自然界的各种神灵，通过祭祀神灵，求得神灵的护佑，为人类消灾除难。祭祀仪式本身就包含着敬畏，这种对自然的敬畏，体现在人与自然的生态关系中，即人类没有摆出万物灵长的高高在上的姿态，而是以谦卑的态度供奉自然神祇、尊重爱护自然，以实现人与自然的和谐共存。在《“给羊子”的来历》中，韩规通过“给羊子”的宗教仪式，引导亡魂回到祖先所在的地方，表明人作为万物的一员，同样有灵魂。韩规教所信奉的万物有灵，在自然人身上亦得到体现，反映了韩规教没有把人独立于自然之外，而是认为人是自然的组成部分之一，万物有灵，人亦有灵，人与自然万物都值得敬畏的生态文化观念。

二、反映韩规教“自然崇拜”故事中的生态文化内涵

自然崇拜是韩规教这种原始宗教的基本理念，在韩规教信仰中，自然崇拜居于基础性的地位，“普米族把各种与自己的生存息息相关的自然物和自然力人格化，在万物有灵的原始思维支配下，把自然物和自然力赋予神性和灵性，对它们顶礼膜拜”①，韩规教自然崇拜的观念在普米族深入人心，渗透在普米族的民族深层心理结构之中，成为一种“集体无意识”，他们认为自然界充满万千神灵，天有天神，水有龙神，山有山神，树有树神，各种动植物也都有灵性。这种自然崇拜的观念广泛存在于普米族的民间故事之中，使普米族的民间故事凸显出鲜明的宗教思维和生态文化意蕴。

普米族的很多创世神话故事，展现了自然崇拜的原始宗教观念。神话《吉赛米》（杀鹿人）用鹿体解释万物起源，反映了普米族的仿生意识的同时

① 《普米族简史》，民族出版社 2009 年版，第 268 页。

也包含着宗教观念。神话中说：

天地开辟之前，没有大地没有蓝天，没有星辰日月。有个普米族的杀鹿人到天菩萨那里请教创世的办法。他上天后，天菩萨给了他两只红珠狗，两只海贝狗，两只绿松石狗，两只金狗，两只银狗，要他回到凡间去追杀马鹿创地创天。杀鹿人回到凡间后，领着群狗到一处含盐分的硝酸水沟边找到了一头马鹿的脚印。于是他把这些狗放了出去，跟着马鹿的脚印追过森林，追过高山大川，追过龙潭岩山，追到一棵紫金杉树下，把马鹿射死了。他抽刀砍下鹿头时，鹿头变成了蓝天，鹿牙变成了星辰，鹿眼变成了日月。他砍开鹿体，鹿体变成了大地，鹿的心、肝、肺变成了丛谷群山，鹿肠变成了江河道路，鹿骨架变成了地脉，鹿胆变成了彩虹，鹿胃变成了皮囊，鹿血变成了龙潭湖海，鹿毛变成了万木千草，鹿皮变成了草坝大川，皮上的斑点变成了畜群，鹿肘变成了仓房，鹿脚变成了房屋支柱，鹿蹄变成了皮靴，鹿尾巴变成了祭天神的青松树。从此有了天地和万物。①

这则故事利用鹿体与自然万物在形态、功能上相似的仿生意识，来解释万物起源，反映了普米族万物一体的自然观，同时从故事中“天菩萨”、“天神”的称谓也可看出普米族的宗教信仰。“天神”是普米族韩规教多神信仰的最高神，菩萨则可能是源于印度佛教，而韩规教在后来的发展过程中，也与佛教相融合，所以这则故事主要体现了韩规教的宗教观念，天神教杀鹿人开天辟地，开创万物，普米人为纪念天神，用青松树来祭祀，反映了普米族对自然神的崇拜和敬畏。

普米族传说故事《祭龙神》体现了普米族对掌管水的自然神龙神的敬畏。这则故事的大致情节是：普米族父子二人帕米甩和帕米主，在打猎时误打了龙王养的一只大野猪，得罪了龙王，龙王就罚帕米甩白天干活，晚上吊在大梁上。儿子帕米主为了救出父亲，请来两位天神帮忙，终于和龙王达成协议，龙王要求帕米主种松柏青叶树、油树给它，还要奶子糍粑来祭祀它。帕米主答应了龙王的条件，龙王放了父亲帕米甩。可是帕米甩回到家里，不久就死了。

《祭龙神》故事的结尾颇具自然崇拜和生态保护的意味。故事结尾说：“从此，普米人害怕龙王了。他们一心一意遵守着和龙家约定的条规。凡是龙潭有水的地方，都栽着成片的松柏青叶树、大栗树，龙潭边的树受到普米人世世代代的保护，任何人都不能、也不敢去折枝断桠。同时，每年五月都要祭龙神，特别是五月二十五不下雨，祭龙神就更隆重。人们带着鲜甜的

① 《民族文坛》，中国民间文艺出版社1985年版，第164—165页。

蜂蜜、清香的苦茶，还有酥油、鲜奶、糍粑、苏理玛酒等东西，和一枝子油树枝桠，去到龙潭边烧香磕头，栽树唱歌，有时还放炮，祈求龙家遵守约规，保护普米”。①

在这则故事中，普米族的自然崇拜表现得很突出，他们害怕得罪龙王这样的自然神祇，怕龙王降罪，便用祭祀的方式求得龙神的保佑。而普米族和龙王之间达成的协议无疑具有鲜明的生态文化内涵：在龙潭边种植成片的树林，树林受到普米族自发的保护。而这种做法非常有利于水土保护，维护生态环境。因宗教情感产生的敬畏自然从而保护自然的意识，比法律和道德更具影响力和约束力，更能有效地保护生态环境。

普米族生活故事《山神和猎神》在反映普米族的自然崇拜观念时，采用“神的人化”的手法。故事讲述了哥哥金祖和后母生的弟弟达祖的手足之情，兄弟二人间虽有后母的阻挠和挑拨，但仍然相互信任，情深义重。故事用大量的篇幅讲述了兄弟俩的深情和日常相处时的细节，结尾兄弟俩分别在山上生活，成为普米人尊重的山神和猎神：“达祖也上山寻找一块生活的土地去了。从此以后，普米人有个三灾两病，只要喊达祖山神，他就会出来帮忙。金祖呢，看到普米人下的扣子，也就送一两只野物来。天长地久，哥哥金祖便被普米人祀奉为猎神，弟弟达祖祀奉为山神。直到现在，普米人祭猎神时忘不了祭山神，祭山神时同样也要祭猎神”。②

与同类型的自然神祇故事相比，这则故事并没有神化山神和猎神，而是将山神和猎神解释成情深义重的兄弟，因为他们经常居住在山林，经常帮助普米人才被尊奉为山神和猎神，是普米族将自然物人格化的反映。从狩猎时代的自然观来看，山和猎人是密不可分的关系，所以故事中将山神和猎神形容为兄弟，也符合自然界的实际。

韩规教所信奉的自然崇拜观念渗透在普米族的民间故事中，而自然崇拜中包含着显而易见的生态观念，也自然而然地赋予民间故事以生态文化的内涵。在普米族的民间故事中，对自然的崇拜通过对自然物或自然力“物的神化”或“物的人化”的方式形象表达出来。自然界的天地山川、树木河流、飞禽走兽等常被赋予神性和人性，它们或因超能力而受到人类的顶礼膜拜、祭祀供奉，或因爱护人类而受到人类的喜爱尊敬。无论是因“畏惧”而“崇拜”，还是因“爱”而“崇拜”，“崇拜”自然本身就是对自然界价值的肯定，而生态文化的理论要求就是确立自然价值论。狭义的生态文化即“是

① 王震亚：《普米族民间故事》，云南人民出版社 1990 年版，第 139—140 页。
② 王震亚：《普米族民间故事》，云南人民出版社 1990 年版，第 222 页。

以自然价值论为指导的社会意识形态、人类精神和社会制度”①。“自然价值论”是生态文化的重要理论,认为不仅人具有价值,生命和自然界也具有价值;生命和自然界不仅对人有价值,而且其本身具有内在价值。普米族民间故事中体现的自然崇拜观念,充分肯定了自然之于人类在用途上的外在价值和在精神上的内在价值,是对生态文化核心价值观的曲折反映。

三、反映韩规教“图腾崇拜”故事中的生态文化内涵

韩规教信仰中蕴含着丰富的自然崇拜、图腾崇拜的内容,与自然崇拜的泛神论色彩相比,图腾崇拜的神祇更具体,更突出某种具象的自然物、自然力与普米族的亲缘关系。图腾崇拜的特点是相信群体自身与所奉图腾物之间存在着某种超自然的亲缘关系或血缘关系,被奉为图腾者,多为动物。图腾物常被赋予神圣性和神秘性,由于图腾物的神圣化,产生了很多相关的神话故事。普米族的图腾故事比较典型的是“青蛙舅舅”的类型故事。民间故事《阿克巴底②》讲述了普米人蛙图腾崇拜的来源。故事讲述了洪水滔天过后,幸存下来的始祖老三在青蛙舅舅的帮助下,从妖怪的手中死里逃生的过程。故事中说:老三死里逃生,吃了大亏。青蛙把他送出岩洞,悄悄指点说:“你不要再往深山峡谷里走啦,那是妖魔鬼怪住的地方,它们会吃掉你。你要往高山冒烟的地方走,那里才是神仙居住的地方,他们会帮助你。”老三很感激青蛙,说:“世上最大不过舅舅,永远不得罪舅舅。”老三的后代从此记住了青蛙的恩情。所以,普米人至今还叫青蛙“阿克巴底”,见到青蛙要让路,遇到青蛙要把它请到上面,这个老规矩一直传到现在。③

这是一则典型的图腾崇拜的故事,青蛙因为救助普米族始祖老三的恩情,被尊称为青蛙舅舅,显示了青蛙与普米族之间的亲缘关系,而自然物与人类之间有无关联、有无亲缘或血缘关系,是图腾崇拜与单纯的自然崇拜之间最大的区别。自然崇拜体现的人对自然的态度更多的是敬畏,而图腾崇拜里人对自然图腾的态度则更多的是亲近和热爱。这则故事也介绍了蛙图腾崇拜的仪礼,就是见到青蛙要让路,遇到青蛙要把它请到上面。

普米族的另外一则故事《青蛙教人祖喝智慧水》,讲述了青蛙帮普米人摆脱蒙昧、获得智慧的恩情,解释了普米人蛙图腾崇拜的另一缘由。故事讲道:古时,人类很蒙昧。不知过了多少年代,司管一切动物的诺提天神传喻

---

① 余谋昌:《生态文化是一种新文化》,《长白学刊》2005 年第 1 期。

② 普米语,即青蛙舅舅。

③ 王震亚:《普米族民间故事选》,上海文艺出版社 1994 年版,第 13 页。

说:喇孜山上有两眼神水,一清一浊,一眼是蒙昧水,一眼是智慧水。动物们听见后都去寻找。人类的祖先也去寻找。他走到山上后,看见路旁有只受伤的大青蛙,伏卧在一口泥坑中喘息着。于是他把青蛙救出泥坑,放在路旁,青蛙感激不尽,对他说:“山顶有棵大香柏树,其下有两眼神水,一眼是浊的,是智慧水;一眼是清的,是蒙昧水。你到那里后,只喝三口浊水就行了。”人祖道别了青蛙,爬到山顶香柏树下后,果然看到有两眼神水,那眼清水早被动物们喝光了,而那眼浊水却原封不动地摆在那里。他忘记了青蛙教他的话,一口气把那眼浊水喝光了,顿时感到神志清醒,耳聪目明了。从此,人类祖先从动物中分离了出来,成为有智慧的人类了。而青蛙却因为人类祖先,没有喝到智慧之水,变成愚昧无知的动物了。为了报答青蛙的恩情,普米人将它尊为“阿舅青蛙”。①

这则故事中,青蛙帮助人类获得智慧,使人类从动物中分离出来,被普米人尊为“阿舅青蛙”。阿舅的称呼充满了亲切感,青蛙在普米人心中像舅舅一样亲近,反映了图腾崇拜的特征,即人与自然亲人般的关系。

普米族的蛙图腾崇拜及其来历,在民间故事中得到人性化的解释和传达。图腾崇拜中包含着普米族对人与自然两者关系的理解,即人类对自然亲近和热爱,人与自然和谐共存,而这也正是现代的生态文化所倡导的自然观。

除了蛙崇拜以外,普米族还流行着对狗的图腾崇拜。《人狗换寿》的故事是通过动植物的特性来解释万物寿命的神话故事,当中也交代了普米族狗崇拜的缘由。作品中说:

开天辟地后的一天早上,万物都竖起耳朵领受男天神干衣布来恩赐寿岁。这时,懒惰的人却睡着了。干衣布天神喊道:“谁愿活万岁?”石头抢先回答说:“我!”“谁愿活千岁?”大树抢先回答说:“我!”“谁愿活百岁?”狗抢先回答说:“我!”当干衣布喊到“谁愿活十岁”时,人才醒了过来,慌忙答应了。人看到自己的寿岁才有十岁,怨恨自己不该睡懒觉,并伤心地哭了。他哭呀哭呀,把睡在一旁的狗哭感动了。狗对干衣布天神要求说:“阿布(爷爷)干衣布啊!聪明能干的人才活十岁,太短暂了。我没有人聪明能干,活一百岁太长了。我要求您把我和人的寿岁换一下,要人养活我就满意了。”干衣布天神听了后,想了想说:“那好嘛!”于是把狗的寿岁换给了人。从此,人就感谢狗的恩情,不杀狗,不吃狗肉。②

---

① 杨照辉:《普米族文学简史》,云南民族出版社1996年版,第23—24页。

② 杨照辉:《普米族文学简史》,云南民族出版社1996年版,第11—12页。

《人狗换寿》是一则以狗的牺牲精神为题材的狗崇拜的生活故事。它在形象解释了万物寿命不同的现象的同时,也说出了普米族狗崇拜的原因以及“不杀狗,不吃狗肉”的图腾禁忌。不论是蛙崇拜还是狗崇拜的图腾信仰,都在客观上起到了保护特定自然物的作用。而亲近自然从而爱护自然,正是生态文化的重要内容,所以图腾崇拜故事中的生态文化内涵是不言而喻的。

四、韩规教宗教故事与生态文化的互渗互现关系

普米族的韩规教宗教性民间故事,无论是直观展现韩规教特质的宗教来源故事和取经传说故事,还是以自然崇拜、图腾崇拜观念为主体曲折反映韩规教教理的民间故事,都因韩规教原始宗教天然的生态属性而染上了鲜明的生态文化色彩。韩规教宗教故事与生态文化二者之间形成了你中有我、我中有你的互渗互现的关系,这种关系的形成源于原始宗教与生态文化在自然观念上具有的一致性和相通性。

基于“万物有灵”基础上的韩规教原始宗教,赋予自然万物神圣不可侵犯的尊严。这种宗教的基本内涵表现为:把一切自然物想象成有感觉、有思想的生命体;把一切自然界的活动人性化、人格化,即赋予自然物以人的个性、人的感情、人的思维。人与自然万物在“灵”上具有一致性,两者之间无高低尊卑之分别,均处于一种平等共存的关系中,这和生态文化倡导的生物圈的平等观念是相通的。作为原始宗教重要内容的自然崇拜和图腾崇拜观念,使自然物成为自然崇拜和图腾崇拜的对象,在普米族得到有效的保护。宗教情感的介入,使人们自发地爱护自然,亲近自然,并且深刻意识到人类不能触犯自然界的规律和法则,破坏自然的行为会受到自然界的惩罚。这种宗教观念对于生态的保护和改善是有益的,表明现代生态文化“所珍视的生物多样化、生态保护等价值观,与传统的宗教理念并不矛盾,反而能够得到内在的支持”①。生态文化的观念得到了韩规教的有力支持,反映韩规教自然观的民间故事也自然而然地具有了生态文化的内涵。韩规教宗教故事与生态文化互为表里,显隐互现,韩规教的宗教故事中蕴含着生态文化的理念,生态文化经由韩规教的宗教故事得到形象传达。

纵观之,韩规教作为普米族最具特色、最本土化的民族宗教,对普米族的民间文学产生深远影响,产生了大量的反映韩规教宗教来源、宗教理念的民间故事,形成了一种别具特色的故事类型——宗教型故事。韩规教的宗

① 陆群:《宗教伦理视野中的生态大系统》,《宗教学研究》2002 年第 2 期。

教故事生动诠释了自然崇拜、图腾崇拜的宗教理念,并借此传达了丰富的生态文化思想。在倡导生态文化、建设生态文明社会的全球化背景下,普米族民间故事中的韩规教信仰及其中蕴含的生态文化意蕴,是富有前瞻性和启示意义的。

第四节 德昂族民间故事中的多元宗教信仰及其生态文化内涵

德昂族的宗教信仰体系主要由原始宗教和南传上座部佛教构成,其特点是自然崇拜、图腾崇拜、祖先崇拜等原始信仰与南传上座部佛教杂糅并处,多教共存。其中原始宗教中比较典型的图腾崇拜是葫芦崇拜、茶崇拜与龙阳崇拜,相应地产生了大量的图腾神话故事;南传上座部佛教即小乘佛教,是德昂族的全民性的宗教信仰,这种全民性的宗教信仰对民间文学的影响之一,就是形成了一些佛教神话故事。与宗教有关的图腾神话故事和佛教神话故事,展现了德昂族的多元宗教信仰,而宗教信仰中包含的生态文化内涵也借由宗教的民间故事得以反映和传达。

一、德昂族图腾神话故事中的生态文化内涵

德昂族的图腾神话故事比较有代表性的是茶崇拜神话故事、葫芦崇拜神话故事和龙阳崇拜神话故事。茶叶、葫芦、龙女和太阳成为德昂族的图腾,是与创世故事或起源故事中的“图腾生人说”有密切关联的。这些图腾物因和德昂族的起源联系在一起,被德昂人认为是本民族的祖先,和德昂族有着密切的亲缘关系,因而受到德昂族的崇拜和保护。对自然物的崇敬和爱护是生态文化的重要内容,普米族的图腾故事也因此具有了生态文化的意蕴。

(一)神话故事中的茶图腾崇拜

德昂族中流传着一则“茶树生人”的故事,即《茶树仙子的传说》。故事讲道:

在没有人类以前,天界有一位非常漂亮的茶树仙子,由于在天界待的时间久了,便厌倦了那里的生活。有一天,茶树仙子对掌管众神的天神说:“你看地上空荡荡的,什么都没有,你能让我到大地上生长吗?”天神说:“到大地上,那是触犯天条的,必须得承受风吹之苦,你能受得了吗?”茶树仙子说:“我心意已决,什么都不怕!”天神为考验茶树仙子,便念起了咒语,召来了狂风神,狂风越吹越大,吹落了茶树仙子的102片叶子,撕扯着它的树干,

但茶树仙子坚持着没喊一声痛。天神被它的执着感动了,便念起了重生的口诀,让吹落的树叶在狂风中变化着,慢慢地,单数变成了51个强悍的小伙子,双数变成了51个美丽的姑娘,降落到了大地上。后来,他们在地上结成了51对夫妻,历经一万零一次磨难之后,有50对夫妻返回了天界,最小的一对放弃了返回天界的机会,留在了人间,这便是后来德昂族的祖先。①

在这则茶图腾故事中,茶树被德昂族当作仙子的化身,她悲天悯人,不忍世间的寒凉,来到人间,在天神的帮助下,她的102片叶子化成了人类,其中的一对留在人间,成为德昂人的祖先。由此可见茶与德昂族的亲缘关系,茶被当作德昂人的祖先,成为德昂人的图腾,也就不足为奇了。这则故事与其他民族中的茶传说故事相比,独特之处在于它突出了茶叶仙子的母性身份和她的慈悲胸怀,成为自然物中慈与善的化身,让人感到十分亲切。

德昂族中流传的另外一则茶图腾故事《茶叶变男女开创天地》,也是歌颂了茶树对德昂人的恩情,展示了茶和德昂人的亲密关系,但故事内容略有不同。

故事中说:很古很古的时候,天是开了,地没有开,开天的是万能之神帕达丝,他管理着天堂,那里风和日丽、阳光明媚,到处都苍翠美丽,诸神都过着美满幸福的日子。尤其是那里有一片茶园,使天堂处处都充溢着茶香。可是,大地都没有开,仍旧是一片混沌,没有人,没有动物,没有树木花草,是个黑暗世界,一会儿狂风大作,一会儿又电闪雷鸣。有一天,那茶园里有一棵又矮又小又焦黄的小茶树向万能之神帕达丝请求道:"智慧的大神啊,地下那么荒凉,为什么没有人去开辟呢?让我们茶树下去生长吧。"帕达丝大吃了一惊,回答道:"你不知道那里是个黑暗世界吗?那里没有阳光,那里有的是灾难和死亡。"焦黄的小茶树说:"只要能去开创一个世界,叫大地永远长青,死也甘心。"帕达丝十分感动,一个又小又焦黄的茶树竟有这样的志气,十分难得,便使了个法术,刮起一阵大风,那大风登时就把小茶树撕碎,一下子便抖落了一百片茶叶,一百片茶叶慢慢往下飘落,刚飘出天门,只见雷电轰鸣,飞沙走石,整个大地掀起剧烈的变化。那一百片茶叶在狂风与雷电中变成了五十个精悍的小伙子和五十个美丽的姑娘。②

之后故事又详细讲述了这一百个男女,在天神的帮助下开创大地,繁衍人类的情节,还穿插了德昂族妇女腰上缠着藤圈的来历。故事结尾讲到德

① 《德昂族百年实录》,中国文史出版社2010年版,第312页。

② 姚宝瑄:《中国各民族神话 佤族 阿昌族 纳西族 普米族 德昂族》,书海出版社2014年版,第386页。

昂人对茶的崇敬:“至今,德昂人居住的地方都遍地是茶树,德昂人也离不开茶,喝茶,又崇敬茶树”,这个细节直接体现了德昂人的茶图腾崇拜。

《茶叶变男女开创天地》和《茶树仙子的传说》两则故事在情节上大同小异,二者都讲述了茶树生人,茶叶变成人类的故事,都赞颂了茶树的牺牲精神。不同的是《茶叶变男女开创天地》的故事中,茶树只是以自然物的形态出现,没有呈现出性别身份,而在《茶树仙子的传说》中茶树被明确赋予了女性的性别身份,以凸显母性的力量和慈悲之心。两则故事虽然略有差异,但都体现了德昂人鲜明的茶图腾崇拜观念。除了这两则图腾神话故事,《百片树叶百个人》《祖先创世纪》等故事也讲述茶树生人的图腾崇拜故事。德昂族茶崇拜的故事数量之多,内容之丰富,情感之真挚,在云南七个人口较少民族中都是首屈一指的,这也说明茶崇拜观念在德昂族之深入人心。德昂族在历史上就与茶形成了不解之缘,近代民族历史的研究表明,“人类最早的种茶民族是唐代的云南蒲人,其后裔就是现在的布朗族、佤族和德昂族。他们在神农时代认识了茶,采集、移植、栽培、驭化了茶,为全人类作出了巨大贡献,因此德昂族被称为‘古老的茶农’”①。德昂族有古老的种茶、制茶历史,几乎村村种茶、家家制茶、人人喝茶,茶是德昂人生活中不可或缺的一部分,德昂族的茶文化积淀深厚,由此也就不难理解在云南众多的少数民族中德昂族和布朗族关于茶叶的故事是最多的,内容也是最丰富的了。

(二)神话故事中的龙阳崇拜

德昂族的龙阳崇拜源远流长,其影响波及了德昂族文化的诸多层面,其中龙阳崇拜对节俗方面的影响,就是产生了“龙阳节”这一颇具民族特色的节日。德昂族认为自己是太阳和龙女的后代,是龙的传人,为表达对祖先的敬仰和怀念,他们于每年农历正月十九举行龙阳节庆典活动。而龙阳崇拜对民间文学的影响,就是太阳和龙女的故事千百年来一直在德昂人中流传,成了联系德昂族人民族认同的重要精神纽带。

德昂族有很多关于龙阳崇拜的传说故事,第一个故事即《滚思艾、妈勒嘎》,德昂语中,“滚”即父亲,“思艾”即太阳,意为太阳父亲;“妈”即母亲,“勒嘎”即青龙,意为青龙母亲。该神话讲述的内容是上古时期太阳父亲光照人间,使人间五谷丰登、万物兴旺,青龙母亲普降甘露,让人间风调雨顺、吉祥如意。从此,德昂族便把太阳称作父亲,把青龙称作母亲。

另一个故事说:古时德昂族山寨每遇到困难时太阳和龙女都会出现,为

---

① 《德昂族百年实录》,中国文史出版社2010年版,第119页。

人们解除困难。而太阳和龙女是一对情侣,是天地的守护者。为救山寨的德昂人,太阳和龙女与恶魔斗法并留下重伤。太阳和龙女每天相伴疗伤,当太阳浑身发热时,龙女会从海底吸取大量海水,上天为太阳喷洒降温,减轻太阳的痛苦,从而形成雨水。直到现在,每当下雨时德昂人都一致认为是龙女在为太阳疗伤,心中总会浮起一丝失落。当龙女身上的伤隐隐作痛时,太阳会用自己的能量为龙女温暖疗伤。每天早晨、中午、傍晚三个时段,龙女都会浮出水面疗伤,在太阳光照射下,龙女身上就呈现出红、花、黑三种不同颜色,由此德昂族就形成了红、花、黑三个支系,分布在今天的"德宏三台山—红德昂"、"梁河—花德昂"、"缅甸、瑞丽—黑德昂"三个不同地区。①

这两则故事都讲述了德昂族龙阳崇拜的来源,德昂人认为太阳和龙女结合产生了德昂族,龙阳是德昂的祖先,也是德昂的守护神。有趣的是第二则故事还形象解释了德昂族三个分支的来历,无论是红德昂、花德昂还是黑德昂,都是龙阳的子孙。龙阳既是德昂人的精神象征,也是其民族图腾信仰在历史长河中的深层积淀。对龙的崇拜实际上是对水的崇拜,传说中龙就是掌管水的神祇,这体现出德昂族对生命之源的水的敬畏;对太阳的崇拜,表现了德昂族对给人带来光明和温暖、使万物生长的自然力的崇拜。龙阳崇拜是德昂人对养育造化人类的自然界的崇拜和敬仰,其中的生态文化寓意是一目了然的。

(三)神话故事中的葫芦崇拜

和其他几个人口较少民族一样,德昂族民间也流传着葫芦起源说。德昂族关于自己民族起源的传说,主要有三种:一种是茶叶生人说、一种是龙的传人说、一种就是葫芦起源说,前面所说的茶图腾故事、龙阳崇拜故事,即是对前两种起源说的印证,而德昂族中流行的葫芦故事,则是对葫芦起源说和葫芦图腾信仰的形象诠释。

洪水神话《人与葫芦》共两则,讲述了德昂族和葫芦的渊源。第一则故事说:

很古很古的时候,洪水泛滥,人和动物几乎都淹死了,只有少数的人和动物被天神卜帕法救在葫芦里。卜帕法将葫芦封了口,让葫芦漂在洪水里,留下了人种和动物种。后来洪水退了,卜帕法要砍开葫芦,要砍这边,狗在里面叫:"我在这里,砍不得!"砍这边,这边有动物叫;砍那边,那边有动物叫——都说砍不得。后来兔子说:"就砍这里吧!"兔子一把将螃蟹推了出

---

① 林庆、李旭:《德昂族龙阳崇拜文化与民族国家认同》,《云南民族大学学报》2013年第5期。

去，卜帕法一刀砍下来，就将螃蟹的头砍掉了。人和动物从葫芦里走了出来。而螃蟹没有了头，就只好横着走。①

第一则故事很简短，讲述了洪荒时代人和动物从葫芦中走出的故事，并形象解释了螃蟹横着走的原因。第二则故事具体说了由于德昂人从葫芦中走出，葫芦与德昂人有密切的亲缘关系因而受到德昂族敬重的细节。第二则故事的部分情节是：

远古时，螃蟹是水的娘，螃蟹到哪里，水就发到哪里，人和动物差点都被淹死了。剩下少数的人和动物，就躲到葫芦里面来，德昂人就把螃蟹的头砍掉了，所以直到现在螃蟹还没有头。葫芦漂在洪水里，人就没有死完。因为葫芦救了人，有了葫芦才有了德昂人，所以德昂人拜佛时离不开葫芦来装水，把水滴下来，嘴里念着救命恩人。②

《人与葫芦》是由两则故事构成的系列故事，两则故事都说明了德昂人与葫芦的渊源，即洪水之后，人和动物躲到葫芦里，才得以幸存下来，葫芦是德昂人的恩人。葫芦作为自然物因为是德昂人的恩人而成为图腾，受到崇拜和敬仰。

另外一则关于葫芦的故事，不仅解释了葫芦起源说，而且还包含着各民族同根共祖的观念。故事中说：

传说远古时，世界上所有的民族共同居住于一个巨大的葫芦里，相处十分融洽。后来雷神劈开了葫芦，葫芦里的人走了出来，成为各个民族，然后划地而居。汉族分到一座山包包，就住在山头（边疆汉族多居住山头）；德昂族跟在后面，便分在半山腰；傣族走到平地，就分在坝子里，以耕种水田为生。各民族定居后，就开始分财产和生产工具。佛爷将所有的财产、家具、工具摆开后请各民族自愿选取，汉族拿了一张纸、一支笔便走了；傣族拿了一根扁担、一杆秤也走了；德昂族最后走来，就抬走了犁头。从此，德昂族既不会读书，也不会做生意，只会种庄稼。③

这则故事在印证葫芦起源说的同时，还解释了德昂族的居住习俗（居住在半山腰）和生产生活方式（从事农业生产）的来历。而所有的民族共同居住在一个巨大的葫芦里和谐相处的情节，也表明了德昂族对各民族同源、亲如兄弟、团结平等的民族关系的理解。

---

① 姚宝瑄：《中国各民族神话　佤族　阿昌族　纳西族　普米族　德昂族》，书海出版社2014年版，第398—399页。

② 姚宝瑄：《中国各民族神话　佤族　阿昌族　纳西族　普米族　德昂族》，书海出版社2014年版，第398—399页。

③ 《德昂族百年实录》，中国文史出版社2010年版，第171页。

德昂族的图腾崇拜故事，与民族起源说相对应，主要有三种类型，即茶图腾崇拜故事、龙阳图腾崇拜故事、葫芦崇拜故事。茶、葫芦、龙阳是自然界的化身，在民族起源故事中，它们被当作德昂族氏族群体的祖先即图腾来崇拜。一种动物、植物或自然物既被奉为图腾，就会自然而然地令人心目中产生某种敬畏之情，既然被视为"神圣"，自然不能为所欲为，必当崇敬之，爱惜之。虽然这种崇敬和爱惜自然，还不是出于保护生态的本能，但客观上起到了尊重爱护自然、维护生态平衡的作用，这种客观作用是与生态文化的本质相吻合的。

生态文化的本质是一种人与自然和谐相处的文化，它蕴含和表现在德昂族的宇宙观、生产方式、生活方式、社会组织、宗教信仰和风俗习惯等多个层面。在反映宗教信仰的图腾崇拜故事中，体现了德昂族对自然的亲近、尊重、爱护，以及由宗教情感引发的敬畏自然的禁忌。这些都有效地保护了生态环境，维持了生态系统的平衡，促进了人与自然的和谐发展。这些客观效果都与生态文化所推崇的生态系统的和谐、平等、共存相契合。

二、德昂族小乘佛教故事中的生态文化意蕴

小乘佛教是德昂族全民性的宗教信仰，渗透在德昂族生活的方方面面，对德昂族的生产生活方式、道德伦理、风俗习惯、文学艺术等都产生了广泛而深远的影响。小乘佛教对德昂族民间文学的影响之一，就是产生了大量的宗教型的民间故事。这些故事传达了小乘佛教的教义、教理、仪式仪轨等，蕴含着丰富的生态文化理念。

流传于云南临沧市德昂族聚居区的幻想故事《赵伟散修佛》，体现了小乘佛教慈悲为怀的特点。故事讲述的是：海神捆嘎龙的大老婆假装生病，声言只有吃了赵伟散的心肝才会好。海神手下的兵将都不敢去找赵伟散，海神的女儿却自告奋勇要去。赵伟散十分高兴地来到海神家，他耐心地向全城的男女老少诵经讲道，最后说服了海神和他的妻子放过他。海神后悔自己对赵伟散的无理，举行了七天七夜的大供向佛祖和赵伟散谢罪。①

这则故事彰显了小乘佛教的慈悲、引人向善的宗教特征，并宣扬了佛教的无边法力和感染力。故事中的海神是德昂族原始宗教信仰体系中的自然神祇，海神与修佛的赵伟散较量，最终心悦诚服的情节，也间接表现了小乘佛教传入德昂族之后，与本土的原始宗教之间从斗争冲突到最终和解共存

① 普学旺：《云南民族口传非物质文化遗产总目提要·民间故事卷》（下卷），云南教育出版社2008年版，第390页。

的曲折历程。其中海神做了七天七夜大供谢罪的细节，也体现了小乘佛教的仪式仪轨——做大供，即在佛前供奉祭品，潜心发愿或忏悔，表达对佛祖的敬仰。故事中的赵伟散是真正领悟到佛法真谛的修佛者，他用佛法度了海神，使原始宗教和小乘佛教和平共处，展现了和谐的宗教生态文化。

另外一则故事《括爱与麻阿爱的功德》也与小乘佛教有关。故事内容大意是说：从前有一对夫妻，男的叫括爱，女的叫麻阿爱，家里穷到卖儿鬻女的地步。有一次他们出外帮工，得了三两银子。回家的路上，两人遇见一个饥饿的佛爷，就拿银子买了一顿饭给他吃。他们又找遍七个山凹，才找到一点水来给佛爷喝。被救活的佛爷十分感激，拜他们为干爹干妈。从此以后，这对夫妻的日子好过起来，不愁吃不愁穿，原先卖掉的儿女也领回来了。佛爷去世后，其他人怎么也抬不动他的棺材，括爱与麻阿爱在他灵前磕了几个头后，棺材竟自己飞上了天。

这则故事宣扬了小乘佛教"因果报应"的观念，括爱与麻阿爱夫妻两个在非常贫穷的情况下，依然无私地救助饥饿的佛爷，积了天大的功德，得到了好报，过上了衣食无忧的生活，这是对他们的善良敬佛的回报。佛教中有"佛、法、僧"三宝，佛爷（僧）是佛教的代言人，历来受到信众的尊敬和爱戴，夫妻二人救了佛爷，即是做了大功德，所以在这则宣扬佛法的故事中，他们获得了应有的善报。这里的"佛爷"是云南信奉小乘佛教的民族对小乘佛教僧侣的尊称，是和尚中地位和佛法修为较高者。

德昂族小乘佛教拜佛的仪式中有一个比较突出的特色，就是信众都不下跪。关于德昂族不下跪的传统，有一则传说故事。故事中说：

佛教传入前，德昂人没拜过佛，佛教传入后，德昂人建起了自己的佛寺，迎来了活佛。一日，大家就一起挤到佛寺里去，面对活佛站好。由于寺窄人多，拜佛要下跪，站在前面的人为了好跪，都想往后退一点，后面的人要下跪却很难跪下去。不下跪吧，就拜不到佛；下跪吧，却跪不下去，于是，大家就各自找有空的地方往下跪，由于找空位，身体不断移动，当真跪下去拜佛时，方向却改变了。站起来后，大多数人才知道自己没往活佛所在的位置拜，嘴上不说，心中却有怨。活佛看出大家的心思，认为真正的拜佛、祷告，不应该对佛有怨言，而应该虔敬。活佛就对大家说，心诚就行，不能跪就不跪，但最起码也要蹲下。听了活佛的话，大家都认为有道理，且根据德昂人佛寺的条件，也只好这样。于是就形成了现在在拜佛时，只是面向佛像蹲下，并双手合十。①

① 《德昂族百年实录》，中国文史出版社 2010 年版，第 331 页。

这则故事反映小乘佛教在德昂族的传播过程中，重视心诚则灵，对拜佛的形式则因地制宜，根据德昂族的实际情况作出了调整。可见小乘佛教成为德昂族全民的信仰，也是其来有自的。

小乘佛教对德昂族的丧葬文化也产生了深远的影响。德昂族在人死后，有不献坟的传统，这来源于小乘佛教的影响。《不献坟的传说》就解释了这种习俗的来历。故事说道：

很早的时候，一位财主的儿子死了。财主非常伤心，就在离家较远的地方盖了一座华丽的大房子，把儿子的尸体放进去，每天派长工送三次饭来献坟。三年后的一天晚上，长工在路上突遇大雨，山涧的水猛涨。他无法渡过去。他正在为无法献坟而心焦时，看见五位老佛爷路过，便将饭虔诚地献给他们。当天晚上，儿子托梦给财主，责怪自己离家三年，怎么直到今天才吃到家里送的饭。财主便对长工起了疑心。第二天，他到大房子旁一看，却见三年来送给儿子的饭已堆成山。长工将昨晚的事如实说了，财主听后不禁感叹："献坟不如献佛！"从此，德昂族便有了死后不认坟，也从来不献坟的习俗。①

这则故事讲述了德昂族独具特色的丧葬文化"献佛不献坟"的由来，同时也告诉人们，小乘佛教在德昂族传播后，宗教崇拜代替了原始的祖先崇拜。献佛不献坟的习俗客观上保护了自然生态，因为不去坟头进献祭祀，不擅自进入墓地，所以坟地最后难以辨识，不留坟头，不与活人争地，不与活人产生矛盾，这对于节约土地资源、保护生态环境是有积极作用的。而集中到佛寺祭祀亲人，亦是一种文明的祭祀行为，对于保护自然环境也是有利的。

德昂族的小乘佛教故事，有的直接反映出鲜明的生态文化观念，如《不献坟的传说》就是倡导一种生态型节约型的丧葬习俗；有的则是间接反映了生态文化思想，如慈悲护生、心诚则灵、众生平等的佛教思想，本身就有益于构建和谐的自然生态环境和社会生态环境。

三、德昂族多元宗教信仰及其宗教理念对生态观的影响

德昂族宗教信仰的一个重要特点就是多教并存，德昂族原本信奉原始宗教，小乘佛教传入后，很快取代了原始宗教的地位，成为全民性的宗教。但德昂族信仰小乘佛教后，本民族古老的原始宗教并未因此绝迹。在日常生活的诸多方面，特别是祭祀活动中，原始信仰仍得到完整的保留，他们将

① 普学旺：《云南民族口传非物质文化遗产总目提要·神话传说卷》（下卷），云南教育出版社2008年版，第291页。

小乘佛教信仰和原始宗教的自然崇拜、图腾崇拜、祖先崇拜的内容混杂于其中，来达到想象中的功利目的。小乘佛教和原始宗教同时并存、交融互补、交互相生，成为德昂族宗教信仰的一大特色。

多元宗教并存的信仰体系，深刻影响了德昂人的精神和行为，产生了大量的反映原始宗教信仰和小乘佛教信仰的民间故事，民间故事是传播宗教文化的主要媒介，与宗教信仰存在着密切的亲缘关系。一方面，自然崇拜、图腾崇拜、祖先崇拜等颇具原始思维特征的原始宗教信仰，常常以神话传说、故事等形式真实地映射出来。另外，“一种宗教——包括原始宗教和人为宗教——若要保持旺盛的生命力，必须经由大众走向上层以后重返民间，因为任何广泛的信仰以及传播过程，都无法脱离喜闻乐见的民间艺术形态。”①无论是多神的原始宗教和一神的小乘佛教，都需要借由民间故事的艺术形式，获得大众的接受认可并保持旺盛的生命力。在德昂族的民间故事中，也有反映两教从冲突到融合的内容。比较有代表性的就是关于谷娘的传说故事，故事中说：

大佛哥达玛（释迦牟尼）有一次与谷娘发生争执，哥达玛认为他能帮助人们摆脱痛苦之路，权力最大，而谷娘认为她能主宰谷物，给人类以衣食，权力也不小。双方相持不下，谷娘一气之下飞走了。此时，正当德昂人要“做大贡”（大规模的斋僧礼佛活动）时，由于谷娘飞走，没有谷物，人们饥饿难忍，无法举行拜佛活动。大佛哥达玛着急了，感到没有谷娘的确不行，于是亲自去天边寻找，找到之后向她合掌认错说：“事实证明还是你的权力大，离开你人们便没有饭吃，请你回到人间给人们粮食吧。”谷娘见大佛哥达玛诚心认错，为了人们的生存，谷娘不计前怨，飞回了人间，从此人们才又有了谷物，才可以“做贡”拜佛。

这则故事形象地反映了小乘佛教在传入德昂族之后，与本土的原始宗教从冲突到融合共存的过程。小乘佛教信奉的释迦牟尼佛和原始宗教信奉的谷娘，最终和解共存的过程也体现了德昂族宗教信仰的包容性、多元性。

主要经由民间故事传播的原始宗教和小乘佛教的宗教观念潜移默化地影响了德昂族的生态观，首先表现在两种宗教的自然观都包含着生态思想。早期的原始宗教信奉万物有灵，认为山有山神，水有水灵，树有树魂，自然界的花草树木、山川河流、日月星辰、飞禽走兽等，均与人有着同样、同等的生命和灵魂，这种万物平等的自然观是包含着生态意识的。而小乘佛教在自然观上将生命主体与生态环境视为统一体，认为天地同根、众生平等、万物

① 熊永祥：《中国普米族宗教研究》，中国社会科学出版社2015年版，第286页。

一体，将自然看作佛性的显现，认为自然万物，一草一木并非无情，皆有佛性，都有其生存的价值。崇敬自然、珍视万物，人与自然和谐共存的佛教自然观反映出深刻的生态理念。原始宗教和小乘佛教的自然观在前文提到的图腾崇拜故事和小乘佛教故事中得到生动体现，也显示了两大宗教自然观对德昂族生态观的影响。

其次，两种宗教的戒律或禁忌也影响了德昂人的生态观。小乘佛教的“不杀生”戒律使无数的生灵得以存活，积极提倡放生、扩生，在历史上起到了很好的维护生态平衡的作用，佛教的素食传统在客观上保护了生态环境。而原始宗教的自然崇拜、图腾崇拜、祖先崇拜，形成了很多禁忌，对于本民族的图腾物不准猎杀，对于神山、神林、神水不得随意触碰、砍伐或污染，都有效地保护了自然环境，促进了人与自然的和谐发展。

最后，佛教的缘起观也蕴含着生态理念。佛教主张万物因缘而起，因缘和合而成。就是说世间万物没有一个是无缘无故的存在，都不可能脱离其他事物和条件而存在。由此推之，自然界的任何物种都是有缘有因，有前因后果、有联系、有作用、有互补而来到这个世界，都有存在的价值和意义。人类作为自然界产生的物种，与其他物种因缘聚合，是互相依存不可分割的关系。这是和现代的生态整体主义观相一致的，生态整体主义就是认为人与自然界是一个统一的生态系统，不可厚此薄彼。

纵观之，德昂族多元宗教和谐共存的信仰体系，反映在民间故事中，形成了很多具有原始宗教和小乘佛教信仰特征的故事，这些故事或直接或间接地反映了多元宗教中蕴含的生态文化因子。这与德昂族信奉的原始宗教和小乘佛教的宗教观念中包含着的生态文化理念有密切的关联，宗教观决定生态观，宗教思想中蕴含的生态因素潜移默化地影响了德昂族的生态观，也使得宗教的传播媒介——民间故事呈现出独特的生态魅力。

第五节　阿昌族民间故事中的原始宗教信仰及其生态文化内涵

阿昌族是云南境内最早的原著民族之一，历史悠久。据历史学家考证，阿昌族在汉代时列入“西南夷”，唐时属南诏、大理国，称“寻传蛮”。“寻传蛮”即阿昌族先民，现今绝大部分聚居于云南省德宏州梁河县和陇川县。在宗教信仰方面，居住在梁河县的阿昌族主要信奉“万物有灵”的原始宗教信仰，而居住在陇川县一带的阿昌族，则主要信仰小乘佛教，同时还兼信道教。小乘佛教和道教的宗教信仰在阿昌族民间故事中几乎没有留下什么印记，而原始宗教信仰则在民间故事中打下了鲜明的烙印。阿昌族比较典型的原始宗教信仰是犬图腾崇拜和大石崇拜，以及盐婆神崇拜，这三种崇拜都有相应的民间故事加以佐证。

阿昌族信仰体系中的石神崇拜、盐婆崇拜、犬崇拜，是阿昌族原始宗教的基本类型，其中折射出的自然崇拜、动物崇拜观念，体现了敬畏自然、尊重生命的生态文化思想。与这些原始宗教信仰相适应的石神神话故事、盐婆神话故事、犬崇拜故事，解释了信仰的来源，传达了对所崇拜的“圣物”的爱戴与敬意。

一、大石崇拜与石神神话

对石神的崇拜，是阿昌族古老的原始信仰，关于这种信仰的来源，流传于梁河县、陇川县的阿昌族神话故事《人类的来历》中，有这样一段解释：

这两个娃娃渐渐长大成人，知道他俩是从一个葫芦里出来的亲兄妹。每天他们都念叨着：我们还有人哩，他们都到哪儿去了？他们四处去寻找，却碰不到一个人。兄妹俩知道人类必须繁衍后代儿孙，只好去问“旎蒙”（天地神），亲兄妹可不可以成婚？旎蒙告诉他们亲兄妹可以成婚的，他们向“哼戛”（石头神）祈求，允许他俩亲兄妹成为夫妻。兄妹俩来到哼戛神前祷祝，找到两块大小相同的扁圆型石块来卜卦，各人滚一块石头下山去，看这两块石头滚到箐底是不是相垒在一起？如果相垒了，那就说明“哼戛”允许他俩成婚；如果两块石头滚到箐底各在一边，说明“哼戛”神不允许他俩成婚。兄妹俩在“哼戛”神前占卜的结果，是他俩滚下山的两块石头，到箐底严严实实地相垒在一起了。从此，兄妹俩结成了夫妻，生儿育女，一代又一代地繁衍出人类来。①

这则神话中，石神“哼戛”地位高于土地神，兄妹二人经过占卜得到石神的允许成婚，阿昌族才得以繁衍下来。石神是促成阿昌族人种得以延续的恩人，因此受到阿昌人的崇敬与爱戴。但在这则神话故事中，石头还没有被人格化，成就了兄妹婚，也只是石头自然力的作用，而在阿昌族居住云龙时期的传说故事中，石头则被人性化，具有了人类的情感。董善庆撰写的《云龙记住·阿昌传》中的石神神话就是在原有的神话基础上获得演进与发展，这本书中出现的石头已经人格化，富有同情心：

一阿昌鳏而有子，曰猛仰，因猎，误射毙人，傈作（阿昌松牧村酋长，号

① 转引自赵橹：《阿昌族大石崇拜与诸羌文化的辐射》，载《阿昌族文化论集》，云南民族出版社2011年版，第65—66页。

象山酋长)捕治,令以数羊赎罪,猛仰往求一老妇,愿鬻身买羊以赎父;妇曰:“吾聊毛(意为寡妇)耳,作作(意为衣食生计)且难。”猛仰痛哭,老妇亦为之泣。出见门外石皆化为羊。妇喜令仰驱以赎。次日,羊自逸回,复化为石。傈作奇之,以女妻猛仰,抚为子。猛仰长,力可倒牛,射中刀齿,夷众服之,威名日盛。①

这则故事中,石神为猛仰的孝心所感,化而为羊,又复化为石,既显示了神性又显示了人性。

流传于梁河县阿昌族的民间故事《干爹石》讲述阿昌族至今仍保留着的拜石为“干爹”的习俗来源。故事讲道:

在芒掌新寨往北一百多米处有片平地,因从前有回兵驻扎过,人称大营盘山。在大营盘山下一百多米处也有一片平地,是回兵囤放粮草的地方,被称为小营盘山。在大营盘山北侧,原先有一条山路,是下瑞泉、尹家寨等村人到大小厂赶街的必经之路。路上下有两个成对的巨石:路下方的矮些,约有一米高;路上方的约有两米高。两个均为青色麻布石。左团右转的村民,至今都还认为这是两块神奇的石头。

有一天傍晚,曹家寨的曹春贤正在大营盘山北侧路下的山地里挥锄壅禾,突然下起雨雾,从路上传来隆隆的滚石声和行人惊恐的喊叫声。曹氏以为发生了什么事故,急忙丢下锄头蹿上山路,迎面跑来一个赶小厂街回来的尹家寨人,见曹氏便上气不接下气地呼叫:“有个大石头撵着我来了!”曹氏顺路看去,似有石头滚动的隆隆声,却不见踪影,两人惊悸疑惑地站着倾听,却又什么声音都没有了。类似情景,后来也偶有发生。于是作为有声无形的情况被几代人炒爆着,融进村中袅袅升起的炊烟。

沙坡村距今四五代前的老人传下说,若良心不好的人经过,两个大石头会突然合拢来挡住去路,等你失魂落魄地跑到村里约人赶来看,石头却依然如故,一点都看不出移动过的样子。据传言,有时沙坡人晚上从寨子里看到大营盘山的对子石处,有一对亮汪汪的珠子在旋转。

信则为实,不信则为虚。人杰地灵,百多年前的沙坡,也确实非同一般。距今 136 年前的张德有考取了贡爷,为河东区上下瑞泉鼎鼎大名的张大老爷。土司赐封的旗号凉伞,唢呐铜铓大号,样样齐全,还有形同今日玩具般大的三尊炮。出门要鸣三礼,回城要礼三炮,好不威风!村中还同时出过一位赵大老爷,名为赵成发。此公年轻时下缅甸“驮洋脚”,家人去求筮命中带箭,过不得 36 岁,需要“弓”来化解。于是家人变卖田产,亲戚解囊,向土

① 转引自攸延春:《阿昌族文学简史》,云南民族出版社 1995 年版,第 19—20 页。

司买了一个“大老爷”的称号，但无封赐。这两位老爷，出门要有人牵马，平时不能肩挑手提，更不能干犁田耙地的粗话，否则土司要罚款。赵大老爷家境日渐不支，有一天只好扛起犁到帮杏河巴子石犁田，碰巧让骑马过路的芒丙村“杨大新爷”瞄见。杨氏道：“赵大老爷，您先犁着，等我后来帮你扛犁！”赵大老爷羞愧难堪，赶紧收拾犁耙吆牛回家。他不怕别人羞辱，怕只怕那芒丙人去禀报衙署，可要罚银子哪！

对于这类“张大老爷”、“赵大老爷”，土司倒并不放在眼里，但沙坡二十来户儒家，竟有人考取“贡爷”，买得起“大老爷”的称号，心头便生疑窦。加之，村子里竟还有人帮土司印太卜过卦，兼施小计，占了半大匹梁子的山林土地。土司表面上不便发作，心中老大不悦。还有人说，沙坡有人会“纵山法”，天亮从沙坡起身，赶到腾冲街才吃早饭；讨亲嫁女，大号长鸣，唢呐金铓，好不热闹，气煞了远近三乡的甲、撮头人。那些心中耿耿不服的人自然少不了伺机在土司面前“如此这般”撺掇一番。于是土司嘱心腹差人明察暗访，结果把大营盘山神珠显灵与沙坡村常出能人联系起来。又传闻，只要这两个大石头上粘花，沙坡村就要失火。由“火”心生一计，土司遂派人抬上大桶煤油，去焚烧大营盘山的对子石。油气熏天，火烟熊熊，路上的巨石被烧裂了一大片，现今仍然掉在旁边。路下的巨石则被烧得缩进地里，只露着一半在地面。

从此，沙坡村便败落下来：银匠后无传人，铁匠的炉具也被变卖。寨人先后逃散到腾冲八角及小陇川等地谋生糊口。

传说虽如此，不过大营盘山的巨石，在人们的心目中仍然是祛灾免难的神石。前去敬香跪拜，求得护佑的人，却一脉相袭，始终没有停止。逢大年初二便有人去祭拜。平时拜祭的病者愈，怪者乖。现时仅芒掌村拜祭这对大石头为干爹的就有七人。他们出门经营，都要去焚香祷告，只要不是非分之想，据说都能如愿以偿。岁月沧桑，周围的大小石头，被炸的炸，能撬走的被撬走，尹家寨人上大小厂的路也改道了。唯有这两个神石依然默默地伫立在那里，似有所思，似有所佑。①

这则传说故事是用基本写实的手法讲述了现存于云南省梁河县芒掌新寨大营盘山北侧的两块“干爹石”的轶事。故事是现代人讲述的，融入了很多现代观念。比如在讲到沙坡村“张大老爷”获得的封赏就提到“还有形同今日玩具般大的三尊炮”，这明显是现代人的口吻。同时，这则传说故事具有写实性，发生在神石上的事都有人目击或经历，比如，这对神奇的石头会

---

① 《梁河阿昌族今昔》，云南民族出版社 2003 年版，第 377—379 页。

撵人,会追着人跑,是通过村民曹春贤的见闻表现的;而神石使得周边的一方水土人杰地灵、富庶安宁的灵力,是通过张大老爷考取贡爷,赵大老爷买得起“大老爷”的称号来展示的。

此外,传说还解释了神石周围村落衰败的原因,是由于土司出于嫉妒和利己的私欲烧了对子石,神石被烧以后,沙坡村才衰落下来。而神石尽管被烧,但在周围村民心目中依然是祛灾免难的神石,前去敬香跪拜祈求保佑的人从未间断过。“平时拜祭的病者愈,怪者乖。现时仅芒掌村拜祭这对大石头为干爹的就有七人。”这些讲述虽不乏迷信色彩,但也鲜明地展现了阿昌人的神石崇拜信仰。

从三则故事的内容来看,从创世时期的石头相垒示意准许兄妹成亲,到明清时期的“石化羊”的传说故事,及至今日仍保留的拜石为“干爹”的现象,都体现了阿昌族把具有“神识”的大石作为保护神的石神崇拜观念。无论是成全阿昌始祖成婚繁衍族群,还是化而为羊保护弱者的举动,石头都是有恩于阿昌,是善的化身。从故事体现的民族情感来看,阿昌族对石神充满感激和敬意,石头不再是无生命物,而是有情感,有灵性的。石神故事中洋溢着阿昌人对自然的尊重和敬畏之情,展示了自然力的神奇,体现了阿昌族朴素的生态观念。

二、盐神崇拜与盐婆神话

盐对于人类的重要性是不言而喻的,但在各民族反映自然崇拜的神话、传说中却很少有关于“盐神”崇拜的故事,因而阿昌族自古流传下来的盐神崇拜和“盐婆”神话就显得别具一格。阿昌族对盐的崇拜,除了盐是生活必需品外,还跟阿昌族主要的定居地——云龙地区自古就盛产食盐有关,明代云龙地区的食盐得到大规模的开发,形成了著名的“云龙八井”。清代陈希芳撰修的《云龙州志》卷五《风俗·附种人》就记载了阿昌族地区产盐的史实:“阿昌,俱以喇为姓……其种散处于浪宋、漕间。赶马撒之间。秋末农隙,腾、永背盐者多此类”。“秋末农隙,腾、永背盐者多此类”即说明在秋季农忙的间隙,背盐的多是阿昌人,由此我们不难理解为什么在阿昌族中会有盐神崇拜和盐神神话了。在阿昌族的神话中盐婆神“桑姑尼”的形象是美丽动人的。

很久以前,人们是不兴结婚的。到了遮帕麻与遮米麻时,人们才兴结婚。大地上,遮帕麻是第一个结婚的男人,遮米麻是第一个结婚的女人。遮帕麻和遮米麻领头结婚,生儿育女。后来,遮帕麻又到各地去劝说人们应该结婚。这时,南方出现了一个美丽的姑娘桑姑尼,她的美貌与她做出的饭菜同样美名远扬,因为她掌握着宝贵的盐巴！遮帕麻来到了桑姑尼居住的地方,劝说桑姑尼,人必须结婚。桑姑尼说,她要跟遮帕麻结婚。遮帕麻说:“我有九十岁了,你还是一个小姑娘。”桑姑尼说她就是喜爱他,一定要和他结婚。遮帕麻让她问一问她的父母。她的父母同意他俩结婚,还说愿意做遮帕麻的兵,而不是岳父岳母。以前,遮帕麻和遮米麻住在们堂们闵(意为形状如四个手指头的地方,可能喻指鸦砻、金沙、怒、澜沧四江流域地带。现今阿昌族之门姓疑亦渊源于此),现在,遮帕麻与桑姑尼一起住在弟纳聂达(意为有盐的坝子)。遮米麻想念遮帕麻,派人找到他请他回老家。遮帕麻不愿去,他迷上了美丽温柔的桑姑尼和她所做的美味食物,留恋可爱的弟纳聂达。遮米麻又派人去请他,他还是不信,可又旧情难忘,就说,让我们以撵山鼠来决定去留吧！如果撵出的山鼠进新洞,就不回,进旧洞,就回老家。结果,山鼠进了老洞。遮帕麻要回去了,桑姑尼伤心极了,她舍不得远离家乡,但她更不愿离开遮帕麻,她最后还是跟着遮帕麻走了。临走,她对着家乡的天地说:“把我的手留下吧,我要用它抱娃娃;把我的脚留下吧,我要用它走路;把我的头留下吧,我这一辈子又白做了。”于是,她跟着遮帕麻来到们堂们闵,把盐巴带到了那里,并教会了那里的人们用盐的方法。后来,桑姑尼又带着遮帕麻回到了弟纳聂达,遮米麻也来了。①

这则故事中的盐婆神桑姑尼美丽动人,她掌握着宝贵的食盐,做的饭菜美味可口,她嫁给了阿昌族的始祖遮帕麻,并把盐巴带给了阿昌族,教会了阿昌族用盐的方法。从故事中,我们可以看出阿昌族先民已经认识到食盐的重要性,在他们心目中给他们带来食盐并教会食盐使用方法的桑姑尼是美丽和善良的化身。赵橹先生收集到的另外一则阿昌族“盐婆”神话,情节和上述故事大体相同,不过宗教崇拜的表现更为突出。故事结尾说:

从此,盐婆婆桑木姑米的美名传开了,大家都向她学,敬爱她。在桑木姑米死后,她为了让阿昌族的后代子孙能够吃到美味的菜肴,就把自己的头变成了岩盐,身子变成一条盐水河,头发变成葱和韭菜,脚趾、手指变成大蒜和姜。阿昌族人民也世世代代忘不了这位盐婆婆,尊奉桑木姑米为盐神,祀奉她。②

故事结尾充分表达了阿昌族对盐婆神桑姑尼的爱戴与尊敬,桑姑尼被阿昌族奉为盐神,体现了阿昌族对食盐的重视,包含着朴素的自然崇拜。这种自然崇拜显示了阿昌族原始先民对于那些有利于自身生存发展的自然界物质的崇拜,他们已经初步意识到自然界对自身发展的重要性,人类的生存

① 攸延春:《阿昌族文学简史》,云南民族出版社1995年版,第14—15页。

离不开自然的馈赠,食盐的发现,使原始先民摆脱了茹毛饮血的生活,可以烹制美味的食物,逐步脱离野蛮蒙昧的生活状态,向文明社会迈进。

三、犬崇拜与相关的民间故事

狗是人类的朋友,各民族中都有关于狗的故事,但一般都是把狗当作人类的伙伴、朋友,虽充满喜爱之情,但缺少崇敬之心。阿昌族先民对狗的感情是既亲近又敬畏的,认为狗与阿昌族之间有着密切的亲缘关系,形成了犬崇拜和相应的禁忌。这种对犬的崇拜和禁忌在阿昌族的民间故事中得到生动的展示。

《屙金银》讲述了狗为人耕田和带来好运的故事,反映了狗的灵性和神性。故事的主要内容是:兄弟俩分家,哥哥用计谋得到了牛;弟弟没办法,只好牵走了狗。路过的马帮见弟弟用狗犁地,便与他打赌。结果弟弟赢得了不少马匹。哥哥也效仿弟弟与别人打赌,结果输了。他气得把弟弟的狗打死了。狗死的地方长出了金竹,上面有一只小鸟边叫边屙金银。哥哥见弟弟得了金银,也来金竹底下等着。结果小鸟屙出臭屎,呛得他头晕目眩。

从故事情节来看,狗能帮弟弟犁地,并且帮助弟弟赢得了比赛,是一只充满灵性的狗,而且它还通人性,明辨是非善恶,故意输掉哥哥的比赛借机惩罚了自私贪财的哥哥。故事中既有对狗的超能力的神化,也有对狗明辨善恶是非的人格化的展示,这里的狗是集神性和人性于一身的,体现了阿昌族的犬崇拜意识。

流传于云南省陇川县阿昌族聚居区的传说故事《阿昌为什么不吃狗肉》反映了阿昌不吃狗肉的禁忌习俗。故事大意是说:母子俩赶路回家,母亲口渴,但四周无水,儿子便掘地挖出水,水很甘甜。走时,母亲舍不得把那么好的水让给别人喝,就在水里撒了一泡尿,结果她立即变成了一条狗。儿子伤心至极,只好牵着狗回家。听说狗是人变的,从此阿昌人便不吃狗肉。

这则故事中阿昌人认为狗是人变的,是人的同类,展示了狗和人之间的血缘关系,并由此产生了不吃狗肉的宗教禁忌。此外,《狗保王的故事》和《白狗代嫁》两则故事也是讲述狗和人之间的密切关系,反映了阿昌族的犬崇拜观念。

《狗保王的故事》的大致情节是:一位父亲在后妻的教唆下,几次要害死前妻生的兄妹俩,都被狗阻止了。后来兄妹俩离开家,和有救命之恩的狗到另外一个地方居住。他们又和虎、青蛙、蛇等交上了朋友。两人从青蛙嘴里得到一块宝,从此吃穿不愁。这则故事中,狗对兄妹俩有救命之恩,是善的化身,在它的帮助下,兄妹俩才躲过了父亲和后母的伤害,并和其他动物交上朋友，得到动物们的帮助，过上了幸福的生活。这样的故事情节形象地传达了阿昌族对狗的深厚感情，狗因为有恩于阿昌族，而受到阿昌族的崇拜。

《白狗代嫁》讲的也是狗对人的恩情。故事讲道：

有兄妹俩，妹妹长得非常漂亮。县官得知，要娶妹妹作儿媳妇。姑娘坚决不从。县官倚仗权势，不依不饶，并选定日子要强娶。兄妹俩无计可施。一位白发老者给了他们两双草鞋，让他们远走高飞。他用仙术把白狗幻化成人形，让它留在姑娘的房间。结果，县官的儿子娶到的是一条白狗。①

这则故事中白狗救了妹妹，使她免受被强娶的命运，有恩于阿昌族人。阿昌族的犬崇拜故事，情节各异，各具特色，有的是帮助阿昌人过上幸福的生活；有的是对阿昌族人有救命之恩；有的是代人出嫁，使其免遭不幸；有的则是由人变成的，都显示了狗和阿昌族的深厚情谊。在阿昌族心目中，狗是有灵性的，具有人的意识，有恩于人类，故而感激崇拜它。

阿昌族的犬崇拜至今仍保留在其习俗和生活中，阿昌族的妇女常把狗牙连缀在绞脚上，把狗牙、爪子、草、花的形状抠织到自己的服饰中，从这些细节中亦可窥见阿昌族犬崇拜的痕迹。关于阿昌族的"犬崇拜"是否是"图腾崇拜"，目前有不同的说法。曹先强等学者认为阿昌族对犬的崇拜是一种图腾崇拜. 在《论阿昌族的犬文化现象》一文中，曹先强从犬崇拜的传说故事、犬文化在习俗方面的表现等方面论证，认为阿昌族的"犬崇拜"是一种"图腾崇拜"；而梁河县政协编写的《梁河阿昌族今昔》一书中，梁河土生土长的研究者则认为阿昌族的犬崇拜还不具备"图腾崇拜"的属性，只是一种自然崇拜。其理由是史料记载的"阿昌，一名峨昌，性嗜犬，祭必用之"，以及梁河地区阿昌族关于犬崇拜的传说和做法，如果犬是阿昌族的图腾，就不会被宰杀祭祀。但对于杀狗祭祀的说法，曹先强的解释是"祭祀用狗，杀狗的目的是献祭新的神灵。人们不能得罪新的更加可怕的神灵，只能杀宰自己最为崇高的东西，去抚慰新生的更为高大的崇拜物，包括对远古的狗的神灵的敬奉"②。两种说法，一种认为是图腾崇拜，一种认为是自然崇拜，都有一定的道理。笔者查阅了阿昌族两个大的聚居区梁河县和陇川县的民间故事，发现在梁河县流传的犬崇拜的故事，其图腾崇拜的痕迹确实不明显，而在陇川县流传的《阿昌为什么不吃狗肉》的故事中，因为狗是人变的，所

① 普学旺：《云南民族口传非物质文化遗产总目提要·民间故事卷》（下卷），云南教育出版社 2008 年版，第 279 页。

② 曹先强：《阿昌族文化论集》，云南民族出版社 2011 年版，第 93 页。

以阿昌不吃狗肉的情节,已经完全具备了图腾崇拜的要素,相信人和某种特定动物之间存在着密切的亲族关系、对于图腾物不能杀戮冒犯的禁忌,这些是图腾崇拜的典型特征。所以仅从民间文学中的相关记载来看,笔者认为犬崇拜在梁河阿昌族聚居区只是一种自然崇拜,而在陇川阿昌族聚居区则是一种图腾崇拜。而无论是对犬的自然崇拜还是图腾崇拜的观念,都足以看出阿昌族对狗的尊崇,对动物的珍惜爱护,这是由原始宗教信仰而产生的生态保护观念。

四、阿昌族原始宗教信仰故事中的生态文化内涵

宗教是精神文化的重要组成部分,要懂得一个民族的心理,即人类心灵活动的根本状况,不得不由原始宗教的探索入手。宗教并不一定是高等的才算是宗教,原始的信仰崇拜虽很简单,但也已经有了宗教的要素。原始宗教发生的内在条件之一就是对自然势力的恐惧,罗马的卢克莱修便说"恐惧造成最初的神",他认为人类对于周围强大的势力觉得极为害怕,由害怕而生出崇拜。近代的休谟也赞成这种说法,认为人类由于畏惧自然界的势力,又以自然现象归于神的权力,因而发生对神的崇拜,希望求其援助。可见在原始宗教的发生阶段就与自然界结下了不解之缘。对自然的恐惧和敬畏是原始宗教的产生条件也是其基本特征,所以原始宗教天然地附带着生态文化的特征。

神话的产生一部分也是源于人类要探究自然界奥秘的渴望,"神话的内容虽不全具宗教性质,但却有大部分和宗教混合;因为神话是原始心理的表现,而原始心理又极富于宗教观念。神话和仪式同是宗教的工具或辅助品。神话能替各种信仰寻出解释的理由来,并构成一个系统以满足人类的求知的愿望"①。神话是广义的民间故事类型之一,是能替各种宗教信仰寻出理由的载体,自然而然地会将原始宗教中蕴含的文化理念,包括生态文化理念传达出来。阿昌族的神话故事、传说故事在形象地解释原始宗教信仰的来源、理念、禁忌的同时,也传达了原始宗教所蕴含的生态文化观念。

首先,阿昌族的"石神神话"、"盐婆神话"、"犬崇拜故事",体现了原始宗教的自然崇拜,蕴含着生态文化中"尊重生命"的理路。自然崇拜的特征之一即认为"生命在其最低级的形式和最高级的形式中都具有同样的宗教尊严。人与动物,动物与植物全部处在同一层次上"②,无论是石头、盐等无

---

① 林惠祥:《文化人类学》,商务印书馆 2011 年版,第 340 页。

② [德]恩斯特・卡西尔:《人论》,甘阳译,上海译文出版社 2004 年版,第 116 页。

生命体还是狗这种动物,都和人类一样,具有同样的尊严。在神话和传说故事中,它们被赋予了神性和人性,成为有恩于人类、有情感有意识的人格化生命,受到阿昌族人民的尊敬。而尊重生命,赋予一切生命体以平等的价值和尊严,正是生态文化所推崇的理念。

其次,阿昌族的自然崇拜故事,反映了"感恩自然"的生态文化思想。在阿昌族流传的石神故事、盐婆神话等故事中,鲜明地展现了阿昌族对自然界馈赠的感恩意识。石神神话中,阿昌族对于石神允许阿昌始祖兄妹成婚,使阿昌族得以繁衍延续的恩德充满感激;对石神化而为羊,搭救孝子的情谊充满感恩;对石神保佑周边村落人杰地灵、帮助人祛病禳灾充满感恩,他们通过祭祀的仪式来表达对石神的感恩之情。在盐婆神话中,对于给阿昌族带来食盐的盐婆,阿昌人亦是充满感激,将盐婆神"桑姑尼"塑造得美丽善良,并世代不忘她的恩情,祀奉她。在犬崇拜故事中,阿昌族对狗帮助阿昌人惩恶扬善、救助弱者的行为亦流露出感激之情,在陇川的阿昌族流传着不吃狗肉的习俗传说,反映了狗与人有亲缘关系而形成的禁忌,不吃狗肉的习俗以约定俗成的形式回馈了狗与人之间的亲情。这种对自然界重要性的充分认识,对自然界施与人类的恩情充满感激,是阿昌族先民认识到自然界对人类的不可或缺的作用,认为人类不能肆无忌惮地挥霍自然给予的恩惠,而应该对自然界心存感恩的朴素的生态观念的反映。

综上,阿昌族的宗教信仰主要以自然崇拜、动物崇拜等原始宗教信仰为主,"信仰全民化"与"生活仪式化"是阿昌族原始宗教信仰的特征。与其他人口较少民族相比,其自然崇拜故事中比较有民族特色的就是石神崇拜故事、盐婆神故事和犬崇拜故事。这几种类型的原始宗教故事至今在阿昌族中广为流传,可见其影响之深远,之深入人心。而宗教信仰除具有生活价值的定向功能、社会力量的凝聚功能及行为选择的动力功能等,还具有天然的生态伦理价值。

第六节　其他人口较少民族民间故事中的宗教信仰及生态文化价值

云南的七个人口较少民族民间故事中,布朗族、普米族、德昂族、阿昌族四个民族民间故事中的宗教气息浓郁,其间蕴含的生态文化亦十分突出。除此以外的其他三个民族的民间故事虽不如这四个民族宗教色彩强烈,但也各有千秋,各具风采。祖先崇拜和丕嫫崇拜是基诺族最具本民族特色的信仰文化,亦呈现在民间故事中;怒族比较有特色的信仰是氏族图腾崇拜,由此形成的氏族图腾故事既有原始宗教色彩,也颇富生态寓意;鬼神信仰是独龙族原始宗教的重要方面,形成了一系列"斗鬼"型的故事,反映了独龙族与代表自然界中恶势力的"鬼"的斗争,也包含着生态文化的因子。可以说,宗教信仰的影响遍及各人口较少民族的民间故事,使得各人口较少民族的民间故事沾染了鲜明的宗教色彩。宗教对各民族民间故事的影响不仅具有普遍性和共性,而且在不同民族中又各具特色和个性,呈现出多姿多彩的风貌。

一、基诺族的母系祖先崇拜和丕嫫崇拜故事中的生态文化

基诺族是成文史前的原始社会民族,1958 年以前基诺族仍然生活在原始社会和无文字时代。一些古老的民间文学艺术尚未发展成为相对独立的社会意识形态,而是与宗教、哲学、历史、道德等其他社会意识形态结合为一体,彼此之间保持着天然的、不可分割的联系。民间故事常与传统信仰、社会规范、行为准则、风俗习惯水乳交融,忠实地记录并保存了基诺族的原始宗教、口头历史、民族心理等民族文化的珍贵资料,可以说民间故事是基诺族无文字时代的"大百科全书"。基诺族的传统宗教信仰主要是以祖先崇拜、自然崇拜为内容的原始宗教,其中比较有民族特色的信仰崇拜是母系祖先崇拜和丕嫫崇拜,基诺族的民间故事记录并保存了这些原始宗教的宝贵资料。

(一) 基诺族母系祖先崇拜的神话传说及其生态寓意

基诺族经历了漫长的母系氏族社会,母系制文学作品丰富,产生了很多反映女性祖先非凡创造力的神话和传说故事。其中传颂最广、最为基诺人崇敬的女性始祖是创世母亲"阿嫫腰白"的故事,还有女祖"米里几得"的故事。

阿嫫腰白创世的故事有很多版本,对阿嫫腰白也有不同的音译,如阿嫫腰北、阿嫫小贝、阿麻腰百、尧白阿嫫、阿摩遥补等,她是基诺族的创世女神,《中国基诺族》一书中,有一些关于阿嫫腰白的神话故事,和其他版本的创世故事相比,更加细化。《阿嫫腰北》的故事谈到:

宇宙间最初全是白茫茫的流水,后来这古老的流水中产生一个形似蛤蟆的庞然大物。一天,这庞然大物突然裂开了,从里面走出一个力大无比的创世女神"阿嫫腰北"。阿嫫腰北使用这庞然大物的身躯创造了天地日月,又用沾在自己身上的尘土及汗水创造了动植物。根据创世女神讲述天地万物产生的顺序,基诺族纪日法以 12 天为一轮。第一日为水日,称为"已搓"日;第二日是阿嫫腰北的生日,称为"尼嫫"日;第三日是太阳的生日,称为

“章”日；第四日是月亮的生日，称为“布罗”日；第五日是星星的生日，称为“尼”日；第六日是天地合拢的日子，称为“帽”日；第七日是“草”的生日，称为“许”日；第八日是风的生日，称为“赛尔”日；第九日是树的生日，称为“生呵”日；第十日是雨的生日，称为“布合”日；第十一日是七个太阳的生日，称为“西夺”日；第十二日是火的生日，称为“米除”日。这12天一轮的日子名称也是年的名称，均首尾相连，往来相随，以水为首。①

这则关于阿嫫腰白创世的故事，在笔者搜集到的同类故事中是比较独特的一个，因为它详细地说明了根据阿嫫腰白创万物的顺序而产生的基诺族12日纪日法，而其他阿嫫腰白的故事则只是讲述阿嫫腰白创世的过程，都没有提到纪日法。

这则反映女性始祖崇拜的神话故事，包含着深刻丰富的生态文化内涵，其一，通过“神从水出”的故事情节，寓示着自然界中的水是产生包括创世之神在内的万物之源，创世之神创造的万物也都是在水的基础上产生的，彰显了“水是生命之源、万物之源”的观念，肯定了自然物的优先地位，这是具有生态寓意的。其二，神话中所说的“十二日”代表着各种自然物的生日，以水、太阳、月亮、星星、天地合拢、草、风、树、雨、太阳、火等自然物生日和创世女神阿嫫腰北的生日来纪日，充分体现了基诺族对自然界的尊重，亦具有生态文化的特征。其三，神话中反映的十二日之间“均首尾相连，往来反复”的细节，以浅显易懂的方式展现了天地万物相互联系、相互制约、相互转化的统一整体关系，而自然界万物是相互关联不可或缺的整体，正是现代生态整体主义所推崇的核心理念。

基诺族的另外一个备受爱戴的女性先祖是米里几得，据说她是位法力高超的巫师。有一则关于她的传说故事中说：

今基诺山基诺族的一个女祖叫米里几得，她的子孙的居住地区叫“戛勒”。米里几得又叫阿妣几得，即老祖母几得。据说用竹子作水槽从山间引来的泉水是她的发明，利用磨刀石磨出石刀也是她的创造。据说她是个著名的巫师，法力高强，可以令地陷山崩。她通晓天文历法，知道晴、雨和何时日、月蚀，听雷声可知庄稼丰歉，还可以把白天变成黑夜。几得离开祖先住地杰主与外族的侵略有关。当时因战事仓促离家忘记了带走祖先的神器——煮饭用的三脚石，事后招来了人丁衰亡，又是米里几得奋不顾身，从杰主取回了祖先使用过的三脚石，从而使人丁兴旺起来。②

① 张云：《中国基诺族》，宁夏人民出版社2012年版，第184页。

② 杜玉亭：《基诺族文学简史》，云南民族出版社1996年版，第162页。

《中国各民族神话》一书中收录的两则关于“米里几得”的故事，和上面的这则故事情节大体相同，都是讲米里几得为基诺族发明了磨刀石，用竹子做水槽饮水，并奋不顾身取回祖先留下的神器——锅庄石，就是烧饭用的三脚石的功绩。略有不同的是，这两则关于米里几得的故事都提到了她是基诺族最早的祭师的身份。基诺族流传的这些关于女祖“米里几得”的故事，主要是表现了基诺族对母系祖先的崇拜和感激，但同时也隐含着生态文化的因子。米里几得发明磨刀石，发现用竹子做成水槽饮水的方法，给基诺人的生活带来了很大方便，在原始社会，这些无疑是提高基诺人生存质量的重要发明，同时也表明人类开始发挥主观能动性，利用自然、改造自然，来更好地为人类的生存和发展服务。其实，在人与自然的关系中，二者和谐共存发展是最理想的状态。如果人类始终被动地服从自然，人的主体性得不到充分发挥，任由大自然为所欲为，也是一种生态失衡。无论是生态中心主义，还是人类中心主义，都是人与自然之间关系的失衡。真正的生态文化是一种人与自然和谐共存、人与自然的能动性都能得到充分发挥、生态获得平衡发展的文化。米里几得的传说故事隐含着人类有效利用自然，二者均获得和谐发展的生态思想。

（二）基诺族丕嫫崇拜故事的生态文化意蕴

基诺族的原始宗教信仰，除了自然崇拜、祖先崇拜之外，还包括生殖崇拜。生殖崇拜是原始宗教信仰的内容之一，但在其他几个人口较少民族中这种崇拜很不常见，至少在民间故事中难以寻到蛛丝马迹。生殖崇拜是基诺族在七个人口较少民族中独具特色的传统信仰，具体来说就是对生育女神丕嫫的崇拜和祭祀。丕嫫崇拜在基诺族民间故事中得到记录，并在生育习俗中仪式化。流传于基诺族聚居地的一则丕嫫崇拜的故事《丕嫫》简单讲述了丕嫫的来历、职能等。

基诺族古老宗教信仰和神话中的女神，司生育造人，又称“七面分娘”。基诺人认为，人是丕嫫在“苔洛蒙莫”（神界的地名）一批批造出来的，造好就用炭在人的额头、手心上画纹络，以决定人的命运。白腊泡（又音译为白蜡婆，基诺族巫师。基诺语“白蜡”是念词，婆是老人、长者，白蜡婆即是念词的老人，白蜡婆都是男性）为已婚未孕的人家举行“内泼勒阿泼勒”仪式，就是用“白腊泡白勒”的法力，向“苔洛蒙莫”的丕嫫讨要孩子的祭祀活动。①

① 姚宝瑄：《中国各民族神话　水族　布朗族　独龙族　基诺族　傈僳族》，书海出版社2014年版，第171页。

这则故事交代了丕嫫的职能和神力，她是负责生育造人的女神，可以决定每个人的命运。不孕的家庭要想有孩子传宗接代，就要由巫师举行仪式祭祀，向丕嫫讨要孩子。丕嫫的职能类似于汉族的“送子观音”。

另外一则关于生命女神的传说故事，和这则情节大体相似，讲述方式上也是边叙述边解释的。故事中说：

人们认为，胎儿2月成形，是由住在苔洛神界的女神丕嫫做出来的。苔洛为神界的地名。丕嫫女神即生命女神，住的寨子名叫“丕嫫卓米”，位于遥远的“天边地边”。有首民歌这样唱到：“上界苔洛丕嫫，3月做人时节，把你做成9魂的郎，把我做成7魂的妹，又在我俩额头手心上，画上成双成对的纹。”在基诺人的观念中，人的命运是早在丕嫫做人时就安排好了，生命尚在母体孕育之际，她就在人的额头手心上用木炭画下了命运的纹路。因此，基诺人以人的额纹和手纹来预测人的命运。人们认为，男人有9个魂，女人有7个魂；怀男孩一般称“9月怀儿”，怀女孩则称“7月生儿”。①

基诺族的这两则丕嫫崇拜故事中，丕嫫是掌管生育的女神，人类的生命和命运都由她一手掌控。丕嫫崇拜实质是一种生殖崇拜。原始社会的自然条件恶劣，人类适应和利用自然的能力还很低下，疾病和自然灾害随时可能夺走人类脆弱的生命，因此原始先民对于本民族的生存繁衍非常关注，尤其是像基诺族这样的人口较少民族，对于本民族的繁衍和生生不息有着更为深切的忧患意识。由此产生炽热的生殖崇拜也就不足为奇了。这种生殖崇拜使基诺人一方面重视子孙的繁衍，另一方面也崇敬创造生命的神祇和祖先。掌管生育的丕嫫女神被称为生命女神，在基诺族孩子出生和命名时受到隆重祭祀，就是生殖崇拜仪式化和生活化的反映。

基诺族丕嫫崇拜的故事中，包含着生殖崇拜的原始信仰观念，生殖崇拜中也折射出某种程度的生态文化观念。因为完整的生态系统是由人、自然、社会统一构成的整体，在这个生态系统中，任何一个元素都缺一不可，人与自然、社会各要素都得到均衡发展，生态系统才能获得平衡。三个要素中有一方发展失衡，整个生态系统就会失去平衡、造成危机。现代社会生态危机形成的一个重要原因就是人类社会对自然的过度开发利用，人类社会的强势进攻使自然世界失衡，在危及自然界的同时，也形成了强大的反作用力，给人类自身生存带来极大危害，人与自然和社会是一损俱损、一荣俱荣的关系。同理，在原始社会中自然力占优势，如果人类生存繁衍难以得到保证，人类的发展就会失衡。作为生态系统中重要元素的人类，其种族得以延续

① 张云：《中国基诺族》，宁夏人民出版社2012年版，第171—172页。

繁衍是保证人类社会平衡发展的前提,人类社会平衡发展,整个生态系统才会和谐发展,从这个意义来说,基诺族的生殖崇拜在原始社会的特定历史条件下,是有利于生态系统的和谐发展的,因而也是具有生态文化价值的。

二、怒族岩神神话和氏族图腾故事中的生态文化价值

怒族是居住在怒江和澜沧江流域最古老的民族之一,是怒江峡谷和澜沧江两岸古老的居民和最早的开拓者,"怒江"、"怒山"皆因怒族而得名。怒族主要分布于云南兰坪县、福贡县、贡山县等地,怒族的宗教信仰是多教并存,既有原始宗教,也有人为宗教喇嘛教,还有从西方传入的天主教和基督教。喇嘛教和天主教、基督教等人为宗教信仰在怒族的民间故事中很难找到踪迹,而原始宗教作为怒族地区现存的各类宗教中最古老的宗教,在民间故事中得到丰富的表现。其中比较能代表怒族原始宗教特色的是岩神神话和氏族图腾故事。

贡山怒族的岩神,怒语称之为"吉米达",是集山神、猎神、谷神、雨神、生育神、保护神等诸种神格为一体的神祇,崇拜和祭祀岩神是贡山怒族最隆重的宗教活动之一。从贡山怒族流传的两则传说故事来看,岩神具有让自然万物生长和枯萎的神力。

第一则传说是说:古时候,迪麻洛村的才当岩壁附近,绿树成荫,草木茂盛,后因男岩神去世,女岩神改嫁而远走他乡,结果这里的树木从此枯萎凋零。

第二则传说中讲述:据说白汉洛村附近的"达粗"、"能门然"、"叭哈"三座岩壁呈三角形分布,其中,南边的"达粗"、"能门然"岩神是男性,"叭哈"岩神是女性,由于两个男性岩神合伙欺负"叭哈"岩神,"叭哈"因不堪凌辱,遂迁居异地,因此,那里的山林树木也从此凋零荒凉。①

这两则岩神的传说故事中,岩神既有能使自然万物长育和凋零的神力,也有人性化的弱点。岩神在怒族人心目中,既是拥有超能力的令人膜拜的神祇,有神的一面,也有像人一样有七情六欲、喜怒哀乐的人格化的一面。有一些传说故事就是说岩神是人变的。

1. 石门关的岩神。很早以前,险峻的石门关岩壁上,有一窝野蜂,人们为了取蜜,加设了绳梯,开始绳梯吊上去之后,许多平时勇敢的小伙子都望而生畏,不敢攀登,只有一个伶俐聪明而又不畏艰险的姑娘(据说其父母有一方是怒族,另一方是纳西族),勇敢地攀了上去,当她爬到岩顶,取到蜂蜜

① 《怒族百年实录》,中国文史出版社 2010 年版,第 177 页。

时，羞愧得无地自容的小伙子顿起歹念，一刀砍断了绳梯，结果姑娘从岩顶掉了下来，变成了岩神，她变成岩神以后，经常吼叫着去抓负心绝情的男子。①

2.“吉娜木忍”岩神。在吉木登一带，有个叫吉娜的怒族妇女，她丈夫打猎不归，她带着两个儿子、一个女儿在路口等候，急切地盼望丈夫归来，可是眼底望穿夫不归，这位痴情的妇女和她的子女都变成了岩神，即当地大路旁一大三小的岩石群。吉娜变成岩神后，专司降雨，当地群众只要看到“吉娜木忍”岩上有云，就知道一定会降雨。②

3. 闪当“仙女洞”岩神。传说之一：从前有个叫阿茸的怒族姑娘，曾因受蜘蛛拉丝的启示，发明了过江的溜索，从而深受怒族群众的爱戴，后来被一个很有势力的头人逼婚，阿茸不从，遂躲到了溶洞里，饿冻而死（一说被烧死），后来就变成了那里的岩神。传说之二：有一个被当地群众称为“格觉姆”的汉族姑娘，聪明能干，她从内地流落到吉木登，和当地的一个怒族小伙相爱，成婚之前被洞里的一条大蟒蛇掳进洞中（据说现在洞口进去的横线条纹，即蟒蛇肚皮所留下的痕迹），后来就变成了仙女洞主和岩神。她的情人也由此伤心而死，每年三月十五这一天（即传说中的鲜花节），皎洁的月光恰好透过怒江对岸雪山的垭口，正正地照在“格觉姆”殉难的溶洞口，当地群众便说，这是“格觉姆”岩神与她的情人相会③。

这几则不同地方的岩神传说，有一个共同的特点，就是岩神都是由人变成的，他们在现实生活中或勇敢或痴情，拥有很多美好的品质，因各种原因死后变成了岩神。这和神话故事中的神祇形象有很大不同，他们身上神性的光芒较为黯淡，多了一层人性的光辉。他们在现实社会被迫害，没有神力保护自己，因为各种冤屈死后才变成了神，这类岩神故事体现了怒族人民把自然力人格化的意愿。

怒族的岩神崇拜和岩神传说故事的盛行，和怒族所处的自然环境密切相关。怒江峡谷地势险峻，谷内多陡峭险峻的岩壁和神奇迷人的溶洞，岩壁和溶洞成为人们日常生活中随处可见又神秘莫测的自然景观，怒族人民对这些岩壁和溶洞感到既亲切又神秘，因而产生了很多解释性的岩神神话和传说故事。岩神故事将岩神人格化和神化的同时，也包含着一定程度的生态文化观念。

① 《怒族百年实录》，中国文史出版社 2010 年版，第 177 页。
② 《怒族百年实录》，中国文史出版社 2010 年版，第 178 页。
③ 《怒族百年实录》，中国文史出版社 2010 年版，第 178 页。

首先,岩石峭壁溶洞等是怒族人民最为熟悉的自然景观,与他们的日常生活息息相关。出于对与本民族朝夕相处的自然物的喜爱与敬畏,怒族将之人格化,使之像身边的朋友亲人一样,有血有肉,由此产生的自然崇拜少了几分功利色彩,却多了几分油然而生的亲切感。这种对自然的由衷的喜爱和尊敬更有利于生态环境的保护与和谐发展。

其次,岩神又是集多种神格于一体的广泛意义的神祇,他集中了山神、猎神、谷神、雨神、生育神、保护神等各路神灵的职能,怒族对岩神的崇拜也因此具有了对整个自然界的崇拜与敬畏的意味。山神、猎神是怒族渔猎时代的保护神,谷神、雨神是怒族农耕社会时期的保护神,将这些神灵的职能集一身的山神,代表着整个自然界对怒族不同生产方式的保护。自然界是怒族赖以生存的家园,对自然的崇拜和敬畏在客观上遏制了人类不断膨胀的欲望,保护了自然界。

除了岩神崇拜之外,怒族另外一个比较有特色的原始宗教信仰是氏族图腾崇拜。新中国成立前,大部分的怒族尚处于原始社会的末期,新中国成立后,怒族虽然直接过渡到社会主义社会,但仍然保留着原始氏族社会组织的遗迹。氏族,是较大于家族的团体,有四种特性:“(1)所包含的个人一部分由于真的血缘,一部分由于假定的血缘。(2)是遗传的,个人生而属于氏族。(3)是单面的,即只计一方的世系,如在母系氏族便只计母方。(4)有氏族名称。”①怒族在原始社会具备这些特征的氏族有虎氏族、熊氏族、蜂氏族、狼氏族、蛇氏族等,这些氏族的名称就是以各自氏族的图腾物来命名的。而图腾崇拜正是原始社会随着氏族制的形成而产生的带有体制性的宗教崇拜形式之一。怒族的氏族图腾制有如下的特点:一个氏族,往往以一种动物为标志而命名;被当作氏族标志的动物在传说故事中又往往与本氏族的起源有关或有直接的血缘关系。怒族民间流传着很多反映图腾崇拜及其特征的神话、传说、故事等。

怒族的图腾传说故事,按图腾与氏族之间的渊源来分类,主要有三类。一类是图腾引路说。这类传说故事的情节一般是说,某氏族人在某次打猎的途中,得到某种动物的引路,找到理想的生存之地,因此就把帮忙引路的动物当作本氏族的图腾。一类是图腾哺育说。这类图腾传说的情节一般是讲嗷嗷待哺的孤儿失去双亲,幸得某动物的乳汁哺育,将其养大成人,为感激某动物的哺育之恩将其当作本氏族的图腾。一类是图腾与人类婚配说。这类传说故事比较符合图腾的本义,即认为图腾物与氏族之间存在着血缘

① 林惠祥:《文化人类学》,商务印书馆 2011 年版,第 224 页。

关系，是氏族的祖先。怒族的氏族图腾故事数量最大，几乎各氏族都有自己的氏族起源传说。

蛇氏族的传说故事《蛇和人结姻缘》中说：古时候，有一个姑娘，常常一边织布一边唱着动听的歌。附近许多青年男子仰慕她的歌声，有人还向她求爱，但都被拒绝。姑娘悦耳动人的歌声打动了附近的一条巨蛇，巨蛇变成一条虫子经常来她身旁听歌。后来，姑娘发现自己每次唱歌时，都有一条小虫趴在身旁，便用扫帚将它扫出去；可它又爬了进来。经过三番五次的折腾，姑娘很生气，对小虫说："你再爬到我身边我就打死你。"突然，小虫说话了："是你的歌声把我引过来，如果你能答应我一件事，我立刻变成人。"姑娘很好奇，就答应下来。小虫立刻变成一个漂亮的小伙子。姑娘与小伙子结为夫妻，婚后才知道丈夫是一条巨蛇。他们生下的子女便是蛇氏族的祖先。①

这则氏族图腾故事在类型上属于图腾与人类婚配型，图腾物与氏族之间是有血缘关系的，是氏族的祖先。另外一则关于蛇氏族的故事《蛇变人》与这则故事情节大体相同。故事讲道：

古时候，有母女四人一起到房间的山上砍柴，回家时却怎么也不能把柴背起来。后来她们发现是一条大蛇压在柴上面。大蛇要三个姑娘中的一个做它的老婆。大姑娘、二姑娘都不愿意；三姑娘不想让母亲为难，便嫁给了蛇。成亲以后，三姑娘生了许多儿女，分别住在好几个地方。他们成了"明黑华"（蛇氏族）的祖先，蛇氏族是当地怒族六大部落之一。②

关于蛇氏族的传说故事还有《小白蛇的恩惠》等，情节大体相似，都是讲蛇与人婚配生儿育女产生了蛇氏族的故事。

《鸟氏族的传说》讲述的是鸟氏族的起源和迁徙故事。故事说道：

远古时，一部分怒族人居住在澜沧江边一个叫打鼓洛的地方，据说他们的祖先是鸟。后来他们内部为争一棵核桃树打了起来，族中一个叫"聂得扒"的人被打败后，逃到了怒江边上，住在福贡县匹河一带。这里的鸟氏氏族都认为聂得扒是他们的祖先。③

这则氏族传说故事虽然主要不是讲氏族和鸟之间的渊源的，但也提到

① 普学旺：《云南民族口传非物质文化遗产总目提要·神话传说卷》（下卷），云南教育出版社2008年版，第256页。

② 普学旺：《云南民族口传非物质文化遗产总目提要·神话传说卷》（下卷），云南教育出版社2008年版，第257页。

③ 普学旺：《云南民族口传非物质文化遗产总目提要·神话传说卷》（下卷），云南教育出版社2008年版，第257页。

了他们的祖先是鸟，表明了氏族与图腾物之间的血缘关系。

关于熊氏族的传说故事，有一则故事属于图腾传说故事中"图腾引路"型故事。讲的是：原先熊氏族先辈住在怒江下游一带，在一次打猎活动中，追着一头受伤的熊，一直追到如今的贡山县迪麻洛一带。到这里后发现是一片较理想的土地，这样，陆续从原来居住的地方搬迁到了这一带。他们认为是熊带来了好运，带他们到这里来定居的，从而把熊当作这一氏族的图腾来纪念。①

熊氏族的这则"图腾引路"型故事，讲述了氏族与图腾物之间的渊源，虽然熊与熊氏族不是直接的血缘关系，但却是为熊氏族引路，将其带到理想的居住地定居的有恩者。蜂氏族的传说故事也属于"图腾引路"型故事，故事说：

很古的时候，在贡山县丙中洛的石门关上，传说有一窝巨大的岩蜂巢。人们架天桥、拉篾梯、搭栈道，费尽九牛二虎之力，才把巨大的岩蜂巢取下来。在取岩蜂蜜的过程中，又被一巨大的蟒吞食了不少取蜂人，人们又想办法除掉了大蟒。被毒箭射死的大蟒被江水冲到了贡山县与福贡县交界的腊咱一带搁浅了，大蟒肉引来了无数的食客，其中有一种长得十分巨大的马蜂。当地人头次见到这种躯体长得特别巨大的马蜂，以为是神赐予他们的，就一路跟踪到丙中洛石门关对面的山上。趁蜂王、蜂后不在的机会，用九背柴、九背松明烧了这窝马蜂。离开马蜂前，人们从箭包里取出仅有的几颗麦粒种撒在刚开挖的新土上。一段时间后，当人们再次来到这里时，见到长得茁壮的麦秆和结得饱满的麦粒，便认为是神赐予的好土地，便由原先居住的地方搬迁到这里定居下来。由于这些人大都属于一个家族，又因为是岩蜂的缘故来到新的地方，便以蜂作为氏族图腾，纪念蜂给他们带来新的家园。②

蜂氏族的这则传说故事中，图腾物与氏族之间的渊源也是图腾为氏族引路，帮他们找到宜居之地，氏族为感念其恩德，将蜂作为氏族图腾，展示了氏族与动物图腾物之间的亲密关系。

熊氏族、蜂氏族、鸟氏族、蛇氏族都是怒族比较大的氏族，关于他们的氏族图腾故事有很多类型，比较典型的就是上述图腾引路型故事和图腾与人婚配型故事，这些类型故事形象地体现了各个氏族与自然界某种生物之间的亲缘或血缘关系。还有一种图腾起源故事是包含在创世故事之中，讲述

① 《怒族百年实录》，中国文史出版社 2010 年版，第 175 页。
② 《怒族百年实录》，中国文史出版社 2010 年版，第 176 页。

的不是一个而是多个氏族的来源。创世故事《女始祖》讲述了怒族的女始祖茂英充与多种动物结合，繁衍氏族的故事。故事中说道：

有一次，从天降下来的群蜂在怒江边的腊甲底存休息，与那里的蛇交配（又说是与虎交配），生下了怒族的女始祖茂英充。茂英充长大后，又与虎、蛇、蜂、麂子、马鹿等动物交配，繁衍了虎氏族、蛇氏族、蜂氏族、麂子氏族、马鹿氏族。于是她成了怒族的女始祖。①

这则故事讲述了怒族女始祖和几个大氏族之间的渊源，带有鲜明的氏族社会的印记。故事非常直白地讲了女始祖和各种动物交配形成各种氏族的情节，体现了图腾物与氏族之间的血缘关系。

怒族的民间故事中独具特色的故事类型就是氏族图腾故事，这些故事交代了图腾物与各个氏族之间的渊源，打上了深刻的图腾崇拜的烙印。图腾崇拜尤其是以图腾为氏族名称的氏族图腾崇拜，其中包含的生态文化思想是显而易见的。由于图腾物种无论是动植物还是无生物都是来自自然界的，所以图腾崇拜本身就包含着对自然界的崇拜和敬畏，怒族的各个氏族图腾因为和氏族之间密切的亲缘或血缘关系，而受到格外的尊崇和保护。被视为"图腾"的自然物理所当然地受到各个氏族的爱护，客观上保护了某种特定的物种，这对于维护生物多样性、保持自然界的生态平衡是有重要意义的。同时在图腾与人婚配型的故事中，怒族人对祖先与各种动物如蛇、熊、虎等结合，是一种很坦然的态度。讲述的语言虽然直白，但透露出的对自然物的态度是平等的、尊重的，这从他们对人兽结合的态度没有丝毫异议，认为无可厚非的叙述话语中就可见一斑。其中透露的信息也是耐人寻味的，也许在怒族原始先民心目中，人和动植物本来就没有高下之分，是平等的生物物种，二者之间结合也无可厚非。所以他们对于自己氏族的祖先是蛇、熊、虎、蜂等动物是坦然接受并且充满敬意的。这实际上是万物平等的非人类中心主义的生态文化观念在怒族氏族中的间接反映。

怒族的民间故事中比较典型的岩神故事和氏族图腾故事，形象地反映了怒族的原始宗教信仰，原始宗教信仰中的生态文化观通过民间故事得到生动的传达，赋予怒族古老的民间故事以现代化的生态文化的内涵。

三、独龙族"斗鬼"故事中的原始宗教信仰及其生态文化意蕴

独龙族是独龙江上的世居民族，是云南七个人口较少民族中人数最少

① 普学旺：《云南民族口传非物质文化遗产总目提要·神话传说卷》（下卷），云南教育出版社 2008 年版，第 252 页。

的一个民族，现有人口不足7000人。独龙族主要聚居于云南怒江州的贡山县，独龙江峡谷是独龙族世代繁衍生息的家园，山高坡陡，地势险峻，交通十分不便，尤其每年的冬春两季，大雪封山，几乎与世隔绝。这个人口稀少又地处偏远的少数民族，一直到新中国成立前尚处于原始社会的末期，生产力低下，经济发展滞后，其原始宗教都是建立在极为落后的生产生活方式之上的。鬼的观念、灵魂观念、天的观念共同构成了独龙族宗教观念的重要内容。鬼是独龙族心目中支配人们日常生活的各种异己的自然力的反映，独龙人认为自己生活在一个被鬼魂包围的世界里，人们时时受到鬼魂的影响。神的观念似乎还没有完全从鬼魂观念中分离出来，鬼有好坏善恶之分，善的鬼魂相当于"神"，恶的鬼魂大多是自然界中异己力量的化身，自然界中各种疾病、灾祸在独龙族的眼中幻化成了各种不同的鬼怪。独龙族的各种"斗鬼"故事是其鬼魂观念的反映，也体现了独龙族先民与自然界中的恶势力斗争，企图征服自然、战胜自然的愿望。

《巧射鬼王》的故事讲述的是：很久以前，地球上到处是鬼，经常残害人类。人们去砍柴，鬼躲在大树后；人们去背水，鬼藏在河边。只要人们稍不留神，鬼就对人下毒手。人们总是提心吊胆，怕被鬼暗算。有一个叫朋的青年，射得一手好箭。一天他外出打猎，被一个鬼王跟踪。他用计让鬼王张开大口哈哈大笑，然后一箭射中了它的咽喉，把它射死了。从此，鬼再也不敢暗算人了。①

这则"斗鬼"故事讲述了原初时期地球上到处是鬼，鬼经常危害人类的情形，隐喻着远古时代自然界的异己力量对人类的侵害，而人类用箭射死鬼王的情节则暗示着人类不甘忍受自然界中恶势力的欺凌，用智慧反抗征服自然中恶的力量的努力。

《人为什么打鬼》的故事中说：很久以前，人和鬼住在一起。人对鬼很真诚，总是把最好吃的东西给鬼娃吃，鬼娃长得胖嘟嘟的。鬼却趁人将孩子让它领的时候，吸孩子的血，人的孩子变得瘦瘦的。后来，鬼的伎俩被人识破。从此，无论在哪里碰着鬼，人都要想办法惩治它。②

这则故事解释了人打鬼的缘由。另外几则"斗鬼"故事则是讲人类怎样机智地与鬼斗争的情形，如《烧鬼》《草乌治鬼》等。

《烧鬼》讲述的是：有一天，人在山上守苞谷，夜间便在窝棚里住。鬼想

---

① 普学旺：《云南民族口传非物质文化遗产总目提要·民间故事卷》（下卷），云南教育出版社2008年版，第403页。

② 普学旺：《云南民族口传非物质文化遗产总目提要·民间故事卷》（下卷），云南教育出版社2008年版，第403页。

喝他的血。人想出了一个计谋,让鬼背一个漏底的竹筒去箐沟里打水,并把火把拴在它的手上。鬼舀了好一阵水,竹筒总是装不满。这时,火把已经烧到它手上,疼得直叫。等它发觉自己上当后,人已邀约一大帮同伴来打它,它只得慌忙逃走了。①

《草乌治鬼》说的是:有一次,人拿草乌熬制毒箭药。鬼来了,想要吃他。人想出一计,骗鬼说自己在熬眼药水。鬼果然上当,要人为它治眼睛。人让它乖乖地睁着眼等待擦眼药水。草乌水一滴进眼眶,鬼什么都看不见,一会儿就消失了。②

两则故事都是讲人类怎样同鬼斗争、智斗鬼怪的,鬼是自然界中的邪恶势力,是危及人类生存的神秘物,"斗鬼"型的故事虽然没有科学依据,但这类故事的大量存在,也反映出原始宗教"鬼魂"观念在独龙族的盛行。独龙族人认为鬼几乎无处不在,自然世界中存在着无数鬼灵,他们惧怕的鬼灵有崖鬼、江鬼、水鬼、石头鬼、山林鬼、地鬼、高山鬼、天上的鬼等,这些自然界的鬼灵,得罪他们就会招致祸患;还有一类鬼灵是给人带来疾病的鬼,如"瑞卜郎"(传播麻风病的鬼)、"格木卜郎"(令人发高烧、头痛的鬼)等。这些鬼灵一方面让独龙人充满恐惧,要通过巫师祭祀来驱鬼,另一方面独龙人也不甘于受鬼灵的摆布,于是就产生了大量的斗鬼故事。

"斗鬼"故事反映了独龙族的"鬼魂"观念,这种原始宗教信仰,虽然是一种蒙昧落后的不开化的观念,但其中也掺杂着某种生态理念。自然界是有多重属性的,占主导地位的当然是对人类有利的一面,自然界无偿地给予人类生存所需的阳光、雨露和食物,使人类对大自然充满依赖感;但不可否认的是,自然界也有令人畏惧的一面,狂风暴雨、野兽侵袭、各种自然灾害以及由此带来的疾病,都严重威胁人类的生存与发展,因此人类对自然界又是抱着强烈的恐惧心和征服欲望的。独龙族的斗鬼型故事恰恰是人类不甘于被自然界异己力量摆布,用智慧与自然界斗争的表现,显示了人类在生产力极不发达的条件下反抗自然界的强势侵袭,凭微薄之力与强大的自然力抗衡,求得人与自然地位平衡的朦胧的生态意识。

基诺族、怒族、独龙族的宗教信仰在民间故事中得到保存和记录,这三个人口较少民族的宗教信仰虽都以原始宗教为主,但又各有侧重,各有特色,形成了多样化的故事类型。基诺族的母系祖先神话、丕嫫传说,怒族的

① 普学旺:《云南民族口传非物质文化遗产总目提要 · 民间故事卷》(下卷),云南教育出版社 2008 年版,第 403 页。

② 普学旺:《云南民族口传非物质文化遗产总目提要 · 民间故事卷》(下卷),云南教育出版社 2008 年版,第 403 页。

岩神传说、氏族图腾故事，独龙族的“斗鬼”故事等，显示了各自的宗教信仰和相关故事的民族特色，共性和个性共存。原始宗教信仰中的生态文化元素通过各民族类型多样的民间故事，得到生动呈现和传达，体现了宗教信仰、民间故事、生态文化三者间你中有我、我中有你的密切关联。古老的原始宗教信仰和古朴的民间故事，蕴含着现代的生态文化思想，彰显了传统文化中的现代化因子。

第五章　云南人口较少民族民间故事中的多元习俗与生态文化

第一节　人口较少民族的多元习俗、习俗故事与生态文化之关系

云南的七个人口较少民族民间故事中的生态文化的形成，受到多重因素的影响，除了宗教信仰这一大影响因子之外，各人口较少民族多样性与多元化的民族习俗，也是对其生态文化产生重要影响的不可或缺的要素。各人口较少民族在漫长的历史发展过程中，形成了多元的极富个性色彩的民族习俗。民族习俗是民族传统文化的重要组成部分，之所以能够产生发展，并且生生不息，经久不衰，很大程度上是因为这些民族习俗中包含着使人口较少民族先民在严酷的自然条件下繁衍生息并与自然界和谐共处的朴素的生态思想。民族习俗与生态文化之间的关系，是相辅相成、交互相生的。民族习俗与习俗故事二者之间的关系也是相互依存、密不可分的：民族习俗是习俗故事产生的前提，习俗故事是因解释民族习俗而产生的故事类型，民族习俗通过习俗故事这种群众喜闻乐见的文学艺术形式得到推广和强化。

习俗是在人际关系和人与自然关系中约定俗成的风习、礼俗等行为模式，习俗作为一种自发的社会秩序，一旦生成便"像一种社会规则那样对成员的各自行为有一种强制性的规约"①。云南的七个人口较少民族拥有丰富多彩的习俗文化，这些习俗文化对各人口较少民族的生产生活习惯、民族心理等产生了潜移默化的规约作用，其中和他们的生活息息相关且影响较大的习俗是生产习俗、节庆习俗和丧葬习俗。与之相应的是在口传文学领域产生了解释这些习俗的生产习俗故事、节庆习俗故事和丧葬习俗故事。

一、人口较少民族的生产习俗及习俗故事

人口较少民族的生产方式都以农耕为主，辅以采集、渔猎等其他生产方式，进入农耕社会以后，各人口较少民族充分意识到农业生产的重要性，其

---

① 韦森：《习俗的本质与生发机制探源》，中国社会科学出版社2005年版。

农业生产又主要以稻作生产为主，因此在生产习俗上都有祭谷神的习俗。各民族都有大量的祭谷神的习俗传说故事。除了稻作生产之外，各人口较少民族农业生产的另一个支柱产业就是茶叶的种植，人口较少民族大都有敬茶神、茶祖的习俗，并产生了很多的习俗传说。渔猎也是人口较少民族维持生活的重要来源，靠山吃山，靠水吃水，为感谢大自然的馈赠，不惹怒自然，各民族都有敬山神、猎神的习俗，并产生了相关的习俗传说。

生产习俗与各民族的生活息息相关，是和自然关系最为密切的一种习俗，因为无论何种生产方式，都离不开人对自然界的开发和利用。在农耕生产方式中，土壤、气候、种子、肥料、水源等构成一个复合型的生态系统；在采集、渔猎生产方式中，河流、山林、动植物等自然生态是人类攫取生活资料的来源。与不同的生产方式相适应而形成的祭谷神、茶神、山神、猎神的习俗及其传说，反映了各人口较少民族对人与自然关系的朴素认识。

二、人口较少民族的节庆习俗及习俗故事

各人口较少民族节日众多，形式多样，颇具民族特色和地域特色，并由此形成了丰富多彩的节庆习俗，这些节庆习俗大都带有宗教色彩，集民俗性与宗教性于一身。

阿昌族最具民族特色的传统节日是阿露窝罗节，这个节日是在广泛征求阿昌族群众意见的基础上，将梁河县阿昌族的“窝罗节”和陇川阿昌族南传上座部佛教“会街节”统一起来的节日，于每年公历 3 月 20 日举行，节日时间为两天。节日期间举行跳窝罗、耍青龙白象等民俗活动。关于阿露窝罗节的来历，在阿昌族中流传着一些习俗传说故事。

德昂族有七大节日，均和宗教有密切关联。第一个节日是“干亭”节（统称更衣节），按德昂族的月历是一月十四、十五日，按农历为十月十四、十五。这个节日的一个习俗活动，就是在节日期间要为圣佛更衣换单。过干亭节的目的就是让圣佛清洁地度过一年。第二个节日是“咩崩”节（统称烧白柴节），按德昂族的月历是三月十四、十五日两天，农历是腊月十四、十五。咩崩节的主要习俗是人们把削好皮并晒干的白柴树砍细后搭成四方立体型高塔式的“咩崩塔”，咩崩柴的主要组成树木是野蒿树、年枣树、盐霜树三种（代替牛、羊、象、狮骨头），人们载歌载舞，在咩崩塔下烧香、磕头、念经，欢度节日。咩崩节是为了纪念为人类献身的牛羊象狮四种动物的灵魂。第三个节日是“尚建”节（统称浇花节），节日时间是每年清明节后的第七天。节日期间的主要活动是取水浇佛，节日的目的是每年春夏之交天气炎热，人们要给佛祖浇水洗澡，清除终年之尘，让圣佛祖先清洁度日，同时浇花

节也是悼念祖先缅怀先辈的节日。第四个节日是“烤瓦”节，其他的几个节日是岗瓦节、扎礼节、敖瓦节，从烧瓦节到烤瓦节之间共有三个月，四个节日。这三月四节就是德昂人所说的“忌瓦节三月”。这三个月期间佛爷（和尚）不外出，小伙子不能串姑娘，未婚的姑娘不能怀孕，如有违规，就要受到处罚。这四个节日是纪念活佛上天宫为去世的母亲念经和忠告人们遵守瓦内三月的规程，让佛祖安定地度过禁忌三月。德昂族的这七个节日都有相应的来历传说，带有浓厚的小乘佛教的宗教色彩。

普米族的传统节日比较有特色的是七月半节和转山节，七月半节是普米族的祭祖节，是祭奠祖先，怀念先人。有新丧者的人家，除了接祖、祭祖、送祖外，还要进行祭奠亡灵，为迁葬者补行“给羊子”仪式。转山节是宁蒗、永宁等地区普米族的节日，在农历的七月十五这天，人们携带丰盛的食品，身穿华丽的服装，骑马或步行到附近的山上赛马、野餐，并烧香祭山神。至今在普米族民间仍流传着这两个节日的来历传说。

基诺族最盛大的传统民族节日是“特懋克”节，“特懋克”为基诺语，意为“过年”。“特”汉语译为“打”，“懋克”为“大的铁”。因此也称“打铁节”。值得一提的是，在无文字的基诺族山寨里，每个村寨过年的日期并不固定，是由本村的卓巴、卓色根据两件事来推算过年的具体日期：一是根据物候；二是根据每个支系内部父母寨与儿女寨的辈分大小为顺序。有首古歌唱出了基诺人推算吉日过大年的习俗。“卓巴、卓色和寨中的老人，都知道大家盼新年节的心愿，他们选了最吉利的日子，定下敲响木鼓过年的时辰，喜讯像春风吹遍了寨子，每一幢竹楼飘出了笑声。”①1988 年，西双版纳州人大常委会根据基诺族人民的意愿，将“特懋克”节定为基诺族的年节，统一在每年公历 2 月 6 日至 8 日开展节庆活动。特懋克节的第一天要举行隆重的祭鼓仪式，由卓巴念完祭词后，恭请住在鼓里的寨神“左米色巴”喝酒，卓巴放下酒杯，拿起鼓槌敲响了那神圣的大鼓，第一响鼓声，标志着新的一年第一天正式开始。接下来基诺人跳起欢快的大鼓舞，唱起心中的歌。第二天，铁匠举行打铁开炉仪式，第三天要在科普落家举行耕地仪式。关于特懋克节的来历和祭大鼓、跳大鼓舞的习俗，基诺族都有相应的传说故事。

怒族的特色节日是“乃仍节”，俗称鲜花节，又称“仙女节”，是贡山丙中洛一带怒族的传统节日之一，传说是为了纪念少女阿茸而举行的。于每年农历三月十五举行祭祀活动，节期为 3 天。节日期间，怒族群众身穿节日盛装，扎上一束束鲜花，带上粑粑、炒面，背上酒，聚在崖洞前进行祭祀，唱歌跳

① 张云：《中国基诺族》，宁夏人民出版社 2012 年版，第 136 页。

舞。返回时，人们从山上或路旁摘回一些鲜花，插在屋子中央的木柱上，有些姑娘还将绚丽的鲜花插在头上，像仙女一样美丽动人。关于鲜花节的来历，怒族民间流传着少女阿茸的传说故事。

布朗族是全民信仰小乘佛教的民族，其传统节日大都带有浓厚的小乘佛教的宗教气息，且受傣族的节日习俗影响比较大，其节日和傣族的节日大体相同。主要有泼水节、关门节、开门节等。泼水节又叫堆沙节、桑刊节、插花节，是布朗族的盛大节日。每年农历三月，清明节后第七天举行，共三天。节日期间，全村男女拿着竹盒、小竹篮到河中捞沙，背回缅寺，在缅寺广场前堆沙祭佛。关门节属于小乘佛教节日，每年傣历九月十五日举行。全寨赕佛，到缅寺听经、滴水，年满 40 岁以上的人要住在缅寺。全寨停止生产一天举行庆祝活动。三天后，将缅寺大门关闭三个月，僧侣日夜诵经，禁出寺院。开门节在每年傣历十二月十五日举行。全村信徒携带贡品前往缅寺施舍功德，老人进缅寺听佛爷诵经，三日后返家，期间全村停止生产。三天后，将缅寺的大门打开，僧侣可以出门串寨。布朗族的传统节日，每个节日都有相应的传说故事。

独龙族一年中唯一的传统节日是“卡雀哇”节，又译为“卡尔江哇”节，即过新年。它既是宗教节日，也是娱乐性的年节。起初，“卡雀哇”只是一种祭祀天鬼“格蒙”的仪式，后来演变成一种娱乐的节日活动。“卡雀哇”的时间大约在农历年的腊月冬，一般在 12 月至次年 1 月间，具体时间不定。年节的长短要以食物准备的多少来定，一般为期三天。节日前，各家族互相邀请，近者派人捎口信，远者送去“结绳”或木刻当作请柬。过节的第一天，各家的妇女首先把自己新织的彩色披毯挂在竹竿上，像一面彩旗似的插在住房上面，以示节日来临。夜晚，男女老少围坐在火塘边喝酒致辞，相互祝贺吉祥，然后卜卦，就是用一个木碗抛在火塘上悬挂的竹架上。碗口向上为吉兆，碗口朝下则为不吉利。第二天是祭山神。各家先用熟荞面捏一个尖顶圆柱体的象征物，表示山神，摆在簸箕中央，然后用熟荞面捏成各种野兽模型，摆在山神的周围。等到太阳出山后，由主祭磕头祈祷，唱祭山神的调子。第三天是剽牛祭天，这是年节中最隆重、最热闹的仪式，也是年节的高潮。剽的牛，一般是较富裕的人家捐献的，也有全村共同献出的。剽牛仪式一般是由巫师“乌”来主持。当天，“乌”是第一个喝酒而且是喝足酒的人。庆典开始时，祭祀的牛披上漂亮的独龙毯，“乌”牵着牛在主人房舍绕三圈，不断念些祈保主人安康的祝词，然后将牛牵到场地上，拴在一根粗大的木桩上。众人跳起欢快的锅庄舞。“乌”持剽枪对牛说完祭词后，用锋利的竹茅对准牛的腹下猛剽过去，牛被剽倒致死，人们迅速地把它分割成若干块，当即用大锅把肉煮熟，凡参加庆典的男女均可分到一份。“乌”还要背着牛头围着“祭牛”跳舞，众人追随而起，载歌载舞，欢庆年节。关于卡雀哇节的来历和习俗，独龙族有着美丽的传说。

三、人口较少民族的丧葬习俗及习俗故事

云南的七个人口较少民族在丧葬习俗上各具特色，展现了浓郁的民族特色和地域风情。丧葬习俗是各人口较少民族的生命观、死亡观的集中体现，从丧葬习俗中可以感受到不同民族对待生命、死亡等终极问题的认知和理解。

阿昌族的丧葬习俗中最具特色的莫过于“背切”的习俗。在梁河的阿昌族地区，妇女的葬礼与男子的葬礼相同，但祭亡灵的仪式，与男子有较大的差异。妇女丧后，阿昌族有接其灵魂归外家祭祀的习俗。习俗传说故事《亲妹子和晚妹子》解释了这一奇特习俗的来历。

普米族有“给羊子”的丧葬习俗。在火葬地区，仪式开始，韩规将涂有酥油的面偶放在用蒿枝做成的十字架上，插入粮食斗内祭祀，并准备好黄酒和炒面，祭祀时往羊耳里撒酒和炒面，如羊摇头，意味着死者喜欢，全家清爽吉利，否则视为不祥。之后由孝子孝女“喂羊”。喂羊者跪地轮流请羊饮酒，但不得强按羊头，羊高兴地吃喝，表示这人很得死者欢心，羊不吃不喝，则说明死者对喂羊者不悦。喂羊结束后，家属向羊磕头辞行，接着由专人一刀插入羊胸，迅速取出羊心，供献在桌上。如果羊心颤抖，表示死者已接受羊祭。如不颤抖，则表示死者有所不悦。供上羊心后便要给死者唱《指路经》，给亡灵指引本氏族或本宗支的迁徙路线，让他平安返回祖先的发祥地。归宗路线各地略有差别，但其最终归宿是一致的。给羊子的习俗在火葬和土葬地区略有差别，但用羊心祭祀，并请韩规念引路经指引亡魂回到祖先的所在地等核心的仪式是相同的。关于给羊子习俗的来历，普米族流传着很多传说故事，对此进行解释。

怒族的丧葬有火葬、土葬、悬棺葬等形式。怒族历史上盛行过火葬，将尸体抬到远离村寨的火葬地用大堆柴火烧尸，一直沿袭到20世纪50年代初。后来改为土葬，但实行土葬的时间并不长。关于由火葬改为土葬，怒族民间有一些传说，如《火葬的传说》《土葬的传说》等，对这些丧葬习俗进行了解释。

德昂族的丧葬仪式大体上由鸣枪报丧、送魂指路、抛鸡蛋择墓地、念《西亚》经超度亡魂等几个程序构成。丧葬习俗中比较有特色的是截山埋坟和认坟不认坟的习俗。截山埋坟是指德昂人聚居区在半山处有一块公共

墓地,族人死后集中埋葬在此处,不得磊积坟墓,把坟顺山扒平,在坟墓上盖一个罩子,然后用竹子围住。关于这个习俗梁河县的德昂族流传着一则《德昂族截山埋坟的传说》故事。而献佛不献坟的习俗是指在埋葬完死者之后不再上坟地扫墓祭祀,只是在每年的关门节和开门节或做赕的庆典里,死者家属把亡者的姓名交给佛爷,并向寺院上供品,请佛爷念死者的名字,表示唤死者前来享用食物。德昂人认为凡是墓地,均有恶鬼栖息,那些鬼魂会伤害生灵和家畜,故平常不敢擅自闯入墓地,也不敢砍伐周围的树木,死者家属亦不再上坟地扫墓祭祀,待若干年后,墓地杂草丛生,难以辨识。关于献佛不献坟的来历,德昂族有家喻户晓的解释性习俗传说故事。

基诺族、布朗族、独龙族的丧葬习俗和其他几个人口较少民族相比,特色鲜明的习俗较少,且缺少能解释或介绍其习俗特点的传说故事,故不做重点研究。

四、人口较少民族多元习俗中的生态文化内涵

云南七个人口较少民族的习俗文化是多元化和个性化并存的,其生产习俗、节庆习俗、丧葬习俗等民俗中,不仅反映了各民族的生活习惯、行为方式和生存智慧,而且也包含着一定程度的生态意识。习俗是在长期的历史积淀中形成的,是人们自觉地无意识地遵循着的行为规范、社会风尚、礼节、信仰、习惯等的总称。习俗在文化的分类中,属于行为文化,它约定俗成地支配控制着人们的行为模式,对物质生产和精神生活都有着强大的影响力。正如培根所说:“在迷信以外的事情中习惯之凌驾一切是处处可见的:其势力之强,使得人们于自白、抗辩、允诺、扩张之后,依然一仍旧惯地做下去,好像他们是无生命的偶像,和由习惯的轮子来转动着的机械似的,这种情况真使人惊讶。”①习俗作为特定族群世代沿袭的具有自发性、稳定性、保守性特征的风俗习惯,比之于一般的个人习惯具有更强大的影响力。所以在考虑影响生态的诸多因素时,尤其不能忽视习俗对生态的影响。挖掘人口较少民族多元习俗中蕴含的生态思想,探究习俗对生态文化的影响,对我们了解人口较少民族生态文化的形成有重要的参考价值。

第一,人口较少民族的多元习俗中蕴含着“补偿原则”的生态思想。所谓补偿原则是指人类要生生不息就必须不断地获取自然物,如采集和渔猎,既然索取是不可避免的行为,相信万物有灵的先民就通过祭祀来进行补偿,求得自然的庇佑和恩赐。在人口较少民族的各种风俗中,都有大量的祭祀

① 《培根论说文集》,商务印书馆 1983 年版,第 144 页。

仪式，像生产习俗中的祭山神、林神、谷神、猎神等，就是通过奉献贡品、祈祷等一系列仪式，对自身为生存而掠夺自然界资源作出的一种补偿。补偿原则虽然不乏迷信色彩，但客观上有利于生态系统的平衡发展，有索取，亦有补偿，在人口较少民族先民的心目中，对自然的索取并不是理所当然的事情，要感恩并有所补偿和回报，才能维持生态系统的平衡，这是具有一定的生态意义的。

第二，人口较少民族的习俗中也暗含着“代际公平”的生态理念。“代际公平”是“可持续发展”生态原则的重要内容，指的是当代人和后代人在利用自然资源、满足自身利益、谋求生存与发展上权利均等，即当代人必须留给后代人生存和发展的必要环境资源和自然资源。在人口较少民族的多元习俗中，虽没有形成这样专业性的概念，但却暗含着与之相近的生态理念。无论是生产生活习俗，还是节庆习俗中，都包含着各民族先民祈愿各路神灵、祖先保佑子孙后代，使本族群繁衍延续并获得幸福生活的主观意愿。先民们关注的不仅是自己一代人的福祉，更渴望的是为子孙后代造福。他们在适应自然、利用自然和改造自然的过程中，形成了极具生存智慧的生态观念，并将之凝固在习俗中，成为约定俗成的习惯影响着子孙后代对自然的态度和行为，这是一种具有长远发展眼光的可持续发展的生态思想。

第三，人口较少民族的丧葬习俗中体现了尊重生命的理路和回归自然的生态观念。丧葬习俗是最能反映一个民族对待生命和死亡态度的习俗之一，通过各人口较少民族的丧葬习俗，我们能领略到他们对于生命的尊重和对死亡的态度。从人口较少民族丧葬的形式上看，主要有火葬和土葬两种，无论是肉身化为灰烬还是融入泥土之间，都是在生命的终极意义上回归于自然的怀抱之中。从丧葬的仪式程序上，无论是给羊子唱指路经，还是背切、鸣枪的习俗，都是尊重族群生命个体意愿的表现，他们在这样的文化习俗中成长，死后也愿意按本民族的习俗去埋葬，体现了对死者的尊重，对习俗的尊重。而从一些民族埋坟、祭奠的习俗中，亦可感受到其中蕴含的生态观念，如德昂族的“截山埋坟”“献佛不献坟”的习俗，就体现了节约土地资源、文明祭祀的生态观。

云南人口较少民族的多元习俗中蕴含着丰富的生态文化思想，形成了独具特色的生态习俗文化，习俗具有稳定性和恒常性，自发地形成了各民族稳定的心理结构和行为模式，影响着他们对人与自然之间关系的认知和理解。生态习俗实质是人类千百年来积淀下来的生态思想，表征着人类对自然、自我的把握和理解，并以约定俗成的方式来规范或约束人们对自然的行为。正如帕斯卡尔所说,“习俗形成了我们最强而有力的、最令人相信的明证:它约束那个能使精神就范而不进行思索的自动机”①。可见习俗深入到人类行为图式内部的强大影响力,当它作用于生态文化时,其影响是绝不容忽视的。习俗如此,反映习俗的传说故事,对生态文化的影响和传播作用也就不言而喻了。

简言之,人口较少民族的习俗对其生态文化产生了不容忽视的影响,多样化的民族习俗中蕴含着丰富的生态文化思想。习俗故事因解释各种各样的习俗而存在,既然习俗中包含着生态文化,那么解释习俗的习俗故事也必然和生态文化有千丝万缕的关联,习俗故事是传播习俗和生态文化的媒介。人口较少民族的习俗、习俗故事、生态文化三者之间是一种密切关联、相互影响和渗透的关系。因而挖掘人口较少民族民间故事中的生态文化内涵,从习俗故事这一与习俗直接相关的故事类型入手,分析其中蕴含的生态文化,是一种行之有效的研究途径。

第二节　阿昌族习俗传说故事中的生态文化内涵

习俗传说故事是阿昌族民间故事的重要类型之一,它将故事与民间盛行的习俗紧密结合,说明和解释本民族习俗的天然合理性,其解释生动贴切,富有趣味。在传说和习俗的融合中,二者相互印证,习俗纠正着传说,传说又指导着习俗,使民族的风俗习惯在发展过程中更加规范统一。习俗传说故事在阿昌族的民间故事中,数量多,类型多样,既有生产生活习俗传说,也有节庆习俗、丧葬习俗等方面的传说故事。这些习俗传说故事在反映本民族的生活习惯、传统文化、民族心理等人文内涵的同时,也蕴含着生态文化的思想理念。

一、阿昌族农耕习俗故事中的生态文化内涵

阿昌族很早就进入农耕社会,其农业生产以种植水稻作物为主,有悠久的稻作历史。农耕是阿昌族主要的生产方式,在长期的农业生产中,阿昌族积累了丰富的生产经验,也形成了源远流长的颇具特色的农耕习俗。这些农耕习俗包括三月撒种祭“老姑太”、正月十五“转犁头”、八月十五尝新先喂狗等带有原始信仰色彩的习俗。阿昌族民间流传着很多解释这些习俗的传说故事。

---

① 《帕斯卡尔思想录》,商务印书馆1985年版,第121页。

关于祭老姑太的习俗，在云南梁河县阿昌族聚居区流传着一则《老姑太》的传说故事，故事讲述的是：

很久以前，有位阿昌族妇女非常勤劳能干，她教会了人们很多纺织技术、生产技能，被人们尊称为老姑太。老姑太老了，经常受到两个儿媳妇的虐待，有一天她一气之下离家出走。两个儿子到处去找她，最后在一片玉米地边找到，但她已快死了。临终前，她对两个儿子说："三月撒种时，祭我一次；八月十五，在我的竹拐棍上捆上新玉麦，靠在堂屋的墙边，保你们能穿能吃。"两个儿子照办了。从此，阿昌人在三月撒种子时要祭祀老姑太，八月十五在竹棍上捆上新玉麦，加上各种刚成熟的果实，摆在堂屋里，以表示世代不忘老人的恩德。①

另外一则关于老姑太的故事，和这则在情节上略有不同。故事中说：

老姑太是位能耕善织的老年妇人。她勤劳智慧，非常富于生产经验，教会了人们栽种五谷，深受村民的爱戴。人们争相把她迎到家里，用山鸡肉、鹧鸪肉款待她、侍奉她。她不论来到哪里，哪里的庄稼一定会获得好收成。

老姑太有一个儿子，儿子娶了媳妇后，媳妇待她不好，她离家出走了。有一户兄弟俩收养了她，敬她为娘。她也精心地教他俩如何播种五谷，如何薅草护秧。自从有了这个拾来的娘，兄弟俩年年获得好收成；村里家家收成也越来越好。兄弟俩成家后，两个媳妇渐渐厌恶起这个曾给她们带来富裕的老婆婆，不愿奉养婆婆。趁兄弟俩下地干活，媳妇俩捉来几只大铜鞭（一种专吸牛血的大蚂蟥）煮给婆婆吃，却偷吃了兄弟俩专为婆婆准备的鹧鸪肉。铜鞭肉皮条似的，无味道，嚼不烂。老婆婆嚼着铜鞭肉，明白了儿媳妇的用心。从此她离家出走，气死在路边。临死时，兄弟俩找到了她，她给了他俩一根拐棍，让他俩回去后把它放在祖宗牌位旁，每逢栽种、收割的季节，都要祭祀。自从供祭拐棍后，兄弟俩地里的庄稼一年胜过一年，家道越来越兴旺。人们为了纪念老姑太，缅怀她的功绩，每年三月撒种，八月尝新时，都要举行祭献老姑太（谷稷）的活动。②

这两则故事在细节上有一些差别，第一则故事中老姑太是被自己的亲生儿子媳妇虐待离家出走，第二则故事是受到亲生儿媳妇虐待后被兄弟俩收养，后又被非亲生儿子的媳妇虐待离家出走。尽管情节稍有差异，但其主旨都是解释了祭老姑太习俗的来历，告诫人们要孝顺老人，勿忘先人的

① 普学旺：《云南民族口传非物质文化遗产总目提要 · 神话传说卷》（下卷），云南教育出版社 2008 年版，第 208 页。

② 攸延春：《阿昌族文学简史》，云南民族出版社 1995 年版，第 31—32 页。

恩德。

老姑太的传说故事,充分表达了阿昌族先民对农业生产技术和经验的追求,对家庭和睦与五谷丰登的渴望。老姑太因为有丰富的农耕生产经验,教人们栽种五谷,并保佑人们获得丰收,而获得阿昌族的供奉祭祀。这也从一个侧面证明了阿昌族对农业生产的重视、对提高耕作技术的追求。

在阿昌族的农耕习俗中,还有一个比较古老的“转犁头”(又叫转牛头)习俗。每年农历正月十五后的第一个“龙”日或“虎”日,农民们就扛着犁,牵着耕牛,到田地里犁上几次,如果在家的田地太远,则在寨子中间或寨子上宽敞的场地,空转几圈,称为“转犁头”,认为这样可以获得好收成。关于转犁头这一习俗,有相关的传说故事。其中一则传说故事讲道:

古时候,春种开始,耕牛不是常常生病,就是力气不足,影响播种,甚至还要人们手挖脚扒,往往误了节令,造成减产歉收。后来,有两户阿昌人家,春节刚过,就分别在属龙和属虎的日子,犁了半天田地。这年他们两家的耕牛不但没有生病,而且力气格外地大,犁田耙地,总是走得又直又快,脚步迈得又稳又大。穷人一条牛,生命系上头。秋收时,这两户人家都意外地得了个好收成。俗话说,庄稼无牛白起早。此后,阿昌人家都学着这两家,在春节后的头一个龙日或虎日转犁头,慢慢地形成了一种风俗。①

转犁头,又叫转牛头,这一农业习俗反映了阿昌族在原始农业时期,生产力还较为初级,耕牛作为农业生产的主力和支柱,其作用受到先民们的高度重视。同时也表达了阿昌族先民期盼丰收的朴素愿望。

八月十五尝新先喂狗的习俗在阿昌族也是由来已久。阿昌族每到八月十五尝新谷、吃新米时要先把狗喂饱,家人才能吃饭。这个风俗习惯至今仍盛行于阿昌族地区。关于这个习俗的来历,在阿昌族民间有很多大同小异的传说故事,内容都是说尝新先喂狗的习俗是因为狗给阿昌族带来了谷种,阿昌族为了纪念狗的恩德形成了这一习俗。有一则比较有代表性的习俗传说,前半部分的情节是:从前稻谷自生自长,人们不知珍惜,养成了好吃懒做的恶习,随意浪费稻谷,观音娘娘见到人不爱惜粮食,一气之下,把地上的谷子都刮走了。故事的下半部分讲道:

没过多久,人们手边的稻谷全吃光了,野地里也找不到一粒谷子。人们饿得肚皮快贴上了背梁骨,第一回尝到了饿肚皮的滋味,后悔当初不该好吃懒做,糟蹋粮食。村寨里的狗,更是一条条饿得精瘦,奄奄一息,只剩下一张皮包着骨头,趴在地上望着天嗷嗷惨叫。天上的观音娘娘听到地上凄惨的

---

① 攸延春:《阿昌族文学简史》,云南民族出版社 1995 年版,第 30—31 页。

叫声，动了怜悯之心；她想，作孽的是人，何必让狗也跟着受罪呢？就将一把把谷子朝着狗撒下去。那些望天求救的人们，见天上有金色雨点飘落在狗的周围；走近一看，是一种从未见过的细小的谷粒。人们把狗赶开，将那一粒粒的谷子捡起，连皮也不舂，就想拿去蒸。这时，一位银须白发的老人走来，急忙拦住大家说："孩子们，这是谷种啊！我们饿死也不能吃！"说完，就领着人们在河边挖了一丘田，精心地把谷子一粒一粒播种下去。从此以后，阿昌族人学会了育种栽秧的本领，一代接一代，谷子繁衍下来了，阿昌族人同时也越来越懂得了"吃饭要敬饭、穿衣要敬衣"的道理。为了不忘记过去的教训，也为了报答狗为人间讨来谷种的恩情，每年新谷成熟，中秋来临这天，阿昌族人在庆佳节贺丰收之际，总忘不了先盛新米饭去喂狗，这个奇异而有趣的习俗一直流传下来。①

这则故事生动细致地讲述了尝新先喂狗的习俗来历，很多细节都耐人寻味、富有深意。人们因不珍惜粮食，随意糟蹋粮食而遭到观音娘娘刮走全部谷物的惩罚，寓示着人类不珍惜自然资源，必将受到自然惩罚的道理。而阿昌族中的智者阻止人们吃掉谷种的行为，保存谷种并学会育种插秧的做法，无疑是一种可持续发展的思想。不忘过去的教训和"吃饭要敬饭、穿衣要敬衣"的道理，体现了阿昌族从历史中总结教训，珍惜自然资源、感恩自然的生态理念。

阿昌族的农耕习俗故事，形象地展示了阿昌族的生产习俗，带有浓厚的原始信仰色彩。农业生产和自然界的关系最为直观密切，它离不开土地、气候、水源、阳光雨露等自然资源的支撑，是由自然与人工种植共同构成的生态系统，和自然的关系最为密切。农耕习俗自然而然地反映出一个民族的自然观和生态观，解释农耕习俗的故事也自觉地承载着民族的生态文化观念。在阿昌族的农耕习俗故事中，转犁头的习俗故事反映出阿昌族对农业生产的主要劳动力——耕牛作用的重视，包含着顺应自然、善用自然的生态观念；尝新先喂狗的习俗故事，体现了阿昌族对给人类带来谷种的动物的感恩与敬畏；祭老姑太的习俗，则展示了阿昌族对教给人类耕作技术，保佑人类五谷丰登的祖先的崇敬，同样包含着更好地利用自然、祈望自然能给予丰厚馈赠的生态观念。

二、阿昌族节庆习俗故事中的生态文化意蕴

阿昌族的节庆习俗故事和农耕习俗故事相比，虽然和自然的关系不是

① 攸延春：《阿昌族文学简史》，云南民族出版社 1995 年版，第 29—30 页。

那么直接,但也不容忽视。阿昌族最具民族特色的节日是阿露窝罗节,还有比较有影响力的是桑建泼水节。

(一) 阿露窝罗节习俗传说

阿露窝罗节是梁河县阿昌族的“窝罗节”和陇川阿昌族南传上座部佛教“会街节”统一起来的节日。关于“窝罗节”和“会街节”的习俗来历,阿昌族中流传着关于这两个节日的习俗传说故事。

“窝罗”,是阿昌族古老的传统歌舞形式,集诗、歌、舞于一体,“窝罗”一词,含义是“围拢来”。每当进行这项活动,人们以齐声高唱“窝……罗!”开始,故以名之。关于窝罗节的来历,在阿昌族民间流传着几种传说。

第一种传说:古老的年代,人们靠弓弩打野兽为生,打到猎物,人们就把它抬到部落附近的一个窝子里,剥去兽皮,挖出内脏,砍掉头脚,然后烧到火塘烤肉吃。这一时期,几个部落的人们相互往来,主人即拿出干巴(兽肉脯)烤熟待客,并对客人说肉太干慢慢嚼(现在演唱的窝罗“拔松昆”即候承调里有“撒户芒”的句子,这很可能是由原来的“煞酷芒”即“老干巴”的唱句演变而来)。大家吃饱兽肉干巴后,乘兴围着火塘跳舞唱歌。他们唱着,“窝罗!呃,煞酷芒……”或“哎,煞酷赛……”意为“吃干巴,哦……”或“还干巴哟……”。[①]

这则传说解释了“窝罗”的起源,窝罗来源于人们的生产劳动,来源于人们在打猎之后分享猎物时自然的感情流露,有感而发,才会歌咏之,才会手之舞之、足之蹈之。

第二种传说:自从遮帕麻和遮米麻造出了天地万物,太阳和月亮都能正常地升降,处处风调雨顺。当鲜花开得正香,谷子出得最黄,牛羊长得最壮的时候,大地上出现了一个乱世魔王腊訇,他是有兵又有将的恶神。趁遮帕麻南行造南天门之机,腊訇造了一个假太阳射到天幕上。这假太阳不会升也不会降,时时散发着毒光。森林晒枯了,地面像烧红的锅一样烫。腊訇乱世三年,大地闹了四年灾荒。遮米麻托水獭送信叫回了遮帕麻。遮帕麻除掉了魔王,射落了假太阳,重新理顺了阴阳秩序,挽救了无数的生灵。人们为了庆祝天公遮帕麻斗法战胜腊訇,除掉魔王,从而点亮了竹桌上的油灯,让它代表着天上那会升也会落的真太阳,又围着竹桌和“太阳”唱歌跳舞。从此,阿昌族人就有了“蹬窝罗”的习惯,这习惯一直传到了今天。[②]

这则传说和阿昌族的天公地母崇拜——天公遮帕麻、地母遮米麻的始

① 攸延春:《阿昌族文学简史》,云南民族出版社 1995 年版,第 96 页。
② 攸延春:《阿昌族文学简史》,云南民族出版社 1995 年版,第 97 页。

祖崇拜相结合，反映了阿昌人对征服恶性自然的先祖的崇敬和纪念。

阿昌族最为盛大的传统节日窝罗节，是人们为了纪念遮帕麻和遮米麻为人类消灾除难、造福人类、福泽万物的功绩而举行的。习俗传说故事在说明节日习俗的合理性的同时，也包含着生态文化的意蕴。腊訇是阿昌族最大的恶神，他造成了很多自然灾害，危害阿昌人的生活，天公地母打败了他，重新理顺了自然界的秩序，挽救了无数生灵。这样的情节形象地传达了阿昌族战胜自然、重建和谐自然秩序的生态理想。

阿露节也是阿昌族传统的重要节日。在与窝罗节合并之前，主要盛行于陇川县的阿昌族。阿露节也叫会街节，源于宗教信仰，是由宗教节日演变而成的民族节日。会街原来是迎接菩萨下凡的宗教集会，阿昌族信奉南传上座部佛教，供奉的释迦牟尼，叫“个打马”。关于会街节的来源，有一则佛教的故事传说：

个打马幼年丧母，长大修行成佛后，不忘母亲育儿之恩，每到农历五月母亲的祭日，总要到天上念经三日。天上三日，人间三个月。此间，人间疾病肆虐。终于，个打马又回到人间，佛光将四方天空照得金光四射，万物复苏，人间疾病减少了。为此，人们为报答个打马佛祖的恩德，每年在他返回人世间的那天，总要扎上青龙、白象，载歌载舞，迎接佛祖的到来。这就是阿昌族“会街节”（阿露节）的来历。①

关于“会街节”还有另一种传说：古时，遇上了大旱，为了拯救生灵，一个修行快成佛的人骑上红牙白象去赶旱魔……为了纪念这个人，阿昌人世世代代以耍白象、舞青龙、跳象脚鼓舞为主的“会街节”活动来表示纪念。②

阿昌族的会街节习俗故事，既解释了节日的来源，也有具体的节庆习俗的介绍，如扎青龙白象、跳象脚鼓舞等节庆活动细节的描述。而无论是故事中对佛祖拯救众生的节日来历的介绍，还是青龙白象、跳象脚鼓舞的节庆习俗的说明，其中都不乏生态文化观念。佛家的不杀生、万物平等、拯救生灵的宗教理念，蕴含着生态思想，青龙白象则是祥瑞的自然物的象征，用青龙白象来纪念佛祖拯救众生的恩德，亦可见阿昌族对自然界中的善的一面的重视。

（二）桑建泼水节的习俗传说

泼水节是傣族的传统节日，阿昌族受傣族文化的影响比较大，也过泼水节。阿昌族的泼水节虽然是从傣族移植过来的，却形成了具有本民族特色

---

① 《阿昌族百年实录》，中国文史出版社2010年版，第291页。

② 曹先强：《阿昌族文化论集》，云南民族出版社2011年版，第166页。

的节日标志——桑建树(又称椎栗树)。阿昌族在过泼水节时,要用桑建花浇水互洒,这是和傣族泼水节最大的不同之处。关于这一节日习俗的来历,阿昌族流传着《桑建的故事——阿昌族泼水节的来历》的传说故事。这则故事也是脱胎于阿昌族最古老的神话《遮帕麻和遮米麻》之中。故事讲道:

传说遮帕麻和遮米麻造天织地,创造人类时,想法毒死了乱世魔王腊訇。到了九百九十代时,腊訇的尸体趁遮帕麻和遮米麻多睡了一会儿时还魂,托生成三嘴怪人要吃天、吃地、吃人。他把井水吸干,断了河水,使树叶、庄稼焦得遇火就燃。当人们一个个口干舌燥时,他威胁人们:"要水可以,得每天送给我九个童男童女!不送,叫你们都渴死!"人们围拢起来打他,斗了半天,把他打跑了。他跑时化作一阵狂风卷走了腊乖姑娘。腊亮朝着风去的方向追去,山路上遇到遮帕麻变成白胡须老人。老人送给腊亮一葫芦水,一支椎栗花,告诉腊亮:"水是圣水,花是神花,椎栗树是降魔棍!"于是腊亮用椎栗树打死了腊訇,救出了腊乖。折回家后,腊亮用椎栗花蘸葫芦里的水洒在寨子里,把渴死的人们救活了。全寨人被救活的日子是清明节后的第七天,为了纪念这一日子,每年的这一天,阿昌人民都要上山采椎栗花扎成花塔立在寨子里,用清水浇花塔,祈求清吉平安,消灾消难。这就是关于阿昌族泼水节来历的传说。①

阿昌族泼水节的习俗传说故事还有另外几则,情节和这则故事大同小异。通过这则故事,我们能体悟到阿昌族的泼水节虽然移植自傣族的泼水节,但却植根于阿昌族的文化土壤,具有鲜明的民族特色,展现了与傣族泼水节不同的文化内涵。创世神话《遮帕麻和遮米麻》是阿昌族文化传统的基石,其影响辐射到宗教、民俗等多个层面,泼水节的习俗传说故事即是将天公地母神话延伸扩展到风俗领域的表现。阿昌族的《桑建的故事》解释了具有其民族特色的泼水节的来历,吸收了傣族文化同时使之阿昌族化,展现了阿昌族泼水节的独特魅力。而故事中的很多细节都蕴含着生态文化的理念,这也是这则习俗传说故事的耐人寻味之处。阿昌族最大的恶神腊訇,是反自然力的化身,他吃天、吃地、吃人,把井水吸干,断了河水,使树木枯萎,是给世间万物带来灾难的自然界的恶神。《道德经》第二十五章说:"故道大,天大,地大,人亦大。域中有四大,而人居其一焉。人法地,地法天,天法道,道法自然。"世间的四大为天、地、人、道,腊訇吃天、吃地、吃人的恶行,从根本上违反了四大的核心"道",也违反了自然规律,而阿昌族英雄腊亮用桑建树打死腊訇,用桑建花(椎栗花)蘸葫芦里的水洒在寨子里,把渴

① 曹先强:《阿昌族文化论集》,云南民族出版社2011年版,第167页。

死的人们救活了的情节，则意味着自然界中善的力量终将战胜违背自然规律的邪恶势力，最终获得天、地、人、道这域中四大关系的和谐共存。

阿昌族的节庆传说故事在讲述颇具民族特色的节庆习俗来历的同时，也传达出朴素的生态文化观念。尊重自然、敬畏自然的同时也勇于与自然界中的邪恶力量斗争，不断促进人与自然的和谐发展，这是阿昌族节庆习俗故事所传达的生态观。这种生态观念通过盛大的集民俗性、娱乐性、教育性于一体的节庆活动得到传播和发扬光大，民族节日具有弘扬阿昌族民俗文化与生态文化的双重功用，通过举办节庆活动，达到了民俗文化与生态文化的双赢。

三、阿昌族丧葬习俗故事中的生态文化意蕴

阿昌族的丧葬习俗中比较有民族特色的是“背切”、穿“缣花衣”的习俗。“背切”是梁河县阿昌族盛行的习俗，是针对出嫁的妇女的丧葬习俗；穿“缣花衣”的习俗是指女性死后，要穿上专门的丧服——缣花衣。这两种丧葬习俗均是用于阿昌族女性逝者的习俗，《亲妹子和晚妹子》《接灵的传说》《缣花衣》等习俗传说故事形象解释了这些独特习俗的来历。

（一）“背切”的习俗传说

在梁河县的阿昌族地区，每当出嫁的女性去世，娘家都有将其灵魂接回祭奠的习俗。“在妇女出殡后，娘家由其兄（无兄可由同辈亲戚）到丧家去接妹妹的灵。做法是扎一个草人，将死者生前穿用的衣物给它穿戴上，唯独不系‘绞脚’，请‘活袍’念经‘发送’，祈祷亡灵回娘家。哥哥用背箩背着附有妹妹灵魂的草人，边走边叫妹妹的名字往回走。每到河边、沟边，都要向河水、沟溪叩头祷告，祈求河神、沟神不要阻挡妹妹的灵魂回家。到家后，娘家把妹妹灵魂安供在神堂上，杀鸡滴血进行祭奠。之后则每天饭前祭祀，祭供七日后，男方家属又用背箩将死者的灵魂接回，并把草人在路上烧掉，仅背回衣物。这一习俗，称‘背切’”①。阿昌族的习俗故事《亲妹子和晚妹子》《接灵的传说》等解释了这一独特丧葬习俗的来历。

《亲妹子和晚妹子》的故事讲道：很久以前，有一户阿昌人家，父母早死，哥哥带着一亲一晚两个妹子过生活。后来，妹子长大，相继出嫁。亲妹子嫁在远处山寨，夫妻和睦，可生活贫寒；晚妹子嫁在一个挨山就水，半山半坝的小寨子，日子好过。亲妹子家路远，哥哥难得去一次，好不容易去了一趟，吃的也是山芹野菜荞木酸，喝的是白开水泡干腌菜汤。可到晚妹子家却

---

① 《阿昌族百年实录》，中国文史出版社 2010 年版，第 289 页。

不同,哥哥第一次去晚妹子家,就碰上杀猪,少不了坐吃两天;第二次去,又碰上杀鸡。哥哥想到在两个妹子家所受的不同待遇,心里感到纳闷:俗话说,人心隔肚皮,亲妹子和晚妹子,到底哪个更亲,哪个心肠好呢?他决定试探一下。这天,他跟邻居说好之后,嘴里含着一把米,躺在房里装死。邻居跑去告诉晚妹子,你家大哥已经死了,你赶紧回去看一下。晚妹子听了,不以为然地说,该是他的寿数到了。又说,叫侄儿侄女们把丧事料理完算了,她守着一块豆地,走不开。邻居回去把晚妹子的话一五一十说给了哥哥。过了几天,邻居来到亲妹子家。亲妹子听到哥哥的死讯,放声痛哭,这时她正在锅边下米,米还没下完,忙歇下箫箕,捉着一只大母鸡,就向哥哥家奔去,赶到哥哥家,累得上气不接下气,一下子扑到哥哥床边,哭得死去活来……哥哥看到亲妹子德行好,觉得更亲,便许愿说,等你百年归终时,一定要把你的灵接回家,给你超度一次。从此以后,阿昌族嫁出去的妇女,过世后,亲生娘家的人都要把灵接回去。用稻草扎成人样,戴上黑布包头,穿上新衣,系上新围裙、花带子,塑成生前的"影身",摆在堂屋里,祭祀七天,最后一天,还要请活袍念经超度。久而久之,就形成了一种习俗。[1]

这则习俗故事详细解释了"背切"习俗的来历,同时也交代了"背切"习俗的细节,如扎草人、穿新衣、祭七天、念经超度等具体的丧葬仪式。通过这则故事,我们不仅深入了解了"背切"的习俗文化,而且也能从中感受到阿昌族的家庭观念和亲疏有别的意识。

另外一则关于"背切"习俗的故事是《接灵的传说》,故事情节和《亲妹子和晚妹子》基本一致。不同之处在于这则故事提到了不裹"绞脚"(阿昌族妇女服饰中裹在小腿上的布)的由来。"亲妹子听到哥哥的死讯,号啕大哭,十分悲痛。本来正在锅边下米,米还没下完,歇着箫箕,一把鼻涕一把泪,捉起一只大母鸡,就向哥哥家奔去。她急着要在安棺前看上哥哥一眼,顾不得坡陡路滑,三步并作两步,抄长满荆棘的小路往哥哥家赶。路上一只绞脚不知什么时候挂掉了,她又气又急,干脆把另一只也揭下来丢在路边。……从此,阿昌族嫁出去的妇女,过世后,娘家的人都要把灵接回来,用稻草扎成人样,给它穿上死者陪嫁时准备好的黑布包头,新衣裳,独期萨莱[2](只是不裹绞脚),摆在堂屋,祭祀七天。"[3]

这则故事通过这样的细节讲述,解释了阿昌族妇女死后不裹绞脚的由

---

① 攸延春:《阿昌族文学简史》,云南民族出版社 1995 年版,第 64—65 页。

② 阿昌族语,指妇女系在腰上的花带子。

③ 曹榕:《阿昌族民间故事集》,云南民族出版社 2007 年版,第 94 页。

来，展现了亲兄妹之间的血缘亲情，让人们对这一独特的丧葬习俗有了更为深切的认识。

（二）穿绯花衣的习俗传说

阿昌族女性的丧葬习俗除了“背切”之外，还有穿“绯花衣”的习俗。流传于梁河县阿昌族聚居区的《绯花衣》的故事对这一习俗作出了解释。故事的内容主要讲述的是：阿昌族姑娘腊乖聪明伶俐又孝顺，经常上山采药为年迈体弱的爹妈治病。她发现山上的各种花开得很漂亮，就把花根刨来制成染剂，织成色彩鲜艳的布料。她用这种布料给妈妈做了一件衣服，取名为“绯花衣”。妈妈去世后，腊乖因思念也病倒了。重病中，腊乖恍惚梦到来到阎王殿，在众多的鬼魂中寻找妈妈。由于妈妈穿着绯花衣，腊乖很快就认出了她，母女终于团聚了。梦醒了之后，不久腊乖就康复了。乡亲们很奇怪，腊乖就把事情的经过告诉了他们。人们纷纷仿效腊乖去染布做绯花衣，认为这样就可以在阴间与亲人团聚。此后，阿昌族女性死者要穿上绯花衣就成为一种习俗，一直流传至今。

在《绯花衣》故事的结尾说道：“从此，阿昌族姑娘出嫁，和新郎拜堂成亲时，都要穿一件绯花衣，表示夫妻生死不离；妇女老人死后，也要穿一件绯花衣，据说到了阴司路上，就可以与亲人相会团聚。”①绯花衣不仅是具有阿昌族特色的女性服饰，而且具有重要的民俗价值，将服饰文化与婚姻习俗、丧葬习俗等融为一体，极富民族特色。

（三）丧葬习俗传说故事中的生态文化内涵

阿昌族女性逝者的“背切”、穿“绯花衣”等丧葬习俗及其传说故事，在体现民俗文化的同时，也具有一定的生态文化内涵。

这两种丧葬习俗都是只适用于女性的丧葬习俗，相关的解释性习俗故事中歌颂了女性的重情重义、聪明善良等美好品质，体现了在阿昌族的早期历史中就已经有了尊重女性、给予男祖女祖同等受供的待遇的平等意识，从社会生态学的角度来看，这种尊重、平等的观念是有利于包括人类在内的整个生态系统的稳定与和谐的。

《亲妹子和晚妹子》《接灵的传说》两个习俗故事内容大同小异，表现了阿昌族人鲜明的家庭观念和对血缘亲情的认同。故事透露出亲疏有别的观念、血浓于水的亲情。亲妹子虽然贫穷，平时哥哥去也没什么好吃的可以招待，但在听到哥哥去世的消息后立刻赶回家吊唁哥哥；晚妹子很富裕，哥哥去时也总有好酒好菜招待，却在听到哥哥的死讯后漠不关心，拒绝为哥哥奔

---

① 曹榕：《阿昌族民间故事集》，云南民族出版社 2007 年版，第 77 页。

丧。两则民间故事从形式和内容上采用很朴素的对比衬托的叙事手法，表达了血缘亲情的真挚可贵。而从习俗文化角度看，经由这些故事而形成的专用于女性先辈的丧葬习俗，则体现了阿昌族在生与死等重大问题上对女性意愿的尊重，给女性祖先与男性祖先同样的家族地位，将她们的灵魂接回家中祭祀，显示了阿昌族比较浓厚的家庭观念。《绯花衣》的故事中，阿昌族少女腊乖聪明、孝顺，她发明了一种美丽的五彩斑斓的衣服——绯花衣，故事中少女腊乖的形象是那么鲜明美好，她创造了一种独具特色的民族服饰，并通过给死者穿上这种色彩鲜明的衣饰的做法，达成了族人想要与死者亲人在阴间相认的意愿，她是阿昌族某种特定的服饰习俗和丧葬习俗的发明者。《绯花衣》表明了阿昌族对女性的聪明才智和孝道是给予充分肯定的，同样体现了阿昌族对女性的尊重。而绯花衣的原料是来自自然界的花草所榨成的汁液，形成一种天然的染色剂用于衣物的染色，这说明早期的阿昌族女性已经懂得利用自然物从事手工业，对自然有了更为自觉的利用意识。人类能够熟悉并掌握自然物的属性和特性，来为我所用，显现出更高层次的驾驭自然的能力，是有利于人与自然的双赢和共同发展的，从这个意义上说，穿绯花衣这种丧葬习俗是隐含着生态文化的意蕴的。

另外，从生态女性主义的视角来看，反对"人类中心主义"和反对"男权中心主义"是紧密相连的，阿昌族丧葬习俗故事中对女性的聪明才智、重情重义等美好品质的赞颂，并给予女性与男性家庭成员平等的且更具性别特征的丧葬方式，体现了追求人与自然各要素平等共存的生态整体论思想。生态女性主义的基本内涵是反对"人类中心主义"与"男权中心主义"，认为人类社会像压榨自然一样压榨妇女，将自然与妇女都置于被奴役被驱使的位置上。由此，对待自然的"人类中心主义"也自然地导致了男权中心主义，"男权中心主义"可以说是"人类中心主义"的派生物。生态女性主义所追求的生态理想社会就是自然权利和女性权利的同时实现。在阿昌族的丧葬习俗故事中，女性的地位、贡献、才能、情感等得到充分肯定，并在死亡这一终极问题上，给予了女性同等的且更符合女性性别特征的丧葬习俗。这种尊重女性、平等看待女性的思想，在无意识中实现了女性权利，并进而实现了自然的权利。生态女性主义是生态文化的构成部分，习俗故事中包含着生态女性主义思想即包含着生态文化的理念。

综上，阿昌族的习俗传说故事类型多样，有生产习俗传说故事、节日习俗传说故事、丧葬习俗传说故事等多种类型，这些习俗传说故事详细全面地反映了阿昌族独具特色的民俗文化，同时也蕴含着丰富而深刻的生态文化观念。习俗故事是了解阿昌族民俗文化和生态文化的一面镜子，它使本民族的优秀文化得以传承,让其他民族的人更容易了解神秘的阿昌族文化,并体味其中蕴含着的值得为现代社会借鉴的生态文化思想。

第三节 普米族习俗传说故事中的生态文化内涵

普米族的习俗文化丰富多彩且颇具民族特色,解释习俗文化的习俗传说故事亦是涵盖广泛、类型多样。其习俗传说故事以节庆习俗故事、丧葬习俗故事、生活习俗故事最具民族特色,这三类习俗故事和普米族人民的生活息息相关,具有文学、美学、民俗学、历史学等多方面的价值,对于我们了解普米族的古老历史和民间习俗,具有重要的参考价值。在节日习俗故事中,普米族比较有代表性的是转山节、七月半节、娃娃节等节日的传说;在丧葬习俗故事中,"给羊子"、"死扣"、送披毡、墓前插柳等习俗传说颇具民族风情;在祭祀习俗故事中,祭三脚、祭猎神、祭"括鲁"石等习俗故事,将民间信仰与民风习俗有机结合。普米族各类型的习俗传说故事中不仅包含着古老的历史与习俗,同时还具有现代的生态文化的思想,潜移默化地影响着普米族的自然观和生态观。

一、节庆习俗故事中的生态文化内涵

普米族的民族节日有转山节、七月半节、娃娃节等,每个节日都有着独特的节庆习俗。转山节是在农历的七月十五这天,普米族先民带上祭祀物品前往山头祭祀山神,祈祷山神保佑百姓吉祥安康;七月半节在农历七月初一至十五举行,是普米族的祭祖节,祭奠祖先、缅怀先人并求祖先保佑;娃娃节在三月初八举行,届时孩子们背上食物到山上野餐做游戏,据说这样能使他们长得更健壮。这些节日都有相应的解释其来历的传说。

(一)转山节习俗传说故事及其生态意义

转山节是普米族和摩梭人共有的节日,《转山节的传说》流传于云南省宁蒗县普米族聚居区。故事讲述的是:

古时候,妖怪到处吃人,人们过着朝不保夕的日子。天神发现人间的灾难后,派很多天兵天将下凡,将妖怪全消灭了。天兵天将觉得人间山川秀丽、土地肥沃,就要求天神让他们留下来。天神同意。于是天兵变成了山神,天将则变成山菩萨。山神和山菩萨每年都要定期进行射箭、赛马、摔跤、打靶比赛。谁在比赛中获胜,他所管辖的村寨便会粮丰畜旺;反之,他辖区内的村民就灾难重重。普米族先民便在每年的农历七月十五,以村寨为单位,背上食物去山脚祭拜管辖自己的山神,祈盼他取胜而归,给大家带来吉

祥。久而久之，这种活动演变成了转山节。①

这则传说故事解释了转山节的来历，也交代了转山节节庆活动的内容，如进行射箭、赛马、摔跤、打靶等比赛，背上食物去山脚祭祀山神等。故事将生态寓意与民俗展示相结合，以节庆习俗来传达朴素的生态观念。天兵天将以及由他们变化来的山神和山菩萨，是有利于人类的自然力的化身。人间社会需要这些具有超能力的自然神祇的护佑，普米族在转山节期间举行的食物祭祀、各类竞技比赛都是为了取悦山神、取悦神圣的自然界，以获得吉祥安康的生活。这些节庆习俗的产生，实质上是源于人类对自然界的敬畏，对神秘自然界的仰望。山神是人们将自然界的力量神化的产物，被赋予了人类无法企及的超能力。虽然这种神化不乏迷信色彩，但却隐含着普米族先民敬畏自然、以自然为神祇的非人类中心主义的生态观念。

（二）七月半节习俗传说及其生态寓意

七月半节是普米族的比较重要的悼念逝者的节日，流传于云南兰坪县普米族聚居区的习俗传说故事《玛丽妞和月半节》，对这一节日习俗的来历作出了解释。故事开头交代了七月半节的时间和具体的祭祀习俗："每年农历七月十四，普米人将扎好的纸亭子和金银纸，送到寨子边的小溪旁，用火点燃后放在溪水上烧，烧化的纸灰随溪水漂流，送给死去的亲人。这一天就是月半节。"②接着讲述了七月半节的来历，其情节梗概为：古时候有一对普米族夫妇，生了一个女儿叫玛丽妞。玛丽妞长大了，生得如花似玉。有一天，她把羊群赶到山神住的那个山梁上去放，中午时分一只大鹰飞到她身旁，到傍晚时分都不离开，玛丽妞有些害怕，那个大鹰对她说，它看中了玛丽妞，要玛丽妞嫁给它。玛丽妞回到家中，将这件事告诉了爸妈。爸妈让她答应大鹰，但条件是要把金子和银子从门口铺到堂屋。第二天，大鹰又一次来找玛丽妞，玛丽妞就把父母提的条件告诉了大鹰，大鹰听后，就消失了。第三天，正是七月十四，早上玛丽妞的父母起床开门时，看见从大门到堂屋全是金子和银子，急忙去喊玛丽妞，可是这时的玛丽妞静静地躺在床上，已经死去了。父母伤心痛哭之后，去搬那些金子和银子，发现它们都是纸做的，后来神灵托梦告诉他们，那只求婚的大鹰是山梁上的山神，这些金子和银子是送给玛丽妞享用的。

故事的结尾说道：这天，全寨子的人来到玛丽妞家，扎了纸亭子，把大鹰

---

① 普学旺：《云南民族口传非物质文化遗产总目提要 · 神话传说卷》（下卷），云南教育出版社 2008 年版，第 225 页。

② 王震亚：《普米族民间故事选》，上海文艺出版社 1994 年版，第 300 页。

送来的金银纸,一起运到寨子边的小溪旁,烧成灰;让这些纸灰,随着小溪里的净水漂去,漂到九江大海,漂到普米人的亲人那里。从此,每年农历七月十四,成了普米人思念亲人的"月半节";特别是当年有亲人去世,月半节就过得更隆重。①

这则七月半的传说故事交代了普米族在七月半扎纸亭子、金银纸,在小溪边烧成灰顺水流去祭祀亲人的习俗的来历。这些习俗是建立在"灵魂"观念基础上的,因为相信人死后有灵魂,有和活着的人一样的需求,才会有扎金银纸祭祀亲人的习俗。这种习俗展现了对生命的尊重,对血缘亲情的重视,人是生态系统的重要组成部分,对逝者的缅怀有利于维系家族的稳定性,强化家族和族群观念。家庭是基本的社会组织,家族的稳定和延续会直接影响社会的和谐与安定,从社会生态的角度来看,这种强化血缘与亲情认同的节日祭祀习俗是具有一定的进步意义的。

（三）娃娃节的习俗传说及其生态寓意

流传于兰坪县的《娃娃节的来历》,是一则解释性的习俗传说故事。故事在彰显民俗文化特色的同时,也蕴含着生态文化的理念。

故事开头交代了普米族从前恶劣的自然环境导致人们饱受风湿病折磨的情景:"普米族有个娃娃节,它的来历传说与'阿根打虎'有关。早前,我们普米人住的地方,气候很坏,从春夏到秋来,天就像被捅了洞似的,整天整夜阴雨下个不停。到了隆冬天,到处又盖着厚厚的冰雪。一年三百六十五天,普米人没过个温暖干燥日子,风湿病折磨得人死去活来,多少寨子几乎灭绝了。"②接着具体讲述主人公阿根打虎的故事:有个叫逼井冷的寨子,住着一个叫阿根的少年,他虽然只有十三岁,但是聪明伶俐,身强力壮,是阿爸阿妈的好帮手。这年的三月初八,他领着年幼的弟妹上山捡柴,突然一只老虎跳出来要吃他们。阿根毫不畏惧,他趁老虎东张西望的时候,对准老虎的额头猛地一击,就把老虎打倒在地。原来阿根击中的是老虎的"太阳穴",把老虎打晕过去了。阿根趁老虎晕倒又对着老虎的头部一顿猛击,终于把老虎打死了,兄妹三人拖着死老虎回到寨子里。

故事结尾讲到娃娃节的具体的节庆活动:按照普米族的习俗,阿根把老虎的骨肉,给全寨每家都送了一份。说也奇怪,寨里的普米人吃了虎肉虎骨,风湿病都好了,病痛也没有了。于是,阿根打虎的故事,传遍普米山村村寨寨。后来,每逢农历三月初八,就成了普米族的"娃娃节"。每到这天,普

① 王震亚:《普米族民间故事选》,上海文艺出版社1994年版,第301页。
② 王震亚:《普米族民间故事选》,上海文艺出版社1994年版,第315页。

米山寨的孩子们都要挎上小竹箩背篓，背上炖熟的猪脚、猪腿、鸡蛋、粑粑，赶着牲口，蹦蹦跳跳地去到山上，围在一棵大树下吃野餐，玩着有趣的游戏。据说这样，能使孩子们长得健壮，给寨子里带来欢乐和幸福。①

这则习俗传说故事虽然主要是讲述了阿根打虎的故事以及由此形成的娃娃节的相关节日习俗，但人与自然的关系也是贯穿始终的线索。故事开头就交代了普米族从前恶劣的生存环境，因为气候阴冷潮湿、多雨多雪，很多人得了风湿病，天人关系极不和谐，人与自然紧张的关系成为故事发生的背景。正是在这样的生态背景之下，阿根打死了老虎，把虎骨肉分给了寨子里的人，治好了困扰当地普米人多年的风湿病的英雄事迹，才更加为人所敬仰和赞叹。而少年英雄阿根打死老虎并用虎骨治好风湿病的情节，也意味着人类逐渐摸索出治愈自然界给人类带来病痛的智慧，取之于自然，用之于自然，用自然界的虎骨治愈自然带来的伤害，可谓相克相生，最终的结果是达成人与自然的和解。在传说故事中，娃娃节是为了纪念娃娃英雄阿根而形成的，后来演变为祈望所有的普米族娃娃都能像阿根一样健壮、健康成长的节日。儿童是一个民族的未来，儿童健康成长，一个民族才能不断地繁衍壮大，娃娃节的产生体现了普米族对儿童的重视和朴素的以人为本的观念。人是生态系统的重要构成部分，儿童能健康成长，整个人类社会才会不断向前发展，人的完善发展是生态系统存在和发展的基础，生态文化反对人类中心主义，但从未否定人类的存在价值和积极作用，而是强调人与自然的和谐共存。只有人类健康发展，包括自然在内的生态系统才会均衡发展。因而娃娃节的生态文化意蕴也是显而易见的。

二、丧葬习俗故事中的生态文化意蕴

普米族富有民族特色的丧葬习俗主要有“给羊子”的送魂仪式和墓前插柳缅怀亲人的习俗等，这些丧葬习俗大都来源于万物有灵的民间信仰，“灵魂”观念是普米族丧葬习俗产生和存在的思想根源。正因为相信人死后有灵魂，才会有送亡魂、祭亡灵、慰亡灵的丧葬习俗，因而普米族的丧葬习俗从产生之初就与原始宗教的信仰文化结下了不解之缘。而解释丧葬习俗来历的传说故事在使仪式化的丧葬习俗带有人性化色彩的同时，亦传达着原始宗教的思想理念。原始宗教某种意义上是来源于人类对于自然的恐惧和敬畏，包含着对人与自然的生态关系的思考，由于丧葬习俗故事与原始宗教的密切渊源，自然也会有生态文化的思想渗透其中。

① 王震亚：《普米族民间故事选》，上海文艺出版社 1994 年版，第 316 页。

（一）“给羊子”的习俗传说故事

“给羊子”是普米族葬仪中最隆重的仪式，是指普米族的人死后，要由晚辈或直系亲属精心挑选一只羊，由这只羊代替死者，师毕（巫师）把羊杀死后，将羊心取出供奉，接着便给死者唱指路经，指引亡灵返回祖先的发源地的送魂仪式。普米族民间流传着《给绵羊的来历》《“给羊子”的来历》《“给羊子”的由来》等多个习俗传说故事。这些故事从内容到形式都有所不同，但反映的主题是一致的，即普米先民的生活和绵羊有密切的关系。

《“给羊子”的来历》和《给绵羊的来历》两则故事内容基本相同，开头都解释了“给羊子”葬俗的含义：普米族在丧葬时，要举行“给羊子”的隆重仪式：师毕（巫师）向死者交代归宗路线，并给一只绵羊为他带路，让死者回到祖先的故地。在举行仪式时，死者家属让羊子喝酒，然后师毕把羊子杀死，将羊心取出放在灵桌上，接着给死人念引路经。①

接着讲述了“给羊子”的来历，是源于两兄弟西天取经的故事，其概要是：普米族两兄弟去西天取经，兄弟俩历经千辛万苦取到了经。在回家的路上，他们经过一个大山谷，那里长着茂密的竹林，竹子比水桶还要粗，白天在太阳的暴晒下裂开，太阳落山后又会慢慢合拢，这山里的蚊子和跳蚤都特别大。晚上两兄弟在山里过夜，弟弟怕被蚊子和跳蚤叮咬，就在日落前躲进一棵裂开的竹子里。他劝哥哥也躲进竹子里，但哥哥仗着有宝剑和弓箭，不愿躲进竹子里。到了半夜，巨大的食人蚊子和跳蚤将哥哥咬死了，弟弟听到哥哥的惨叫想出来相救，但是竹子合拢得严严实实，他出不去。到第二天天亮，弟弟从竹子里出来，见到哥哥被咬的只剩下骨头后痛哭一场，他把骨头埋葬后继续往家里走，但走了半天又莫名其妙地回到了竹林，如此反复了好几次。弟弟想一定是哥哥的阴魂不愿独自留在此地，便把哥哥的骨架挖出来挑着回家。一位放羊的老人见他挑着沉重的担子，就送来一只羊给他，羊帮他把哥哥的骨头驮回了家。后来，普米人都要给死者举行“给羊子”的仪式，请羊把死者送回故里。

在这两则故事中，羊子和普米族的关系是羊子帮助普米人将亲人的尸骨驮回了故乡，对普米人有恩。在另外一则给羊子的习俗故事《“给羊子”的由来》中，羊和普米人的关系是普米人救了羊，羊为了报恩，承诺可以将羊心掏出祭祀死者。这则故事讲道：

古时候，天下共有 1500 只羊，它们每天在山坡上吃青草，过着无忧无虑

---

① 王震亚：《普米族民间故事选》，上海文艺出版社 1994 年版，第 281 页。

的日子。一年春天,有一对老狼在山洞里生了九只小狼。一天,老母狼外出觅食,发情的羊群互相追逐,把很多石头踩落在山洞中,砸死了九只小狼。老母狼回来,发现孩子们惨死在洞内,便邀约来很多狼友吃羊,发誓要把羊群消灭掉。日复一日,羊越来越少,最后只剩下九只。它们请喜鹊、乌鸦来保护自己,但还是有六只羊没能逃脱狼口。不久,剩下的三只羊又遭到狼群追捕。这时来了九个普米族猎人,帮助羊们打死了狼。为了感激猎人,羊承诺,从今往后,人可以剪羊毛织布缝衣,可将羊心掏出祭祀死者。于是普米族就兴起了“给羊子”的葬礼仪式。①

这些“给羊子”的葬俗传说故事,虽然内容有所不同,但情感指向是一致的。无论是人在困境中得到羊的帮助,将逝者的尸骨安返故乡,还是讲人类于危难中救助了羊,羊便以身心作为报答,都指向了一个共同的情感,即普米族与羊之间有深厚的情谊,关系亲密融洽。在这些传说故事中,人不是高居于羊群之上,羊也不是令人敬畏的神灵,普米人视羊为朋友。羊群是普米族先民的财富,是其衣食的主要来源,是普米人生活中的支柱性的存在,与普米人存在着密切的相互依存的关系。因而人死后,把和普米人关系最密切的生物——羊作为死者的化身,作为死者的引路者,也就是很自然的事情了。普米人与羊和谐共生的关系,是给羊子葬俗的情感来源,给羊子的葬俗故事传达了人与动物相互依存、相互帮助、相互感恩的和谐的生态关系,体现了生态文化的思想理念。

(二)插柳思亲的丧葬习俗故事

在普米族的葬俗中,墓前插柳缅怀亲人的习俗别具特色。流传于云南兰坪县普米族聚居区的《墓前插柳思亲人》的习俗传说故事,解释了这一习俗的由来。

故事讲述的是:从前有一对夫妻,生了两个儿子。后来丈夫死了,妻子独自一人起早摸黑地辛勤劳动,供两个儿子读书。十多年后,大儿子考中状元,当了柳岛的总兵。母亲思儿心切,带着小儿子千里迢迢去寻亲。他们来到总兵衙门口,被门卫当成叫花子赶走了。当母子俩第三次求见时,门卫才报告了总兵。总兵吩咐保镖去看看,保镖又把母子二人吓跑了。母子俩躲进了柳林深处,总兵的手下在林中寻不到他们的踪影。后来总兵下令放火,想用火把母亲和弟弟赶出来,不料却把他们烧死了。他追悔莫及,用鲜花和柳条覆盖在亲人的坟上,借以表达对他们的思念之情。从此,插柳缅怀亲人

---

① 普学旺:《云南民族口传非物质文化遗产总目提要·神话传说卷》(下卷),云南教育出版社2008年版,第227页。

的习俗就在普米族地区流传下来。①

在故事中，普米族插柳思亲的缅怀亲人习俗的由来，可以理解为大儿子当的是柳岛的总兵，而母亲和小儿子最后被烧死的地方是柳林，一家人中无论生者和死者都与柳林有不解之缘，所以用柳枝来祭奠亲人是情理之中的事。插柳思亲的故事体现了普米人浓厚的家庭观念和亲情意识，尽管这个故事中的母子三人因为各种误会而以悲剧收场，但故事着力弘扬的是孝道、亲情以及生者对逝去亲人的缅怀和纪念，这是故事的主旨。从社会生态来看，对孝道和亲情的重视，是人伦社会重要的行为准则和道德标准，家庭是最基本的社会组织，家庭和睦、母慈子孝，社会才能和谐发展，由人、自然、社会构成的生态系统才会稳定均衡地向前发展。另一方面用鲜花和柳枝祭奠亲人的习俗，也体现了文明祭祀、节用节葬的生态文化内涵，与某些奢侈、摆排场且带来较大的资源浪费和环境污染等问题的厚葬和祭祀相比，插柳思亲的祭祀之风更生态、更环保。

普米族的丧葬习俗故事，无论是解释"给羊子"的送魂仪式的《"给羊子"的来历》，还是讲述插柳思亲祭奠习俗的《墓前插柳思亲人》等故事，都是在以一种群众喜闻乐见的传说故事形式，来传达本民族独特的丧葬习俗。这种讲故事的形式，将原本稍显阴森恐怖的直接面对死亡的丧葬习俗，变得有人情味，不再那么冰冷，颇具温情脉脉的人间烟火的气息。可以说传说故事和习俗是相辅相成的，习俗是故事存在的基础，故事则使习俗更生动可感，促进了人们对习俗的了解与传承。普米族的丧葬习俗故事，在帮助人们了解习俗来历的同时，其生态指向亦是明确的。

丧葬习俗故事在习俗类型故事中是一个独特的存在，因为它与死亡这一终极问题直接相关，真实反映了一个民族对死亡、生与死等重大问题的认识与思考。普米族的丧葬习俗反映出该民族对死亡的认识是建立在"人有灵魂"、"万物有灵"的原始宗教信仰基础之上的：给羊子的送魂习俗故事说明普米人认为人有灵魂，死后要把人的灵魂送回到故乡，羊亦有灵性，它们帮助普米人把亡灵送回祖先的所在地；插柳思亲的故事则意味着柳树能寄托人们对亲人的哀思，柳树是自然之物，人是自然之子，用插柳来思亲反映了普米人对自然的如同亲人般的亲切与敬重。万物有灵的原始宗教信仰所包含的自然崇拜、祖先崇拜等观念，深刻影响了普米族的丧葬习俗，因万物有灵而产生的对自然的尊重与敬畏，也使普米族的丧葬习俗故事具有了生

① 普学旺：《云南民族口传非物质文化遗产总目提要·神话传说卷》（下卷），云南教育出版社 2008 年版，第 228 页。

态文化的意蕴。

三、生活习俗故事中的生态文化内涵

普米族有很多独特的日常生活习俗，这些习俗和人们的生活密切相关，反映了普米族的生活方式和风俗习惯，这些约定俗成的生活习俗，潜移默化地影响着普米族的社会心理和精神世界。解释性的生活习俗故事也因此具有了文化内涵和情感指向，其中蕴含的生态文化内涵尤富启示性。

（一）敬猫敬狮的习俗故事中的生态文化内涵

在日常生活中，普米族对跟本民族有密切渊源的动物很敬畏，其中猫和狮子是备受普米族爱护和尊敬的动物。流传于宁蒗县普米族聚居区的《敬猫的来由》和流传于兰坪县的普米族中的《普米人为何敬狮子》，分别讲述了普米人敬猫和敬狮的由来。

《敬猫的来由》讲述的主要内容是：从前人间有个人神，阴间有个鬼神。人神有个非常漂亮的妻子，她才貌双全、聪明能干，鬼神看中了她，一心想霸占她。一次人神有事要到天上，临走时告诉妻子，自己要过很长一段时间才能回来。鬼神抓住这千载难逢的机会，变成一只蜜蜂，整天缠着人神的妻子，并用一阵大风把她卷到了阴间。但无论鬼神怎样巴结或威逼利诱，人神的妻子都不为所动，鬼神就把她关进了阴暗潮湿的牢房。而人神从天上回来，得知妻子被鬼神抓去的消息后，就背起弓箭去寻找。人神历经千辛万苦终于来到阴间，他遇到了一个给鬼神家放猪的老太太，得知妻子被关在牢房内。人神用计谋战胜了鬼神，救出了妻子。鬼神被杀死了，但是他的头发、四肢、骨骼却变成了老鼠，三年后人间到处布满了老鼠，它们无恶不作，危害人间。人神要求兽神出面制裁老鼠，兽神便给了人间三只猫，教人们用猫来捕鼠。结果兽神给的三只猫，在回来的途中，一只猫钻进了无边的森林，变成了老虎；另一只猫跳进水里，变成了水獭；只有一只猫顺利来到人间。猫在人间繁殖后代，捕捉老鼠，没过几年老鼠几乎都被猫捕光，人们终于过上了安生日子。

在《敬猫的来由》的故事结尾，讲了普米人敬猫习俗的具体表现：“一直到今天，普米人家对猫还很尊敬，把它视为神兽。每年过年过节，总要先让它吃一些好的东西。在那神圣的詹巴腊①后面，也只有猫才有权利在那儿悠闲自在地来往。”②

① 三脚后用来供灶神敬食物的石台。

② 王震亚：《普米族民间故事》，云南人民出版社1990年版，第135页。

在这则故事中，猫有恩于普米人，被普米人视为神兽。它为普米人消除了鼠患，让人们过上了安宁的生活，所以在普米人的日常生活中产生了敬猫的习俗，只有猫可以在神圣的祭台后面自由来往，无论节日还是平时，猫都受到普米人的尊敬。这种习俗反映了普米族对自然的感性认知：在由人与自然构成的生态系统中，自然物或自然力的作用不可或缺。面对像鼠患这样的自然灾害，人常常无能为力，只能用一物降一物的自然法则去战胜自然给人类带来的灾难。鼠患是由自然界引起的，它最终也被自然界（猫）所平息。自然能够给人类带来灾难，同时自然也能消除这些灾难。普米人对猫的尊重，实际上也反映了他们对自然界的人类力所不逮的能力的敬畏，这其中的生态寓意是十分鲜明的。

《普米人为何敬狮子》的故事讲述了普米人的敬狮习俗。故事的主要内容是：古时候，有个普米族村庄附近的高山上住着八个妖怪，它们下山伤人害畜，弄得人心惶惶。仙人们知道这个事情后，就派了一头狮子下凡来救普米人，狮子将这些妖怪都赶跑了。八个妖怪走投无路，就想出一个办法，让一个妖怪装成耍狮人，到街上买来一个绣球和狮子玩耍。诡计多端的妖怪把绣球抛到海里，狮子为追绣球掉进海里，被龙王抓住关了起来。那以后，妖怪们又横行起来。有个普米族小伙子决心去海里把狮子救出来去赶走妖怪，他历尽艰险，翻过了三座高山，打死了要伤害他的猛虎、毒蛇，终于来到了东海边。在虾兵蟹将的帮助下，小伙子终于救出了狮子。狮子驮着他回到村里，最后消灭了八个妖怪。从此，狮子便永远留在村寨里，普米人很崇敬它，它一直保护着普米人的安全。

这个故事一方面歌颂了普米族小伙子的勇敢无畏的精神和为民除害的英雄气概，另一方面也赞美了狮子为普米族赶走妖怪保护了普米人安全的功绩。故事中的狮子是被神化的形象，身为百兽之王的狮子在人们心目中是拥有斩妖除魔能力的神兽。普米人将自身无法企及的超能力寄托在狮子身上，赋予它超自然的能力，这种神化也是基于现实中对狮子百兽之王的能力的敬畏。普米人对狮子的崇敬，客观上反映了该民族对自然物的敬畏，具有生态文化特征。

（二）祭三脚与“括鲁”石的习俗故事中的生态文化内涵

普米族有祭火塘和括鲁石的习俗，普米族较原始的火塘是三块烟熏火燎的石头，比较先进一点的也不过是一个乌黑的铁三脚。火塘的正上方有一块长方形或圆形的白色条石，普米语称为“括鲁”，括鲁石是历代祖先的化身，普米族每日三餐前要祭括鲁，平时简单祭祀，节庆时隆重祭祀。祭三脚和括鲁石的习俗，对普米族人来说不仅是一种祭祀习俗，更是日常生活中不可缺少的生活习俗。一般的祭祀习俗是只限于节日和特定的日子进行，而祭三脚和括鲁石的习俗则是每天都在进行的，融入普米人日复一日的日常生活中，成为一种不可或缺的生活习俗。《括鲁石的来历》和《祭三脚的故事》《祭三脚的来历》等习俗故事，讲述了普米族祭括鲁石和三脚习俗的来历。

《祭三脚的故事》的主要情节是：相传古时候在普米族老祖宗居住的地方，曾经有一个无恶不作的“冬应”①，他专在大路上抢劫出嫁的姑娘。抢来的姑娘或者被他玩弄或者被他吃掉，普米人恨不得生吞活剥了他。有个叫毕丽妞的女孩子出嫁时，阿爸取出祖先传下来的宝玉镯戴在女儿手腕上，以保佑她能平安到婆家。送亲那天，冬应果然要抢走毕丽妞。毕丽妞的爸爸怒火中烧，和冬应奋勇搏斗。眼看就要被冬应掐死，老汉忙叫女儿把宝玉镯甩过来，玉镯如同长了眼睛一般套在冬应的头上，它喷出火焰，裹着冬应的身子熊熊燃烧，冬应抱着老汉死不松手，火熄灭之后，冬应和老汉都被烧成了灰烬，宝玉镯变成了一盘铁三脚。毕丽妞哭得死去活来，这时候，铁三脚说话了，它说妖怪已除，希望女儿和乡亲们好好地生活。乡亲们怀着崇敬的心情祭奠老汉的亡灵，祭完回到家，他们发现家家户户的灶上都有一个铁三脚。

故事结尾讲述了祭铁三脚习俗的具体表现形式：“普米人为了感激老汉为民除害，让他们过上好日子，就把铁三脚当作全家的守护神。早晨煨头罐茶要先祭三脚才能喝；新酿出的头道黄酒，要先敬了三脚才能饮；杀了年猪要先敬三脚后才能吃。传统节日要祭三脚，婚丧嫁娶也要祭三脚，所有普米人的言行举止、生活起居，只要在三脚周围，都有很多禁忌。从那以后，普米人就兴起了很多祭三脚的规矩习俗，一代一代传到今天。”②

除了《祭三脚的故事》外，普米族还有《祭三脚的来历》等习俗传说故事，这些故事在内容上都大同小异。通过普米族的这些祭三脚的习俗故事，我们不仅可以从叙事层面浅显地了解祭三脚习俗的来历，而且还能从纵深层面体悟故事所蕴含的文化意蕴。祭三脚的习俗体现了普米族的祖先崇拜和自然崇拜的文化心理，深刻影响着普米族的生活方式和精神世界。

《括鲁石的来历》讲述的是普米族祭括鲁石的由来，同样反映了普米族的祖先崇拜观念。故事讲述的是：普米族的祖先原来住在昆仑山下的大草原上，过着游牧生活。当时他们常遭受外族的抢劫，大家在惊恐和苦难中过

① 普米语，魔鬼、妖怪。
② 王震亚：《普米族民间故事选》，上海文艺出版社 1994 年版，第 285 页。

日子。有一年,侵略者又来到草原烧、杀、抢。他们的行为惹怒了昆仑山神,顿时山摇地动,石崩崖倒,整座昆仑山飞腾起来,然后从空中落下,把侵略者全压死了。昆仑山移动了位置,恰好把普米人居住的草原盖住了。幸存的普米人只好向南迁徙。离开草原前夕,他们把死去亲人的骨头装进羊皮口袋里;另外为了感谢昆仑山神的救命之恩,他们还顺便捡了几块小岩石放进羊皮口袋中。他们日夜兼程,向南方走去。每当他们走投无路的时候,装有祖先骨头和石头的羊皮口袋总会发出指令,告诉大家克服苦难的办法。普米人最后找到了宁蒗这块乐土,在这里定居下来。后来人们打开羊皮口袋,准备将亲人的骨头拿出来掩埋,可骨头和石头已经融为一体。他们只好把混合物取出来,将她们称为"括鲁",供在家中最显眼的火塘边,随时接受祭拜,神圣不可侵犯。①

这则习俗传说故事告诉我们,为了纪念祖先的恩德和感念山神的保护,普米族有了供奉括鲁石并随时祭拜的祭祀习俗。故事鲜明地体现了普米族的祖先崇拜、山神崇拜、石崇拜的观念意识:把祖先的骨头和昆仑山的岩石放进羊皮口袋,每当有困难时,羊皮口袋就会发出指令,帮助普米人渡过难关,这个细节表明普米人相信祖先和昆仑山神一直保佑着普米人,在危机时刻帮助他们战胜困难,祖先与山神是他们的守护神,他们对祖先和山神充满崇拜和敬畏;把祖先的骨头和石头的混合物"括鲁"供奉在火塘边,随时祭拜的习俗,说明祖先崇拜和自然崇拜的观念已经深深地植根于普米人心中,并以世代流传的习俗形式强化了这种崇拜观念。

普米人祭铁三脚和括鲁石的习俗故事,形象传达了该民族根深蒂固的祖先崇拜和自然崇拜的观念。铁三脚和括鲁石作为祖先和自然的化身,受到供奉和祭拜,体现了普米族对自然的崇拜和敬畏。这些习俗故事一方面表明他们对自然神祇的超能力充满敬畏,另一方面也表明他们希望通过供奉祭祀的行为祈求自然神的保佑和赐福。这种对自然的崇拜和敬畏虽包含着迷信色彩,但在人与自然的关系认知上,心存敬畏,可以让人类少受一些"人类中心主义"的狂妄自大观念的影响,有利于生态系统的和谐发展。

(三)反映生活智慧的习俗故事中的生态文化内涵

普米族的生活习俗故事中,有一类是反映人们应对自然灾害的生活智慧的故事,这类故事因直接与自然相关,其中蕴含的生态文化理念尤为鲜明突出。广泛流传于民间的鸣枪驱雹和普米不兴卧地喝水的故事,是比较有

① 普学旺:《云南民族口传非物质文化遗产总目提要 · 神话传说卷》(下卷),云南教育出版社 2008 年版,第 223—224 页。

启示性的生活习俗故事。

流传于云南省兰坪县普米族聚居区的《鸣枪驱雹的来历》和《打火炮的来历》,讲述了普米族打火枪防冰雹的生活习俗,这两则故事内容基本相同,大意是:

从前,有个普米族小伙子整天东奔西走,为民排忧解难。一天晚上他走进一间山神庙住宿。睡得迷迷糊糊的时候,听到龙王三太子和山神的一段对话。龙王三太子向山神老爷借锣鼓用,山神问他借锣鼓做什么,三太子说他明天要去山那边的村寨收粮食,要借锣鼓用用。小伙子明白了,原来是龙王三太子要在山那边的村子打雷下冰雹,老百姓要遭殃。小伙子连夜赶到那个村子,把村民召集起来,问他们是否每年这里都要打雷下雹子。村民们告诉他,这个村庄每年都打雷下雹,村民们辛苦种的粮食被冰雹打掉,经常吃不饱。小伙子把在庙里听到的话告诉了村民,村民们都请他想办法帮忙。小伙子给村民出了个主意:让他们准备七支火药枪,把一支筷子斩成七节,每支火药枪里插进一节,打雷闪电时,就朝黑云放枪。第二天果然电闪雷鸣,黑云遮日。村民们举起火药枪一齐朝黑云聚集的天上打,整整打了二十一枪,黑云终于消散了,庄稼保住了。村民们非常感激小伙子,求他留下来当头。小伙子婉拒了村民的盛情,夜里又回到山神庙里睡。半夜时候又听到龙王三太子来找山神还锣鼓,三太子告诉山神,不但锣鼓被打破了,他自己的脚也被打断了一只,那个村子的老百姓太厉害了。山神对三太子说以后就不要去那个村子了。第二天,小伙子跑到龙潭去看,水面上还漂着一层鲜血,危害老百姓的龙王三太子受到了应有的惩罚。自那以后,打火枪驱雹的规矩就传了下来。

鸣枪驱雹的生活习俗故事,包含着普米族先民应对自然灾害的生活智慧。下冰雹被想象成是龙王三太子的兴风作浪,电闪雷鸣被想象成是山神的锣鼓敲响。下冰雹是自然界的神祇在危害人类,面对自然界强加给人类的灾难,普米族的先民想出了用火药枪朝黑云射击来驱散冰雹的科学方法。这表明普米族在长期与自然打交道的过程中,形成了颇具智慧的与自然的相处之道:一方面是感恩自然界的丰厚馈赠,慑服于自然界人力所不能企及的巨大力量,从而感恩自然、敬畏自然;另一方面是当自然界危及人类时,积极探索化解危机的方法,积累应对自然灾害的经验与智慧,从而战胜自然、把握自然。应该说二者是普米族生态文化的两个不同侧面,而且后者更能体现和发挥人的主观能动性,只有人类掌握了应对自然灾害的经验和智慧后,人与自然的关系才能获得均衡发展,共同维护生态系统的和谐与稳定。

不兴卧地喝水的生活习俗同样是反映了普米族在与自然共处的过程中

形成的生存智慧与经验。流传于云南省宁蒗县普米族聚居区的习俗故事《普米不兴扑卧地上喝水》,解释了这一习俗的来历。

故事讲述的是:早前,普米人进山打猎都带着炒好的苞谷籽。撵山跑饿了,就喝点山泉水,吃点苞谷籽充饥。一天,有个普米族猎人撵了几座大山,口渴得很,他到处找水找不着,走了好几条山箐,最后来到一个山涧水塘边。他饥渴难忍,立即扑卧地上把嘴伸进水塘里就大口大口地喝起来。喝着喝着,突然看见清澈的水塘里映出一只张着血盆大口的老虎。猎人转过背一看,果然是一只大老虎正恶狠狠地看着他。普米猎人暗想,来者不善,忙请求说:"大虎,你要吃我吗?请先等等,让我吃过中午饭后你再吃吧。"大虎一声不吭端坐一旁,睁着一对大眼,冷冷地看着猎人吃午饭。猎人掏出苞谷粒,一颗颗慢慢嚼着,老虎在一旁等着。左等右看,老虎心里开始疑惑起来:看他喝水的样子不是人,看他吃东西的样子又是人。老虎是怕人的。它想:如若是人,那就不是我吃他,倒是他吃我了。老虎这样想着的时候,普米猎人侧身用双手捧着泉水喝了一口,老虎就清醒过来,知道他真的是人,于是吓得雷吼一声。这一声,也吓得猎人浑身冒冷汗,苞谷籽掉了一地。待他仔细看时,老虎已逃进老林里去了。从那以后,普米人立下个规矩,不论在山林野外多饥渴,都不兴扑卧在地上喝水。①

通过这则故事,我们了解到普米人不准扑卧到地上喝水的生活习俗,是来源于人与动物打交道中形成的经验教训。普米族先民在山林中主要靠打猎为生,山林中的飞禽走兽是他们的猎物,同时这些猎物也随时可能威胁普米人的生命,普米人与各种动物共存于山林之中,形成一种相克相生、相互依存的关系。人类面对比自己凶猛得多的老虎等猛兽,要战胜它们,只能通过智取。这则故事中的猎人之所以险些遭遇猛虎的攻击,是因为他扑卧在地上喝水让老虎误以为他不是人,而他能够脱险,虎口逃生,则是因为他又侧身双手捧起泉水来喝,老虎知道他是人就逃走了,是机智让他获得了生存机会。普米人由此获得了山林野外的生存之道,就是不能扑卧在地上喝水,因为扑卧地上喝水会让山林中的猛兽误把人当成动物而可能招致危险。这种生活习俗显示了山居民族普米族为了适应自然和在凶险的自然环境下获得生存发展而形成的生存智慧。在人与自然共同构成的生态系统中,人类在实践中不断提高与自然共生、适者生存的能力,从生态文化的视角来看,是有进步意义的。

综上,普米族的各类习俗故事不仅为习俗提供了存在的合理依据,而且

---

① 王震亚:《普米族民间故事》,云南人民出版社 1990 年版,第 148 页。

蕴含着丰富的生态文化思想。普米族的节庆习俗故事、丧葬习俗故事、生活习俗故事等展现了多姿多彩、特色鲜明的习俗文化，一个个鲜活的故事背后蕴含着普米族对人与自然的生态关系的深刻理解。各类习俗故事与自然崇拜、祖先崇拜、家族观念、生活经验等相结合，虽各有侧重，但共同指向的是人类如何能够安居于大地之上、自然之中的生态思想和生态智慧。习俗、故事、生态文化三者形成了你中有我、我中有你的相互交融渗透的关系，习俗故事在解释习俗的同时也或隐或显地传达着生态文化的理念，促进了普米族形成适合自身生存和发展的生态智慧，这使得习俗故事不仅具有文学和美学上的价值，也具有了生态文化的价值。

第四节　德昂族习俗传说故事中的生态文化内涵

德昂族的习俗文化多姿多彩，涵盖广泛，类型多样。其习俗包括物质生产习俗、生活习俗、岁时节日习俗、丧葬习俗、人生礼俗等多种类型，几乎浓缩了该民族传统文化的所有层面。在岁时节日习俗方面，德昂族有浇花节、干亭节、咩崩节等富有民族特色的节日；在生活习俗方面有送火魂的习俗；在丧葬习俗方面则有认粪不认坟的习俗。这些习俗都有相应的习俗故事加以佐证。

笔者于2016年到云南省梁河县的德昂族村寨——勐来村委会二古城自然村实地调研，走访当地群众，了解德昂族的民间故事及民俗风情，并到该村极富声望的德昂族老校长赵家祥家中拜访。虽然赵老师因事外出，未能当面请教，但赵老师电话告知他对德昂族文化的研究都在其专著《德昂族历史文化研究》一书中，于是笔者从赵老师儿子手中购得该书。该书是赵老师耗时十多年的呕心沥血之作，因内容的小众化和学术性，目前已停印，实体书店和网上书店均不再销售。笔者有幸得到该书，该书中对德昂族节日文化、丧葬文化及来历传说等有细致的介绍，且多数内容是在网上以及已出版的德昂族文化类书籍中未有记载的，极具史料收藏价值。该书为笔者对德昂族的民俗文化和民间故事的研究提供了宝贵的研究资料，赵老师是土生土长的德昂族人，是文化程度相对较低的德昂人中不多见的“文化人”，对德昂族文化有着深入的了解和体察，其研究成果《德昂族历史文化研究》和汉族学者撰写的德昂族文化研究成果相比，更具真实性和可信度。本节关于德昂族节日习俗和传说故事的文本资料及图片均来源于赵老师的研究成果，笔者进行了一定程度的归纳整理。

根据对德昂族村寨的实地调研和赵老师专著中对德昂族民俗文化、民间故事的介绍，笔者对德昂族的节日习俗、丧葬习俗、生活习俗等有了更直观的认识，并从中获得了很多启发。德昂族的习俗文化不仅具有突出的民俗价值、宗教价值，而且富有生态文化的内涵。

一、德昂族节日习俗故事与叙事结构中蕴含的生态文化意蕴

（一）德昂族的节日习俗与传说故事

1. 干亭节及来历传说

干亭节是德昂族每年开头的第一个节日，按照德昂族的月历是在一月十四、十五举行，按农历为十月十四、十五。干亭节统称更衣节，具体的节庆活动为：十四日白天人们把花架架好，然后在花架上挂上串好的坎算花，花架中间又插上"宗包"（吊伞代替象背上的小亭）和佛披单。到了晚上，由几个男女青年抬着花架齐步行走，众人敲着象脚鼓伴随行走还向花架抛撒着谷泡。从寨头游到寨脚又在那里停下，鼓舞队向花架绕几圈后又返回奘房，然后把宗包和披单放在奘内。第二天，早上给圣佛更衣换单。过干亭节的目的是让圣佛清清洁洁地度过一年，也祝福人们平安吉祥地欢度一年。

图 5.1　干亭节花架

图 5.2　干亭节为佛像更衣换单

图 5.3 干亭节游花夜景

关于干亭节的来历,在德昂族流传着这样的传说故事:在远古时代有个人名叫“召斯探”。他在母亲的身上怀胎就长达三年之久,使他的母亲受了不少的痛苦,到他出生后,母亲又背抱拉扯,喂奶喂饭,还天天给他洗屎洗尿,加之召斯探还在娘胎时就失去父亲,后来母亲又患病在身,母子俩只有讨饭度日,经过这样长年累月的熬,好不容易把他抚养成人。召斯探还是童年时就去修炼成佛了,在他去修炼还没有成佛期间,还来不及报答母亲养育之恩,母亲又去世了。由于他没有机会赡养母亲,而觉得自己罪孽深重。为了怀念母亲,解脱自己的罪孽,他决心给死去的母亲供一卷经书,于是召斯探在人间寻找这卷经书,但终究没有找到。后来他听说这卷经书必须到“天宫”去才能找到。但是要到“天宫”去取这卷经书要跋涉九千九百九十九座大山,跨过九千九百九十九条江河,才能到达“天宫”。召斯探为了向母亲祭拜这卷经书,他修炼成佛后,从奘房开始上路,为了赶时间便昼夜不停地行走着,他在途中忍饥挨饿、披星戴月、困难重重,但仍然坚持跋涉,从不后悔。召斯探去“天宫”取经书的消息传到了天上的“坤斯家”(天皇)那里,而坤斯家看到召斯探的孝母之心难得,为了让他缩短取经书时间就带着一头会飞的大白象下凡到人间,把大白象送给了活佛召斯探,因为召斯探骑着白象飞得快,所以不到拜供经书的日子经书就取回来了。取回来的这卷经书共三套,十五册。第一套《公拿不地》共分七册,第二套《大小基》共分五册,第三套《颂达》共分三册。

人们听到召斯探去“天宫”取经书回来了,成千上万的人就敲锣打鼓地去迎接他,还将召斯探和经书抬进奘房里,并为活佛召斯探更衣换单,消除灰尘。后来人们为纪念活佛召斯探的取经之日就把每年的“冷景”月(德昂月历为一月十四至十五两天)订为“干亭节”。①

2.“咩崩节”及其来历传说

德昂族的第二个节日是“咩崩节”(统称烧白柴节)。按照德昂族月历“咩崩节”是在三月十四、十五,农历腊月十四、十五举行。其节庆过程为:十四日白天把人们平时砍来并削好皮晒干后的白柴树破细后搭成四方立体型高塔式的“咩崩塔”。同时还要做一个小塔儿,放在大塔上,在小塔儿上插着纸花。大塔内还装上很多的生竹筒,以做炮响声之用。咩崩柴的主要组成树木是野蒿树、年枣树、盐霜树三种(代替牛、羊、象、狮骨头)。因为这三种树都会爆炸。炸后的火花顿时腾空而起飘飞似星,加上生竹筒的爆炸声和震动力量火花更是满天飞舞,火光四射。傍晚时候人们敲着象脚鼓喊叫着、欢跳着、高高兴兴、蹦蹦跳跳地游到咩崩塔旁边,给咩崩塔烧香、磕头、念经,欢度节日。念经后接着就是“大师热”(先生)宣布点火仪式开始,然后就给咩崩塔点火燃烧,待火烧到塔腰时让人们把做好的“烧亚菇”(红糖香料煮的糯米饭)供祭给圣佛和先祖,然后人才吃。第二天早上,老人们又到烧咩崩塔的灰堆处拜供灰灵。咩崩节是为了纪念为人类献身的牛、羊、象、狮四种动物的灵魂,让它们的骨烟升天祭堂,再有脱胎之时。

图 5.4　咩崩塔全景

① 赵家祥:《德昂族历史文化研究》,德宏民族出版社 2008 年版,第 26 页。

图 5.5　祭奠牛羊象狮骨灵升天换世

关于德昂族咩崩节的来历，亦有相对应的传说故事：在开天辟地的时候，人间不分昼夜，也没有周年和月份，更不分春、夏、秋、冬。由于气候冷热旱涝不均，天气变化无常，给人类带来重重灾难，对自然生物伤害极大，使人类和生物无法生存和繁殖。为了调节气候，让人类得到生存、牲畜野兽、生物再生发展。"坤匹"（地神）就去找"坤尚"（天神）商量如何调节自然气候。"坤尚"提出自己的想法，他说："要使人类生存昼夜必须分明，白天要明亮，夜间要黑暗，白天的时间要比夜间的时间长三倍，冬季下雨，夏天晴朗。每年以十个月计算，每个月只能有三十天，不能多也不能少。"而"坤匹"则认为："白天的时间不能比夜间长三倍，只能各占一半，在气候变化的时候可以长短一点，但不能翻三倍。一年应该有十二个月，一周年内还要有月大月小，还要分春夏秋冬四季，冬季晴朗，夏季有雨。"

在制定周年月份和气候时两人争论不休，他俩决定打赌定胜负，立下了赌约。约定"谁输了要被杀四个人头"。坤尚先来验证，按他说的一年为十个月，一个月为三十天，不多不少来推算季节，他种的作物也不按季节下种。经过三年的验证，月份和季节都不符，结果种的庄稼全部失败了。最后轮到坤匹来验证，坤匹按照他的观点来分季节月份种庄稼，经过三年的验证，一周年的时间轮合了，庄稼年年长势良好。坤尚成了输家，按赌约规定，坤尚一方就被杀四个人头。被杀的人身躯仍活着，他们变成了无人头的活人。这四个无头的活人整天下跪哀求要坤匹还他们的人头，这件事惊动了天上的“坤斯家”（天皇）。坤斯家下凡来调节他们的矛盾。他说：“你们俩都是为了人类的生存而来调节节气的，何必赌咒到杀头害命的地步。”因为四个人的头部都是死的，要把他们自己的头接起来恢复他们的面目根本没有办法了。“坤斯家”想了又想，要恢复他们的身躯只有用动物的头来接才能把他们救活。于是就牵来牛、羊、象、狮四种动物各一只，将它们的头割下来接在被杀的四个人身上，那四个人就各自有了牛羊象狮不同式样的头型。但这四种动物被割头以后把它们的头部接在人的身上，四种动物的头还活着，而它们的身躯又死了，几年后它们的身躯的皮肉都腐烂消失了，但身躯上的骨头仍然暴晒在露天脚下，正因为它们的骨头没有消失，所以它们的灵魂迟迟不能脱胎，致使它们昼夜哭叫呐喊，“坤斯家”看着它们很可怜，也很痛心。“坤斯家”认为它们是为了人类的生存而死的，它们对人类立下了功劳，应当把它们送上天宫，让它们修炼脱胎。于是“坤斯家”在腊月十四那天把它们的骨头架起来烧了，让它们的灵魂随着火烟升上天宫，十五早上又祭奠它们的骨灰，从而解脱人类的罪孽。

人们为了纪念被杀的牛羊象狮四种动物，把每年的腊月十四、十五两天定为“咩崩节”。由于后来没有这四种动物的骨头，人们就用会爆炸的芫霜树、年枣树、野蒿树代替它们的骨头来烧。这就是德昂族“咩崩节”的来历。①

3. 浇花节（尚建节）及其来历传说故事

德昂族的第三个节日是浇花节，又称“尚建节”，是德昂族一年中最隆重的传统民族节日，浇花节又称德昂族泼水节，以区别于傣族的泼水节，是集神话传说、宗教文化与民俗文化于一体的节日。2008 年，德昂族浇花节成功入选国家第二批非物质文化遗产名录，标志着德昂族通过对已有的节日——泼水节的重新阐释，摆脱了其对傣族节日文化的依附地位，起到了强化德昂族族群身份认同的效果。德昂族的浇花节与傣族的泼水节在浴佛仪式、基本的节日仪式过程与象征意义等方面大体相似，但在节日的起源传说故事中蕴含的内涵则有很大的差异，即关于德昂族泼水节的起源传说能够最大限度地体现德昂族浇花节与傣族泼水节的差异：在德昂族传说故事中的浇花节不仅是“浴佛节”，而且还具有缅怀和崇拜母亲、表达对下凡到人

① 赵家祥：《德昂族历史文化研究》，德宏民族出版社 2008 年版，第 29—30 页。

间洗澡的仙女的思念、祛病洗污等多重意蕴，因而节日内涵更加丰富。

浇花节节日于每年清明节后的第七天进行，德昂族月历是六月间，历时三天。具体的节庆活动为：节日前一天要做佛的转水亭，节日第一天首先是大众拜佛仪式，然后人们取水浇佛，之后是供“古佳”仪式，供“古佳”是专门供祭自己去世的父母。第一天给圣佛浇水，人们之间不得互浇。第二天除了洗佛外还给当年结婚的新郎新娘浇，大家都为他们的新婚之年高兴，同时祝福他们清吉平安、长命百岁。第三天除浇给圣佛外人们也可以互浇还要给神母碑加沙振土。过浇花节的目的是，每年进入春夏之交时天气炎热，人们要给佛祖浇水洗澡，清除终年之尘，让圣佛祖先清吉度日。浇花节也是悼念祖先缅怀前辈之节。

图 5.6 尚建节古式转水亭

图 5.7 尚建节山中取泉水浇佛像

图 5.8 尚建节浇佛仪式

图 5.9　尚建节给圣佛浇吉祥水

图 5.10　尚建节给故人供祭

关于浇花节——德昂族的泼水节的传说故事，目前笔者查阅到的有七则：三则故事是讲述佛祖给德昂人带来了恩惠，为了表达对佛祖的怀念产生了泼水节；一则故事是说仙女来到人间洗澡被德昂人发现，为完成仙女的愿望，德昂族每年都要举行泼水节；另有两则故事则说明祛除疾病、洗去血污和祈求吉祥是德昂族泼水节的由来；最具伦理色彩的一则泼水节习俗故事是说一个不孝子经常打骂母亲，在母亲死后悔恨不已，为缅怀母亲用树干刻成妈妈的像供在家里。每年清明节后的第七天，儿子上山采来锥栗树花枝，蘸着竹筒里从山沟中背来的清水洗木像。从此德昂族就有了用花枝蘸水相互洒，并为老人洗手洗脸的浇花节。

在德昂族浇花节的习俗传说故事中，有几则和小乘佛教的宗教信仰密切相关，解释了浇花节最为主要的仪式“浴佛”、“浇佛”的来历，其中一则流传于德宏德昂族聚居区的《泼水节的传说》讲述的是：释迦活佛得了重病，各处佛爷为他念经，所有信徒为他烧香，全部神医为他诊治，但都不见效。傣历正月初三那天，观世音在活佛身上洒了一些洁净的圣水，他的病才治好了。后来，为了纪念这个好日子，每年傣历新年期间，人们都要给佛爷泼洒洁净的水，并互相泼水祝福，以清除身上的病魔，祈求在新的一年内免受灾难。①

在这则故事中，泼洒洁净的水治好了活佛的病，具有宗教色彩，同时泼水也表达了德昂族人民祈望清水祛除病魔、免去灾难的美好愿望，清水在人们心中是神圣的象征。

另外一则讲述了浴佛仪式的泼水节传说故事，更为具体，更接近于现在德昂族浇花节的浴佛仪式。故事讲道：德昂族刚诞生时，不会料理自己的生产、生活大事，为了帮助他们，经过天神同意，佛祖变成一位佛爷，从天上来到人间，他独自住在奘房里。可他在人间的事还没办完，天神就召他回宫。为了表达对佛祖的怀念，德昂人照着奘房的式样，就地盖成了风格别致的凉亭，并将佛祖的佛像置于亭子正中。凉亭盖好后，德昂族人赶了三天三夜大摆，并给佛像泼三天水。从此以后，德昂族年年都要泼水三天，逐渐形成了泼水节。②

德昂族浇花节的习俗故事不仅具有敬佛礼佛的宗教意义，而且还具有弘扬孝道的伦理价值。这一伦理价值主要表现在浇花节也是敬老的节日：节日的后期，年轻人要用竹筒装的清水给自家老人们洗手洗脸，向老人谢罪。随后，背着水到各家各户，给老人洗手洗脸，请老人吃泼水粑粑，直到全寨子的老人都吃过泼水粑粑。这是浇花节的又一个重要内容，体现了德昂人尊老敬老的优良传统。在德昂族流传的一则浇花节的习俗传说，解释了这一敬老习俗的来历，这则故事讲道：

一位寡妇省吃俭用，到把儿子拉扯大时，自己却苦瞎了眼睛。儿子见妈妈干活大不如前，非常不满，经常骂她。有一年清明节后的第七天，儿子上山干活，看见一只羽毛刚丰满的小乌鸦，来来回回找虫子喂一只又老又瘦的乌鸦。此情此景，感化了儿子，他骂自己不如“含食报娘恩”的小乌鸦，决心好好服侍妈妈。就在这时候，又病又饿的妈妈摸着路给儿子送饭来了，一阵头晕跌倒在半路上。凉风把妈妈吹醒时，想到儿子一定饿极了，就连忙挣扎着往山上爬。爬着爬着，妈妈听到儿子从山上跑下来的脚步声，她怕再挨骂，就把心一横，一头撞死在路旁的大树下。儿子是来向妈妈认错的，而妈

① 普学旺：《云南民族口传非物质文化遗产总目提要·神话传说卷》（下卷），云南教育出版社2008年版，第289页。

② 普学旺：《云南民族口传非物质文化遗产总目提要·神话传说卷》（下卷），云南教育出版社2008年版，第289页。

妈却被他吓死了,他哭得死去活来。儿子把妈妈安葬后,砍倒大树,用树干刻成妈妈的像供在家里。每年清明节后的第七天,儿子上山采来栗树花枝,蘸着从山沟里背来的清水洗木像。据说,用竹筒背水,用花枝蘸水互洒,为老人洗手洗脸的泼水节,就是这样得来的。①

4."烤瓦节"及其传说故事

德昂族的第四个节日是"烤瓦节"。节日时间按照德昂族的月历是九月十五、十六、十七三天,农历六月十五、十六、十七。节日的过程是:第一天早上拜圣佛,白天念经书;第二天早上是供"古佳",白天念经书;第三天下午是干朵仪式(干朵是表示节日结束后向圣佛和祖先的告别词),三天内的白天都是念经书。德昂族过烤瓦节就是叮嘱人们在进入瓦内要严格忌论,小伙子不能串姑娘,男女青年不能违规怀孕,不得结婚,因为在进入瓦内三月是拜供圣佛祭奠祖先的月期,所以要忌婚事。过烤瓦节的目的是纪念活佛上天宫为去世的母亲念经和忠告人们遵守瓦内三月的规程,让佛祖安定地度过禁忌三月。

关于烤瓦节的来历传说,和"干亭节"的传说一脉相承,其故事内容紧承"干亭节"的来历传说,是干亭节传说故事的后续发展:"召斯探"修炼成佛后,在干亭节时去天宫求取真经,在烤瓦节时又去给母亲念经书。在他去天堂念经的时候,人们敲锣打鼓,欢天喜地欢送他。活佛在烤瓦节上天堂念经书的目的,是请求"坤斯家"(天皇)帮助解脱他在人间时对母亲不孝的罪孽,活佛取来的这卷经书名叫《公拿不地》,是大套经书,内容主要讲述的是有一对夫妇生了一男一女,夫妇为了把两个孩子抚养成人,带着两个孩子到很远地方讨饭度日的艰难困苦的故事。②

5."岗瓦节"及其传说故事

德昂族的第五个节日是"岗瓦节",按德昂族月历是在十月三十至十一月初一举行,农历为七月三十、八月初一两天。节日活动基本和烤瓦节一致,过岗瓦节的目的是纪念活佛留在天宫继续念经。岗瓦节是德昂族已进入禁忌三月瓦节内的一个半月。其来历传说和烤瓦节一脉相承:在这四十五天里,活佛(召斯探)仍在天堂念经书。活佛从烤瓦节开始念大套经书,到岗瓦节又转入念中套经书,中套经书书名叫《大小基》,经书内容主要讲:这对夫妇把兄妹俩抚养长大后,这对兄妹又是怎样赡养父母的故事(故事

---

① 《云南特有民族百年实录德昂族》,中国文史出版社 2010 年版,第 292 页。

② 赵家祥:《德昂族历史文化研究》,德宏民族出版社 2008 年版,第 36 页。

中烤瓦、岗瓦、敖瓦，内容相连），这就是德昂族岗瓦节的来历。①

6.“扎礼节”及其传说故事

德昂族一年中的第六个节日“扎礼节”（化斋日），按照德昂族月历是在十一月十五，农历八月十五举行。扎礼节也是属于三月忌论期节日。节日活动为：早上拜圣佛，白天念经书，下午进行干朵仪式。过扎礼节的目的是人们为了纪念活佛从天宫下凡到人间化斋的过程。

其来历传说故事为：在开天辟地时召斯探修炼成佛后，为了向母亲谢罪，从烤瓦的第一个节日起，就到天堂给母亲念经，念满六十天后带的斋食已用完，准备下凡到人间化斋，人们听到活佛要下凡化斋的消息后，各自都备办了很多的斋品准备去上供，去供斋品的人很多，有富人也有穷人。但活佛下凡化斋的地点比较远，人们到化斋处要走七天七夜。虽然路程远，大家还是提前赶到了化斋场。化斋场成了人山人海，到处都是锣鼓喧天，热闹非凡。由于那些富人嫌弃穷人，他们便单独聚拢一处。富人们带的斋品都是买来的高档食品，而穷人带的是自产的一般的斋品。那些富人看了穷人的斋品便狂妄地嘲笑说：“你们穷人的臭斋品活佛是不会收的，你们还是赶快回去吧！”被嘲笑的穷人也不理睬那些富人，仍然等候着活佛的到来。那些富人认为下凡化斋的活佛必定是一个高大威武、人才美貌、身穿绸缎的人。大家在化斋处等了七天七夜也不见活佛下凡，供斋的人们都准备返回家中。不料，到第七天，也就是德昂族月历十一月十五那天傍晚，便出现了又矮小又丑陋的一个男人，他装扮成乞丐的样子，首先到那些富人聚集的地方要斋品吃，那些富人不但不给吃，反而还咒骂驱赶他。随后他又走到穷人聚集的地方，而那些穷人十分客气，他们说：“既然活佛不下凡了，我们的斋品就送给这个乞丐吃吧！”便把所带的斋品送给了这个乞丐，这个乞丐接过穷人的斋品后，还给他们念了吉利词，然后走到海水边，闪出三下金光，就在海中消失了。随后那些富人看到了闪光后才知道乞丐就是下凡化斋的活佛。这时富人也赶紧把手中的斋品扔进大海，可是活佛没有收取富人的斋品，富人的那些斋品只漂在海水上，那些富人后悔莫及。这次去供斋的富人白费了一番心血。

第八天供斋的人们陆续返回自己的家中，富人们个个都骑着大马奔驰而过，而穷人们只靠两条腿步行，穷人在山路中投宿了七个夜晚，每天在投宿的地方都有一匹大白马站在他们的棚子边，他们也不问是谁的马，只照常把马背上的驮子卸下，也不掀看驮子里装的是什么东西，而第二天早上那匹

① 赵家祥：《德昂族历史文化研究》，德宏民族出版社2008年版，第37页。

大白马不见了。这样连续过了七天,等穷人们各自回到家门口时,却看到自己原来的破烂草房变成了高大的新房,进到家中只见谷米满仓。从此那些穷人变成了富人。而那些富人骑着大马回到家门口一看,原来的高楼大厦变成了破烂的茅房,家里变得一贫如洗,一无所有,他们骑的大白马也变成了一个个大石头。这就是德昂族扎礼节的来历。①

7. 敖瓦节及其传说故事

第七个节日是"敖瓦节"(也称立幡竿节),是出瓦三月的最大节日。德昂族月历是十二月十四做幡竿,晚上竖幡竿,十五、十六、十七三天是节日,农历为九月十五、十六、十七。节日的过程是:在十四日的白天男人们把最粗最长的大竹砍来削光,又编了五层篾挡梯插在大竹的上端,再把缝好的圆白布带捆在篾梯下的框架上,同时把洞挖好。妇女收集来很多种类的农作物,串成两串。其中一串挂在"扎地"上,表示拜供母神灵魂,另一串挂在大竹幡竿上。到了晚上人们敲着象脚鼓又跳又欢,然后把幡竿竖起来。人们所做的篾挡梯层是表示圣佛和祖先的天堂,白布带是表示圣佛和祖先的天梯,是让圣佛和祖先的灵魂走上天梯进入天堂,度过秋月,之后让祖先有脱胎的机会。第二天早晨又是送古佳日,白天念经,念的经书是《颂达》。第三天是终年节日最后一天,这天先给圣佛进行干朵仪式,然后是给大师热(先生)答谢礼物,请其为全村人说祝词。敖瓦节一是迎接活佛下凡人间度日,二是庆祝丰收为圣佛和祖先敬拜终年果实,三是解除瓦内忌论事项。

图 5.11 拜供幡竿神

① 赵家祥:《德昂族历史文化研究》,德宏民族出版社 2008 年版,第 37—38 页。

图 5.12　敖瓦节欢庆丰收年

从“烤瓦”到“岗瓦”又到“扎礼”又到“敖瓦”，共有四个节日，节日之间为三个月，通常说的是忌论瓦内三月：“烤瓦”是属进瓦月，岗瓦是度瓦月，敖瓦是属出瓦月，属一年中的忌论月。

敖瓦节的传说故事和其他三个瓦节的传说故事内容相承接：活佛从烤瓦节（德昂族月历九月十五）到天堂去念经书，到敖瓦节（德昂族月历十二月十五）已有九十天，其中经历了四个节日。在这三个月中他共念了大中小三套经书，即大套《公纳不地》，中套《大小基》，小套《颂达》。在敖瓦节期间活佛又念完了小套经书《颂达》。念完后就下凡人间与人们共度丰收节。在敖瓦节中，德昂人为了迎接活佛的下凡，便赶了三天三夜的大摆，还为活佛竖了幡竿。人们还在幡竿上挂满了一串串的丰收果实。人们为纪念活佛下凡人间，特把每年的德昂族月历十二月十五、十六、十七三天定为“敖瓦节”。这就是敖瓦节的来历。①

活佛在瓦节三月内所念诵的经书，其内容极富警示意味和劝诫色彩。大套经书《公纳不地》的梗概如下：古时有对夫妇因为前世罪孽深重，所以这一世都患有严重残疾。他们生了一儿一女后，被坤斯家（天皇）蒙住了眼睛迷失了方向，让他们无法回家与儿女团聚，而且还要他们到阴间与神鬼相伴，过着暗无天日的生活。他们的儿女在他们离家之后日夜思念他们，历经千辛万苦、费尽周折地寻找父母。做生意的大斯梯（富翁）兄弟俩偶遇到兄

① 赵家祥：《德昂族历史文化研究》，德宏民族出版社 2008 年版，第 40 页。

妹俩,出于可怜就将他们带回家中抚养,并带着他们去寻找父母。一天他们路过一座奘房,就去请活佛寻查父母的下落,活佛告诉他们:他们的父母已经被“坤斯家”带到鬼神在的地方了,要给父亲拜供一本经书叫《公纳不地》,给母亲拜供两本经书,一本叫《大小基》,一本叫《颂达》。兄妹俩买下了经书并拜供了经书,活佛给他们带上了一副能分辨出人鬼的“擦身镜”并给他们指定了找父母的地点。在活佛和大斯梯兄弟的帮助下,兄妹俩在神鬼街找到并救出了父母,全家团圆。

《公纳不地》的经书内容告诫人们要心地善良,否则就会受到神佛的惩罚,儿女要孝敬父母,为父母排忧解难。

《大小基》的经书内容主要讲:人间的妇女结婚后要生多胎的孩子,还要抚养多年。在她们产孩时身上流的血,在抚养孩子期间为孩子换洗的多件衣服,裹孩子的屎尿布都要到大江大河、小溪小沟、池塘井边冲洗。而这些冲洗血浆和屎尿布的水都变成了不卫生的污染水。这些水时时往下流淌,而在下游的人吃用的都是不清洁的污水,这使他们常常闹肚子生病,给人们的身体带来不健康的恶果。由于没有人前来制止,让她们随心所欲地践踏着人类饮用的自然水源。此事被“坤斯家”发现后令他不得不下凡人间进行治理。不能再让那些妇女再次践踏人类所吃用的泉水,并惩治了那些不遵守诺言、不珍惜水源的妇女。“坤斯家”还亲自下凡清理了那些不卫生的污水,他把不卫生的水小井小塘的储蓄起来,让清洁的水往下流淌,最后叫那些不讲究卫生的妇女一井一井地喝完。如果她们没有喝完就是死去都不让她们脱胎转世,叫她们到阴间仍然继续喝,直到喝完才让她们去脱胎,经过“坤斯家”的治理后人类才喝上清洁的泉水。

《大小基》经书的内容说明了一个道理:在任何时代任何地区的人类都离不开水,水是人类生命的重要命脉。人类离开了水就不能生存,要珍惜水和保护水资源卫生,让所有人都健康长寿。

《颂达》经书的内容紧承《大小基》,讲的是:那些不守规矩,随意践踏水源的妇女受到了严惩。由于她们生前没有把污水喝完,死后不得脱胎转世,在她们不得脱胎成人之前,只是脱胎成细小的青蛙、小蛇或蚂蚁和小鸟、小鼠,这些小动物昼夜泡在池塘里,躺在草丛中,挂在树枝上,不停地哭叫、呐喊,时时祈求脱胎成凡人。而它们在生的女儿看到“母亲”的苦难和悲惨情景也常常悲伤流泪,为不能脱胎的母亲忧愁、焦虑。这些女儿为了让母亲早日脱胎返回人间就到“坤斯家”那里去求饶,请求“坤斯家”帮助母亲解脱前世的罪孽,但“坤斯家”迟迟不肯。要罚她们供祭八驮银子,才能解脱她们母亲的罪孽,才让她们脱胎到人世。但这些女儿左攒右攒,攒了半辈子才只攒了十个供盘银子,没办法最后又去祈求活佛,她们在奘房里供了九个供盘的银子,但仍然解脱不了母亲的罪孽,母亲们仍然不能脱胎到人世,最后供的银子只剩一个供盘了。活佛想了又想,就给那些女儿们说:"你们用这一供盘的银子去买两套《大小基》和《颂达》的经书去供祭给不能脱胎的母亲。"后来她们供祭了这两套经书后,不能脱胎的母亲也被解脱了前世的罪孽。从此就有了脱胎转世的机会。所以以后德昂族都要给自己的祖父祖母或父母拜供和供祭这三套经书。

三套经书的内容解释了德昂族三月内四个瓦节都要拜供和念诵经书习俗的来历,是对"烤瓦节"、"岗瓦节"、"扎礼节"、"敖瓦节"四个节日来历传说故事的补充,节日的传说故事主要是总体上解释节日的起源由来,经书的内容则是对节日中的宗教习俗进行具体解释,具有浓郁的小乘佛教的宗教气息。

(二)德昂族节日习俗故事的叙事结构及其生态文化意蕴

德昂族节日众多,且每个节日都有相应的解释其来历的传说故事,与其他几个人口较少民族的节庆习俗故事之间通常没有相关性不同,德昂族的节庆习俗故事内容相互关联、一脉相承、一以贯之,在叙事结构上具有颇多相似性。通过对这些故事进行类比分析和意义深描,不难看出这些故事深层蕴含的民族观念和生态观念。我们将关联密切的干亭节和烤瓦节、岗瓦节、扎礼节、敖瓦节等五个节日的习俗传说故事进行比较分析,将联系不太密切的两个节日咩崩节、浇花节的习俗传说故事进行单独比较。

表一

节日名称	主人公	情节梗概	节日目的	涉及的经书	经书内容
干亭节	活佛召斯探	召斯探为了怀念过世的母亲,历经千辛万苦去取经。	为纪念活佛召斯探的取经之日。	活佛取回的经书:《公纳不地》《大小基》《颂达》	
烤瓦节	活佛召斯探	召斯探取回经书之后开始为母亲诵经。	纪念活佛上天宫为去世的母亲念经和忠告人们遵守瓦内三月的规程,让佛祖安定的度过禁忌三月。	活佛念大套经书《公纳不地》	内容主要讲:有一对夫妇生了一男一女,夫妇为了把两个孩子抚养成人,带着两个孩子到很远地方讨饭度日的艰难困苦的故事。

续表

节日名称	主人公	情节梗概	节日目的	涉及的经书	经书内容
岗瓦节	活佛召斯探	活佛仍在天堂念经书。岗瓦节转入念中套经书，中套经书书名叫《大小基》。	纪念活佛留在天宫继续念经。	活佛念中套经书《大小基》	不珍惜水源、污染践踏水源且不守诺言的妇女，受到了坤斯家(天皇)的惩罚。
扎礼节	活佛召斯探	活佛下凡到人间化斋，惩治那些供奉多而心不善不诚的富人，让贫穷但心地善良虔诚的人得到好报。	纪念活佛从天宫下凡到人间化斋的过程。		
敖瓦节	活佛召斯探	在敖瓦节期间活佛念完了最后的小套经书《颂达》。这卷经书念完后，就下凡人间与人们共度丰收节。	迎接活佛下凡人间度日。	活佛念小套经书《颂达》	那些不珍惜水源的妇女受到严惩以后，灵魂无法脱胎转世，受着痛苦的折磨，她们的女儿为了解脱母亲们的罪恶，哀求天皇，天皇让她们买两套《大小基》和《颂达》的经书去供祭。由此解脱了母亲们前世的罪孽。

从表一对德昂族五个节日习俗故事的结构的比较中，可以看出这五个节日之间的关联性和共性特征。首先故事的内容都是围绕着活佛“召斯探”展开的。“取经—念经—下凡化斋—诵经—回到凡间”，构成了五个节日习俗故事连贯性的线索。这条线索清晰地展现了德昂族小乘佛教的宗教信仰习俗，同时也体现了德昂族重孝道、重亲情的伦理道德观念。此外，更为耐人寻味的共性特征是，这五个节日所供奉的经书的内容，不仅强调了惩恶扬善、弘扬孝道的价值观念，更宣扬了珍惜水源、不污染水源，否则会受到严重惩罚的朴素生态伦理观念。

五个节日念诵的经书内容包含着深厚的生态文化理念：经书《大小基》告诫人们污染水源，害人害己：“冲洗血浆和屎尿布的水都变成了不卫生的污染水。这些水时时往下流淌，而在下游的人吃用的都是不清洁的污水，使他们常常闹肚子生病，给人们的身体带来不健康的恶果。”经书也警告世人不珍惜水源、随意践踏水源的人必将受到惩罚：“他（坤斯家）把不卫生的水小井小塘的储蓄起来，让清洁的水往下流淌，最后叫那些不讲究卫生的妇女一井一井地喝完。如果她们没有喝完就是死去的人都不让她们脱胎转世，叫她们死到阴间仍然继续喝，直到喝完才让她们去脱胎，经过‘坤斯家’的治理后人类才能喝上清洁的泉水。”这个情节巧妙地传达了污染水源自食恶果的警示意义，包含着朴素的生态观念。

经书《颂达》的内容是对《大小基》的延续，那些污染水源的人由于她们生前没有把污水喝完，死后不得脱胎转世，受到了残酷的折磨：“在她们不得脱胎成人之前，只是脱胎成细小的青蛙、小蛇或蚂蚁和小鸟、小鼠，这些小动物昼夜泡在池塘里，躺在草丛中，挂在树枝上，不停地哭叫、呐喊，时时祈求脱胎成凡人。”这样的细节强化了不珍惜水源、污染水源的恶果，催人警醒。而受到惩罚的人们的女儿为了帮母亲解脱罪孽，苦求坤斯家，最后求得了坤斯家的原谅，通过供祭经书帮母亲赎罪，让她们能脱胎转世的情节，则既宣扬了宗教的无上拯救作用，又赞扬了女儿们的孝心。污染水源的人通过人伦亲情和宗教拯救获得了救赎，将宗教伦理、孝道伦理和生态伦理熔于一炉，具有多种启示意义。这五个故事既有“活佛取经—念经—下凡化斋—诵经—回到凡间”的主体故事，又有具体的经书故事内容为副故事，环环相扣的故事蕴含着一脉相承的“罪恶—惩罚—救赎”的主题。

表二

罪恶	惩罚	救赎
污染水源（人与自然）	受尽折磨，不得转世	宗教赦免（坤斯家的原谅）
不孝（人与人）	内疚，于心不安	奉经念经

德昂族的七个节日习俗故事中，除了上述五个故事在结构上具有连贯性和相通性之外，另外两个节日故事——咩崩节和浇花节习俗故事在结构与主题上亦有相似之处。

表三

节日	故事内容	节日目的	表达的情感	深层意蕴
咩崩节	为了调节气候，天神和地神打赌，输了的一方要被杀四个人头。天神输了，有四人被杀头。这四人成了无头的活人，十分可怜。天皇坤斯家调停矛盾，让牛羊象狮四种动物的头代替四人的人头，为解脱人类的罪孽和四种动物的痛苦，又让人把它们的骨架烧了。	为了纪念替人类被杀的牛羊象狮四种动物。	对为人类作出牺牲的动物的崇敬和怀念。	具有一定的生态文化内涵。
浇花节（故事1）	释迦活佛得了重病，傣历正月初三那天，观世音在活佛身上洒了一些洁净的圣水，治好了他的病。后来，为了纪念这一天，人们都要给佛像泼洒洁净的水，并互相泼水祝福，以清除身上的病魔，祈求在新的一年内免受灾难。	纪念活佛疾病被清水治愈，祈求泼水祛病，消灾免难。	崇水、礼佛。	小乘佛教宗教信仰与水崇拜观念。
浇花节（故事2）	为了帮助德昂人从事生产，佛祖变成一位佛爷，来到人间，他独自住在奘房里。可他在人间的事还没办完，天神就召他回宫。为了表达对佛祖的怀念，德昂人照着奘房的式样，就地盖成了风格别致的凉亭，并将佛祖的佛像置于亭子正中。凉亭盖好后，德昂族人给佛像泼三天水。从此以后，德昂族年年都要泼水三天，逐渐形成了泼水节。	通过泼水浴佛来表达对佛祖的感激。	小乘佛教信仰以及崇水观念。	宗教思想和生态文化观念。
浇花节（故事3）	不孝子受到“乌鸦反哺”的触动，想去向妈妈道歉，而不知情的妈妈因为送饭迟到怕被儿子打骂，一头撞死了。为忏悔和怀念母亲，每年清明节后的第七天，儿子都要上山采来栗树花枝，蘸着从山沟里背来的清水洗刻着母亲头像的木像。后来形成了用竹筒背水，用花枝蘸水互洒，为老人洗手洗脸的泼水节。	为了纪念母亲。	孝道、感激自然的启示、崇水。	“孝”伦理以及敬畏自然、热爱自然的生态文化理念。

从表三所呈现的习俗故事的叙事结构来看，咩崩节和浇花节习俗故事的共性特征是：二者都蕴含着生态文化的理念。自然界的动物、水等，或因为人类作出牺牲和贡献而受到纪念（咩崩节故事中的四种动物）；或因祛病消灾、洁净而受到尊崇（泼水节故事一、二中的水）；或因给人类以启示而成为唤醒了人的孝道良知的媒介（泼水节故事三中不孝子受到乌鸦反哺的感

化）。这些来自大自然的馈赠和启示构成了两个节日形成的契机和动因，习俗故事通过细节展示了隐含在节日来源和习俗中的生态文化观念，具体表现为崇水观念和动物崇拜观念。

其一，故事中的崇水观念。

在德昂人的心目中，水是神圣洁净的象征。在浇花节故事中，泼洒洁净的水治好了活佛的病，具有宗教色彩，同时泼水也表达了德昂族人民祈望清水祛除病魔、免去灾难的美好愿望，清水在人们心目中是神圣的象征。用清水浇佛、浴佛既表达了人们对佛祖的怀念与崇敬，同时也有崇水思想蕴含其中，只有最纯净最圣洁的水才能彰显德昂族虔诚的礼佛思想。

圣洁的水不仅可以表达对佛祖的崇敬，而且也可以传达"百善之首"的孝道。浇花节故事三中不孝子为了表达忏悔和怀念之情，用清水洗刻着母亲头像的木像，德昂人也用清水给老人洗手洗脸来表达孝心。这样的细节表明在德昂人心目中水是洁净的，它可以洗涤罪恶，让人洗心革面，净化心灵。水看起来最平凡却又最神圣、最不可或缺，老子说"上善若水"，即是说最好的美德像水一样，德昂人用最洁净最神圣的水来表达孝道，可见他们对水的崇敬，水崇拜无疑是具有生态文化内涵的。

其二，故事中的动物崇拜观念。

咩崩节故事中牛、羊、象、狮四种动物代替人类受惩罚，它们是为了人类的生存而死的，它们为人类立下了功劳，解脱了人类的罪孽。德昂族为了纪念它们为人类作出的牺牲，每年都要举行咩崩节来祭奠它们，可见在德昂人的心目中，这些动物是有恩于人类的，理应感恩和怀念。

浇花节故事三中，动物成为触动人心灵的存在。不孝子之所以对自己的不孝行为感到追悔莫及，是基于他亲眼目睹了"乌鸦反哺"的孝行所受到的强烈触动。这一细节表明德昂族对动物、对自然界中的生物出自本能的自然而然的孝行所具有的敬意，他们认识到自然界对人类不仅具有物质层面的实用性，更具有精神层面的感召作用。乌鸦反哺的故事对中国人来说并不陌生，这种动物间的亲情与孝道甚至比人类更为自然、深挚，羊羔跪乳、乌鸦反哺等自然界的亲情常给中国人以触动，具有普泛意义。德昂族对于这种触动的不同之处在于，他们以节日、习俗的形式将这种孝道约定俗成化，既弘扬了"尊老敬老"的传统美德，又体现了对动物的伦理层面的敬意。敬畏自然不止基于其物质层面上对人类的实用性、工具性，而且能发现其精神层面对人类所具有的启示作用，德昂族对自然界的这种态度显然具有了生态文化的意蕴。

总体来说，德昂族浇花节和咩崩节的节庆习俗及其习俗故事既具有民俗文化的价值,同时也具有生态文化的意蕴。无论是其中蕴含的敬佛礼佛以及水崇拜的信仰观念,还是敬爱尊老、弘扬孝道的道德伦理,都和生态文化有着千丝万缕的关联。因为信仰崇拜和伦理孝道中包含着鲜明的尊重自然、敬畏自然、爱惜生命、人地和谐等思想,而这些正是生态文化的核心要义。

二、德昂族生活习俗故事——“送火魂”习俗故事中的生态文化内涵

在古代,德昂族流传着“送火魂”的习俗。如果德昂族有人家发生火灾,不论灾情大小,损失多少,都要履行“送火魂”的习俗,否则便被视为触犯族规。送火魂的具体过程是:从发生火灾开始,遭受火灾的人家不论灾情大小,都要禁忌七天。在这七天中,全家人不得走出大门外,更不得串亲访友,也不得自家做饭吃或挑水喝。在七天中吃的饭、喝的水都是由邻居送来。失火满七天就是送火魂的日子,那天早上失火的人家请大师热(先生)和几个老年人、中年人来帮做送火魂的物品。首先砍来两丈长的一根大竹和一棵做围径的竹子编成一只篾船,篾船内底垫上一层红纸、篾船口插上8棵红纸旗、8支香,在船内放上1根熄灭的火柴头、8堆染红的饭、菜和6根蜡烛。在送火魂前把所有的香和蜡烛点燃,在桌上摆放好供品。这时大师热念火魂咒语:“失火户冒犯了火魂,今天特做了很多供品供给火魂,请求火魂离开失火户的所有人,回到江湖大海里去散魂吧,不要再来缠绕主人家。”大师热又说:“失火主人送了火魂后,要小心用火,不能大意,防止火灾再次发生,火魂爷请走吧。”之后大师热洒水,其他人洒着沙子和火灰,边洒边念咒语,完成一系列程序后,回到家,大家为失火主人全家念祝语:“祝你们全家吉祥平安,万事如意,幸福长存。”这就是送火魂的习俗仪式。

关于送火魂的习俗,有这样一则传说故事:在古代时一户农夫在几年内连续发生了几次特大火灾,损失惨重。第一次失火时没有人说要“送火魂”。不隔几年又发生第二次,这时,这个农夫很想不通,便到奘房问活佛,活佛给他说:“你家不会用火,惹恼了火魂,所以火魂就随时来缠绕着你家的人,而导致多次火灾,要把火魂送走,火灾就不会发生了。”过后,这个农夫就照活佛说的送了火魂。随后不隔几年又发生了第三次火灾,农夫又去问活佛,活佛又说:“你家第一次失火没有‘送火魂’被火魂缠住。第二次失火虽然送了,但没有把火魂送远,这次送火魂要做一只竹编水船,备的送品要齐全,要把火魂送得远远的,直送到江湖大海,使火魂永远回不来。”活佛又说:“火魂是人说成而做成的,是一种心态的安慰方式,发生火灾的关键原因是你家用火不小心,盖的房屋不防火,而造成的火灾。”而后农夫把火

魂送走后,又重新建盖了又高又宽的房子,还用泥巴将四周篱笆抿得结结实实的,还经常说服家人要提防用火。从此,他家再也没发生火灾了。①

这则故事在解释送火魂习俗的来历的同时,也包含着生态文化的理念。故事中农夫家多次发生火灾,是因为不会用火,用火不小心造成的。正如活佛所解释的,所谓的火魂只是人们想象出来的,"发生火灾的关键原因是你家用火不小心,盖的房屋不防火,而造成的火灾。"这个细节告诫人们,要谨慎用火,注意防火。而农夫重新盖了防火性能好的房子,并且提醒家人提防用火之后,他家再没有发生火灾的事实,则进一步印证了这一朴素的道理——小心用火、做好防火,才是避免发生火灾的关键。

水火无情,火最初是人类利用和改造自然过程中的重要发现。"钻木取火"让人类摆脱了茹毛饮血的落后的生产生活方式,火也成为人类生活中必不可少的自然物质。先民们早就意识到火的重要性以及它的破坏性,对火充满敬畏。德昂族的这则故事表明了他们对火的敬畏,他们认为火有灵魂,有喜怒哀乐,当人类不小心用火的时候就会激怒"火魂",引发火灾。所以发生火灾之后,要举行送火魂仪式,求得火魂的原谅。"送火魂"是德昂族先民万物有灵论的反映,体现了他们对火的敬畏,对自然界的敬畏。难能可贵的是,这则故事在体现万物有灵的自然崇拜的同时,还提醒人们安全用火、注意防火才是避免火灾的关键。既通过具有原始宗教色彩的送火魂仪式对人们进行精神约束,又通过小心用火、做好防火的提醒进行用火的现实指导,这则故事因此具有很强的生态教育意义。

三、德昂族丧葬习俗故事——"认奘不认坟"故事中的生态文化意蕴

在丧葬习俗方面,德昂族流行着"认奘不认坟"的习俗,即德昂人去世埋葬以后,亲属祭奠的时候不认坟、不献坟,只到奘房里献佛的习俗。关于这一习俗,德昂族流传着《不献坟的传说》《献佛不献坟》《认奘不认坟》等解释这一习俗的传说故事,内容大同小异,其中属《认奘不认坟》的故事最为详细。故事讲道:

古代德昂族中有一户"大斯梯"(富翁)是最有钱有势的"万贯"富翁。在他家里绫罗绸缎、金银财宝、高档次饮食等什么都不缺,唯一缺少的是后代人。到了晚年才生了一个儿子,而儿子又命短夭折。从此"大斯梯"夫妇就变成了孤独无儿的俩老。"大斯梯"终身悲痛,自暴自弃。他认为家中没有继承人,哪怕金银珠宝再多也毫无意义。因为对儿子的怀念,用了很多的

① 赵家祥:《德昂族历史文化研究》,德宏民族出版社2008年版,第79—80页。

银子给死去的儿子竖了一座高大的坟墓。并且从把儿子安葬后的第一天起,就开始叫佣人天天到儿子的坟墓去祭奠最好的饭菜和果品,甚至每天要给他祭奠三餐。在三年中一天都不中断过。三年来送的饭菜糖果堆积如山。由于“大斯梯”的家与儿子的坟墓相距很远,又隔着一条小河,佣人们为了给“大斯梯”的儿子送饭菜,每天要来往三趟,佣人们就这样奔波不息,积劳成疾,但也仍然无法了结“大斯梯”的心愿。到三年后的一天,突然下起一场大暴雨,那条小河发了大洪水,泥沙、石头、树根、草丛随浪扑面而来。佣人们十分焦虑和恐慌。如果不送到就要被杀头,他们却处在骑虎难下的无奈之中,一个个坐在河堤上直哭泣着、叫喊着。这时从河岸边走来三个佛爷,大佛爷看到佣人在哭泣,便向他们问了个究竟。佣人们把送祭饭的事情说了一通,并请求佛爷们帮忙设法解救。大佛爷想了想便说:“你们不要急,也不要怕,就说已经送到了。”大佛爷安慰了佣人后,就抬着那些供祭品轻轻松松地游过了那汹涌澎湃的洪水,向奘房方向走去。三个佛爷到了奘房后,向圣佛拜供了那些供祭品,并请神佛传递给“大斯梯”的儿子的灵魂。因为当天佣人们没有把祭饭送到坟墓就回到“大斯梯”家,个个都忐忑不安,心惊胆战。生怕“大斯梯”杀头,连饭也吃不下,觉也睡不好,更不敢说出当天发生的事。“大斯梯”也不知道佣人们的所作所为,以为他们照常给死去的儿子送去了祭品。

那天晚上,“大斯梯”做了一个梦,梦见他的儿子高高兴兴地吃着饭菜,因为太饿便是狼吞虎咽地吃着。在梦中,儿子责备他说:“我死去了三年多,今天才吃着你们的一顿饭,你们太小气了,下辈子我决不会再来给您们脱胎了。”“大斯梯”从梦中醒来就发火大怒,叫卫士带着凶器把几个佣人抓来审问,并且要给佣人们定罪处决。“大斯梯”问:“三年来叫你们天天给我儿子送祭供的饭菜,为什么我儿子昨天才吃着一顿饭?那些供品你们拿到哪里去了?”这时佣人们只好把那天的真情一五一十地禀报了“大斯梯”,“大斯梯”不听他们解释,就带着卫士们亲自到儿子的坟墓去看。果然三年送的食品在坟墓前堆得像山似的。从此“大斯梯”也不追究和辱骂佣人们了,但是他仍然疑惑不解,就去奘房问那三个佛爷。大佛爷说:“因为你儿子死后的第七天你们就把他的灵魂送到奘里,他的灵魂既不在家也不在坟墓上,而是在奘房里。你们虽然送了三年的祭供饭菜,他根本没有吃着,要把祭品送到奘里他才吃得着。今后你们不必天天送,只是每到节日时就到奘房给他送古佳(供品)就行了。送古佳时祭品不能放在供盘里,因为供盘只是圣佛用的。而死人灵魂要用芭蕉叶做成筒子,把祭供的饭菜、糖果装在筒子里,除了古佳外,还要在供盘里放两份供品,一份要先供‘扎地’神母,另一份再供圣佛，然后再供古佳。每到有古佳的节日就送到奘房里，平时如果梦到儿子可以零星送几次。”以后“大斯梯”就经常这样做了。从此以后德昂族凡是给去世的父母或祖先送古佳，都是送到奘房里而不送到坟地上。这就是德昂族认奘不认坟的传说。①

在这则《认奘不认坟》的习俗传说故事中，小乘佛教的宗教气息十分浓郁。奘房是小乘佛教信众的拜佛之地，佛爷是小乘佛教僧侣中的宗教修为较高者，在全民信仰小乘佛教的德昂族聚居地，佛爷是备受尊敬的宗教使者。故事中的佛爷是沟通圣佛、亡灵和信众的媒介，他帮助大斯梯改变了给儿子献坟的祭奠方式，由到奘房献佛代替献坟，来表达对逝者的哀思。同时他还告诉大斯梯，不用每天都去祭拜，只在节日期间祭拜，或者梦到儿子时偶尔祭拜即可。这些都是对原有的祭拜方式的改变。德昂族这种“认奘不认坟”的独特的祭奠方式，具有鲜明的小乘佛教的特点，解释这种习俗的故事也基本都是从宗教的视角来阐释其合理性。但认奘不认坟的习俗本身以及故事中的某些细节，却赋予了故事在宣扬宗教与习俗之外的生态文化的内涵。

习俗故事《认奘不认坟》的生态文化内涵，主要表现为故事中蕴含着“节葬短丧”的生态祭葬观。“节葬短丧”是先秦墨家倡导的丧葬观，是墨子对“厚葬久丧”的丧葬礼制的批判和改革。《墨子·节葬下》尖锐地批评了厚葬的危害，“此存乎王公大人有丧者，曰棺椁必重，葬埋必厚，衣衾必多，文绣必繁，丘陇必巨；存乎匹夫贱人死者，殆竭家室；存乎诸侯死者，虚车府，然后金玉珠玑比乎身，纶组节约，车马藏乎圹，又必多为屋幕、鼎鼓、几梃、壶滥，戈剑、羽旄、齿革，寝而埋之。满意。若送从，曰天子杀殉，众者数百，寡者数十；将军、大夫杀殉，众者数十，寡者数人。”对于王公大人、诸侯、天子等统治阶级来说，丧事要耗费大量的人力、物力、财力，棺木必须多层，葬埋必须深厚，衣服必须多件，随葬的文绣必须繁富，坟墓必须高大，陪葬的不仅有数不清的金银财宝，更有惨无人道的杀殉。而对于身为匹夫贱人的普通百姓来说，办丧事则会耗尽家财，倾家荡产。厚葬靡财而贫民，浪费了大量财富，使百姓陷入贫困。无益于死者，有损于生者。

久服丧生而害事，是墨子对“三年之丧”的久丧制度的无情揭露和控诉。由于服丧期间，“强不食而为饥，薄衣而为寒。使面目陷陬，颜色黧黑，耳目不聪明，手足不劲强，不可用也。”因此，三年丧期服满后，王公大人无法处理政事，农夫不能耕稼树艺，百工不能修舟车为器皿。“计久丧，为久

① 赵家祥：《德昂族历史文化研究》，德宏民族出版社2008年版，第140—142页。

禁从事者也”,长期地服丧,就是长久禁止人们去做事。厚葬久丧不仅浪费了社会财富,而且还使人们无法从事生产劳动,并且影响了人口的增长。

针对厚葬久丧的危害,墨子提出了“节葬短丧”的葬祭之法:“棺三寸,足以朽体,衣衾三领,足以覆恶。以及其葬也,下毋及泉,上毋通臭,垄若参耕之亩,则止矣。死者既以葬矣,生者必无久哭,而疾而从事,人为其所能,以交相利也。”意思是说棺木三寸厚,足以让尸体在里面腐烂就行;衣衾三件,足以掩盖可怕的尸形就行。及至下葬,下面不掘到泉水深处,上面不使腐臭散发,坟地宽广三尺,就够了。死者既已埋葬,生人不当久哭,而应赶快就业,人人各尽所能,用以交相得利。节葬,节约了社会资源,降低了投入到死人身上的成本;短丧,让生者不用长时间守孝,尽快从事生产劳动,创造社会财富。相对于浪费资源、浪费劳动力的“厚葬久丧”制度,节葬短丧无疑是一种生态、环保、节约资源的葬祭制度。

德昂族的认奘不认坟的丧葬习俗,尽管是受到小乘佛教宗教观念的影响,客观上却起到了墨家倡导的“节葬短丧”的生态效应。故事中的“大斯梯”在唯一的儿子死后,开始的三年对儿子的祭葬是用心良苦的“厚葬久丧”:“用了很多的银子给死去的儿子竖了一座高大的坟墓,并且从把儿子安葬后的第一天起,就开始叫佣人天天到儿子的坟墓去祭奠最好的饭菜和果品,甚至每天要给他祭奠三餐。在三年中一天都没有中断过。三年来送的饭菜糖果堆积如山。”修高大的坟墓是典型的“厚葬”,三年时间每天都祭奠最好的供品可谓是“久丧”。后来因为一次偶然的契机,大斯梯受到佛爷的指点,佛爷告诉他:“要把祭品送到奘里他才吃得着。今后你们不必天天送。只是每到节日时就到奘房给他送古佳(供品)就行了。”佛爷提出的这个献佛不献坟的祭葬之法,是具有节葬短丧的特点的,把祭品送到奘房,到奘房祭祀亲人,因为对逝者的祭奠怀念不需到坟地上祭拜而是到奘房献佛即可,人们就不会过分耗费财物去修建奢侈的坟墓,极大地节约了物质资源。同时祭奠亲人也不需要用三年时间天天祭祀,而是只在节日时到奘房祭拜,这种短丧也有利于节约人力资源,让生者只用很短的时间去服丧、祭祀,用更多的时间去从事生产劳动,创造社会财富。

德昂族的认奘不认坟的祭葬习俗节约了物质资源、土地资源、人力资源,极大地避免了资源的浪费,也有利于保护环境,属于生态祭祀、文明祭祀。受孝道和慎终追远等思想观念的影响,厚葬久丧被认为是彰显孝道和表达对逝者怀念和敬意的祭葬方式,长期以来都是占主导地位的丧葬习俗。这种传统的丧葬习俗固然有其优点,但其浪费资源的弊端也是显而易见的,德昂族认奘不认坟的丧葬习俗,冲破了“厚葬久丧”习俗的禁锢,倡导一种节葬短丧的祭祀观,并成为一个民族恪守的丧葬祭祀之法,其生态价值和社会意义是显而易见的。

综观之,德昂族的节日习俗、生活习俗、丧葬习俗丰富多彩,展示了该民族所独有的文化特征,解释习俗的传说故事亦富有民族特色和文化特质。众多的习俗故事不仅为习俗的确立提供了合理性依据,而且展现了习俗文化对德昂族生存空间即生态环境的适应。习俗与自然生态环境的适应关系,让习俗故事具有了可供深入挖掘的生态文化意蕴,古老的习俗传说故事因此具有了可供现代社会借鉴的生态思想。老故事蕴含新思想,古老的故事是一座涵藏丰富的宝藏,值得人深入挖掘,从中汲取营养。

第五节　其他人口较少民族民间故事中的生态文化观念

云南的七个人口较少民族,除普米族、阿昌族、德昂族之外,其他几个少小民族在习俗文化方面也颇具特色。独龙族的民间习俗中,比较有特色的节庆习俗是"卡雀哇"节,生活习俗方面有"帮秋"盛水酿酒的习俗,还有祭祀"木立切"的生产习俗等。这些习俗在民间都有解释其来历的传说故事流传,习俗与故事相辅相成,展现了独龙族在适应自然环境的过程中形成的生存智慧和生态理念。基诺族和怒族在节日习俗方面亦有独特之处,两个民族都有颇具本民族特色的传统节日,每个节日都有独特的仪式习俗,每个节日都有着美丽的传说故事。基诺族最盛大的节日是"特懋克"节,怒族的特色节日是鲜花节,关于这两个节日的传说故事生动感人,既解释了节日习俗的由来,又展现了两个民族的精神特质、价值观念以及对人与自然关系的理解,具有可供挖掘的生态文化内涵。布朗族的习俗中颇具民俗研究价值的有祭祀竹鼠的习俗、建房时做"埋吉薄僚"的习俗,这些习俗及来历传说故事也具有一定的生态价值。

一、独龙族习俗故事中的生态观念

(一)"卡雀哇"节日习俗故事中的生态观念

卡雀哇节是独龙族一年中唯一的也是最传统最隆重的节日,因其鲜明的民族文化特色被列入第一批国家级非物质文化遗产保护目录。"卡雀哇"在独龙语中是过新年的意思,它既是祭祀天鬼"格蒙"的带有原始宗教色彩的节日,也是娱乐性的年节。节日期间,人们举行隆重的剽牛祭天和其他的形式多样的仪式来祭祀天鬼、山鬼等,祈求自然界的神鬼保佑他们在新的一年五谷丰登,平安康健。

关于“卡雀哇”节日习俗的由来，在独龙族流传着几则解释性的习俗故事。其中一则是说卡雀哇是为了纪念天神格蒙而产生的，这和传承至今的在卡雀哇节日期间祭祀天神的节庆习俗相吻合，这则习俗故事很形象地解释了节日的缘起。故事讲道：传说，有个名叫噶木（通常译为格蒙）的人，上天找金子，此时，蚂蚁因没有得到噶木的脚环，就把上天梯子的土基挖松，天梯塌下来，天地分开，噶木无法下来，留在了天上，后来变成了天神。他常想念人间，常常照管着天下的庄稼；人们也怀念他，每当秋收完毕，人们煮酒、杀鸡，全村寨的人设立祭台，对嘎木祷告道：“天神嘎木想念我们，我们也想念你，我们来奉献酒肉粮食，保佑我们来年人畜兴旺，五谷丰登，保佑我们全村寨人平安。”这就是祭天过年节的由来了。①

在这则故事中，卡雀哇节是为了怀念天神格蒙，感激他为独龙族所作出的贡献并祈求他的保佑而形成的。天神格蒙是独龙族最受尊崇的自然界神祇，人们感激他的功德，敬畏他的超能力，希望通过节日祭祀求得他的护佑。这种情感细究起来是不乏生态意识的，敬天畏地，对自然充满敬畏，有利于形成天人合一的和谐生态关系。

在另外一则节日习俗故事《独龙族的“卡雀哇”》中，卡雀哇节则是为了纪念山神和庆丰收而产生的，这正和在卡雀哇节日期间独龙族的节庆活动除了祭祀天鬼也祭祀山鬼的习俗相印证。故事开始交代了事情的起因，主人公朋肯明的吃苦耐劳打动了山神，山神决定把女儿嫁给他，故事说道：人类刚开始的时候，有个名叫朋肯明的独龙族小伙子，居住在木肯当高山上，为了生存，他除采摘野菜、野果吃外，打算砍一块火山地种粮食。由于用的是石斧，一天只能砍一小片地，可是不知为什么，第二天一早去看，被砍倒的那一片森林又复活了，就像没有砍过一样。连续几天都是如此，朋肯明感到很奇怪，也很烦恼。一天晚上，朋肯明带上弩弓，挎上箭包，悄悄地躲在砍过的火山地附近，想要看个究竟。不久山神门朋出现了，拍拍朋肯明的肩头说：小伙子，你砍的树是我使它复活的，想试试你的能耐。我见你劳动很好，能吃苦，决定把我的姑娘门克梅许配你。但是你要办到两件事才行。②

之后山神告诉朋肯明这两件事分别是：一是要用除火烧以外的办法，把高山上的一窝岩蜂的蜜取下来；二是把自家门前那棵滑树顶上的一窝山雀蛋取下来。朋肯明完成了这两件事，山神提出马上给朋肯明和门克梅办喜事，但朋肯明提议说现在正是农忙时节，不如等到秋后再办喜事。

---

① 李金明：《独龙族文学简史》，云南民族出版社 2004 年版，第 190—191 页。

② 《云南特有民族百年实录独龙族》，中国文史出版社 2010 年版，第 352—353 页。

故事接着具体讲到在山神和动物们的帮助下，朋肯明获得了大丰收并和门克梅举行了婚礼，而他们的婚礼和庆祝仪式慢慢演变成了一个传统节日——“卡雀哇”节：山神门朋把山上的野猪、老熊、马鹿、獐子、猴子都请来，帮朋肯明开荒种地，又叫野鸡、斑鸠、老鹰、云雀找来高粱、旱谷、天星米，帮朋肯明播种……秋天到了，朋肯明的地里获得大丰收。朋肯明和门克梅要结婚了。举行婚礼那天，正是农历冬腊月间，附近村寨的亲朋都赶来祝贺；山上的野猪、老熊、獐、麂、鹿、马鹿、猴子和天上飞的各种雀鸟也来祝贺。大家为庆贺丰收，祝福朋肯明夫妇美满幸福的婚姻，开怀畅饮；各种兽类、鸟雀酒醉后跳的跳，叫的叫，蹦过来，跳过去，飞到东，飞到西，既好听，又好看。朋肯明夫妇和亲友们受了感染，也学着叫，学着跳了起来。从此独龙族就能歌善舞了，而独龙族的歌舞就是从各种兽类、鸟类那里学来的。从那时起，每年冬腊月间，独龙族人民就要择定日子全家团聚，酿酒做粑粑庆贺丰收，嫁女迎亲操办喜事，剽牛跳舞尽情欢唱，年复一年地流传下来，形成了独龙族唯一的传统节日——“卡雀哇”①。

这则关于“卡雀哇”节的习俗故事，和上一则故事相比，对节日的仪式习俗等有了更细致的讲述，而且更具生态文化特色。在这则故事中，卡雀哇节是为了办喜事、庆丰收、谢山神而产生的，在很多细节方面体现出生态文化的特征：自然界的神祇——山神把女儿嫁给了勤劳勇敢、吃苦耐劳的独龙族小伙子，山神和凡人联姻，本身就带有人与自然和谐共生的象征意义；山神请来山上的飞禽走兽帮朋肯明获得了大丰收，则呈现了一幅人与动物其乐融融的和谐画面；朋肯明和门克梅的婚礼鸟雀兽类都来庆祝，人们模仿动物又唱又跳的样子，学会了唱歌跳舞，独龙族的歌舞就是从鸟类兽类那里学来的，这充分说明独龙族善于向人类的朋友动物学习，从自然界中汲取有益的营养来丰富自身的生活，真实地反映出独龙族对待自然平等友善的态度。

卡雀哇节作为独龙族唯一的传统节日，对独龙族有着深远的影响，它不仅具有民俗方面的价值，而且在精神层面对独龙族亦有不容忽视的影响。在民间流传着多种解释卡雀哇节来历的习俗故事，节日习俗和习俗故事相互印证，这些节日习俗故事在阐释节日来历的同时，亦传达出独龙族对人与自然之间生态关系的朴素理解——无论是祭祀天神、山神的仪式，还是庆丰收的载歌载舞的娱乐活动，都体现了独龙族对自然界或敬畏或喜爱的态度，这无疑是生态文化的直观体现。

---

① 《云南特有民族百年实录独龙族》，中国文史出版社 2010 年版，第 352—353 页。

（二）“帮秋”酿酒的生活习俗故事中的生态思想

“帮秋”是独龙语，意为竹筒。“帮秋”是独龙族常用的生活用具，用独龙江边一种特有的竹子做成。“帮秋”由筒身、筒盖两部分构成，全长有一尺五寸的、二尺的、三尺的不等。用“帮秋”装东西密封度高，简直达到了油水不漏的程度，“帮秋”不仅可以盛水，而且可以用来做酿酒的器具，酿出的酒味道醇美。独龙族使用“帮秋”酿酒有着悠久的历史。

关于使用帮秋的来历，独龙族流传着一则传说故事，故事说道：

很久以前，独龙江发了一次大水，把房屋、田地、人畜冲得一干二净，只剩下一个到高山打猎未归的青年。他回到家乡看到大水后的荒凉悲惨景象，放声大哭。他的哭声惊动了神灵，感动了苍天。天神为了使独龙族繁衍后代，让迪兰仙女下凡，与青年猎人成婚。行前，天神送给迪兰仙女一个“帮秋”，一再告诫说：“帮秋”的盖一定要到家后才能打开。迪兰仙女下凡后一高兴，把天神的告诫忘了，半路上她打开了“帮秋”的盖子。这一来，竹筒内的蜜蜂全都飞到山上变成了岩蜂。迪兰仙女到青年猎人家里时，只剩下一个空“帮秋”，他俩只好用它来盛水。说来奇怪，竹筒里装的水，无论是河水、泉水还是雨水都很香甜。一天，青年猎人想，用“帮秋”酿酒会怎么样？于是他把煮熟的包谷面，加上酒药搅拌后放进“帮秋”，七天之后把“帮秋”的盖子打开一品尝，真是又醇又香甜。从此独龙族不仅用“帮秋”盛水，而且还用来酿酒，直到今天。①

这则故事的开头：水毁灭一切生物，人类濒临灭绝，为了繁衍人类后代，天神让仙女与人类成婚。这种情节在各民族的洪水神话中屡见不鲜，但之后的仙女带着“帮秋”下凡、仙女不听告诫打开帮秋放走了蜜蜂、青年猎人用空帮秋盛水酿酒等情节就颇具特色了。机缘巧合让仙女的丈夫——独龙族青年猎人，用帮秋装水，然后发现竹筒里装的水，无论是河水、泉水还是雨水都很香甜，这个发现应该说是独龙族人对竹筒物性的最初认知。之后猎人受此启发，尝试用帮秋酿酒，结果发现竹筒酿出的酒又醇又香，这种发现是对竹筒物性的进一步认知和智慧利用。用竹筒盛水、酿酒的习俗，蕴含着人类善于发现自然物的特性并充分利用自然的特性为己服务、做到物尽其用的生态观念。独龙族使用帮秋的习俗，从一个侧面展示了这一人口较少民族在和自然环境共处的过程中是如何适应并利用自然的。充分利用大自然赋予的物质资源，了解自然物的特性，进而利用自然来改善人的生活，是人类发挥主观能动性的表现。善用自然、物尽其用，是独龙族使用帮秋的生

① 《云南特有民族百年实录独龙族》，中国文史出版社 2010 年版，第 350—351 页。

活习俗给人带来的生态启示。

（三）祭祀“木立切”的生产习俗故事中的生态内涵

独龙族认为，庄稼从播种、发芽、出土到收获，都是由一个叫“木立切”的地鬼管理的，土地的肥沃与否也是由“木立切”操纵的。“木立切”是掌管土地的地鬼，独龙族每次砍火山地、播种之前，都要先举行祭祀它的仪式，否则会触怒它，将会作祟使人双眼红肿，甚至地里的庄稼都会颗粒无收。关于祭祀“木立切”的由来有这样一个传说：

相传，“木立切”（地鬼）是由木尼斤的妻子所生的。据说，当时木尼斤之妻所生的人孩，都渐渐地长大成人，而所生的地孩老是待在火塘边。它个子相当矮小，怎么长也长不大，因而得名为“木立切”，意为永远长不大的小地鬼。因为它不属于人类，而属于鬼类，木尼斤就决定让它居住在荒郊野地里。

在选居住地时，起初，这些地鬼们说：“让我们住在江边一带吧，住在河水旁边。”后来又说：“原来这一带并不好居住，江水暴涨时会被水淹死，被洪水冲走，将会灭种了，这儿不好，让我们就居住在半山腰一带吧！”这些地鬼们如此说着就搬迁到半山腰一带居住。可是在此地带，人们常常砍火山地和烧地，弄得到处是烟雾弥漫，这些地鬼们又说：“人们天天砍树烧山，我们快要被火烧死了，快灭种了，让我们就到崖上居住吧。”搬到崖上居住后又说：“崖上石头多，将会被压死于石头下，不好住，这样一来我们将会灭种了，还是让我们就住在山上一带吧，住在山上的高山湖旁。”后来又说：“山上的高山湖旁，风很大，刮风刮得住不下去，而且还将会死于狂风暴雨之中了，这样会灭种的，让我们还是居住在稳固的地方，不会发生地崩地塌的地方吧。”如此说着，这些地鬼们又搬迁到人们田地的附近居住，并说：“我们要向人类索取爆米花、小木斤和鸡蛋等祭品。”这就是独龙族祭祀地鬼“木立切”的由来。①。

这则习俗故事反映了独龙族原始宗教信仰的特点，独龙族先民在万物有灵观念的影响下，普遍地相信鬼魂的存在和它们对人类的影响力。人口较少民族普遍存在着原始宗教信仰，但一般是神鬼观念分明，神是善的化身，鬼是恶的代表，独龙族的原始信仰比较奇特之处在于“神”并没有从鬼魂观念中分离出来，神鬼不分是独龙族原始宗教信仰的一大特色。对变幻无常的自然界的恐惧和敬畏，让独龙族的精神世界中衍生出形形色色的自然界的鬼灵，地鬼“木立切”就是其中之一。鬼魂观念渗透在独龙族的生产

① 李金明：《独龙族文学简史》，云南民族出版社2004年版，第193—194页。

生活中,形成了很多带有宗教色彩的生产生活习俗,独龙族先民在从事刀耕火种的农业生产过程中祭祀地鬼“木立切”的习俗,就是将宗教、生产、祭祀融为一体的习俗。故事中的“木立切”是一个地鬼,也可以说是地神,是独龙族神鬼不分的原始自然崇拜的对象之一。“木立切”是木尼斤的儿子,木尼斤是独龙族人类起源神话《木朋九与木尼斤》中居住在天地上(天的最底层)的鬼头目,木朋九是住在天顶上的鬼头目。相传木朋九把女儿嫁给木尼斤,结婚生了人类。作为木尼斤的儿子,木立切也具有神奇的灵力。故事中的木立切既是被神化的也是被人化的,它和其他的地鬼根据是否适合生存的需要选择居住地,聪明狡黠。从江边到半山腰到崖上到高山湖旁最后到人们的田地附近居住,地鬼们的选地迁徙过程,曲折地反映了古代独龙族先民的迁徙历史。对居住地的反复考量也体现了先民们对自然环境优缺点的充分考察,逐渐摸索出规律选择最适合的居住地的生存智慧。独龙族祭祀“木立切”的农业生产习俗,体现了他们对自然界、对土地的敬畏,以及对农业生产的重视。尽管习俗和故事本身不乏迷信色彩,但其中呈现出的对自然的敬畏情感,是具有一定的生态意义的。

总体来说,独龙族的习俗具有多样化和个性化的特点,无论是节日习俗、生活习俗还是生产祭祀习俗,都既多元又颇具民族特色和地域特色。由于独龙族主要聚居于独龙江河谷,地理位置偏远,拥有丰富的自然资源,但生产力相对落后,对自然界的依赖较强,因而其流传下来的习俗大都体现了独龙族对自然环境的适应。很多习俗都是为了应对自然界和适应自然界而产生并流传下来的,体现了独龙族对自然界各种现象及其威力的认识和应对。

二、基诺族、怒族节日习俗故事中的生态观念

(一) 基诺族“特懋克”节俗传说故事的生态观念

“特懋克”是基诺族最隆重的节日,2009 年被列入云南省第二批非物质文化遗产保护目录。“特懋克”,基诺语意为盛大的打铁节。过去基诺族花一个月的时间过特懋克节,因此基诺族一年只有 11 个月,将过特懋克节的 12 月记为零月。特懋克节要过三天,第一天祭鼓,第二天进行打铁祭祀仪式,第三天举行耕地仪式。过节的时间由各村的长老决定。特懋克节由来已久,在基诺族聚居区流传着关于这个节日的传说故事。故事讲道:很久以前,有个妇女婚后怀胎,怀了 9 年 9 个月,一直生不下来。她抱着一只白母鸡和一只黑母鸡去祭师“嫫丕”那里献菜饭,想求得“嫫丕”的救助,结果“嫫丕”施展了所有的巫术,小孩还是生不下来。有一天,她到箐沟背水,碰到

一位老阿嬷,她走向前问道:“阿嬷,我怀了9年9个月的胎儿,一直生不下来,您听说过吗?”老阿嬷听了后十分惊讶地说:“啊!从来没有听说过!”又过了几天,这个妇女觉得肋巴骨很痛,而且还“咯吧、咯吧”地直响,疼得她坐立不安,汗如雨下。过了一个时辰,肚子里的娃娃咬断了7根肋巴骨,从肋骨下跳出来一个男孩子,一手拿着火钳,一手拿着铁锤,一出生下来就打起铁来。从那时候起,基诺人开始使用铁器了。据说,后来基诺族就有了“特懋克”节①。

这则故事讲述了颇具神话色彩的“特懋克”节的来历,故事中基诺人被赋予了一出生就能打铁的神奇技能,用神话解释了基诺族特别擅长打铁技术的由来。“特懋克”节的意思就是盛大的打铁节,这则传说故事就是为基诺人和打铁的不解之缘作出了形象的解释。

另外一则故事《基诺族敬重铁匠的来历》则讲述了基诺人尊重铁匠,每到“特懋克”节都要祭铁匠房的缘由:从前有父子四人,有一次父亲被恶龙王所害,三兄弟发誓要为他报仇。他们听说龙王害怕铁水味,就到水塘边打铁。龙王让铁水味熏得头发昏,眼发花,被打铁声震得坐立不安。它派小鱼上岸劝三兄弟不要在此打铁,结果小鱼被老大用火钳夹住尾巴,成了红尾巴鱼。它又派螃蟹来劝说三兄弟,老三用铁钳子夹住了它的睾丸。龙王受不了,只好答应将龙宫里的金银财宝和一把神刀送给三兄弟。三兄弟获得了神刀,有了威力,为民除了不少害。因此基诺人特别尊重和爱戴铁匠,每年过特懋克节时,都要祭铁匠房。②

这则故事同样以神话的形式讲述了基诺族在特懋克节祭祀铁匠房的来历,表现了基诺族对铁器的崇拜之情、对铁匠的敬重和爱戴。

两则关于特懋克节的习俗故事,尽管内容不同,但都充分体现了基诺族对于铁器、打铁技术的重视和崇拜。基诺族是擅长打铁的民族,无论是在原始社会还是在农耕社会,无论是从事采集渔猎或者农业生产,掌握了打铁、铁器制造的技艺,无疑是提高生产力的重要途径,也是人类在利用自然为自身服务方面迈出的一大步。在人与自然的关系当中,人类既敬畏自然,同时也不断发挥主观能动性去利用自然、改造自然,基诺族对打铁技术的重视,并由此形成了盛大的打铁节——特懋克节,充分说明基诺人对于拥有更好地驾驭自然、改善生产生活质量的生产工具和生产技术的崇拜。特懋克节

① 张云:《中国基诺族》,宁夏人民出版社2012年版,第136页。

② 普学旺:《云南民族口传非物质文化遗产总目提要·神话传说卷》(下卷),云南教育出版社2008年版,第275页。

一方面展现了基诺族在人与自然关系当中初步掌握利用自然的技术的能动性，另一方面在节日期间祭祀铁神、祭祀铁匠房的信仰也表明他们对自然依旧充满敬畏。这两种对待自然的态度看似矛盾又和谐统一，人类与自然正是在相互斗争又相互依存的过程中走向了平等共存、和谐共生的生态之路的。

（二）怒族"鲜花节"习俗故事的生态理念

怒族比较有特色的节日是鲜花节，又称仙女节，2006年被列入第一批国家级非物质文化遗产名录。节日时间为农历三月十五开始，为期三天。期间，人们穿上节日的盛装，扎上一束束鲜花，带上食物美酒，聚在崖洞前祭祀，唱歌跳舞，访亲问友等。根据传说故事，鲜花节是为了纪念少女阿茸而举行的。怒族的风俗传说《鲜花节》讲述了这一节日的由来，故事讲述的是：从前，在高黎贡上东麓的吉母登山寨，有个美丽聪明的阿茸姑娘。因寨子里缺水，乡亲们生活得很艰辛。阿茸便设法在高黎贡山上的悬崖上凿了一个洞，为寨民们引来甘甜的泉水，乡亲们将她誉为仙女。土司和头人嫉妒她，便派人来抓她。姑娘只好钻进凿成的岩洞里。恼羞成怒的头人又叫人去放火烧山。从此，阿茸再也没有回到寨子来。有一天她变成一尊石像站在岩洞口，纯净的泉水就从她身旁流出来。据说这一天，是农历三月十五。从此以后，每年的这一天，附近的人们采来大量鲜花，送进姑娘所凿成的岩洞中，以纪念她。久而久之，贡山怒族的传统节日鲜花节就形成了。①

这则习俗故事歌颂了少女阿茸为怒族群众引来泉水的感人事迹，控诉了土司和头人的凶狠残暴，诚挚地表达了怒族群众对为他们作出贡献和牺牲的阿茸的感激与怀念，也解释了鲜花节的来历。故事不仅融传奇、神话、民俗风情于一炉，而且其中也蕴含着可供挖掘的生态文化观念。这种隐含的生态理念主要表现为阿茸为怒族群众引来了甘甜的泉水受到了族人的爱戴和纪念。阿茸是怒族人心中的为人造福的女英雄，是她用自己的聪明才智解决了族人吃水难的问题。水是人类生存不可或缺的自然物，是自然给予人类的生存必需品，和很多民族一样，怒族对于自然之水极为珍视，因而对于引来泉水的阿茸充满了感激，并为了纪念她而形成了一个独具特色的仙女节。这个节日除了表达对为族人造福的阿茸的怀念，也从一个侧面表达了怒族对于自然之水的珍惜，珍惜水并为引来水的人形成一个节日，鲜明体现了怒族人对自然的珍视态度。这种生态观念隐含在对阿茸的感激和怀

① 普学旺：《云南民族口传非物质文化遗产总目提要·神话传说卷》（下卷），云南教育出版社2008年版，第259页。

念之中,虽不外显,但亦不容忽视。

三、布朗族习俗故事的生态价值

布朗族的习俗常常和宗教紧密联系,难分彼此。其节日几乎都和小乘佛教的宗教信仰有关,属于宗教性的节日,其节日习俗也将习俗与宗教融合一体。故其宗教性的节俗故事如开门节的故事、桑刊节的故事,本书将其归入第四章第二节"布朗族民间故事中的宗教信仰及其生态寓意"之中,纳入"民间故事与宗教信仰"的讨论范畴,此处不再赘述。布朗族的生活习俗中比较有特色的是祭竹鼠的风俗以及建房时做"埋吉薄僚"的习俗。这些习俗及其习俗故事中蕴含的生态观念,同样值得探究。

(一)祭竹鼠习俗故事中的生态寓意

布朗族祭竹鼠的习俗,具体来说就是每年要挖一只竹鼠,用鲜花打扮它,再用竹竿抬着绕寨走。关于这种习俗的来历,云南省的勐海县布朗族地区流传着两则习俗故事《祭竹鼠的来历》《祭竹鼠风俗的来历》。

《祭竹鼠的来历》讲道:很早以前的旱谷又大又沉,谷种全由雅枯酸保管。一年夏天,雅枯酸没把仓库关严,偷偷跑出去乘凉的谷种被风一吹,慢慢膨胀起来,把她居住的地方挤得水泄不通。当时雅枯酸怀了孕,行动不便,只好叫谷种自己返回谷仓。可谷种都不听她的话,她就用竹棍打它们。谷种被敲成碎粒,漏下竹楼,一会儿就不见了踪影。正当人们发愁时,下了一场暴雨,洪水冲来了一只竹鼠。雅枯酸救起了这只可怜的竹鼠,等风雨停后才把它放回竹林。为报救命之恩,竹鼠历经千辛万苦找到了谷种,把它们交给雅枯酸。可谷粒都变小变轻了,成了现在的模样。为了感谢竹鼠,布朗族便留下了祭竹鼠的习俗,每年要挖一只竹鼠,用鲜花打扮它,再用竹竿抬着绕寨走。①

另外一则故事《祭竹鼠风俗的来历》和《祭竹鼠的来历》故事情节基本一致。祭竹鼠的习俗故事既属于带有原始宗教自然崇拜印记的故事,又属于各人口较少民族几乎都有的谷种起源故事类型。竹鼠是布朗人敬重祭祀的对象,祭祀竹鼠习俗带有鲜明的自然崇拜、图腾崇拜的色彩。竹鼠在故事中是非常有灵性的动物,它知恩图报,为了报答雅枯酸的救命之恩,在布朗人失去谷种的危难时刻,历经艰难找回了谷种。对进入农耕社会的布朗族来说,找到谷种是性命攸关的大事。谷种是重要的食物来源,各民族都极为

---

① 普学旺:《云南民族口传非物质文化遗产总目提要·神话传说卷》(下卷),云南教育出版社 2008 年版,第 184 页。

珍视，布朗族也是如此，因此对为他们找到谷种的竹鼠也格外感激敬重。无论是对竹鼠的感激，还是对谷种的重视，都直观地反映了布朗族对自然的崇拜。这种自然崇拜也自然而然地赋予习俗故事以生态的寓意。

（二）“埋吉薄僚”习俗故事中的生态价值

西双版纳的布朗族建竹楼的时候，有在竹楼顶上用两片龙竹（或木条）做成交叉的角的习俗。这种两片竹片交叉的角，布朗语叫“埋吉薄僚”。勐海县流传着关于“埋吉薄僚”的习俗故事。故事说道：

从前，在嘎比纳瓦涂这个地方，有一对贫穷的夫妇。他们居住在矮陋的茅草屋里，一场暴风雨掀翻淋塌了他们的茅屋。他俩上山伐木、割草，在乡亲们的帮助下改建起一间竹楼。他们把竹剖开，绑在屋顶斜面两边，压住草排，免得再被风刮跑。两片竹片在屋顶两端交叉成对顶角，直指蓝天，象征布朗族人向上、耿直的性格。这种两片竹片交叉的角，布朗语叫“埋吉薄僚”。三年后，压在草排上的竹片居然发出芽来，乡亲们都来看稀奇，纷纷说：“这是好兆头哩！”大伙儿唱歌跳舞庆祝，还送银子给老两口，表示祝贺。

嘎比纳瓦涂的“召勐”听说了这件事，派一个叫西纳的人去查访是不是真的枯竹发芽了。西纳回去禀报：“真的哩，我的主！”嘎比纳瓦涂的“召勐”听后扯着脖子叫嚷：“那两个老东西肯定会巫术，竟使枯竹发芽。来人呀，去把竹楼拆掉，把人投进‘玛哈时目’（大海）！”一群武士如狼似虎扑来，老两口被吓得半死。当他们明白是怎么回事后，赶紧把乡亲送给他们的银子拿出来送给嘎比纳瓦涂的“召勐”，才买得一条生路。他俩连夜逃出嘎比纳瓦涂，乘坐竹筏，在海上漂了七天七夜，遇到维滴哈的“召勐”乘坐的大船。维滴哈的“召勐”命令把老两口救上船，问他们为什么在海上漂流。老夫妇叙述了他们俩的遭遇。维滴哈的“召勐”说：“我正是来观看枯竹出芽的哩，带我去见你们的‘召勐’。”

七天七夜后，维滴哈的“召勐”来到嘎比纳瓦涂，对嘎比纳瓦涂的“召勐”说：“你的地方有枯竹发芽是你的福气呀！以后出现的好事你就会看到。我想有这样的福气还得不到哩。你不要就给我吧。”“有什么用呢？”“遮风挡雨，繁荣昌盛。”“果真这样，留在我的地方多好！”“那么你把两位老人驱进大海，就不管了？”“让他俩做我的父母。”嘎比纳瓦涂的“召勐”还真说话算话哩，派人给两位老人换上新衣，扶上宝座。嘎比纳瓦涂和维滴哈结成友邻，庆祝了七天。维滴哈的“召勐”送给嘎比纳瓦涂的“召勐”一千头象、一千头马、一千头黄牛、一千头水牛。嘎比纳瓦涂的“召勐”又把它们送给老夫妇。老夫妇把发芽的“埋吉薄僚”的一片留给嘎比纳瓦涂的“召勐”，把另一片送给维滴哈的“召勐”。此后，布朗族人就依照老人所做的样子，在盖房时做“埋吉薄僚”，为的是得到幸福。①

在盖竹楼时做“埋吉薄僚”的习俗，富有西双版纳地域特色和布朗族的民族特色。云南的七个人口较少民族，有关盖新房的习俗故事流传下来的少之又少。德昂族、阿昌族、基诺族关于“盖新房”的习俗故事，大都是讲盖新房、进新房时要举行祭祀仪式的习俗，如德昂族的进新房习俗，是要请大师热（先生）主持“赖弄”祭祀仪式，供放祭品并念诵贺词，祝福房主平安吉祥；阿昌族的盖新房习俗，是盖新房时要用红纸写好“倒做倒好”四字贴上，以示吉祥；基诺族有上新房时打黄牛祭祖的习俗。但这些民族盖新房的习俗都和建筑无关，只是举行一些仪式祈福而已。而在建房时做两片竹片在屋顶两端交叉成对顶角（埋吉薄僚），形成独特的建筑风格的建房习俗，在笔者掌握的资料中，布朗族是云南人口较少民族中独一无二的一个。布朗族竹楼上做“埋吉薄僚”的习俗，已经初步具备了现代生态建筑的雏形。生态建筑学倡导的是，“以人、建筑、自然和社会的谐调发展为目标，在现有条件下，争取对自然的最优关系，利用并有节制地改造自然，顺应并保护自然生态的平衡与和谐，寻求创造适宜于人类生存与行为发展的各种生态建筑环境的有效途径与设计方法。”②而布朗族的竹楼充分利用了西双版纳丰富的竹林资源，符合当地的气候特点，是一种原生态的低耗能的民居建筑。这种建筑是和现代生态建筑学倡导的人与建筑、自然的协调发展理念相一致的。

“埋吉薄僚”习俗故事中的老夫妇自己建造的房子，就是布朗族的传统民居——竹楼，竹楼本身就是人们因地制宜，就地取材，根据自然和气候条件建造的适宜人居住的生态建筑。而老夫妇运用自己的奇思妙想，“把竹剖开，绑在屋顶斜面两边，压住草排，免得再被风刮跑。两片竹片在屋顶两端交叉成对顶角，直指蓝天，象征布朗族人向上、耿直的性格”的做法，也符合生态建筑的理念，即“生态高技术建筑的设计理念与创作思维既注重保护自然资源和人类的生活环境，更关心人们的生理、心理的自然取向”③，“埋吉薄僚”的建房习俗，不仅有利于避免竹楼顶上的草排被风刮跑，能够很好地保护环境，而且还反映了人们的心理取向——象征向上、耿直的性格。故事中的老夫妇做的“埋吉薄僚”，三年后竹片发芽，乡亲们都认为是好兆头。虽然老夫妇因此被嘎比纳瓦涂的“召勐”当成是会巫术的人，而受

---

① 陶玉明:《中国布朗族》,宁夏人民出版社 2012 年版,第 77—78 页。

② 曾群:《生态建筑与生态世界观》,《中外建筑》2003 年第 4 期。

③ 曾群:《生态建筑与生态世界观》,《中外建筑》2003 年第 4 期。

到迫害，险些丧命，但好在维滴哈的"召勐"救了他们，并说服了嘎比纳瓦涂的"召勐"，让他意识到竹片发芽的好处——"遮风挡雨，繁荣昌盛"。遮风挡雨是"埋吉薄僚"的建筑用途，繁荣昌盛则是"埋吉薄僚"的美好寓意。故事的结尾，布朗族人此后形成了盖房时做"埋吉薄僚"的习俗，则是将这种建筑特色传承了下去。这种建筑习俗既有助于保护房屋，保护自然环境，又满足了人们祈望幸福的心理期待，而且能世世代代传承下去，其生态价值是不能忽视的。

总体来说，基诺族、怒族、独龙族、布朗族的各种特色习俗，以及相关的习俗故事，是人们了解这些少小民族物质生活与精神世界的知识宝库。通过多姿多彩的习俗故事，这些不太为人所熟知的民族文化变得鲜活生动。对故事表层的阅读与聆听，能让我们对这些习俗有感性的认知，而对故事的深层挖掘，则会让我们走进这些民族文化的纵深之处，感悟到他们古老的民族文化中蕴含的可供现代人借鉴的宝贵思想。民俗故事不仅可以从文学的、审美的层面去研究和开掘，从生态文化这种非文本诗学的角度去挖掘习俗故事中蕴含的生态观念、生态价值，同样具有研究价值。而人口较少民族习俗故事中蕴含的丰富的生态文化资源，对于现代社会来说，是富有启示意义和参考价值的，值得深入挖掘。

第六章　云南人口较少民族民间故事的保护与传承

第一节　云南人口较少民族民间故事的传承危机

“浩如烟海的民间文学（口头文学），历来被看作是一个民族和社会所创造和蕴藏的民间文化（非物质文化遗产）的主干或主流，对于一个民族或社会的文化特性和文化精神的形成，对于一个民族的历史的确认或复原，都具有重大的、无可替代的作用。”[①]民间故事作为口头传承的民间文学的重要分支，其民族历史文化价值也是无可替代的。尽管2003年联合国教科文组织颁布的《非物质文化遗产公约》，将包括民间文学在内的口头文学、口头传统置于五大类非物质文化遗产之首，然而民间故事的保护和传承现状却不容乐观。与各民族的民间故事整体上发展不景气相比，云南人口较少民族民间故事的保护和传承更是困难重重，危机四伏。其他的人口相对较多的少数民族，尚有民间故事被列入国家级非物质文化遗产保护名录、民间故事讲述家被列为项目传承人，然而截至目前，国家公布的非物质文化遗产保护名录中，云南的七个人口较少民族的民间文学中，只有阿昌族的《遮帕麻和遮米麻》、德昂族的《达古达楞格莱标》入选，而这两部都是以史诗体为主，没有民间故事和民间故事的传承人入选。云南人口较少民族的民间故事传承，既缺少国家层面的支持，在民间也越来越边缘化，多层面的困境造成了其传承的危机。

一、民间故事的讲述者出现断层

讲述者是民间故事传承不可或缺的要素，无人讲述民间故事，民间故事自然而然地就失去了传承的主体，成为无源之水，必将枯竭。笔者曾到部分云南人口较少民族的聚居村落进行过调研，感触最深的是民间故事的讲述者后继乏人，出现断层。从现有的情况来看，各人口较少民族民间故事的讲述者基本都是一些有一定年龄、阅历和文化素养的长者，他们是民间故事传

---

① 刘锡成：《非遗保护的一个认识误区》，《河南社会科学》2011年第5期。

承的中坚力量。而这些会讲故事的长者,传承的力量也很薄弱:他们中有些已经离开人世;有些不会说汉语或普通话,只能用民族语口头来讲,而民族语言受汉语和普通话等官方通用语言的影响,渐趋边缘化,以致越来越多的少数民族年轻人听不懂本民族的语言,因而只能用民族语言来讲的这部分讲述者,其传承的能力自然而然地弱化;有些有文化会用汉语讲故事的老年人就成为民间故事稀缺的传承资源,然而这些人的传承力量同样有限,他们的传承方式大多是家族内部传承,或培养其他有天分有兴趣的年轻人。然而现在的年轻人大都对民间故事缺乏兴趣,缺少聆听和讲述民间故事的主观意愿,不愿意承担传承民间故事的使命。年长者传承故事的能力弱化,年轻人对传承民间故事不太感兴趣,因而故事的讲述者出现断层就成为各人口较少民族民间故事传承的常见困境。

此外,缺少有影响力的具有代表性的民间故事家和传承人,也是人口较少民族民间故事讲述者出现断层的因素之一。云南的七个人口较少民族都没有国家级或省、市级的民间故事传承人或故事家,没有出现像谭振山、刘德方、刘德培等有影响力的民间故事传承人,也没有形成像耿村民间故事村、伍家沟故事村这样的故事村落。因而人口较少民族的民间故事在本就式微的情况下,又没有得到国家机关、学术机构等的足够重视,缺少官方层面的政策支持和资金支持,完全靠自发地讲述和传承,在日趋功利化的社会大环境影响下,群众讲述民间故事的动力不可避免地受到影响。会讲故事的老年人缺乏传承的压力和责任,年轻人也缺少可供学习的故事家做表率,民间故事的讲述者出现断层也就不足为奇了。

二、民间故事的传统传承场域走向解体

人口较少民族民间故事的传承和发展离不开特定的传承场域的承载,传承场域是民间故事得以流传和延续的必要元素。“少数民族的文化传承场域是文化主体之间进行文化信息传递和交换的关系场域,空间上具有一定的相对独立性,但内部各文化因素相互渗透、相互交织的辩证运作,构成一个庞大的文化传承综合系统”①,民间故事作为人口较少民族文化的重要组成部分,其传统的传承场域大体是由氏族家庭、村落社区和传统集会等构成的相互渗透的综合系统和社会空间。然而,这些传统的传承场域正在走向解体,如不建构新的传承场域,民间故事的传承也势必成为一种空想。

① 倪梦:《少数民族文化传承场域的消解与建构——基于民族学校教育的思考》,《湖北民族学院学报(哲学社会科学版)》2013 年第 3 期。

氏族家庭是民间故事传统的传承场域，而这一民间故事的传承阵地正面临失守的境地。氏族家庭是少数民族传统文化传播的基本单位，民间故事等民族文化最初的传播阵地就是在家庭家族内部传承。讲述民间故事是只有语言没有本民族文字的人口较少民族向家族成员传播民族文化、教导为人处世道理的重要途径，也是长辈对晚辈进行德育和智育的重要手段。对本民族起源的追忆、对创世始祖的崇敬、对传奇英雄的丰功伟绩的敬仰、对民俗风情的了解、对善恶是非的判断、对人与自然的关系的理解等，这些广泛的几乎无所不包的对人、自然、社会的认知，通过多种多样的民间故事，由长辈传给了一代又一代的年轻人，完成了家庭中最初的启蒙教育。然而这一古老的家庭教育方式，在现代教育模式的强势冲击下，变得岌岌可危。现代的学校教育推崇的是所谓“先进”的主流文化和外来文化，非主流的边缘化的少数民族文化很少能被纳入正统的学校教育的范畴。人口较少民族族群渴望后代摆脱贫穷落后的生活状态，对“先进”的主流文化和外来文化充满学习的热情，对本民族的文化缺少自信。很多少数民族的家长不再把讲述民间故事当作家庭教育的内容，而是让孩子学习学校教育的主流文化和实用性强的书本知识。氏族家庭作为民间故事传统传承场域的基本阵地，在新时代新形势下受到多重因素的影响，渐渐失守。

氏族家庭是最基本的传承场域，村落社区和集市集会则是由众多家庭构成的更大型的传承场域。基本的家庭传承场域失守，这种影响也必然波及由众多家庭构成的大型传承场域。氏族家庭、村落社区和集市集会是相互关联、相互渗透的传承系统，一损俱损，一荣俱荣。当家庭这一基本传承场域失守，整个的传承系统都会失去平衡。氏族家庭的传承主要是一对一的个体传承，村落社区和集市集会则是族群间的集体传承。村落就是一个存在着口口相传、口耳互动传承的区域社会集体所在地。农忙时节田间地头小憩时的讲闲话、讲故事的娱乐，夏日里树下纳凉时的闲谈、冬天时的围炉夜话等，都是村落社区传承场域中常见的传承故事的形式。然而随着娱乐形式的多样化，手机、电视、电脑等的普及，这种单纯靠口耳相传的讲故事的娱乐形式越来越落伍，逐渐被新的娱乐形式取代，人们更容易被新事物所吸引，村落社区这一民间故事的传承场域也因之被打破。村落社区和集市集会的传承场域面临危机的另外一个因素是大量的农村人口离开乡村，涌向城市。全社会高速发展的城镇化进程让农民工成为城市发展所需劳动力的主要来源，城市对农村的吸引力和影响力，不断增强。这一大的社会发展趋势，让很多地处偏远贫穷落后之地的人口较少民族的农民，走向了城市，成为庞大的农民工队伍的一员，而他们土生土长的村落社区则成为空巢老人和留守儿童的驻地。乡村的凋敝,人口的流失,让民间故事又失去了一个传承场域,因为"任何一个民族民间故事的表演传承场域,都是由一定域内的民众集体参与构成的"①,因此当村落社区域内的民众涌向了城市,没有了集体的参与,这一传承场域就会被架空,成为丧失传播能力的空中楼阁。

民间故事的传承离不开特定的传承场域,当家庭、村落、集市等传统的传承场域不再能承担起传承的职能时,民间故事就失去了传承的空间和平台,难以传承和发展。

三、民间故事的功用价值受到挑战

无论是民间故事的口传形式还是文本形式,都具备特定的功能价值,这是民间故事值得保护和传承的根本原因。言及民间故事的保护和传承,也必须回到其本源,即民间故事自身,探究其在现代社会所能发挥的功用。对民间故事的功能有深入的了解,才能更好地传承,更好地实现其价值。目前来说,民间故事的传统功能,受到多重挑战,形势不容乐观,亟待发掘和发现其新的与社会发展相适应的表现形式,才能与时俱进,使其获得新的生命力,焕发新的生机。

关于民间故事的一般功能,刘守华在《故事学纲要》中将其概括为教育认识功能、改造现实功能、审美娱乐功能和社会交际功能。钟敬文在《民间文学概论》一书中,将民间文学的作用归纳为教育作用、认识作用、实用作用、审美作用和娱乐作用。也有学者将民间故事的基本功能细化为社会伦理功能、情感宣泄功能、心理代偿功能等,但总体来说教育认识功能和审美娱乐功能是民间故事获得普遍认可的功能。而这些民间故事赖以生存和延续的功能,正受到网络文学、网络电视、微博、微信等新媒体的多重挑战。

首先从民间故事的教育认识功能来看,众多的新媒体都不同程度地具备了这种功能。民间故事的教育认识功能主要表现为,通过民间故事,人们可以认识和了解本民族的历史、民俗风情、宗教文化、伦理道德等各方面的知识,从中受到审美教育、道德教育、品格教育等多种思想教育和行为教育。这种教育认识功能是民间故事存在的根基,但是新媒体的出现,这种根基被无情撼动了。高科技的广泛使用,不仅提高了人们的物质生活水平,也提高了人们的精神生活品质。电视电脑、智能手机等的普及,既为人们的生活提供了便利,也让网络文学、微博、微信、直播平台等

① 刘建琼、陆自彬:《泰国民间故事的变迁与保护》,《湖南大众传媒职业技术学院学报》2014年第6期。

新媒体进入公众的视野，让文化的传播方式更为快捷方便。这些新媒体以更加生动直观的方式，为人们提供所需的海量信息。尽管新媒体传播的信息有泥沙俱下的弊端，但其对受众所起到的认识教育功能却是巨大的。越来越多的人从新媒体和越来越现代化的学校教育中获取知识，形成自己对自然、社会、人生的认识。民间故事所具有的认识教育功能，新媒体和其他的大众传播媒介、学校教育等也不同程度地能够实现，其认识教育的功能也就自然而然地被削弱。

此外，民间故事的审美娱乐功能受到的冲击更为猛烈。讲故事在物质生活水平较低、娱乐方式匮乏条件下，是一种为群众所喜闻乐见的休闲娱乐方式。民间故事的审美娱乐功能是十分突出的，“人民在劳动中唱歌，夏天坐在瓜棚月下乘凉聊天、讲故事、猜谜、说笑话，或空闲时演小戏、演曲艺，首先不是为了受教育，而是为了消除疲劳，恢复精神。正是在这些活动的进行过程中，人民受到了多方面的教育。”①人们在讲故事听故事的过程中，获得了美的享受，愉悦了身心，丰富了精神文化生活，并在不知不觉中受到了教育，这是民间故事的审美娱乐功能所产生的效果。民间故事的这种审美娱乐功能曾经是其在原始社会、农耕社会绵延不绝、生生不息的主要原因，然而这种功能优势在现代化的商业社会、信息社会却受到了前所未有的挑战和冲击。现代化的生活方式、高科技信息技术迅猛发展、生活节奏的加快，让审美娱乐的方式更加多元便捷。看电影、追剧，看动漫、观看综艺节目，刷微博微信，或下载观看各种针对性强的新颖有趣的娱乐 APP 等，这些休闲娱乐方式方便快捷，图文并茂，能充分满足人们的审美娱乐需求。此外，电子游戏、网络直播间、社交媒体网站等新的交际平台，在提供了娱乐的同时，也提供了新的人际交往模式，具备了民间故事所具有的社会交际功能。多元化的审美娱乐方式的兴起，让民间故事的审美娱乐功能不再一枝独秀。民间故事口耳相传的单一的表达方式，与现代娱乐形式的图文并茂，采用影像、音效、多媒体辅助手段、丰富的表演形式、3D 的视觉效果等打造出来的视听盛宴相比，其审美娱乐效果和魅力都大打折扣。

民间故事的传统功能在新的时代背景下，受到了来自大众传媒、新媒体、现代化的学校教育等媒介的多重挑战，其不适应现代社会的弊端也凸显出来。正如著名的民间故事研究学者万建中所说：“信息的密集和更替的加速，促使我们需要直接而快捷地领会其精髓，于是不得不抛弃叙事、远离

① 钟敬文：《民间文学概论》，高等教育出版社 2010 年版，第 49 页。

情节,神话、传说和故事等逐渐成为古老的传统、成为可供解释的符号”①,民间故事在信息爆炸、高速运转的现代社会,它传播的单一性和迟缓性,让习惯“速食”的现代人望而却步。

需要说明的是,尽管民间故事的功能在与其他媒介的比较当中,常常处于劣势,其弊端也日益凸显,但这并不意味着民间故事这一古老的传统就失去了存在的价值。相反,民间故事包罗万象的内容、丰富的文化内涵、对民族历史文化的记忆等,都值得深入挖掘。民间故事具有颇具价值的内容,它亟需的是新的适应时代发展的表现形式。

四、经济落后冲击着对民族文化的自信

民间故事的讲述者出现断层、民间故事的传统传承场域走向解体、民间故事的功用价值受到挑战,这三个民间故事传承中的困境,可以说是具有普遍意义的适用于各民族民间故事传承现状的共性问题。而经济发展滞后,冲击着对包括民间故事在内的民族文化的自信,则是对云南人口较少民族民间故事的传承具有特定指向意义的困境。因为与其他民族相比,云南七个人口较少民族经济发展上的劣势是非常突出的。这七个人口较少民族中有五个民族(独龙族、德昂族、基诺族、怒族、布朗族)是“直过民族”,即从原始社会直接过渡到社会主义社会的民族,生产力水平较低,人民生活贫困落后。加之大都地处偏远的深山峡谷,交通不便,自然条件艰苦,地缘上的劣势也是这些民族经济发展滞后的原因之一。经济上的贫困落后是长期以来困扰着人口较少民族的重大问题,这些民族的贫困面大、贫困人口多,很多还在贫困线上挣扎。改革开放以前,中国各民族经济发展水平普遍不高,人口较少民族经济上的落后还不那么明显,对自己的民族文化也有一定的自信。改革开放以后特别是21世纪以来,中国经济普遍高速发展,人口较少民族的贫困问题就变得鲜明突出起来。加之原本封闭的自给自足的生活环境被打破,人口较少民族也能通过各种媒介知道外面经济高速发展的世界,更能认识到与发达地区的差距。经济基础决定上层建筑,贫困落后尚不自知的时候,还能保持对民族文化的自信,而深刻意识到自身的发展滞后以后,不少人对自己的民族文化产生了怀疑,失去了应有的自信。这种不自信不能说是普遍现象,但还是在一定程度、一定范围内存在的。人口较少民族中的这种对民族文化的怀疑和不自信,对其民族文化的保护传承是极大的威胁。“来自民族群体内心深处对民族文化的冲击比任何来自外部的力量

① 万建中:《民间文学引论》,北京大学出版社2006年版,第57页。

都要强烈。应该说,文化的自信和自觉是保护、传承和发展民族文化的内在动力,一个民族一旦失去了对自己民族文化的自信和自觉,其文化也就岌岌可危了"①,民间故事既是传承人口较少民族文化的主要载体,也是民族文化的重要组成部分,在对民族文化不自信的情况下,民间故事的保护和传承也就变得更为艰难了。

云南人口较少民族民间故事的传承危机,除了上述表现以外,还与各级政府、文化部门、学校教育、学术机构等对民间故事的重视程度不足、采取的保护传承措施不够有效等因素有一定的关联。造成人口较少民族民间故事传承困境的因素是多元的,这些因素又是相互交叉,很难截然分开。对民间故事的传承危机及成因有清楚的认识,才能有针对性地采取行之有效的措施去保护和传承民间故事。

第二节 云南人口较少民族民间故事的传承之路

云南人口较少民族民间故事的传承是一项庞大而艰巨的工程,传承之路道阻且长,需要社会各方力量的联动协作,形成合力,才能见到成效。地方政府、文化机构、各级学校、商业组织、学术界、媒体、群众、专家学者等构成了民间故事传承的主体力量,官方与民间群策群力,个体与群体合作共营,才能探索出一条民间故事的可行性发展之路。

关于民间故事的保护和传承,国家和各级政府已经采取了一系列措施,民间文学研究领域的学者们也公开发表了一定数量的研究论文,对民间故事的传承提出了很多宝贵建议。为了让云南人口较少民族民间故事的保护和传承措施更具建设性和可行性,充分的调研、集思广益是必要且必须的。笔者对相关的职能部门、专家学者、人口较少民族群众等进行了一定范围内的调查走访,奔赴人口较少民族聚居地的村落、当地的宣传部、民宗委、文化局等机构进行调研。在对基层的情况有了比较详细的了解之后,笔者又到云南省的职能部门——云南省文化厅、云南省非物质文化遗产保护中心、云南省民族宗教事务委员会、云南省文联、云南省古籍办、云南省语委等处了解官方层面对民间故事保护和传承的政策措施,并向普米族专家学者熊永祥教授、非遗中心的杨金杰老师、古籍办主任谢沫华老师、语委的云南少数民族民间文学研究专家普学旺老师、民宗委经济发展处陈新华处长、民宗委

① 黄光成:《中国人口较少民族丛书·德昂族》,中国民族摄影艺术出版社 2007 年版,第 116 页。

文化宣传处的资铁副处长等咨询民间故事传承的建议。此外,笔者还走访了云南省新闻出版局及其下属的出版社等传媒部门,了解云南人口较少民族民间故事及研究专著的出版发行情况。

在征询多方意见的基础上,结合自身在民间故事的案头研究和田野调查中获得的启示,笔者认为云南人口较少民族民间故事的传承需要多方力量的共同参与,才有可能将传承有效进行下去。具体来说就是通过政府主导、民众自觉、传媒助力、学校配合、学者投入等举措,来保护和传承民间故事。

一、职能部门主导,建立民间故事的长效发展传承机制

政府职能部门制定相关的政策法规,对云南人口较少民族民间故事的保护传承提供政策、方向上的指导,使传承有法可依、有章可循,是保证民间故事得到有效传承和发展的先决条件。职能部门应在充分了解情况、广泛征求意见的基础上,制定切实可行的传承办法、实施方案、发展战略和规划,掌控民间故事的发展方向,建立健全民间故事的长效发展机制。通过对传承群体的政策支持、资金支持、人才支持、技术支持等,鼓励各方力量加入人口较少民族民间故事的传承队伍中来,这是只有官方机构才有权利、有能力去开展和实施的工作。

(一)建立健全人口较少民族民间故事文本的"非遗"申报和传承制度

从目前的国家级和省级的民间故事文本的"非遗"入选情况来看,云南人口较少民族的民间文学文本只有阿昌族创世史诗《遮帕麻和遮米麻》和德昂族史诗《达古达楞格莱标》,进入国家级非物质文化遗产保护名录,尚没有民间故事进入国家级非遗保护名录。从云南省的省级非遗名录来看,七个人口较少民族均没有民间故事文本入选。不过令人欣慰的是,云南省的前三批非遗名录中,民间文学类都只有史诗歌谣,没有民间故事入选,而在最新公布的第四批省级民间文学非遗名录中,终于有苗族传说故事《召赞和卯蚩彩娥翠》、彝族民间故事"阿哩"、"阿乐攀月"被收录。虽然不是人口较少民族的民间故事,但是却是"民间故事"文本首次进入省级非遗的保护名录中,在此之前云南省的民间文学申遗工作基本都是史诗歌谣一统天下。

民间故事虽然是非物质文化遗产的重要组成部分,但没有进入到国家级和省级的非遗保护名录,其发展和传承工作就很难得到应有的重视。在"非遗"背景下,民间故事的保护和传承获得了难得的发展契机,各级职能

部门应抓住这一契机，着力推进人口较少民族民间故事的“非遗”申报和传承工作。在当前形势下，民间故事进入各级“非遗”名录的保护范围，它的传承才能得到更多的政策、资金和技术支持。而自上而下的对民间故事的关注和重视，也能反过来促进人口较少民族群众珍视本民族的传统文化，进而自觉地传承民间故事。政府和各级职能部门群策群力，积极推荐有代表性的民间故事申报“非遗”项目，并将这项工作作为常规工作加以制度化，是使人口较少民族民间故事得到有效保护和传承的重要途径。推进人口较少民族民间故事的申遗工作，使其获得更多的发展空间，是一件惠及四方、受益良多之事。一方面，人口较少民族的传统文化是中国各民族文化大家庭的不可或缺的组成部分，民间文学也不只是史诗歌谣一种类型，也是民间文学的中坚力量，让人口较少民族的民间故事得到更好的传承和发展，有利于保护民族文化和民间文学的多样性；另一方面，推进民间故事申遗工作，可以让人口较少民族的优秀传统文化走出大山、走出云南，走向全中国，被更多的人了解和认识，有利于促进少小民族文化的宣传推广。

（二）建立健全民间故事传承人的培训制度、培训体系

传承人是人口较少民族民间故事传承的重要民间力量，是民间故事得到有效传承的必不可少的人力资源。然而从当前人口较少民族民间故事的代表性传承人的发展现状来看，其培养与培训的体系尚不健全，亟待完善。

第一，人口较少民族中，民间故事代表性传承人十分匮乏。只有阿昌族的曹明宽被列为《遮帕麻和遮米麻》的国家级非遗项目代表性传承人，其他六个人口较少民族均没有国家级、省级的民间故事非遗传承人入选。职能部门需要建立健全培养体系，培养人口较少民族中的文化骨干分子成为民间故事的传承人，让他们承担起民间故事传承和推广的责任。

第二，现有的云南民间文学传承人培训制度、培养方法和体系上还有很多需要完善之处。目前云南省已经加大了对包括民间文学在内的非遗项目各级传承人的资金支持力度和工作监督力度。国家级的代表性传承人每年有 20000 元、省级的传承人每年有 5000 元的传袭补助经费，职能部门定期检查各级传承人的传袭工作开展情况，监督其传袭工作。这些是传承人培养制度中较有成效的一面，但传承人培养体系中的不足之处也是不容忽视的。比如在某些县市举办的民间文学传承培训班，有的是能切实起到培养传承人对民间文学的深入了解、掌握传承技能的功效，然而有些少小民族的传承培训班也存在着只讨论民族文化政策不讲本民族文化的偏差。将重点放在宣讲民族文化政策寻求资金政策支持，在民间文学的讲述、文本学习和鉴赏、传承方式上却缺少重视和讨论，喧宾夺主，背离了开办传承培训班的

宗旨。笔者在采访云南省著名的民间文学学者、省语委主任普学旺老师时，他向笔者讲述了自己在传承人培训班上的具体传承过程以及对存在问题的忧虑。普老师在一些县城的民间文学传承人培训班上，将彝族的创世史诗《阿黑西尼摩》复印多份，发给毕摩们，并用彝语朗诵给他们听，收到了很好的效果。但是基层的传承人培训也存在一些问题，人口较少民族文化传承的不利之处在于没有文字，办传承培训班有一定难度。而即使能够开办的少小民族传承培训班，在培训的过程中也出现了一些偏离，如普老师所说："讲的也不是本民族的文化，讲的是整个民族文化产业保护政策性的东西，这样讲的话，某种程度就会变成一种情况，就是不但不用传统的方式教育别人，而是用政策灌输别人，让别人知道国家政策是什么样。某种程度上这样搞的太多的结果，不但不利于民族文化的传承。某种程度上把传承人的思想、传承人的传承知识引到了我们现在的民族政策上来，这样一点都不利于民族文化的扶持。"①可见，在民间故事传承人培训制度、体系上还存在一些偏离民族文化传承主旨的不完善之处，需要职能部门给予方向引导、技术指导。在民间故事传承的方向上，要将口述的民间故事和成文的民间故事文本的讲述和传播作为基本方向，使民间故事传承人的工作回归本源，而不是成为民族文化政策的宣讲人。在传承人的培训技能方面，要请专业人士提供技术指导，并请基层的传承人积极贡献故事文本，对现有的民间故事文本进行扩充。在传承人的工作部署和监督方面，职能部门在给其资金、技术、政策支持的同时，要给传承人明确传承任务，并督促其落实，阶段性地请专业人士、专家学者指导和检查其传承工作的方法和成效。健全完善人口较少民族民间故事的传承人培训体系，是官方机构在民间故事传承中非常重要的工作环节。

（三）经济扶贫与文化扶持相结合，重振人口较少民族文化自信

国家和云南省对人口较少民族的扶贫工作十分重视，2005 年国务院就审议通过《扶持人口较少民族发展规划（2005—2010 年）》，而在 2002 年，云南省委、省政府就下发了《关于采取特殊措施加快我省 7 个人口较少特有民族脱贫发展步伐的通知》，在全国率先开展了扶持人口较少民族发展工作。经过多年持续不间断的扶贫工作，云南人口较少民族的物质生活、生存条件获得了很大改观。在民族文化的发展方面，自 2010 年起，云南省级财政设立少数民族传统文化抢救保护专项经费每年 2000 万元，2011 年设立少数民族文化精品工程专项经费每年 1500 万元。省文化厅、省委宣传

① 引自笔者 2017 年 2 月 23 日采访普学旺老师的笔录。

部、省文产办也都设立了相关资金，上述资金为少数民族传统文化抢救保护提供了较为坚实的经费保障。

职能部门给予了人口较少民族经济和文化发展较为有力的资金支持，但在经费支持的同时，切实做到经济扶贫与文化扶助相结合，提升人口较少民族对本民族传统文化的自信，则是民间故事传承中需要落实和加强的工作。因为造成人口较少民族民间故事传承危机的一个不容忽视的因素，就是经济贫困导致的对本民族文化失去自信，失去了传承的热情和积极性。而各级政府机构在目前已经花大力气进行的人口较少民族扶贫工作中，要将经济扶贫和民族文化保护的政策和经费落到实处，既要改变贫困的物质生活，又要弘扬民族传统文化，提升其对民族文化的自信，这样才能广泛促进少小民族群众自觉地推广和传承包括民间故事在内的民族文化。

笔者从云南省民宗委了解到，“十三五”期间，云南省将实施民族文化“双百工程”。民族文化“双百工程”即打造100个全国知名的带动民族文化产业发展的民族文化精品，推出100名全国知名的民族民间文化传承创新带头人。以点带面，带动少数民族传统文化全面保护传承。应该说“双百工程”对于云南人口较少民族的民间故事等民族文化的发展和推广，是一个利好信息。但百个精品工程和百名文化传承人大多偏向于民间技艺、民间歌舞、史诗歌谣等民间文化形式，这样就让民间故事的传承发展又失去了宝贵的机会。云南省在落实“双百工程”时，应充分考虑民间文学中民间故事这一重要的非遗资源的价值，在项目立项和传承人的选拔方面给予民间故事应有的重视。来自政府层面的对民间故事的重视，能极大地提升人口较少民族对民间故事等民族传统文化的自信。如果一味地扶持技能性、观赏性、表演性较强的民族文化和人口相对较多的少数民族文化，忽视了少小民族的口述文化，那么人口较少民族本就所剩不多的对民间故事等民族文化的热情和信心，也会大受打击。

职能部门在制定和实施传承民族文化的相关政策时，要给予人口较少民族这一少数民族中的极少数群体足够的重视，对民族文化要多样化扶持，不仅是纯技艺类的文化要保护扶持，实用性不太强的民间文学形式也要得到有效扶持。正视传统文化面临的内部资源流失和外来文化冲击的双重困境，既要培育各人口较少民族群众的文化自觉和文化自信，又要采取措施增强民族传统文化自身的抵抗力和适应性。通过开展持续有效的宣传和引导，树立人口较少民族群众对自身文化的认同，增强传统文化在群众中，特别是年轻一代群众中的认可度和影响力，提升民族文化的自信心和自豪感，是民间故事这种传统文化得到有效传承的必要精神建设举措。

（四）搭建平台，将民间故事纳入整体文化保护的框架内活态传承

人口较少民族民间故事的保护和传承，需要良好的文化氛围和适宜的土壤。营造适合民间故事发展的社会环境、文化环境，民间故事的传承才能变成有生命力的活态传承。“活态传承是指在日常生活中进行传承与发展的保护方式，区别于以技术手段对非物质文化遗产进行博物馆、展览馆式的场所展示型保护，以及用音像、视频、汇演的方式记录非物质文化遗产项目的文献记录式保护，也与旅游休闲、演艺等商业开发式的利用有明显区别。”①由民间故事被放置在博物馆、展览馆、影像资料中乏人问津的静态保护，变成在民间自觉传承的动态保护，让民间故事在适宜的文化生态中活态传承，是使民间故事永葆活力和生命力的当务之急的传承工作。职能部门如能搭建平台，为民间故事的传承提供展示传播的舞台、营造适合民间故事活态传承的整体文化氛围，将会极大地扩展民间故事的传承范围，提高传承效果。

首先，职能部门可举办民俗活动、文体活动、宗教活动、文艺竞赛等多种形式的民族文化活动，将民间故事融入丰富多彩的群众性文化生活当中，促进其自觉传承。人口较少民族中很多有趣的习俗都有相应的解释其来历的故事，在举办民俗文化活动时，请有文化的长者、祭师、经师等讲述习俗起源故事，通过聆听习俗故事，群众才会既知其然又知其所以然，自然而然地产生聆听和传播的兴趣。人口较少民族至今仍然信奉着原始宗教和小乘佛教等宗教，举行大型或中小型的宗教活动，也是讲述和传播民间故事的重要平台。民间的宗教祭司、活袍、毕摩、韩规等都是有一定宗教修为和文化素养的人，大都能讲述和宗教活动相关的故事，信众们基于信仰也会自觉不自觉地聆听和传承宗教故事。在人民群众喜闻乐见的文体活动、文艺竞赛中，加入讲故事比赛也是一个能发掘人才、传承民间故事的良好形式。举办各级、各类的民间故事比赛，给予优胜者和参与者物质上和精神上的奖励，能够激发他们对民间故事讲述和传承的积极性，通过少数带动多数，也会形成民间故事传承中一股不小的力量。

此外，职能部门可建立和依托人口较少民族传统文化生态保护区，让民间故事在保护区内定点传承，再以点带面，拓展传承范围。据云南非物质文化遗产保护中心提供给笔者的数据，到目前为止，七个人口较少民族中只有基诺族没有建立传统文化生态保护区，其余六个民族均建立了保护区，具体

① 何丹丹、王云松、刘巧云：《面向文化创意产业的闽南民间故事活态传承路径研究》，《戏剧之家》2016年第12期（上）。

情况如下表：

云南省省级民族传统文化生态保护区一览表
（只选取了人口较少民族的传统文化生态保护区）

序号	名　称	民　族	县　份	保护单位
1	河西乡箐花村普米族传统文化保护区	普米族	兰坪县	兰坪县
2	丙中洛乡怒族传统文化保护区	怒　族	贡山县	贡山县
3	独龙江乡独龙族传统文化保护区	独龙族	贡山县	贡山县
4	三台山乡德昂族传统文化保护区	德昂族	芒　市	芒　市
5	户撒乡新寨贺姐村阿昌族传统文化保护区	阿昌族	陇川县	陇川县
6	大南直布朗族传统文化保护区	布朗族	双江县	双江县文化馆
7	蛮旦寨阿昌族传统文化保护区	阿昌族	龙陵县	龙陵县文化馆
8	章朗布朗族传统文化保护区	布朗族	勐海县	勐海县文化馆
9	芒景村布朗族传统文化生态保护区	布朗族	澜沧县	澜沧县文化馆
10	拉伯乡普米族传统文化生态保护区	普米族	宁蒗县	宁蒗县文化馆

这些人口较少民族的传统文化生态保护区实行的是整体性保护的原则，注重对保护区内的非物质文化遗产项目、传统村寨与传统民居以及自然生态环境的整体性保护，民族传统文化的保护传承是保护区的核心工作内容。在保护区内各种民族非遗项目在内容、形态、表现形式方面要保持其原生态的面貌，同时坚持活态传承的原则，在运用中发展。人口较少民族传统文化生态变化区的建立是探寻民族传统文化保护与现代社会接轨的有效途径和方法，有利于增强非物质文化遗产保护传承的生机与活力。

在整体保护和原生态保护的原则下，人口较少民族的传统文化保护区内形成了有利于非物质文化遗产发展的大环境，具备了良好的活态传承的周边环境和条件。民间故事在这样整体发展的文化氛围内，才有可能如鱼得水。将各种传统文化交融起来，共同发展，相互促进，营造良好的整体发展的文化生态环境，将民间故事纳入民族文化整体保护的框架内传承和发展，民间故事才不会成为脱离大环境孤立发展的个体。孤立地谈民间故事的发展或其他非遗项目的发展，这种让鱼离开水的孤立发展思路是很难行得通的。需要指出的是，职能部门要有具体的规划，在保护区内不能只注重进入省级、国家级保护名录的非遗项目，民间故事等口传文化同样要进入保护的视野。充分发挥民族传统文化生态保护区的作用，让民间故事在其中得到活态传承,再由保护区辐射周边,逐渐扩大民间故事活态传承的领域,将重点保护与整体推进相结合,是人口较少民族民间故事得到有效传承的重要途径。

对于六个已经建立了民族传统文化生态保护区的人口较少民族来说,其民间故事的保护与传承要依托保护区,利用保护区内天时地利人和的有利条件,抓住机遇,将民间故事发扬光大。而对于尚未建立民族传统文化生态保护区的基诺族来说,职能部门应根据实际情况,发掘基诺族丰富的民族文化资源,尽快推进基诺族文化生态保护区的建立,让包括民间故事在内的基诺族民族传统文化得到良好的发展空间。

虽然建立民族传统文化生态保护区不是保护和传承人口较少民族非物质文化遗产的唯一途径,更不是包治百病的灵丹妙药,但在目前情况下,它确实是一条相对不错的传承方法。充分利用现有的保护区创设的良好文化环境,抓住发展的机遇,对人口较少民族民间故事的传承而言,不失为一种明智之举。

二、传媒助力,丰富民间故事的表现形式,使其多元化和现代化

民间故事的有效传承,除了职能部门、官方机构要给予方向、政策的引导和资金支持外,传统媒体和新媒体的力量也不容小觑。人口较少民族民间故事的传承陷入困境的一个重要因素,就是现代化的高效快捷、形式新颖的新媒体对民间故事单一的表现形式的冲击。微信、微博、影视、电竞、网剧、动漫等传媒提供了新的娱乐形式,高科技手段的运用、形式上的美感、包罗万象的内容等,使新媒体在形式和内容上更贴近现代人的娱乐需求、审美需求和教育需求。新媒体和其他媒介是造成民间故事传承危机的强势力量,但这并不意味着二者之间是你死我活、水火不容的关系,现代化的媒体不应该成为民间故事发展的"拦路虎",而应该成为促进民间故事适应现代化需求的助推器。很多非遗保护的有识之士,已经意识到古老的口传文化需要借助现代传媒的力量,以丰富民间故事等传统文化的表现形式,使其深广的内容和丰富的文化底蕴得到完美呈现,现代传媒是民间故事走出传承困境需要依托的重要力量之一。笔者认为,云南人口较少民族民间故事的传承,需要图书杂志、电视等传统媒体与网络新媒体共同助力,发挥各自的传播优势,推动民间故事与现代社会接轨,重新焕发生机和活力。

(一)传统媒体要助力人口较少民族民间故事类图书、杂志等的出版发行

传统媒体要积极致力于人口较少民族民间故事类图书、杂志等的出版、

宣发和推广，为民间故事稀缺文本的保存和民间故事经典的多样化发展贡献力量。在近几年的云南人口较少民族民间故事的研究工作中，笔者深深感受到这些少小民族民间故事文本的稀缺，民间文学的专家学者在20世纪八九十年代和21世纪初，抢救性发掘和搜集整理成书的民间故事文本，是目前为民间故事的研究者和传承者通常采用的故事材料。然而，这些民间故事文本的推广发行情况却实在不容乐观，很多经典的民间故事文本只印了一版之后就不再出版，出版社、实体书店、网上书店、图书馆等几乎都没有可供购买和借阅的民间故事书。以国家耗费大量人力物力和财力，凝聚了大批专家学者和民间故事讲述者心血的"三套集成"来说，笔者在各类书店和云南省的大部分高校图书馆内均无法购买或借阅到。后来机缘巧合才在云南省图书馆找到了传说中的《民间故事集成·云南卷》，简直如获至宝。"三套集成"这些民间故事经典文本的稀缺，让专业的民间故事研究者和传承者都很难找到，对大多数没有更多图书资料来源的人口较少民族群众来说，就更是无缘见到这些宝贵的民间故事资料，也就更无从谈到传承和发展民间故事了。《民间故事集成》和其他经典的民间故事书，其成书的过程凝聚了研究者、讲述者、职能部门、民族群众等各个群体保护民间故事和民族传统文化的满腔热情，其目的就是保护和传承民间故事，让更多的人了解民间故事。然而现实是这些故事文本，出版社不再发行，图书馆难觅踪迹，使得大量的读者难以触及这些宝贵的故事资料。民间故事文本被束之高阁，在图书市场上几乎绝迹，根本无法普及给群众。取之于民的民间故事，也应用之于民，而无缘被民众阅读和讲述的故事文本，也就失去了普及和传承的意义，这从根本上背离了三套集成等故事文本成书的初衷。除三套集成这种比较经典的文本外，人口较少民族专门的民间故事图书更是属于稀缺文本，图书市场上难见踪迹，极大地增加了研究和传承的难度。

保护和传承几乎被图书、杂志等传统媒体抛弃的民间故事，尤其是人口较少民族的民间故事，亟待出版社、报社、期刊杂志社等传统的纸质媒体的助力。传统媒体作为商业营利机构，必然要考虑到图书出版发行的利润，不考虑传统媒体的实际利益，空谈保护和传承民族传统文化是不切实际的。笔者认为，传统媒体积极出版发行人口较少民族的民间故事，一方面需要社会各界的支持，另一方面传统媒体自身也要采取科学规划、加强宣传、找准受众等多重营销措施，让民间故事的出版发行实现社会效益和经济效益的双赢。

出版社可以尝试以"人口较少民族民间故事丛书"的形式，出版少小民族专门的稀缺的故事丛书，并再版"三套集成"等经典的知名度较高的民间文学图书。这些民间故事图书的受众大多数是专业的研究者、文化部门、少数民族群众，因此出版社可以将高校图书馆、科研机构、文化馆、各级宣传部、民宗委、人口较少民族聚居地的市县和乡村图书馆等作为主要的发行对象。明确受众，宣发有针对性，营销方式多样，才可能实现这些小众图书的成功发售。

出版社等传统媒体还应抓住少年儿童这一民间故事的受众群体。民间故事是重要的儿童文学形式，少年儿童也是民间故事的主要读者之一。很多人对民间故事的了解，都来源于儿时父母、亲人讲述的生动有趣的故事，民间故事的出版发行不能遗漏儿童文学这块阵地。出版社可以根据儿童的阅读习惯，出版发行民间故事的绘本、图画书、拼音书、漫画书等，丰富民间故事图书的种类。满足各类受众、读者的需求，传统媒体才能真正助力民间故事和民族文化的推广，同时又满足了自身的经济需求。

（二）新媒体助力，以数字化、多样化的表现形式展示和传播民间故事

联合国教科文组织将新媒体定义为：以数字技术为基础，以网络为载体进行信息传播的媒介。根据这个定义，新媒体包含了网络媒体、手机媒体、数字电视等多类型的媒体。新媒体是目前最为繁荣的传播媒介，其异军突起是民间故事陷入困境的重要因素，但二者之间不是鱼死网破、非此即彼的关系。民间故事要走出低谷，需要与现代化的传播手段接轨，借助新媒体来丰富其表现形式，而民间故事深广的、原生态的文化内涵同样会充实新媒体的内容，二者的合作共赢，是民间故事发展的大势所趋。

以网络媒体而言，目前省级以上的民族机构、文化机构都有自己的官网。云南省民族宗教事务委员会、云南省非物质文化遗产保护中心、云南省文化厅等都借助其官网发布民族政策、介绍保护民族文化的举措等，但都还没有设立专门的人口较少民族民间故事的宣传专栏。笔者认为，省级文化机构可以尝试和七个人口较少民族聚居区的文化部门合作，建立人口较少民族民间故事的独立的官网，介绍经典的广为人知的民间故事。同时积极鼓励民间的有识之士，贡献出还不太为人知的民间故事文本，与人口较少民族的群众形成良好的互动，促进民间故事的推广和普及。此外，设立人口较少民族民间故事的官方微博，与民间故事的传承人、爱好民间故事的群众等及时互动；以人口较少民族的民间故事为蓝本，创作网络剧、动画片、宣传片等，以图文并茂的形式宣传民间故事；创办以推广人口较少民族民间故事为主的电子杂志、有声读物；等等。这些都是可以尝试的借助网络媒体来传播民间故事的途径。

手机媒体是更便捷、更易于携带和操作的掌上媒体,人口较少民族民间故事的推广更需要这种新媒体的加入。微信、微网站、微直播、贴吧、微视频、类型多样的掌上读物等,都可以助力人口较少民族民间故事的传播。建立人口较少民族民间故事的微信公众号,是一个不错的传播方式。云南省非遗中心已经通过自己的公众号,及时发布非遗保护的政策、措施、项目申报和进展情况等信息。这个微信号有保护目录、非遗传人、微网站等栏目,在保护目录专栏里,介绍了云南省的国家级非遗名录、省级目录和保护区的情况,在非遗传人栏目概括介绍了传承人的基本情况。通过云南省非遗中心的公众号,可以了解到包括云南人口较少民族民间故事的入选名录情况和传承人的情况。相对于非遗中心这种对云南省的所有民族的非物质文化遗产进行整体介绍的公众号,各人口较少民族的非遗保护机构应建立专门介绍本民族民间故事的公众号,这样会使民间故事的传播更有针对性和专业化。

微直播也是一个可以尝试的传播民间故事的新媒体,可以邀请人口较少民族民间故事的传承人、爱好者、研究者等开直播,与观众直接互动。直播讲故事,讲述者的表情、动作、声音等会直接传递给观众,观众对故事的反映也会实时反馈给讲述者。如果直播设计新颖,准备充分,讲述者接受过专业的培训,相信这会是一个具有可操作性的传播民间故事的途径。创建民间故事的微视频网站,将已经采集到的民间故事传承人讲述民间故事的视频上传,既保存了民间故事的视频资料,又传播了民间故事,一举两得。建立人口较少民族民间故事的贴吧,一方面可以通过贴吧发布民间故事,另一方面可以通过贴吧讨论区集思广益,为民间故事的传承发展收集意见和建议,进一步探索出民间故事的可行性发展之路。此外,“听书”类的手机APP,也是很受年轻人欢迎的文化推广方式,像喜马拉雅听书、掌阅等APP,也可以成为传播人口较少民族民间故事的途径之一。

传统的纸质媒体和新兴的电子媒体,都是可以助力人口较少民族民间故事传承的有效力量。在信息社会,传承古老的民间故事,离不开各种传播媒体的支持。步履维艰的人口较少民族民间故事,借助传统媒体和新媒体的力量,才有可能插上腾飞的翅膀。

三、学校配合,为人口较少民族民间故事提供传承空间

学校是各种文化的汇聚之地和传播之所,人口较少民族民间故事的传承需要学校这种广阔的传承空间。云南的各级学校和教育机构应有传承民族传统文化的意识,为人口较少民族民间故事的传播尽一己之力。

（一）基础教育学校可通过课程教育与课外活动来推广民间故事

在幼儿园、小学、中学等基础教育阶段，人口较少民族聚居地的学校可以根据学生的年龄特点、接受能力、心理需求等，开展形式多样的课内和课外活动，培养学生对本民族民间故事的兴趣。对于幼儿园的学龄前儿童来说，讲故事本身就是深受欢迎的学习活动，学校可以通过讲故事比赛、表演小故事、做游戏等活动，寓教于乐，让学生在玩中学，获得对民间故事的启蒙教育。幼儿园可以挑选适合儿童阅读的民间故事绘本、漫画、有声读物等，推荐给家长作为睡前故事讲给孩子听。传承民间故事从娃娃抓起，民间故事的传承才会奠定稳固的根基。对于小学生来说，学校可以将人口较少民族的民间故事融入小学语文的课程教育和课外活动当中。小学语文课本中如果没有选入民间故事，教师可以在扩展阅读的非应试篇目中，加入人口较少民族的富有启示意义的民间故事，来增进学生对本民族传统文化的了解。除了课堂上，将民间故事纳入教学的范畴外，人口较少民族的小学还可以开展民间故事的第二课堂活动，发挥学生的能动性和创造性，鼓励学生在课外搜集民间故事、自发地讲故事、讨论民间故事等。也可以在课外开设民间故事兴趣班，将对民间故事感兴趣的同学聚集起来，看故事（故事视频）、听故事、讲故事、论故事。通过开展丰富多彩的学习活动，既可以提高学生的文学素养，又传承了民间故事。中学阶段，学生的应试压力加大，很少有时间吸取与考试无关的知识，学校可以通过作文课，将一些适用的民间故事作为作文的例证材料讲给学生，既丰富了学生的写作素材，也传播了民间故事。

基础教育阶段，学生有很强的好奇心和求知欲，且处于记忆力和学习能力的鼎盛时期，这一时期所获取的知识、对事物的理解，常常会给其留下终生难忘的难以磨灭的印象。因此，民间故事的传承一定要抓住少年儿童学习的黄金时期，这需要学校和教师的积极配合，为民间故事的推广提供契机和空间。

（二）高等院校要加强民间故事的学科建设，促进民间故事的研究与传承

在高等教育阶段，从本科教育到硕博士的研究生教育，高校的人才培养越来越专业化和精英化。一般的综合性大学以及民族类、师范类大学大都设有中国语言文学系，民间文学、少数民族语言文学一般隶属于中国语言文学一级学科之下。人口较少民族的民间故事，和民间文学、少数民族语言文学这两个专业都有交叉，云南民族大学、云南师范大学、云南大学等高校都有少数民族语言文学专业的硕士点。云南高校有着研究省内少数民族民间文学的地域优势和资源优势，加强民间故事的学科建设，培养少小民族民间

故事的专业研究人才，是高校应为人口较少民族民间故事传承作出的贡献。

首先，高校应把课堂教学建设成人口较少民族民间故事的传播平台。教师可以利用民间文学、少数民族语言文学专业课和民间故事的选修课等课程平台，精心选用人口较少民族的民间故事作品进行文本赏析和研究，丰富民间故事的教学内容。民间故事的教学，不能只讲傣族、彝族、白族等人口较多、影响力较大的少数民族的民间故事，要给予人口较少民族的民间故事以同等的重视。讲解人口较少民族民间故事的文本，分析其中蕴含的深厚的文化内涵，充分发挥课堂教学在民间故事传承中的平台作用，是高校推动民间故事发展的重要途径。

其次，高校要提倡和鼓励开展人口较少民族民间故事的科研工作。教学和科研是高校的两大支柱性工作，除了在教学上要加强民间故事的课程建设外，民间故事的科研工作同样要得到足够的重视。对人口较少民族民间故事进行理论研究，深入挖掘其内在的意蕴和价值，可以让人们对民间故事有更深刻的认识和理解，更能激发大众传承民间故事的热情。云南的高校应鼓励教师、科研人员、研究生等从事本省内人口较少民族民间故事的田野调查和案头研究，一方面对已经搜集整理出版的民间故事进行理论研究，另一方面也可以通过田野调查采集新的此前被遗漏掉的民间故事。对民间故事的研究，拥有地域上和资源上的研究优势会起到事半功倍的效果，对云南省内的高校来说，研究云南人口较少民族民间故事无疑具有得天独厚的优势。鼓励本土的少数民族的高校教师和科研人员，从事人口较少民族民间故事的研究，可以充分发挥研究者的民族优势、地缘优势，再将其研究成果回馈给与他们血脉相连的一方乡土的族群，能够更好地起到传承民间故事的作用。

目前云南高校的少数民族的学者对于本土的人口较少民族的民间文学，尚缺乏足够的重视和研究意识。专门对云南人口较少民族的民间故事进行学术研究，或者积极申报相关科研项目的本土的少数民族教师尚不多见。笔者是来自外省的在云南高校工作的汉族教师，既没有少数民族的血统，也非云南土生土长的群众，但来到云南工作后，深深感到云南拥有 26 个世居民族的民族文化优势，却并没有被本土的少数民族学者充分挖掘，实在是浪费资源，令人惋惜。因此近年来，笔者一直致力于云南少数民族民间文学的研究，虽然有着民族、地域、文化上的隔膜，但坚持下来仍然觉得受益匪浅。外来者有着研究上的种种劣势，尚能有所收获，云南本土的少数民族研究者如果致力于云南特有民族包括人口较少民族民间故事的研究，能够突破民族、地域、文化的限制，一定会有更大的收获。

除了鼓励本土的教师从事云南人口较少民族民间故事的学术研究外，云南高校还应采取有效措施，让教学和科研人员积极申报和参与相关的科研项目。小到校级项目大到国家社科基金项目，都给研究者提供了一定的资金支持，以便于更好地开展研究工作。课题组成员也能够通过科研项目凝聚起来，让群体集中于统一的研究方向，凝心聚力，使科研的成效最大化。高校应该在科研绩效和年终考核、职称评审和评优评奖等关系到教师切身利益的方面，给予积极申报项目、参与科研项目并认真完成科研项目的人以切实的支持，提高教师从事科研工作的积极性。对于致力于民族传统文化研究的研究生，要在奖助学金、评优评奖等方面给予优先考虑。学校要将云南人口较少民族的民间故事研究作为重点课题来抓，由专业人士组成课题组，选派学术科研能力过硬的学科带头人主持课题组的工作。课题组广泛征求专家学者和民间故事传承人、群众的意见，挖掘民间故事的新的研究视角，使民间故事的研究向精、深、广的方向发展，让民间故事的多层面的价值得到发现和应用，反过来也会促进民间故事的传承。

四、传承人和研究者发扬“工匠精神”，传承民间故事

人口较少民族民间故事的传承和发展，政府机构、媒体、学校等的支持是其发展的外部力量，而传承人和研究者则是民间故事不可或缺的传承主体。人口较少民族是极少数群体，民间故事是古老的日益边缘化的文学形态，因而对人口较少民族民间故事的传承需要研究者和传承人有更大的责任意识、更耐得住寂寞的品格和更精益求精的态度。也就是要以“工匠精神”来对待和传承人口较少民族的民间故事。在2016年的全国“两会”上，李克强总理所作的政府工作报告中提出“培育精益求精的工匠精神”。“工匠精神”不仅适用于制造业、手工业等物质文化生产行业，同样也适用于精神文化的生产和研究领域。各行各业都需要弘扬工匠精神，工匠精神的内涵主要是指对待工作精益求精、术业专攻、追求极致、敬业乐业、勇于创新、耐心专注等精神和态度。

人口较少民族民间故事的传承者和研究者要弘扬精益求精的工匠精神，将民间故事传承和发扬光大下去。对于各级别的民间故事代表性传承人来说，传承人口较少民族的民间故事，是其肩负着的神圣责任和使命，要不遗余力、竭尽所能地传承民间故事。传承人要利用一切可能的机会和条件，向群众讲述和传播人口较少民族的民间故事。田间地头、村落社区、群众性集会、节庆活动、宗教活动、民俗活动等一切可以传播民间故事的场所和活动，传承人都要不辞辛苦地抓住传承的机会，传播民间故事。幼儿园、

中小学、大学等学校和街道社区，也是传承人工作的重点区域。传承人进校园、进社区推广民间故事，是一种不错的传承形式。除了敬业地传承民间故事外，传承人还应以精益求精的态度，不断学习，掌握更多的人口较少民族的民间故事，锤炼讲故事的技能，创新民间故事的传承形式，以达到更好的传承效果。此外，培养传承民间故事的接班人，也是现有的民间故事传承人的重要职责。以严谨认真、耐心细致的师者态度将知识、技能毫无保留地传授给有培养潜力的年轻人，不仅可以让民间故事的传承后继有人，也是传承人工匠精神的体现。

人口较少民族民间故事的传承人大都是来自民间，来自基层，其传承主要是在本民族的聚居区内进行，传承对象主要是基层群众。而民间故事的研究者大都来自高校、科研院所、文化机构等，通过大学的课堂教学、撰写论文、出版专著、主持和参与项目等，来传承和发展民间故事，传承的对象是大学生和读者等。民间故事的研究者实质上也是起到了传承人的作用，人口较少民族民间故事的有效传承同样需要研究者的工匠精神。

对人口较少民族民间故事的研究者来说，首先要有术业专攻、耐心专注的研究态度。对所从事的工作专注执着，全身心地投入钻研，才能在自己的研究领域取得突出的成效，成为术业有专攻的专家学者。认真专注、耐心执着、专攻术业是工匠精神的直观表现。人口较少民族民间故事的研究者，要在一定时期内全情投入民间故事的资料采集和研究工作当中去，通过田野调查、走访专家学者、文本研究等多种手段，潜心致力于民间故事的研究工作。做到专心、专注、专攻，具备了从事研究工作的工匠精神，研究者们才能在人口较少民族民间故事研究领域成为专业的“工匠”。研究者们通过专业的研究，使民间故事潜藏的价值被充分发掘并广为人知，才能澄清人们对民间故事的误解，提升民间故事的地位和影响，引起各方关注，使民间故事得到足够的重视，民间故事才能更好地传承下去。

精益求精、严谨扎实的治学态度，是民间故事的研究者们必须具备的工匠精神。《诗经·卫风·淇奥》曰：“如切如磋，如琢如磨”，描述了工匠在切割，打磨，雕刻玉器、象牙、骨器时仔细认真、反复琢磨的工作态度。《大学》曰：“如切如磋者，道学也；如琢如磨者，自修也。”朱熹进一步提炼出它的核心特质，“言治骨角者，既切之而复磨之；治玉石者，既琢之而复磨之，治之已精，而益求其精也”①。切磋琢磨、精益求精，是中国古代所推崇的工匠精神，也是现代工匠精神的核心内涵。像工匠对待艺术品精雕细刻一样，研究

① （宋）朱熹：《四书集注》，岳麓书社1985年版，第76页。

者也应该把人口较少民族的民间故事当成艺术品来看待,“如切如磋,如琢如磨”,精益求精。一方面要广泛搜求民间故事,使之更加完备;另一方面要丰富民间故事的研究方法、研究视角,将人口较少民族民间故事这块璞玉打磨得璀璨夺目,需要研究者以求真务实的态度,提高对民间故事的研究能力。精益求精、一丝不苟、持之以恒,研究者具备这样的工匠精神,才能对人口较少民族民间故事了如指掌,研究起来得心应手,也才能有资格有能力将民间故事发扬光大,为更多人所了解。

人口较少民族民间故事的保护和传承,是一项漫长而艰巨的文化工作,非一时之力、一己之功所能完成。它需要来自官方和民间的各方力量通力协作,上层引导、中层配合、基层参与、群策群力、共谋发展,才能构建人口较少民族民间故事的美好未来。除了政府职能部门引导和学校、媒体、传承人、研究者的广泛参与和积极配合外,开展民俗旅游、发展相关的文化创意产业等也是可以尝试的人口较少民族民间故事的传承方式。尽管民间故事的发展危机四伏、困难重重,但并非无路可走。唤起人们对人口较少民族民间故事的保护传承意识,呼吁社会各阶层、各群体和个人加入保护和传承的队伍中来,为民间故事的发展奉献力量,民间故事的传承之路就会越走越宽。

结 语

一、云南人口较少民族民间故事:宝贵的民族非物质文化遗产

云南的七个人口较少民族是中华民族大家庭中不可缺少的成员,其民族文化是中华五千年悠久璀璨文化的重要组成部分。人口较少民族以其聪明才智不仅创造了丰富的物质文化,而且也创造了多彩的精神文化。多姿多彩的民间故事就是这些民族最具民族特色、最可宝贵的精神文化遗产之一。民间故事是七个只有语言没有文字的人口较少民族传承文化、传播文明的最古老的口传文学形式,是他们在漫长的历史发展过程中,口耳相传、辗转丰富的口头艺术创作。

"口头传统和表述"被联合国教科文组织置于五大类非物质文化遗产之首,人口较少民族民间故事主要以口头方式创作和传述,是这些民族宝贵的非物质文化遗产。人口较民族民间故事浩如烟海,博大深广,内容涉及天地形成、人与自然万物的起源、人类对自然的敬畏与抗争、传奇英雄的事迹、民俗风情、信仰崇拜、道德伦理等诸多方面,涵盖了历史、民俗、宗教、社会、文学艺术、哲学、伦理乃至科学技术等多个层面。民间故事是人口较少民族非物质文化的"百科全书",承载着各人口较少民族厚重的历史记忆和生生不息的文化基因,不仅具有文学上的审美鉴赏价值,而且具有非文本层面的多重价值。

(一) 历史价值

高尔基说:"如果不知道人民的口头创作,那就不可能知道劳动人民的真正历史"①,云南人口较少民族口头创作的民间故事完整而全面地记录了这些民族自开天辟地以来漫长的历史,具有重要的历史价值。创世神话故事记录着各少小民族开天辟地的历史,阿昌族的《遮帕麻与遮米麻》、基诺族的《阿嫫腰白》、怒族的《创世纪》、普米族的《杀鹿人》《开天辟地》、布朗族的《天和地的起源》、独龙族的《大蚂蚁把天地分开》等神话故事讲述了各民族关于天地形成的"想象"历史;"葫芦传人种"的类型故事,记载着各少小民族对人类起源的探寻;迁徙传说故事,记录着各少小民族迁徙的足迹,

---

① 转引自严小丁:《论民族民间文学与精神文明建设》,《广西社会科学》1996年第3期。

为确定族源提供了宝贵的史料；山川风物传说讲述了各少小民族代表性的高山大河、奇松怪石等自然风物的来历；人物传说故事则表达了各人口较少民族对民族传奇英雄事迹的敬仰；史事传说是各少小民族对本民族重大历史事件的记录；生产生活故事中，保存着大量人口较少民族关于天文、地理、医药、手工业、动植物以及农、林、采集、渔猎等方面的知识、经验和技能，具有文化史和科学史的价值。

人口较少民族的民间故事以丰富多样的故事类型，记述着他们或真实或想象中的民族历史。阅读或聆听人口较少民族的民间故事，仿佛穿行在历史长河之中，追寻着各少小民族的历史发展轨迹，感受着这些民族从开辟洪荒的远古一步步走向现代文明社会的艰难而曲折的历程。民间故事承载着人口较少民族的历史记忆，具有宝贵的史料价值，借由浩如烟海的民间故事，各人口较少民族古老久远的历史，穿越岁月的风尘和迷雾，清晰而生动地呈现给后人。

（二）宗教价值

云南七个人口较少民族，有着浓郁的宗教氛围和深厚的宗教文化根基，原始宗教和小乘佛教等宗教信仰在这些民族中获得了适宜的发展环境，拥有大量的信众。宗教作为一种规范化、体制化的社会文化体系，渗透到人口较少民族生产生活、社会心理、民族精神等各个方面，自然也渗透到和人民生活息息相关的民间故事之中。人口较少民族民间故事，既有对内在宗教信仰的呈现，又有对外在宗教行为的描述。

内在宗教信仰在人口较少民间故事中的体现，主要是宗教的精神理念，如对自然的敬畏、对神灵鬼怪的崇拜、慈悲护生的理念、万物有灵的宗教观念、因果报应、惩恶扬善的宗教伦理等，通过类型多样的民间故事传达给听众。外在的宗教行为如宗教祭祀的行为、禁忌、宗教的仪式仪轨等，在人口较少民族民间故事中也得到不同程度的体现。各民族都有大量的祭龙神、祭树神、祭亡灵、祭山神、祭猎神等祭祀自然神祇和人类祖先的故事，反映了自然崇拜、图腾崇拜、祖先崇拜等原始宗教信仰。在布朗族、德昂族等全民信仰小乘佛教的人口较少民族中，有专门反映小乘佛教信仰的取经故事、宗教节日故事，甚至形成了一种专门的故事类型即宗教故事。

人口较少民族的民间故事以神话故事、传说故事、幻想故事、取经故事、宗教故事等丰富的形态，展示了原始宗教和小乘佛教等宗教信仰的内在精神和外在行为，传达了宗教的沟通神人、道德培育、抚慰心灵的价值和功用。民间故事中蕴含着丰富的宗教信仰的知识、情感和体验，宗教价值是民间故事重要的非文本价值之一。

（三）民俗价值

民间故事是人口较少民族阐释和传承风俗习惯的重要载体，节日习俗、丧葬习俗、生育习俗、生产习俗、服饰习俗、居住习俗、饮食习俗等丰富多彩的涉及社会生活方方面面的习俗，都在民间故事中得到生动的呈现。由于习俗与民间故事之间密切的关联，解释习俗的故事数量多、流传广，就形成了一种民间故事类型——习俗故事，民间故事的民俗价值也就不言而喻了。

不同的习俗故事传承着不同的习俗。节日习俗故事记录了各人口较少民族最具特色的节日的来历和具体的节庆习俗，阿昌族的“阿露窝罗”节、德昂族的浇花节、基诺族的特懋克节、独龙族的卡雀哇节、普米族的转山节等都有相应的习俗故事，通过节日习俗故事，人们能够了解到具体的节庆习俗。丧葬习俗故事讲述了各人口较少民族独特的丧葬习俗的由来，阿昌族的背切习俗、德昂族的认奘不认坟的习俗、普米族的给羊子的习俗等，都是极富民族特色和地域特色的丧葬习俗，丧葬习俗故事对这些风俗习俗进行了生动的解释说明。生产生活习俗故事记录了各人口较少民族的代表性的采集、渔猎、农业、手工业等方面的生产习俗及日常生活习俗，展现了这些民族在劳动和社会生活中获得的经验和认知，并以习俗的形式传承下来。饮食习俗、婚恋习俗、服饰习俗等也有相应的习俗故事。

人口较少民族民间故事中的习俗故事类型，是演绎和传承多样化的民族风俗习惯的载体，多样化的习俗故事，解释和传播着多样化的习俗。民间故事是展现多彩民俗的百花园，具有突出的民俗价值。

人口较少民族民间故事的生态文化价值，和宗教价值、习俗价值、历史价值等相互交融，对建设生态文明社会具有重要的参考意义，这是本书论述的重点。除了这些非文本层面的价值外，作为民间文学的主要构成部分，民间故事在文学和文本层面的价值也是十分突出的，其文学上的审美价值、教育功能等和精雕细刻的作家文学相比也并不逊色。

综上，人口较少民族民间故事具有多种价值和功能，是口头流传的文化艺术结晶。这种以口头形式创作和传述的文学形式，是各人口较少民族珍贵的非物质文化遗产。民间故事以其深邃广博的内容，多层面的功用，彰显了其作为原生态文化和非物质文化遗产的可贵之处。

二、云南人口较少民族生态文化：蕴于故事之中的生态文化典范

云南人口较少民族的生态文化虽然并未形成自己的理论体系，却几乎无所不在地渗透在社会生活的方方面面。其生态文化体现在朴素的生态自然观、生态伦理观、生态美学观、生态宗教观、生态习俗观等多个层面，是一

种具有普泛性、实践性和规约性的生态文化。人口较少民族的生态文化好似一种无形的强大的力量，规约着人们在生产生活中奉行着一套不成文的生态观念，巧妙地维持着人与自然生态关系的平衡。各人口较少民族聚居地优美的自然风光、丰富的自然资源、良好的空气质量等构成了一个个青山绿水、蓝天白云、鸟语花香的生态宜居家园，良好的生态环境是展示其生态文化的最好名片。

各人口较少民族宜居的生态环境展现了其生态文化的实绩。与大自然为伴的各少小民族在长期的生产生活实践中形成的生态文化，对于现代社会正确处理人与自然之间的生态危机、建设生态家园、构建生态文明社会，具有很强的启示意义和示范作用，堪称生态文化的典范。没有本民族文字的云南人口较少民族，有着悠久的口头传统，其生态文化也散落在民间故事等口头创作的文学艺术作品当中。民间故事是人口较少民族生态文化的传播媒介，人口较少民族的生态文化是生态的典范，因而可以说人口较少民族的生态文化，是蕴于民间故事之中的生态文化的典范。

在生态文化的核心问题上，云南人口较少民族的先民表现出了远见卓识和超前意识。他们世世代代传承下来的散落在民间故事中的自然观、宇宙观的思想碎片，竟然和现代的生态文化观念不谋而合。人与自然的关系是生态文化的热点问题，人与自然、社会是相互关联、相互依存、协调发展的有机整体，既不是人类凌驾于自然之上的人类中心主义，也不是人类依附于自然、匍匐于自然脚下的生态中心主义，而是人与自然平等、和谐共处的生态整体主义。这种生态整体主义是现代生态文化所倡导的理想的人与自然关系，在人口较少民族的民间故事中就蕴含着这样的生态文化观念。人口较少民族民间故事中呈现的人与自然的关系，既有人类对自然的敬畏、尊重、爱护，也有人类发挥主观能动性对自然的利用、改造和征服。人口较少民族先民非常适度地把握了人与自然之间微妙的关系，既不完全是人类中心主义，也不完全是生态中心主义，而是在人与自然的关系当中寻找到一种动态的平衡。在人与自然关系这一生态文化的核心问题上，人口较少民族古老的生态文化表现出与现代生态文化的高度契合。

生态伦理是生态文化的另一个重要构成层面，它从道德伦理层面来审视和思考人类对待自然应有的态度，确立调节人与自然关系的道德规范。现代的生态伦理学普遍认为应把道德关怀的范围从人与人关系的领域，扩展到人与自然关系的领域。生态伦理学肯定自然的价值，认可大自然拥有权利，认为人对自然界负有道德责任，尊重生命、尊重自然和保护生态环境，是一个有道德的人必须履行的义务。现代生态伦理学所倡导的人类对自然的态度和道德伦理规范,与人口较少民族的生态伦理观基本一致。人口较少民族的民间故事所反映的生态文化中,人对自然的态度是尊重、敬畏的,人类对待自然如同对待亲人、朋友、伙伴,同时自觉承担起爱护自然、保护环境的责任。人口较少民族民间故事所灌输的环保观念、可持续发展的理念等,是其生态伦理观的直观展现,在创世故事、动植物故事中,这种生态伦理观几乎随处可见。

人口较少民族的生态文化是在生产生活实践中逐步积累起来的文化,是其在漫长的岁月中,在与大自然朝夕相伴的过程中不断探索和认识自然规律,逐渐积累起来的人类的生存之道与生态智慧。尽管人口较少民族的生态文化没有形成系统完备的生态理论体系,而是零散地存在于民间故事等口传文学艺术形式当中,但这种在理论体系上欠缺的碎片化的生态文化,却有着极强的实践性。各人口较少民族践行着千百年来传承下来的生态文化,形成了尊重自然价值,遵循自然规律,合理利用自然、科学改造自然、发展与保护相结合的人与自然的相处之道。从实践效果来看,这种古老的生态文化有效地保护了生态环境,促进了人与自然的协调发展。云南人口较少民族的聚居地,有着令人心旷神怡的自然景观和人文景观,是人们在生态危机加剧的现代社会中难得的诗意栖居之所,这种生态图景为人口较少民族生态文化的实践性提供了最有说服力的现实依据。

云南人口较少民族的生态文化在普遍性和传承性方面同样具有示范作用。普遍性表现为生态文化几乎遍及云南人口较少民族物质文化、观念文化、制度文化、行为文化等各个层面。在衣食住行等物质文化层面有生态文化的影响,在宗教、文学、艺术、哲学、思想等观念文化层面有生态文化的印记,在成文法、禁忌、规约等制度文化方面也有生态文化的渗透,在风俗、礼仪等行为文化层面也打上了生态文化深深的烙印。云南人口较少民族生态文化内容之广泛、涉及领域之多、与人民生活关系之密切,都是其普遍性特点的体现,普遍性也成就了生态文化的影响力。生态文化的传承性则表现为两个方面,一方面云南人口较少民族的生态文化绵延几千年,从未中断,一直被族群所传承;另一方面人口较少民族生态文文化在保护环境方面卓有成效,值得被广泛传承和推广。云南人口较少民族的生态文化是在漫长的历史发展过程中逐渐累积形成的,有着深厚的历史积淀。这些民族的生态文化植根于生产生活的实践,是民众在实践中探索出来的实用有效的生态经验和智慧的结晶,被世代传承,让人与自然都受益无穷。人口较少民族世世代代奉行和传承着先辈们保留下来的生态文化成果,并因地制宜、与时俱进地丰富和完善本民族的传统生态文化,使之更加适应时代和社会的发展需求。各人口较少民族的生态文化自形成以来,就对各自的民族产生了或有形或无形的约束力,规范和影响着他们对自然的态度和行为。在人—社会—自然构成的生态系统中,人口较少民族准确定位自身在这一生态系统中的位置和应发挥的作用。既没有人类中心主义的傲慢,也没有完全臣服于自然,而是找到人与自然关系中的平衡点,在尊重自然、遵循自然规律的前提下,利用和改造自然,与自然共存共荣。事实证明,云南人口较少民族的生态文化是世代传承下来的行之有效的生态文化,也是值得被传承的生态文化。

七个人口较少民族古老的生态文化与现代发展起来的生态文化在核心层面趋于一致,并且具有自己的个性特征,在普遍性、实践性、传承性等方面都具有示范作用。各人口较少民族的生态文化是其民族传统文化中的珍品,也是可供借鉴和推广的生态文化的典范。蕴于本民族民间故事之中的生态文化,集中了各人口较少民族的生态智慧,被世代传承,至今仍发挥着重要作用。

纵观之,云南人口较少民族民间故事是属于“口头传统与表述”的非物质文化遗产,是各人口较少民族“百科全书式”的珍贵口述文献。这些民间故事既有重要的文学艺术价值,也有非文本层面的宗教、历史、民俗、生态等多重价值。云南人口较少民族的生态文化则是具有科学性、实践性、传承性等优势的生态文化的典范。人口较少民族的民间故事与生态文化都是历史悠久、源远流长,历史积淀深厚,又含藏丰富,影响深远。本书将二者结合起来,对人口较少民族中的生态文化进行专门的系统的研究,分别从民间故事中的生态自然观、生态伦理观、生态美学观以及与二者都有密切渊源的宗教和民俗等方面进行具体研究,初衷之一即是为了挖掘这两种宝贵的民族传统文化的价值,通过两种文化的交融碰撞,使其各自的特点更加发扬光大。珍视优秀的民族文化传统,引起更多人关注,激发人们保护和传承的热情,则是本书的另一宗旨。尽管研究的初衷充满理想主义的色彩,研究的水平和能力也有限,但毋庸置疑的是,人口较少民族民间敀事与生态文化的意蕴和价值,是值得人深入思考和挖掘的、可供研究和传承的民族文化的瑰宝。

参考文献

一、专　　著

（一）“文化与生态文化”方面

1. 余谋昌:《生态文化论》,河北教育出版社 2001 年版。

2. 章海荣:《生态伦理与生态美学》,复旦大学出版社 2005 年版。

3. 林红梅:《生态伦理学概论》,中央编译出版社 2008 年版。

4. 曾繁仁:《生态美学导论》,商务印书馆 2010 年版。

5. 张子程:《自然生态美论》,中国社会科学出版社 2012 年版。

6. 陈幸良、邓敏文:《中国侗族生态文化研究》,中国林业出版社 2014 年版。

7. 黄秉生、袁鼎生:《民族生态审美学》,民族出版社 2004 年版。

8. 宣裕方、王旭烽:《生态文化概论》,江西人民出版社 2012 年版。

9. 黄绍文、廖国强、关磊、袁爱莉:《云南哈尼族生态文化研究》,中国社会科学出版社 2013 年版。

10. 陈红兵、唐长华:《生态文化与范式转型》,人民出版社 2013 年版。

11. 王旭烽:《生态文化辞典》,江西人民出版社 2012 年版。

12. 余达忠:《生态文化与生态批评》,民族出版社 2010 年版。

13. 黄德林:《文化生态视野下布依族古歌生存价值研究》,中国社会科学出版社 2014 年版。

14. 周海波:《文化生态与文学发展(1920—1928)》,中国社会科学出版社 2015 年版。

15. 杨红:《摩梭人生态文化研究》,四川大学出版社 2010 年版。

16. 杨志明:《云南少数民族传统文化研究》,人民出版社 2009 年版。

17. 林惠祥:《文化人类学》,商务印书馆 2011 年版。

18. 梁漱溟:《中国文化要义》,上海人民出版社 2011 年版。

19. 吕思勉:《中国文化十八讲》,化学工业出版社 2014 年版。

20. 冯天瑜:《中国文化史》,高等教育出版社 2007 年版。

（二）“人口较少民族历史文化”方面

1. 陶玉明:《中国布朗族》,宁夏人民出版社 2012 年版。

2. 李绍恩:《中国怒族》,宁夏人民出版社 2012 年版。

3. 张云:《中国基诺族》,宁夏人民出版社 2012 年版。

4. 和向东:《中国普米族》,宁夏人民出版社 2012 年版。

5. 熊顺清:《中国阿昌族》,宁夏人民出版社 2012 年版。

6. 杨将领:《中国独龙族》,宁夏人民出版社 2012 年版。

7. 唐洁:《中国德昂族》,宁夏人民出版社 2012 年版。

8. 云南省政协文史委员会:《德昂族百年实录》,中国文史出版社 2010 年版。

9. 云南省政协文史委员会:《阿昌族百年实录》,中国文史出版社 2010 年版。

10. 云南省政协文史委员会:《独龙族百年实录》,中国文史出版社 2010 年版。

11. 云南省政协文史委员会:《怒族百年实录》,中国文史出版社 2010 年版。

12. 云南省政协文史委员会:《基诺族百年实录》,中国文史出版社 2010 年版。

13. 云南省政协文史委员会:《布朗族百年实录》,中国文史出版社 2010 年版。

14. 云南省政协文史委员会:《普米族百年实录》,中国文史出版社 2010 年版。

15. 曹先强:《阿昌族文化大观》,云南民族出版社 1999 年版。

16. 桑耀华:《德昂族文化大观》,云南民族出版社 1999 年版。

17. 穆文春:《布朗族文化大观》,云南民族出版社 1999 年版。

18. 刘怡:《基诺族文化大观》,云南民族出版社 1999 年版。

19. 李金明:《独龙族文化大观》,云南民族出版社 1999 年版。

20. 刘达成:《怒族文化大观》,云南民族出版社 1999 年版。

21. 杨照辉:《普米族文化大观》,云南民族出版社 1999 年版。

22. 郭愉:《中国人口较少民族丛书 · 阿昌族》,中国民族摄影艺术出版社 2007 年版。

23. 黄光成:《中国人口较少民族丛书 · 德昂族》,中国民族摄影艺术出版社 2007 年版。

24. 赵瑛:《中国人口较少民族丛书 · 布朗族》,中国民族摄影艺术出版社 2007 年版。

25. 于希谦:《中国人口较少民族丛书 · 基诺族》,中国民族摄影艺术出版社 2007 年版。

26. 李金明:《中国人口较少民族丛书 · 独龙族》,中国民族摄影艺术出版社 2007 年版。

27. 王天玉:《中国人口较少民族丛书 · 怒族》,中国民族摄影艺术出版社 2007 年版。

28. 杨照辉:《中国人口较少民族丛书 · 普米族》,中国民族摄影艺术出版社 2007 年版。

29. 杨竹芬:《布朗族文化大观》,武汉大学出版社 2014 年版。

30. 梁河县政协委员会编:《梁河阿昌族今昔》,云南民族出版社 2003 年版。

31. 曹先强:《阿昌族文化论集》,云南民族出版社 2011 年版。

32. 赵家祥:《德昂族历史文化研究》,德宏民族出版社 2008 年版。

33. 熊永翔:《中国普米族宗教研究》,中国社会科学出版社 2015 年版。

（三）“人口较少民族民间故事、民间文学”方面

1. 王震亚:《普米族民间故事》,云南人民出版社 1990 年版。

2. 王震亚:《普米族民间故事选》,上海文艺出版社 1994 年版。

3. 曹榕:《阿昌族民间故事集》,云南民族出版社 2007 年版。

4. 基诺族民间故事编辑组:《基诺族民间故事》,云南人民出版社 1990 年版。

5. 叶世富:《怒族民间故事》,云南人民出版社 1988 年版。

6. 姚宝瑄:《中国各民族神话　佤族　阿昌族　纳西族　普米族　德昂族》,书海出版社 2014 年版。

7. 姚宝瑄:《中国各民族神话　怒族　藏族　门巴族　珞巴族》,书海出版社 2014 年版。

8. 姚宝瑄:《中国各民族神话　水族　布朗族　独龙族　基诺族　傈僳族》,书海出版社 2014 年版。

9. 普学旺:《云南民族口传非物质文化遗产总目提要 · 民间故事卷》(下卷),云南教育出版社 2008 年版。

10. 普学旺:《云南民族口传非物质文化遗产总目提要 · 神话传说卷》(下卷),云南教育出版社 2008 年版。

11. 杜玉亭:《基诺族文学简史》,云南民族出版社 1996 年版。

12. 刘怡、陈平:《基诺族民间文学集成》,云南人民出版社 1989 年版。

13. 杨照辉:《普米族文学简史》,云南民族出版社 1996 年版。

14. 攸延春:《阿昌族文学简史》,云南民族出版社 1995 年版。

15. 攸延春:《怒族文学简史》,云南民族出版社 2003 年版。

16. 李金明:《独龙族文学简史》,云南民族出版社 2004 年版。

17. 文日焕、王宪昭:《中国少数民族神话概论》,民族出版社 2011 年版。

18. 钟敬文:《民间文学概论》,高等教育出版社 2010 年版。

19. 王宪昭:《中国民族神话母体研究》,民族出版社 2006 年版。

20. 万建中:《20 世纪中国民间故事研究史》,北京师范大学出版社 2011 年版。

21. 刘守华:《中国民间故事史》,商务印书馆 2012 年版。

22. 潜明兹:《中国神话学》,宁夏人民出版社 1994 年版。

23.《中国民间故事集成 · 云南卷(上下册)》,中国 ISBN 中心出版,2003 年版。

二、论　文

（一）生态文化的研究论文

1. 廖国强、关磊:《文化 · 生态文化 · 民族生态文化》,《云南民族大学学报》2011 年第 4 期。

2. 卢风:《论生态文化与生态价值观》,《清华大学学报》2008 年第 1 期。

3. 陈璐:《试析生态文化的内涵及创建》,《广西社会科学》2011 年第 4 期。

4. 郭家骥:《生态文化论》,《云南社会科学》2005 年第 6 期。

5. 陈幼君:《生态文化的内涵与构建》,《求索》2007 年第 9 期。

6. 余谋昌:《生态意识及其主要特点》,《生态学杂志》1991 年第 4 期。

7. 雷毅:《生态文化的深层建构》,《深圳大学学报》2007 年第 3 期。

8. 余谋昌:《生态文化是一种新文化》,《长白学刊》2005 年第 1 期。

9. 姜爱:《近 10 年中国少数民族传统生态文化研究述评》,《北方民族大学学报》2012 年第 4 期。

10. 张玉玲:《少数民族生态伦理研究》,中央民族大学硕士学位论文,2007 年。

11. 方真:《生态文化及中国古今生态文化之比较》,《学术研究》2007 年第 5 期。

12. 张亚熊:《云南少数民族生态文化的社会价值》,《中共云南省委党校学报》2008 年第 6 期。

13. 林庆:《云南少数民族生态文化与生态文明建设》,《云南民族大学学报》2008 年第 5 期。

14. 李良品、彭福荣、吴冬梅:《论古代西南地区少数民族的生态伦理观念与生态环境》,《黑龙江民族丛刊》2008 年第 3 期。

15. 余谋昌:《生态伦理学的基本原则》,《求是学刊》1992 年第 2 期。

16. 贾毅平:《我国传统文化中的生态伦理观念及其当代意义》,《北京大学学报》2002 年第 6 期。

17. 白葆莉:《中国少数民族生态伦理研究》,中央民族大学博士学位论文,2007 年。

18. 和晓花:《纳西族生态文化的独特价值》,《云南民族大学学报》2007 年第 3 期。

(二) 人口较少民族民间文学与文化的研究论文

1. 张蕾梅:《阿昌族口传文学传承发展的危机及对策——以梁河阿昌族地区“活袍调”为个案》,《云南师范大学学报》2010 年第 3 期。

2. 攸延春:《阿昌族口承文学与文化传统》,《山茶》1993 年第 1 期。

3. 赵橹:《略论阿昌族的“盐婆神”》,《民族文学研究》1987 年第 3 期。

4. 朱和双:《云南梁河阿昌族原始宗教中的巫蛊信仰》,《宗教学研究》2007 年第 1 期。

5. 刘欣:《〈遮帕麻与遮米麻〉审美价值初探》,《贵州大学学报》2013 年第 5 期。

6. 张兰仙:《德宏德昂族民间传说研究》,《贵州大学学报》2013 年第 4 期。

7. 李晓斌、段红云、王燕:《节日建构与民族身份表达——基于德昂族浇花节与傣族泼水节的比较研究》,《中南民族大学学报》2012 年第 4 期。

8. 郑海:《苍凉的记忆——对德昂族民间传说的调查与思考》,《山茶》1993 年第 3 期。

9. 陈瑞琪:《德昂族龙文化的变迁及原因探析》,《云南社会科学》2014 年第 6 期。

10. 杨明艳:《德昂族节日文化及其社会功能初探——以镇康德昂族为例》,《重庆科技学院学报》2012 年第 5 期。

11. 杨明艳:《德昂族宗教信仰中的生态文化探析——以镇康德昂族为例》,《怀化学院学报》2011 年第 10 期。

12. 李晓斌、袁丽华、李艳峰:《神话、历史的相互建构与边疆民族的历史认同——以德昂族为例》,《思想战线》2014 年第 2 期。

13. 丁菊英:《德昂族浇花节文化内涵探析》,《红河学院学报》2012 年第 3 期。

14. 丁菊英:《宗教视域下的德昂族茶俗文化研究》,《云南民族大学学报》2012 年第 3 期。

15. 黄彩文、黄昕莹:《芒市三台山德昂族哭嫁婚俗研究》,《思想战线》2016 年第 2 期。

16. 焦丹:《德昂族上奘仪式的文化内涵》,《今日民族》2010 年第 2 期。

17. 李韬、李蔬君:《德昂族的传统生态情结》,《今日民族》2001 年第 8 期。

18. 金少萍:《基诺族的社会文化特性与民族认同》,《中南民族大学学报》2007 年第 2 期。

19. 朱映占:《基诺族传统生态文化及其变迁》,《原生态民族文化学刊》2011 年第 1 期。

20. 朱映占、施敏:《基诺族农业祭祀礼仪及其变迁研究》,《楚雄师范学院学报》2012 年第 1 期。

21. 罗维萍:《基诺族传统信仰的生态伦理价值》,《黑龙江民族丛刊》2010 年第 1 期。

22. 董学荣、罗维萍:《基诺族传统文化的生态伦理意蕴》,《昆明学院学报》2009 年第 4 期。

23. 杜玉亭:《论基诺族的生育禁忌》,《思想战线》1994 年第 1 期。

24. 李名奇:《基诺族〈阿嫫腰白〉系列母题与汉族创世神话母题的比较》,《长江大学学报》2007 年第 4 期。

25. 牛江河:《基诺族婚恋习俗的心理内涵》,《中央民族大学学报》1996 年第 6 期。

26. 熊歆:《宁蒗普米族韩规文化传承研究》,云南大学硕士学位论文,2013 年。

27. 奔厦·泽米、谭超:《普米族韩规古籍的文化内涵及其价值》,《云南师范大学学报》2010 年第 4 期。

28. 奔厦·泽米:《普米族白石崇拜的文化解读》,《云南民族大学学报》2011 年第 3 期。

29. 朱凌飞、胡为佳:《从"文本"到"本文"的田野阐释——以普米族口传文学为例》,《广西民族研究》2015 年第 6 期。

30. 熊永翔:《普米族宗教与民间文学关系摭谈》,《当代文坛》2011 年第 3 期。

31. 纳张元、高娜:《普米族丧葬习俗文化内涵探究》,《大理学院学报》2013 年第 8 期。

32. 杨晓勤:《论普米族口头叙事中的舅权痕迹》,《民族文学研究》2013 年第 5 期。

33. 杨照辉:《羌族普米族宗教巫术文化比较》,《云南社会科学》1992 年第 3 期。

34. 殷海涛:《普米族节日文化论略》,《中南民族学院学报》1992 年第 6 期。

35. 章虹宇:《普米族的"括鲁"与"仲巴拉"》,《民俗研究》2000 年第 2 期。

36. 谭高顺:《布朗族创世神话的哲学审视》,《曲靖师范学院学报》2008 年第 4 期。

37. 李淑娟:《布朗族民俗价值解析》,《长江师范学院学报》2011 年第 4 期。

38. 王国祥:《论傣族和布朗族的稻作祭祀及稻谷神话》,《中央民族大学学报》2000 年第 6 期。

39. 郗春嫒:《布朗族传统文化的迷失与重构》,《民族论坛》2013 年第 8 期。

40. 蔡红燕:《施甸布朗族多神崇拜中的家园文化》,《云南师范大学学报》2009 年第 1 期。

41. 王树五:《布朗山布朗族的原始宗教》,《中国社会科学》1981 年第 6 期。

42. 陈海宏、谭丽亚:《怒族神歌的生态伦理意蕴》,《西南民族大学学报》2012 年第 3 期。

43. 陈海宏、郑明钧、谭丽亚:《怒族传统生态伦理思想探析》,《大理学院学报》2012 年第 7 期。

44. 赵沛曦:《试论怒族民间文学中的原始宇宙观》,《云南民族大学学报》2009 年第 2 期。

45. 谭丽亚、陈海宏:《怒族民间文学中的和谐思想及社会价值》,《学术探索》2013 年第 12 期。

46. 彭兆清:《怒族的图腾崇拜与图腾神话》,《云南社会主义学院学报》2003 年第 2 期。

47. 蔡家麒:《独龙族原始宗教考察》,《社会科学战线》1984 年第 3 期。

48. 王明东:《独龙族的生态文化与可持续发展》,《云南民族学院学报》2001 年第 3 期。

49. 刘军:《独龙族纹面初探》,《中央民族大学学报》2007 年第 6 期。

50. 陈爱丽:《独龙族生态伦理研究》,云南民族大学硕士学位论文,2012 年。

51. 赵沛曦、张波:《独龙族与周边民族的文化认同》,《中南民族大学学报》2013 年第 4 期。

52. 李宣林:《独龙族传统农耕文化与生态保护》,《云南民族学院学报》2000 年第 6 期。

53. 赵沛曦、张波、张涌:《口承文学中独龙族的民族观念探微》,《西南民族大学学报》2014 年第 6 期。

54. 阳清:《梦魇、人鬼恋与独龙族砍鬼巫术的根源》,《黑龙江民族丛刊》2008 年第 6 期。

55. 赵沛曦、张波:《独龙族的原始意识与哲学思想萌芽探析》,《云南社会科学》2013 年第 4 期。

56. 李敬儒:《"非遗"语境下民间故事的传承与保护现状——以耿村民间故事为例》,《廊坊师范学院学报》2013 年第 2 期。

57. 刘锡诚:《非遗保护的一个认识误区》,《河南社会科学》2011 年第 5 期。

58. 詹娜:《非遗语境下的民间文学现状及保护困境》,《沈阳师范大学学报》2012 年第 1 期。

三、调查采访的音频视频图片资料

1. 梁河、陇川阿昌族聚居区调研资料。

2. 德昂族调研资料。

3. 采访云南省民委陈新华处长。

4. 采访云南省民委资铁副处长。

5. 采访云南省非遗中心杨金杰老师。

6. 采访云南省语委主任、云南少数民族传统文化研究专家普学旺教授。

责任编辑：姜冬红
装帧设计：周方亚

图书在版编目（CIP）数据

云南人口较少民族民间故事的生态文化研究/于敏 著. —北京：
人民出版社，2018.3
（国家社科基金后期资助项目）
ISBN 978-7-01-018862-1

Ⅰ.①云…　Ⅱ.①于…　Ⅲ.①少数民族-民间故事-文化生态学-研究-
云南　Ⅳ.①I207.73

中国版本图书馆 CIP 数据核字（2018）第 016075 号

云南人口较少民族民间故事的生态文化研究
YUNNAN RENKOU JIAOSHAO MINZU MINJIAN GUSHI DE SHENGTAI WENHUA YANJIU

于　敏　著

人民出版社 出版发行
（100706　北京市东城区隆福寺街 99 号）

北京中科印刷有限公司印刷　新华书店经销

2018 年 3 月第 1 版　2018 年 3 月北京第 1 次印刷
开本：710 毫米×1000 毫米 1/16　印张：13.75
字数：240 千字

ISBN 978-7-01-018862-1　定价：40.00 元

邮购地址 100706　北京市东城区隆福寺街 99 号
人民东方图书销售中心　电话（010）65250042　65289539

版权所有·侵权必究
凡购买本社图书，如有印制质量问题，我社负责调换。
服务电话：（010）65250042